# ふしぎと
# ぼくらは
# なにをしたら
# よいかの
# 殺人事件

橋本治

The murder case
of Wonders
and Things to do
Osamu Hashimoto

集英社

# ふしぎとぼくらはなにをしたらよいかの殺人事件　目次

そもそも時間等曲率漏斗《クロノ・シンクラスティック・インファンディブラム》を簡単に説明するということ自体が、その道の専門家にとっては腹立たしいにちがいない。それを承知で最良の簡単な説明をえらぶとすれば、おそらく〈ふしぎと、ぼくらはなにをすればよいかの子ども百科〉第十四版に収められた、シリル・ホール博士のそれではなかろうか。出版元のご好意により、つぎにその項目の全文を引用することにした——

カート・ヴォネガット『タイタンの妖女』（浅倉久志訳）

しかしながら、本書はＳＦとはちゃうねんよ。

――『ふしぎとぼくらはなにをしたらよいかの殺人事件』の著者

とりあえず、料金を前払いにしてくれた読者へ――

とりあえず、騙されちゃいなさい。

# ふしぎとぼくらはなにをしたらよいかの殺人事件

# Chapter 1 なんだかよく分らない前書き

いまどきは家にいるときの百姓だって、洋服あるいは洋服に類したものを着ている。まして や旅に出るとあれば、猫も杓子も洋服を着る。げんにこの胴《どう》の間《ま》につまっている乗客でも、男で和服を着ているのはこの男のほかにもうひとりしかいなかったが、これはお坊さんだから致し方があるまい。

横溝正史『獄門島』

僕は小説家ではない。猫でもなければ杓子《しやくし》でもない。僕はただのイラストレーターだ。その、猫でも杓子でもないイラストレーターの僕がなんでまた〈僕は小説家ではない〉なんてことを言い出さなければならないのかというと、それは、これから僕が小説を書こうとするからだ。
僕は小説家ではない。だから、僕の書く小説がうまく行くかどうかはよく分らない——要するに、僕はこのことを言いたかっただけなのだ。

僕は小説家ではない。それなのに僕がどうして小説を書こうとするのかというと、それには勿論、訳がある。訳というのも色々あるが、その内で一番大きいのはやはり、僕がイラストレーターだということだろう。

別に大したことではない。要するに、僕にはコネがあったというだけなのだ。

僕は別に有名な人間でもないし、大したイラストレーターでもない。そんな僕が小説を書けるとしたら、それは勿論、僕に出版社の人間との付き合いがあったということだけなのだ。

僕は仕事をしていて、その仕事の打ち合わせをしていて、「こないだねェ、ちょっとヘンなことがあったんですよ」なんてことを言った、ただそれだけなのだ。

ただそれだけなのを、一体なんの風の吹きまわしなのか、それを聞いた出版社の人間が、僕に「そのことを書いてみません？」と言っただけなのだ。「今はノン・フィクションの時代だ」なんて言った小島《おじま》さん、はっきり言ってあなたのせいですよ、僕がこんな苦労をしているというのは。

小島さんというのは、この本を出す（ことになってしまっている）徳間書店の〝文芸局〟という恐ろしい所にいる、編集の人です。

僕はこの人と仕事をして――それは新書の装丁だったんですけれども。装丁なんかをやる前は、実は小島さんていう人は（正確には小島浩郎さんです、しつこく名前出してすいません）『アサヒ芸能』という週刊誌にいて、それで僕、そこのカット描きなんていうのをしてたんです。

要するにそこで知り合ったんですけどね。口調が変って来てすみません。やっぱりこの方がいいみたいですので、こっちの方でやります。あんまり気にしないで下さい。初めっからこの調子で小説書いた方がよかったのかもしれませんけど――ほら、小説は書き出しが生命だっていうこともあるでしょう？――初めっからあんまりバカっぽいのもなんだとか思って、それで騙してたって訳じゃないですけど、騙してたんです。マァいいですけれども、要するに、小説を書くということに関していえば、僕は乗せられた訳です。だからして、僕は今、こうやって小説を書いている訳です。

要するに、そういうことな訳なんです。

僕が話して、「それ、おもしろそうだから書いてみない？」って言われて、「エーッ、本気ですかァ?!」って言って、「自信ないなァ」って言って、「平気、平気」って言われて、「今だとノン・フィクションで昭和軽薄体だったらばっちりだ」って言われて――いいですけれども、でもやっぱり、僕、自分が〝軽薄〟だって言われるのは好きじゃありませんね、ホントの話が。ええ。

で、結局こういうことになってるんです。

ええ、なってるんです。

そうでもなかったら僕、ちょっと、こういう、小説を書くなんていうような、無謀というか大胆な真似というのはしなかったと思いますからね。たとえそれに魅力を感じてたりはしていてもね。

マァ、そういう訳で、僕シロートですけれども、書いてみます。いろいろ慣れないこともあるんで、ヘンなところもあるかとは思いますけど、そういう訳なのでマァ、いろいろと許して下さい。お願いします。言い訳ばかりしても始まらないと思うので、それでは小説を始めます。

あの、唐突で悪いんですけど、僕、探偵をやってたんです。

やっぱり唐突でしたか？　唐突ですみませんけれども、僕、探偵をやってたんです。別に僕、〝マルチ人間〟という訳じゃない訳で、本職はイラストレーターなんですけれども、こないだうち頼まれて探偵やってたもんなんで、それで、これからそれを書くんです。

あ、それでちょっと説明しときますけれども、この章の一番初めに書いてあるの――というより、引用してある文章ですけど、あれ、有名な『獄門島』の一節なんです。オープニングの方で、あの〝金田一耕助〟の出て来る。だからあの、あの文章の中にある〈この男〉っていうのは、金田一耕助なんです。外国なんかだと――　〝外国なんかだと〟というのは勿論、外国の推理小説なんかだとという意味ですけど――よく章の初めにシェークスピアの文章とか引用してあるでしょう？　あれ、カッコいいなとズッと思ってて、それで、やっぱり推理小説書くんだから少し気取ってみようかなと思って、それでこうやって引用してるんです。マ、どうでもいいことかもしれませんけどね、とりあえず念の為。

それでね（コロッとトーンが変る）まず一番初めに引用してあるのが〝金田一耕助登場シーン〟であるってことで分ると思うんですけど、実に僕は、私立探偵をやっていたという訳なんです。

私立探偵ですよ、私立探偵。まァ、正確にはちょっと、私立探偵というのとは違うんですけどね。どう違うかは分りますけどね、その内。だから――

だからなんなのかはよく分んないけど、要するに、この僕は、なんだかよく分らないこの現実の世相を相手にして――というか、相手にするつもりでかえって呑みこまれて、それで今現在、こういう昭和軽薄ノン・フィクション・ハードボイルドをやっているという訳なんです。

（″ハードボイルド″って、男の一人称語りのことなんでしょ？　違います？）要するにこれ、僕の″青春の記録″でもあるんです（いいのかな、こんなことを言って？）。

Chapter

2

# 斯くして探偵小説は始まる

「折角で悪いんですけど、当節の世相のほうは、あたしも新聞を読んでいますから、改めて聞かせていただくには及ばないわ。それよりあなた、もう少しどうにかならないかしら」

中井英夫『虚無への供物』

どうにかならないかって言われてもねェ……。なりにくいなァ……。

というのは、これが僕のパーソナリティなもんだから。というのは、こういう僕に、現実に小説を書かせようという〝世相〟というものもある訳だから……。

どうにもなりませんね。

ええ。

どうにもなりませんとも。どうにもね。

ええ。

# Chapter 3 斬くして探偵小説は始まった

「へへえ、あんな男に、事件を依頼するひとがあるんですかねえ」

私は思わず、自分の感想をもらすと、美也子はふふふと笑って、

「まあ、ひどいことをおっしゃる。人は見かけによらぬものというから、あれでも立派な名探偵かも知れなくってよ」

美也子の言葉はあたっていたのだ。

横溝正史『八つ墓村』

という訳なんです。

今年の春なんですけどね、新聞に出てたから覚えてらっしゃる人もいるとは思うんですけど（多分）、殺人事件があったんです。

どれかって言えば、マァ、話せば「ああアレか」っていうことがお分りになるかとは思うん

ですけど、今年って、なんか、殺人事件が多かったでしょう？　なんかこういうことって象徴的な気もしますけどね。象徴的っていうのは、殺人事件が多いという風潮がですけどね（〝風潮〟なんていう字、生まれて初めて使ったな）。どういう風に象徴的かっていうことは、多分、その内に分っていただけると思いますがね——僕の説明がうまく行けば。

　そう、要するにそういうことなんです。〝当節の世相〟だって、のんべんだらりと新聞見てるだけじゃ分んないっていうことなんです。多分そういうことだと思うんです。おあいにく様だけど。

　今年の、1月14日のことでした。僕のところに電話がかかって来たんです——「ねェ、コーちゃん、暇？」って。

　ついでに言っときますけど、僕の名前は〝橋本治〟じゃありません。あの人もイラストレーターやってたって話があるけど、でもちょっと、ああいう人とは一緒にしてほしくないです。僕の名前は、田原高太郎《タワラコータロー》です。

　こんばんは。

　どうしてこういうのが冗談になっちゃうのかよく分りませんけどね。とにかく、僕はタワラ・コータローな訳です。こんばんは。

「ねェ、コーちゃん、暇？」っていう電話かけて来たのは僕のガールフレンドなんですけど、でもいきなりその話をする前に、ちょっとだけ僕自身のことも書いておきます。「ねェ、コーちゃん、暇？」っていうことで、僕は私立探偵の役を引き受けさせられる破目に陥っちゃったんですけれども、どうして僕がそういうことを引き受けちゃったのかという、いわゆる〝心理的背景〟っていうものを少し説明しとかなくちゃいけないんじゃないかと思って。別に僕は、そういうことをただ単純に、ふらふらOKしてしまったという訳ではないんですから。

まず最初は、僕の話です——


1月14日っていうのは、僕、暇だったんです。今年初めての仕事が終って——っていうより、去年から続いていた仕事がやっと終って——暇というよりは、ぐったりしていたんです。

僕、フリーのイラストレーターなんですけど、フリーっていうのは、哀しい職業なんです。どうして哀しいのかっていうと、それは休みがないからなんです。

休みっていえば、それはほとんど一年中が休みということもありますけどね——やろうと思えば。ただしそれやれば死んじゃいますけどね。

僕の仕事って、雑誌媒体とかレコード・ジャケットなんていうのが多いんです。多いけど、だからどうっていうことありません。あんまり有名じゃないから。

大学時代、ちょっと学祭のポスターなんか描いて——つまんない遊びだったんですけど、それでなんか、マスコミにとっかかりというのが出来ちゃって。後で言いますけど、僕の大学って、少し特殊なんです。

それで、なんか、マスコミという業界のかたすみでフリーなんていう看板を勝手に上げちゃって、勝手にイラストレーターなんてのをやってたんですけど、でも、フリーなんてあんまりカッコいいことじゃないなって思いますね。自分でやってるから、分るんですよ、それぐらい——人はどう思うかしれないけど。やってくのは簡単ですけど、喰ってくのは大変ですからね、フリーって。

仕事が〝雑誌やレコード〟とかって言ったたって、いろんな雑誌や音楽ってありますからねェ。二流の雑誌でカット描きやってたってしょうがないし、三流でデカイ面も出来ないし、いわゆる〝一流〟のところで、年に一回なんかの偶然で仕事の依頼が来たって、それはフロックで、だからどうだっていうこと全然ない訳ですからね。惰性でフリーであることになんか、ほとんど全然なんの意味もないですね――というようなことも考えます。

それで仕事の話ですけど、今年の正月に、僕は仕事してたんですね。正月も仕事するんです、フリーは。

今年の正月にやってた仕事っていうのは、某中小出版社から出てる『ぐーたらサラリーマンの為の手抜き出世術』っていう、ビジネス（?!）書のカット描きだったんですね。それと、たまたまかち合ってしまった『夜のカラオケベスト30』っていうカセットの表紙描きだったんですね。名もないフリーの僕のところに来る仕事なんていうのは、こんなものなんですよ。（こういうこと書いてていいのかな？　マァいいや）ホントに、こんなことやっててなんになるのかなっていう気もするんです、時々仕事やってて（こういうところで力説してもしょうがないけど）。

暮れの（去年の）20日ぐらいにね、仕事の電話があって、それで、『ぐーたらサラリーマンの為の手抜き出世術』（しかしなんちゅう名前だ）っていう本のカット描きを引き受けて――つまんない仕事だけど、120点あったんですよ、カットの数が。1点3000円で120点でしょ？「これで当分喰ってけるな」と思って、それで引き受けたんです。フリーなんて、まとまった金、入んないんですよ。愚痴になりますけど。それで、その仕事やってたんです。

『ぐーたら――』の締め切りが、5日だったんですね、1月の。今の出版なんて、短期決戦でしょ？　短期決戦ならいいけど、ほとんど思いつきで本出してる訳でしょ？　だから、締め切りって、ワリとシビアーなんです。でね、フリーに休みがないっていうのは、ほら、会社だとちゃんと休みがあるでしょ？　週休2日のうえに、夏休みとか連休とかね。勿論正月休みも。そしてね。そういう大きい休みの時にはね、大体段取りをよくする為に、仕事の依頼を休み前にするんですよ。「じゃァ、休み明けぐらいに」っていう感じで、こっちはいつも引き受けさせられるんですよ。――ということは、自分達は休み、僕達は働くという構図が出来上がるということなんです。だから〝仕事の段取りをよくする〟というのは、僕達の為にではなく、依頼する側の自分達の為にではあったりする訳です。忙しい僕としては、だから、世間が一斉に休んでしまうような時期――正月とか8月の休みとか、そういう時期が一番忙しかったりはする訳です。ほとんど二流の証明ですね。

だもんだから僕、今年の正月はただただカップラーメンを啜ってたんです。

「田舎に帰ればいいじゃないか」っていう声もあったんですけどね、でも、なんかこう、家族っていうのうっとうしいし、〝仕事〟っていう口実があればそういうことを面と向かって言う必要もないし、とかいうのがあって、それで僕は、なんだか自発的というのもおかしいけど、でもよく考えたら〝自発的〟に、自分をタコ部屋なんかに押しこんでいたりする訳です。〝フリー〟というのも、タコ部屋の一種なんでしょうけどね（なんかはっきり他人事だな、マァいいけど）。

それで、そんなことやってまして、その仕事は5日に終ったんです。終ってクタクタになったんです。（なにしろ、いやいややってるんですから）そして、次にカラオケっていうのが控えてるんです。誰が『夫婦酒』のイラストなんて描きたいと思います？　歌う方は勝手だけどサ。マァいいや、酒井さん、これ見ないで下さいね（約一行、楽屋落ちです）。

それでもね、数があるでしょ？　30点。はっきり言って、金に目はくらみます。くらむ時にくらんどかないと、次いつ目がくらむ時期がやって来るか分んないのがフリーなんですから。だから僕、やりました。イラスト30点の締め切りが10日の月曜日。5日で30点ていうのもキチガイ沙汰なんだけど、でもとにかく「描いてあればいい」っていう種類の仕事だから——「描いてあればいい」って言ったのは僕じゃありません、依頼される時に、そういう言葉もついてくるんです、ああ……——やりました。でも5日間は無理で、しっかり〝休み明けの月曜日〟である10日に電話のダイヤル回して、しっかり死にそうな声で（フリーには演技力もいるんです）「すいません、すいません」て言って締め切り少し延ばしてもらって、それでその仕事をあげたのが12日。

12日の昼過ぎに、向うへ持ってって渡して、それで帰って来てすぐ、そのままバタンキューで、起きたのが夜の8時半。モーローとした頭で、テレビ見ながら飯喰ってて、これがさり気なく伏線になりながらそのまんま寝ちゃうのがこわいんですけど、これじゃなんのことだか分んないだろうなァ……。マァいいや、推理小説なんです（ちっともよくない）。

ボーッとしたまんま、次の日起きたのが昼過ぎで、その日はもう、やっと正月が来たかという感じで一日中ボーッとしてて、ボーッとしたまんま一日が暮れて、それでなんとか体勢が立て直せるかなァ……と思ったのが、ほとんど運命の日に近い、1月の14日のことだった訳なんです。

愈々《いよいよ》始まりますよ。

電話が、リーンと鳴りました。昼の2時過ぎでした。

一瞬僕、「仕事のやり直しかな？」と思ったんです。前に一遍そういうことがあったもんですから。

これ、僕の性分かもしれないんだけど、なんか、いやなんですよね。いやっていうのかつらいっていうのかよく分んないんだけど、大きな仕事終ってクタクタになってるのに、でもどっかしら神経が一ヶ所さめてて、それでなんか、〝不意の事態〟というようなもの、待ち受けてるってところ、あるんですよね。だから、一ヶ月仕事すると、次の一ヶ月か二ヶ月死んでますね。そういうことしないと、なんか、体の隅にたまっちまった緊張っていうのが、とれないんですよね。だから僕、その電話が鳴った時、一瞬ビクッとしたんです。「またなんかあったのかなァ？」とか思って。結局、自分に自信がないんですよねェ、なんだかんだ調子いいこと言いながらも。

僕、死にそうな声で、受話器取りました。ほとんど演技は日常と化してました、僕の場合。


「はあい……」

僕は言いました。

ツーン……!!

公衆電話の発信音がしました。

「ああよかった、少なくともやり直しじゃない」そう思いました。「救われた」と、そう思った訳です。

「もしもォし」

相手の声がしました。既に僕としては、相手が誰でもよかったような気さえもしてた訳です。

相手は、聞き覚えがあるような女の声でしたから。

「もしもォし」

相手が更に言いました。

「もしもォし」

僕もやっぱりそう言いました。

「もしもし！」

しつこく相手はそう言いました。

「なんだよ」

僕はだから、言った訳です。既にして、相手は誰だか分ってる訳です。相手は、僕のガールフレンドでした。

彼女が言いました。「ねェ、コーちゃん、暇?」って。そこからすべては始まったのです。

Chapter

# 4 登場しない私立探偵

「むろん、探偵小説よ。それも本格推理長篇の型どおりの手順を踏んでいって、最後だけがちょっぴり違う――作中人物の、誰でもいいけど、一人がいきなり、くるりとふり返って〝あなたが犯人だ〟って指さす、そんな小説にしたいの。――」

中井英夫『虚無への供物』

彼女の名前は、長月《ながつき》理梨子《りりこ》と言います。別に抒情的《リリック》な娘《こ》じゃありません。親としてはそう思ったのかもしれませんけど、現実は違います。要するに理梨子というのは、〈理性が梨《ナシ》〉なんです。

僕とおんなじ25歳で――言い忘れましたけど、僕25です――僕とおんなじフリーの、でも絵が描けない彼女は、字を書いてるライターです。フリーのライター長月理梨子さんで、25歳です。

ヘンな名前ですけどね、でも、名前に関しては人のこと言えませんからね。こんばんは――。

「ねェ、コーちゃん、暇？」

彼女は言ったんです。いろいろ飛んですいませんけど、要するに、それが運命の一言だったんです。


僕は言いました。「暇だよ」って。

オーバーに言えば、その一言が命取りだった訳です。ホントにオーバーなんですけれども。でも、言わせてもらえば、たった一人でボーッとしている昼下がりに、女の、しかもよく知っている女の友達から電話がかかって来たんだとすれば、大体の男というものはすべての都合というヤツをポンと放り出しちゃうものじゃないんですか？　大体、その時の僕には、放り出すべき都合というヤツさえもなかったんですから。

だから僕は言いました。「暇だよ」って。ただ一言、ホントに素直に。相手が何考えてるのかほんの少しも理解せずに。


「ホントに暇？」

理梨子はすかさず言いました。

「うん」

僕も素直に言いました。

「当分暇？」

理梨子は更に言いました。ひょっとしたらこれは、なんか仕事しろって言うのか、それともどっか旅行に行かないかっていうのかのどっちかだなと、僕はその時思った訳です。

「暇だけどなんだよ？」

僕はそう言った訳です。

「だったらサァ、いい話があんだけどサ、そっち行ってもいいィ？」

「今から？」

「うん」

「いいよ」

と、僕は言った訳です。

別になんということもない会話です。次の一行が発せられる迄は。

彼女はこう言ったんです。唐突に――「ねェコーちゃん、探偵やる気、なァい？」


「えーっ?! タンテー？ なァに？」

僕は言いました。なんのことやら訳が分んなかったからです。


「探偵ったら探偵よ」

理梨子は言いました。

「探偵ってなんだよ？」

僕は訊きました。

「探偵ったら探偵よ。今そっち行ったら話すよ」

「お前、テレポートすんのか？」

「うるさいなァ。探偵やんないかって言ってんのよ」

「だから何を?」

はっきり言って、これは質問になってない訳です。でも更に、はっきり言って、彼女の答は、答にさえなっていない訳です。彼女は言いました――「探偵やるの。やんなさいよ」って。


「だから、何をォ!」

僕はほとんど悲鳴です。

「あのね、探偵やらないかって言う人がいる訳よ」

「だからその〝探偵〟ってのはなんだって言ってんだよ」

「分んない人ねェ。探偵ったら探偵よォ。私立探偵とかサァ、少年探偵団とかいるじゃなァい?ほら、フィリップ・マーローとか」

「俺に半ズボン穿《は》いてトレンチ・コート着ろって言うの?」

「つまんない性格」

「俺はウッディ・アレンか?」

「つまんない生活。《マル》」

「お前はコピーライターか?」

「うるさいなァ。とにかくやんなよォ、こっちは私立探偵探してんだからサァ」

理梨子はそういう女でした。独断でつっ走ったが最後、もうほとんどつっ走りっぱなしの女でした。だからもう、理性がほとんど梨なんです。一応、心理描写も入れときました。

僕は言いました。「探偵ならよそ行って探せよ」って。

「探偵ならよそ行って探せよ、俺は探偵じゃないんだからァ」

「ところがあんたじゃないとだめなの」

「なんで？」

「だって、あたしが知ってる人で東大出てんのなんてあんただけだもん」

「お前、自分が何言ってるか分ってる？」

「うん」

「お前、今日本語喋ってる？」

「うん。東大出の探偵探してんのよ。国立出てる私立探偵。あんた、東大出でしょ？」

一瞬の空白。

「ねェ、あんた東大出でしょ？」

更に一瞬の空白。

「ねェッ、聞いてんのッ!!」

うるせェなァッ！

ああ、失礼。

僕、東大出てるんです。東大出の、イラストレーターなんです。

だから――

だから僕、橋本治の小説なんかに出て来るのやだって言ったんです！

だってサァ、あまりにも見えすいてると思いません？　主人公がサァ、男で、25で、そこまではいいとしても、売れないフリーのイラストレーターで、東大出で、小説書いてて私立探偵やるなんて、あまりにも安易といえば安易すぎる設定だと思いませんか？　そんなねェ、自分が出て来たけりゃ、自分の名前使って書けばいいのにねェ。なァにが今晩は田原高太郎ですだ、畜生。ああ、親を恨みます。なんちゅう名前をつけるんだ。

「ねェ、聞いてる？　どうしてサァ、東大出って言われると黙んのよ？」

「恥部なんだろう」

「そういうの、露悪的性格っていうのよ」

「ああそうかい。だからなんだって言うんだよォ。お前はなァ！」

僕はほとんど怒鳴りかけていた訳です。

「要するにね」

「うん」

でも、理性は軽く激情を押し流します。

「その人がサ」

「〝その人〟って誰だよ？」

もっとも、僕の激情は中途半端すぎるっていうこともあります。

「要するに、私立探偵探してる人がいてサ」

「ふん」

ここら辺全部〝伏線〟です。

「その人がね、探偵はほしいけど、私立じゃ頭が悪いから国立にしてくれって言うのよ」

「どうして？」

「知らないよ、そんなこと。どっちにしろそっち行って説明するから」

「ああ、ありがたいね、説明なんてのが出来るんなら」

「勝手なこと言ってなさい。これで結構面白いんだから」

「どこが？」

「どっかが」

「全然分らん」

「分んなくていいよ」

「うるせェなァ、お前、今どこにいんだよ？」

「池袋」

「ふーん」

「行くからね」

「ああ、お願いしますよ」

「20分後ね」

「20分で来れる訳ねェだろォ」

「走ってくよ、電車ン中」

「ああそうかい」

「あ、そうだ。ところでサァ、あなた、池袋まで来る気なァい？」

「ないね」

「新宿は？」

「ないね」

「やな性格ね」

「そう見える？」

「見えない。じゃァ40分後ね」

「だから言ったじゃないか」

「なにが？」

「20分じゃ無理だって」

「なにつまんないこと言ってんのよォ。男のくせにあんまりゴチャゴチャ言うんじゃないの」

「ああそうかよォ」

「じゃァね」

「おい、待て――」


別に待ってどうすんのかは考えてなかったんですけどね。結局、言葉の勢いです。電話は、ガチャンと切られて終りです。斯《か》くして〝私立探偵〟がやって来ることになっちゃった訳です。私立探偵というよりも国立《こくりつ》探偵というべきなんでしょうがね。言うべき言葉も失いますね。

欺くして〝私立〟探偵は登場しない訳です。僕、東大出ですから。登場しないけど、探偵小説は始まっちゃう訳です。でも、始まったばっかりでなんなんですけど、これで探偵小説なんかになるんでしょうかねェ……。段々不安になって来たなァ、僕は……。

Chapter 5

# 『獄門島』から来た女

しかし、読者はここで作者の筆にいたずらに酔っていてはならない。このあたりから作者は終局の意外性にむかって、周到な用意のもとに筆を進めている。

横溝正史《森村誠一著『人間の証明』文庫版解説》

理梨子がやって来たのは、それから40分後では勿論、ありませんでした。勿論それは、20分後でもない訳です。僕の住んでいるアパートのドアの前で、彼女の「いるゥー?」という声が聞こえて来たのは、その電話が終ってからザッと2時間は経っていようという、はや陽も暮れかかる午後の4時だったのです。

僕は、京王線の代田橋という所に住んでいます。東京のことをよく御存知ない読者の方の為に少し御説明しますと、京王線というのは、中央線の新宿駅というところから出ている私鉄の路線な訳です。ちなみに、理梨子のいた池袋というところは、その新宿から山手線で４つ目のところにあります。

代田橋というのは、その京王線の新宿駅から４つ目の所にあるのですが、だがしかし、代田橋という所は、実質的には２つ目の駅でもある訳です。

どういうことだかよくお分りいただけないかもしれませんが、でも事態を複雑にしているのは僕のせいではない訳です。すべては「京王帝都電鉄」という1私鉄会社の責任な訳なのです。あえてこの件に関しての説明もしたくはないのですが、そういうのも少し不親切な気がするので、少し説明はします。この京王線という私鉄には、実は、始発の「新宿駅」が２つもあるのです。普通の「新宿駅」と、地下鉄が乗り入れている「新線新宿駅」と、２つです。駅が２つあるから理梨子が乗り間違えて、それで2時間もかかったという訳ではありません。「新線新宿駅」からなら４つ目、ただの「新宿駅」なら２つ目で、どちらの電車も、ちゃんと代田橋駅には着くからです。この説明は、あまり事態の解明には関係というものがありません。

それならば、というので、こういう話はどうでしょう。実は――というほどの大げさなことでもないのですが――この代田橋という駅には、急行というものが停まらないのです。「新線――」の方ではなく、ただの新宿駅を出ると、京王線の電車は、まず笹塚という駅に停まります。この笹塚という駅は、急行停車駅で、準急も特急も通勤快速も、急行という急行はみんな停まる駅です（ということは、京王線というただの一介の私鉄の線路の上には、これだけの種類のややこしい電車達が走っているということです。東京のことをよく御存知ない方の為に、更に一言を付け加えました。なんて親切なんでしょう、僕は）。

笹塚を出た各駅停車は、次に、目指す目的地である、我が代田橋駅に着く訳なんですが、〝次に〝って言ったってひどい。だって、笹塚のホームからは、代田橋の駅に立ってる人間の姿だって見えちゃうんですからね。多分、北方四島を目の前にする北海道の人っていうのはこういう心境でしょうね。マァいいですけれども。

代田橋を越えると、これは笹塚の駅からは見えませんけども、その向うに明大前という、これまた特急も各停も、なんだって停まる有名駅がある訳です。要するに、代田橋というのは、二つの乗り換え駅、笹塚と明大前にはさまれた、横光利一風に言うならば〝小石のように見捨てられている駅〟な訳です。マァ、ほとんど谷間だから、小石があるとさえも思われないような見捨てられかたではあるのかもしれませんけどね。

これがどういうことかと言いますと、実に、新宿駅でうっかり急行に乗ってしまった人間は、うっかりと明大前にまで行ってしまって、「あ、いけない」と思ったまま、更にまたうっかりして急行に乗っちゃって、それでまた更に行き過ぎて笹塚まで行ってしまうという、メビウスの輪的現象を呈することもありうるということです。これやってたら、永遠に僕の家までは辿り着けませんけれども、だがしかし、そういうことだってありうる、という訳です。

まァ、理梨子が池袋から代田橋まで40分で辿り着けるということは、初めっからないと思っていたようなフシもあるんですがね。それでも2時間というのはちょっとジリジリしすぎてたような気持もするもんですから、ですからあえて、その焦燥感を味わっていただこうかと思って、こうして持って回ったことを少し書いてしまったという訳なんです。マァ、あんまり気を悪くしないで下さい。

僕は思ってたんです――あの調子だと、結構あいつ早くやって来るんじゃないかな、と。だから僕、電話終って、部屋の片付けというのをやってたんです。暮れから仕事しっ放しで、結構部屋の中は散らかってたんですけど、でも僕ワリと、部屋の中はきれいにしとく方なんですから――というより、自閉症的に、暇な時はワリとチョコチョコ部屋の中片付けてる方なもんですから――ワリと簡単に片付けは終ったんです。終りましたけど、でも時計見ると、もう30分はかるく経ってるんですね。「そうか」とか思って、僕、コーヒー淹《い》れる準備に取りかかったんです。

　酒がないな、とかは思ったんですけど、来たら来たでなんとかすればとか思ってね、ええ、待ってたんです。おとなしく。

　ところが、それから30分経ってもまだ、理梨子はやって来ません。駅からだと歩いて、ウチまでは15分ぐらいなんですけどね、そんなこと考えて時間の計算しながら、ヤカンの中の水が全部褐色の液体と変じてしまって、そしてそれがほとんど全部、僕の胃の中を通過して行ってしまってもまだ、彼女は一向に姿を現わしません。

　一体あいつ、何やってやがんだって考えたのが3時20分。どうせそういうことになるだろうよと思ってたのが、それより5分前の3時15分。

　あいつ一体、俺に何やらせようっていうんだって考え始めたのが3時30分。〝探偵〟って、一体なんだよ？　あいつ又、ヘンな雑誌でヘンな企画貰って来て、それで俺にヘンなことさせようっていうんだろう、とか思ったのが3時45分。

　胃の中を通過して行った褐色の液体が遂に出口に辿り着いて、僕がトイレのドア開けて出て来たのが3時50分。

　畜生、せっかく人がボーッとしてたのをイライラさせやがって、なんて思い始めたのがそれから5分過ぎ。

あーあー、もう来やしねェよ、頭来たから映画でも見に行くかなァ、とか思って、そういえば最近、あんまり映画も見てないなァ——いや、『E・T』は見たか。でもなァ……とか思ったのが4時。

そういえばこないだTVで見たなァ、ボーッとしてたからよく覚えてないけど、おとつい、TVでやってた映画ってなんだっけ……。あ、そうだ、横溝の『獄門島』だ……、とか思ってた途端、4時5分過ぎに、待望の長月理梨子さん御登場という次第になったりはするのです。

僕がボーッとしてる所に、いきなり「いるゥー?」という声が聞こえました。僕は、「おゥ」と言って立ち上がる拍子に、吸殻で一杯の灰皿をひっくり返してしまいました。僕はあんまり頭に来たもんで、「入るよォ」という彼女に向かって、「いねェよォ」と怒鳴りました。

「なんだ、いるじゃない、ねェ?」

と彼女は言ったのです。

〝いるじゃない、ねェ?〟——最後の一言は、僕に向かって発せられた訳ではないのです。

僕は、床に這いつくばって、煙草の吸い殻を拾っていました。

「いるじゃない、ねェ?」と言った彼女は、「遅くなってごめんね」と言って、僕の目の前にケーキの箱を突き出しました。

その向う、長月理梨子によって突き出されたケーキの箱の向うに、実は、もう一人、正体不明の〝女〟が、隠れるように立っていたのです。〝隠れるように〟というのは、実は僕の部屋の玄関(という代物でもないか)が狭すぎるからですが、だがしかし、その〝彼女〟が正体不明であるということは、正に掛け値なしの真実だったりはした訳です。

一体彼女は何者か？

少し、気をもたせるようなことをするのをお許し下さい。

ほんの、もう少しです。

もう少しだと言うと、怒られるでしょう。

ここら辺で、いい加減にします。


「ごめんねェ、この子がサァ、新宿で買物があるなんて言い出すもんだからサァ」

理梨子が言ったのです。

「あ、そうなの」

そう言われて僕は、一瞬にして愛想のいいおじさんです。

「この子、鬼頭幸代《きとうゆきよ》ちゃん」

理梨子は、そう言って謎の人物を紹介します。

「この子、由美香《ゆみか》の友達なんだよ」

「あ、そうなの」

僕は言いました。〝由美香〟というのは、理梨子の妹にあたる、某三流女子大学の女子学生です。彼女＝鬼頭幸代が、長月理梨子の妹の友人であることは一瞬にして分りましたが、だがしかし、その彼女が一体なんだって僕の部屋の玄関口に立っているのかということになると、それは依然として不明のままです。

「上がるよ」

理梨子が言いました。刈り上げヘアーの長月理梨子は、フリーのライターらしく、黒ずくめのワイズです。

なんの為にそこにいるのか分らない鬼頭幸代は、ブローヘアーにピンクのルージュ、ブルーのアイシャドーにピンクのダウンの、典型的なルンルンギャルです。

「上がりなよ」と理梨子に言われて、そのブリブリギャルはルンルンと部屋の中に上がって来ました。手に持ったアド・ホックの紙包みを口許に押しやってキャピキャピ笑っているところを見ると、多分それが彼女の〝買物〟でもあったのでしょう。

何買って来たのかは知らないけど、大急ぎで人ン家《ち》来る人間を勝手にとっつかまえて、平気でつまんない買物をしてるこの典型的な女子大生は、どうーオ見ても、頭が良さそうには見えません。別名、こういうのを無邪気だという説もありますが、僕は、どうしてもこのテのタイプは好きになれません。

一体なにしに来たんだろう？　と、僕は思った訳です。

「ファンかな？」と僕は思いました。マァ、あまりにもあんまりだと僕の発想を哀れむ人は、女子大生というものの実態を知らないからです。彼女等にとって、男というものとの関係とは、〝ボーイフレンド〟か〝隠れたファンなの〟というのの他には〝赤の他人〟というのしかない訳ですから。それ以外には男は存在しないのですから。

で、まァ、僕も、さもしい根性半分で、「ファンかな？」と、思った訳です。よだれ垂らしながら、掃除しながら。

「誰だと思う?」

理梨子が言いました。話の対象はルンルンギャルです。

「誰なの?」

僕は言いました。僕はもうほとんど、長月理梨子がなんの為にウチにやって来たのかは、忘れてしまっていたのでした。

「ふふふ」

理梨子は笑いました。

「なんだよ?」

僕は言いました。

「ふふふふふふ」

謎の女子大生も笑いました。

見ようによっては、今にも乱交パーティーが始まりかねない雰囲気ではありました。

「ふ、ふ、ふ」

理梨子が口を開きました。

「依・頼・人」

「イライニン?」

僕が訊きました。なんのことだか分らなかったからです。

「依頼人たら依頼人よォ。なんだと思ってんのォ? あんた探偵やるんでしょォ?」

「?」

僕は、とってもポカンです。だって、冗談だと思ってたんだもの。

「一体なんなんだよ?」

僕は言いました。

「なんなんだよって、探偵やるんでしょ?」

理梨子が言いました。

「そんなこと言ってないだろォ!」

僕の虚しい反撃です。

「言ったよォ。だからあたし達来たんだよ」

「〝あたし達〟って、さっきからずっと一緒にいたの? 池袋から?」

幸代ちゃんはコクンとうなずきました。期待をはぐらかされると、なんだか妙に愛着というのは湧くものです。

「あたし達、相談してたんだよねェ?」

「ねェ?」と、理梨子はうなずきます。

それに合わせて、幸代ちゃんもうなずきます。

「ねェ――」

僕の方に理梨子は向かいました。

「何?」

「彼女のサ、名前聞いて、なんか、思い出さない?」

「何を?」

「〝鬼頭ユキヨ〟って、知らない?」

「誰？」

「苗字でもいいよ」

「うん」

「鬼頭？」

「うん」

話題の主は、ほとんどケラケラ笑っています。

「裁判官？」

僕が言いました。

「何ィ？」

理梨子が言いました。

「ほら、鬼頭って裁判官がいたじゃない？」

「裁判官がどう関係あんのよ？」

「知らない、君が〝鬼頭〟って訊くからサ」

「バカね。あなたって、二重にバカね」

「どうして？」

「まず第一。鬼頭史郎って、裁判官じゃないのよね。判事補なのよね」

「だからなんだよ？」

「関係ないのよ。あたしが言ってるのは、その鬼頭じゃないのよ」

「どの鬼頭だよ？」

「こないだTV、見なかった?」

「なんのTV?」

「『獄門島』——こないだ『水曜ロードショー』でやったでしょ?」

「見たけど。さっきそんなこと考えてたよ」

「だったら分るでしょ?」

「何を?」

「鬼頭っていうのはね、その『獄門島』に出て来る苗字なのォ」

「へーェ」

「やっと分った?」

「きみも分らせ方がうまいね」

「あたしのどこに不満がある訳?」

「しいて言うなら、いち早く僕のイヤミを察知してしまうところかな」

「ああ、頭がいいってことね」

「マァね」

僕達はなんか、その『獄門島』から来た女子大生の前で、勝手にマンザイでもやってるような気分になったのです。

「でね?」

理梨子が言いました。

「うん」

僕が言いました。

「その『獄門島』にね」

「うん」

「見てたけどなァ、ボーッとしてたから」

「見てたでしょ?」

読者諸賢は既に御存知だとは思いますが、僕は、徹夜明けの朦朧とした頭で、ただただ、ぼんやりと眺めていただけではあったのです。だから、「見てたでしょ?」と言われても、「見てたけど……」としか言いようがないのです、僕は。

# Chapter 6 呪われた一族

「……獄門島……いってくれ、おれの代わりに……三人の妹……おお、いとこが、……おれのいとこが……」
鬼頭千万太はそこまでいって、がっくり息がたえてしまったのである。

横溝正史『獄門島』

理梨子が言いました――

『獄門島』にね、出て来る娘がいる訳よ。ね？　3人いるの。雪代っていうのと月子っていうのと花枝っていうの。花枝に月代に雪子だったかな？　まァ、でもそんなことといいわ、どうでも。とにかく、娘が3人出て来るのよ。知ってるでしょ？　そう、浅野ゆう子のやってた役よ」

それを聞いて、僕は思いました──「ああ、あの頭の弱いの」と。でも、僕はそのことを口にするのはやめました。何故かというと、確かに『獄門島』に出て来る3人娘は〝頭の弱い〟という設定にはなっているのですが、だがしかし、その時の僕の目の前にいた現実の〝鬼頭《きとう》ユキヨ〟のことを考えると、その言葉は、ほんの、僅かばかりのためらいを必要とした訳です。だから僕は、口を鎖《とざ》しました。でも、そういう中途半端な愛情は、なんの役にも立ちません。なんといっても、女というものは、強靱な生き物だったりはする訳です。

理梨子は言いました──

「あの、頭の弱いの」と。

幸代《ゆきよ》ちゃんは、ケラケラと嬉しそうに笑いました。僕はただ、「ああ……」といって、曖昧な微笑を口許《くちもと》に浮べているだけです。ひょっとしたら、こうやって、男というものは段々にダメになって行くのでしょう。マァ、いいけども。

「あれが鬼頭ユキヨね──」

理梨子はそうやって、平然と後を続けたのです。

「──月代だったっけ？　まァどっちでもいいわ。それがサ、その問題がサ、一体どうして、今回の〝事件〟に関係があるのかっていうのよ。そうなの。〝事件〟があるのよ。ホントはまだ起ってないんだけどサ」

いいから先を続けて下さい。

「事件がどこで起るのかなんて、訊かないでね。あたしだってまだ、よく分ってないんだからサ。まずサ、アウト・ラインだけを説明するわよ。だから、それ聞いて驚いてほしいの。ね？」

はいはい。

「まずね、この子の家には、おばあちゃんていうのがいる訳ね」

ふーん。

「勿論、苗字は〝鬼頭〟よ。そのおばあちゃんの名前が、〝鬼頭ちま〟っていうの。〝千〟〝満〟って書くのね。どう？　すごいでしょ？」

ふうん……。

「どうしてよ？　どうしてこのすごさが分んないのよ？」

だって──。しょうがないでしょう。実は私、その『獄門島』の初めの方見てない訳なんですから。彼《か》の理梨子さんが斯《か》くも興奮するというのは。

「ホントに、どうしてそういう所を見ないのかしらねェ……。いいけども。

いいィ？

あの映画はサ、復員船の中でね——〝復員船〟ていうのは戦争のよ。昔のだけど、勿論。その中でサ、獄門島の跡継ぎであるところの鬼頭千万太《ちまた》っていう、若旦那が死んじゃうってとこからサ、あの映画は始まる訳よ。

〝千万太〟よ。分る？

分るんだったらいいけどサ。ホントに鈍いんだから。

そのね、死んじゃった千万太くんがサ、その死んじゃう間際にサ、〝早く獄門島に帰らなければならない、さもないと、恐ろしいことが起る〟って言う訳よ。

ね？　言う訳よ。

でサ、それを見たね、幸代ちゃんのおばあちゃんの千満さんがね、それとおんなじようなことを言ったのよ。こう、にっこりと笑ってね。

おそろしい……ことが、起る……、って」

幸代と理梨子は、2人揃って笑っていました。一体何が恐ろしいんだと、僕はその時思った訳です。

「一体、何が恐ろしい訳？　具体的に言うと、どういうことなの？」

僕は言いました。

「具体的って、どういうことよ?」

理梨子が聞き返しました。

「要するにサ、恐ろしいことが起るっていうのはサ、幽霊が出るとかサ、お化けが出るとかサ――」

「どっちもおんなじことよ」

「ああ、そうかい。とにかくサ、〝恐ろしい〟って言うんだったらサ、その〝恐ろしい〟ことに実体ってのはある訳サ、ね?」

「うん」

「だから、それはなんだってことを僕は訊いてる訳サ」

「分んないのよ、それが」

理梨子さんは、いともあっけらかんとそうおっしゃいました。

「分んないのよ。ね?」

理梨子さんは幸代ちゃんにうなずきかけます。

「うん」と言って、幸代ちゃんも、すごく楽し気な表情で、ルンルンとうなずき続けておられます。

「分んないんだったらサァ、一体、その話のどこが恐ろしい訳?」

僕はラジカルに突っ込んで行きます。しかし、そんなことでひるむような理梨子さんではない訳です。

「しかし、あなたって人は、ホントにもう、つくづく可愛いところのない人ねェ」

「どうして?」

「だってサァ、あたしはまだ、具体的な話っていうのは何一つとしてまだしてない訳よ」

「それにくっつく〝具体性〟なんていうのは、まだある訳?」

「ある訳! いちいちうるさい! いい? 実は、この話は、今週に始まったことではありませんでした」

「200年ぐらい前から始まってる訳ですか?」

「真面目に聞くということをしないのならば、あなたはここで、今すぐに、女二人によって、あなたの今穿いているパンツというものを脱がされてしまいます。いいですか?」

「はい」

幸代ちゃんは、キャーキャー、キャーキャー、ただただひたすら、嬉しがって喜んで転げ回っています。一体、この娘の家でこれ以上に恐ろしいことというのが起りうるのだろうか? 僕は正直言って、そう思ってしまったりはした訳なのです。《マル》

「実はね」

理梨子が言いました。

「ウン」

「先週だったのね。ね?」

「ウン」

前のうなずきは僕で、後のうなずきは幸代少女です。

「先週から祟りは続いてる訳?」

僕はうっかりそう言いました。

「そうよ」

真面目な顔で、理梨子は簡単にうなずきました。

「先週は『八つ墓村』でもやってたの?」

「それは来週」

「来週も祟るの?」

「違うよォ。あんた、テレビ見てないのォ?」

「俺はズーッと、仕事してたんだぜェ!」

「あ、そうか」

「正月だって俺が仕事してたっての、お前知ってんだろう?」

「あたし、うっかりあなたが趣味で忙しがってんのかと思ったからサ」

「悪かったなァ」

「マァいいわよ。こうなったら、ちゃんともう一遍説明し直して上げるから。いい?」


斯くして、長月《ながつき》理梨子さんの大説明大会が再開いたしました——


「——あのね、あなたは仕事してたから知らないだろうけど。テレビも見ないで忙しく仕事してたんだから知らないだろうけど——これ勿論いやみよ。ね? テレビのね、『水曜ロードショー』でね、三週連続でサァ、〝横溝ミステリー映画特集〟っていうのを、やってる訳よ。ね? 来週もやるんだけどサ、今週と先週もやってた訳よ。ね?

水野晴郎《はるお》がサ、〝いやァ、人間の持つ運命の恐ろしさ、哀しさというものをヒジョオによく味わわせてくれましたね〟なんて言う訳よね？

でね、先週はね、『犬神家の一族』をやってた訳。どうせ知らないでしょ？

マァいいけどサ。

でね、知ってるんだか知らないんだか知らないんだけどサ、『犬神家の一族』っていうのはサ、松子と竹子と梅子っていう――松子と竹代と梅子だったかな？――マァいいや。そういう恐ろしい三姉妹のいる一族な訳よ。知ってる？

そうよ。遺産争いやるのよ。〝恐ろしくも哀しい人間悲劇〟なのよ。水野晴郎がそう言ったのよ、あたしじゃなくてね。

でね、幸代ちゃん家《ち》でサ、それをサ、見てた訳よ。先週。一家揃ってね。

でサ、それ見ててサ、千満おばあちゃんがサ、〝ウーン〟って、唸った訳よ。

別におばあちゃんが犬神憑きだっていうんじゃないけどサ。ね？

実はね、この幸代ちゃんのお母さんていうのがね、千満おばあちゃんにとっては、実の娘にあたったりはするのね。

そうなの。幸代ちゃん家は、女系家族だったりはする訳。

そうよ。

お父さん養子よね。

ね？

うん。

でね、恐ろしいのはここなの。

実はね、幸代ちゃんのお母さん、三人妹妹なの。三人姉妹の真ン中なの。一番上のお姉さん、

〝松子〟っていうの。一番下の叔母さん、〝梅子〟っていうの。

そうなのよ。

こわいでしょう?

だから勿論、幸代ちゃんのお母さん、〝竹〟なのよ。〝竹子〟だと映画なんだけどサ、ちょっと違ってね、幸代ちゃんのお母さん、〝竹緒《たけお》〟っていうの。ちょっと男みたいだけどね、でも、〝竹〟なの。

それでね、それ見てたおばあさんがサ、その『犬神家の一族』にうめいた訳よ。

そんでサ、そのうめいたおばあさんがサ、石坂浩二の金田一耕助見てサ、〝探偵さんてのは……いるのかね?〟って言った訳よ。呟くようにね、〝探偵さん……、探偵さん……〟てサァ。

ふふふふふぅ……。不気味でしょう?

不気味な呟きの訳よ。

ねェーッ。

でも、まだあんだもんねェーッ。ねェーッ。

ふふふ。

それが、伏線なのね。それが先週で伏線なのね。そういう伏線を踏んどいて、それで愈々《いよいよ》今週ということになる訳。

千満おばあさんは、『犬神家の一族』を見て、それでなにやら、ブツブツと呟いておりました。いい?

ところが、家族の人達は、別にそのことを格別に怪しもうともいたしてはおりませんでした。というのは、そのおばあさんという人は、いつだってなんだか分らない、ぶつぶつぶつぶつという呟きを漏らしている人ではあったからです。

斯くして、鬼頭家の人々は、千満おばあさんの漏らした謎の呟きを、呟きとは思っていなかったのです。あ、〝別にそれが謎の呟きだとは思っていなかったのです〟だ。ごめん。ね？

だってサ、別に、鬼頭家は〝犬神家〟じゃないんだものね。

ふん。そうなの。でサ、その続きが今週になって愈々やって来たという訳なのよ。いい？さっき言っただけじゃないんだから。もっとすごくなるんだからねェ。いいィ？　覚悟しときなさいよ。

さて、今週になりました。今週は、〝犬神家〟ではありません。人殺しの舞台になるのは、獄門島という、瀬戸内海の小島です。そして、その小島の主《あるじ》は、〝鬼頭〟という一家でした。

ふふふ。

ねェ、幸代ちゃん、あなたのお父さん、なんていう名前？

ふふふ。

分んないでしょう？

分んないでしょう？　ホントにあなた、真面目にテレビなんか見てないんだからァ。

実は、『獄門島』の鬼頭家には、二人の跡継ぎがおりました。本家の〝千万太くん〟と、分家の〝一《はじめ》さん〟です。

ふふふふふふゥ……。幸代ちゃんのお父さん、〝一《はじめ》くん〟なんだよ。おばあさん、〝千満さん〟ね。そして、ここにいるのは、〝ユキヨちゃん〟。そしてね、もう一ついいこと教えて上げようか？

幸代ちゃんの伯母さん――お母さんのお姉さんね。犬神家の〝松子伯母さん〟よ。この人、勿論結婚してんのね。結婚して、苗字が変ってるの。長女なんだけど、この松子伯母さん、〝鬼頭〟じゃないの。この伯母さんの苗字、〝花田〟っていうの。〝花〟よ、〝花〟。

分る？　〝雪・月・花〟の内の〝雪〟と〝花〟は、もう揃ってるの。

どう？

ねェ？　さて、ここで一つ、問題です。『獄門島』の千万太さんと一くんと、ユキヨちゃんと花田さんは揃いました。それでは〝雪・月・花〟の残り一つ、〝月〟は一体、どこにあるでしょう？

あるのよ。

勿論あるの！

ホントに想像力のない人ねェ！

あたしィ！

あたしよ、あたし！

あたしの名前、一体なんていうの？

そう、勿論、長月理梨子です。

ふふふふふゥ……。

どう？　役者は全部揃ったでしょう？

いい？　おばあさんはねェ、『獄門島』を見て言ったのよ。〝恐ろしい……、恐ろしい……〟って。そんでねェ、言ったのよ。〝探偵さんを……探偵さんを……、ユキちゃん……、探偵さんは、いないのかねェ……〟って。事態は既に、一週間の間に、〝探偵さんはいるのかねェ……〟という〝願望〟から〝探偵さんはいないのかねェ……〟という〝期待〟にまで変ってる訳ね。

おばあさんはサ、『犬神家の一族』を見て、或る種の恐怖に慄《おのの》いた訳よ。それがなんだかは分らない。分らないけれども、おばあさんには、なんだか得体の知れない恐怖というものの正体は、はっきりと分っていた訳よ。ね？

でも、それはひょっとしたら一種の暗合かもしれない。

〝アンゴオ〟――謎じゃないわよ。こっそりと、なんかこう、意味っつうのがサ、隠された意味が一致するのよ。その〝暗合〟。〝暗号〟じゃないの。

うーん……。ヘンなこと言うから、何言おうとしてたか忘れちゃったじゃないよ。

エーと、なんだっけ？　あ、そう。

つまりサ、おばあさんはサ、松子と竹子と梅子の母親である――あ、そうか、ゴメン。松子と竹緒と梅子の母親であるおばあさんはサ、『犬神家の一族』を見てサ、〝世の中にはよく似た家もある〟ぐらいのことを思ってたのよ、初めの内は。でもサ、その映画が進んでくに従ってサ、〝ひょっとしたら、これは……〟というようなことが、彼女の胸の中に浮き上がって来たのよ。そうだと思うの、あたしは。

そう思わない、幸代ちゃん？

マ、いいけどサ。

ね？

おばあさんは思いました。なんか、恐ろしいことが起るような気がする。私はズーッと長い間忘れていたけれども、何か、何か得体の知れない何かが、隠されていたおぞましい何かが――。

うるさい。いちいち茶々入れないい！　真面目なんだから！

おばあさんは思う訳よ。長く生きて来て、なんとなく、自分の人生はもうこれまでだというような気さえしていた。もう、自分の人生はそれまでだとか思ってたから、世間の――マァ、家族の人よね、幸代ちゃんには悪いけど――家族の人にはもうろくした恍惚の老婆だと思われるような状態になってしまっていた。家族と一緒に、ぼんやりとテレビを見つめるだけの現実になってしまっていた。でも、でも、ある日それは違った。妖しく不気味な光を放つブラウン管の向うから、隠されたメッセージが彼女の許に送られて来た。

それはただ単に、自分の生んだ三人の娘がおぞましい祟りある一族の物語に登場する三人姉妹と同じ名前を持っているだけでしかなかった。だがしかし、そうした暗合を突きつけられた彼女の胸の奥深くしまわれていた記憶の暗闇の中で、それは、いつの間にか、ある不気味な形を取り始めて来た。

〝探偵さんがいたらな〟――彼女はそう思ったのよ。快刀乱麻を断つ、石坂浩二扮する名探偵・金田一耕助の活躍を見ながらね。

〝探偵さんがいたらな……〟彼女の胸の中で、それは一つの、かすかな祈りの光となりました。

なにが〝よく言うなァ〟よォ！　あたしはサァ、彼女の心理というのを、いちいちこうやって分析している訳なのよォ。

そんなこと言うんなら、あなた自分でやりなさいよォ。

分んないでしょう？

だってあなた、分る気なんてないんですもの。人間のドラマなんて、どこにどう存在してるかなんて分んないのよォ。少なくともサ、彼女は救いを求めてる訳よ。その千満おばあちゃんはね。

彼女は『獄門島』を見たのよ。『犬神家の一族』の時は、まだかすかな予感でしかなかったものがサ、今度は、明確な形を取り始めたのよォ。

千万太が死んだ。〝獄門島へ行ってくれ〟という恐ろしいメッセージを残して。

それを見たおばあちゃんは、どう思うと思う？

〝それは自分だ〟と思うんじゃないかしら？

自分の生んだ〝犬神家の三人姉妹〟か、それとも〝雪・月・花〟にちなんだ自分の孫娘達か？

何か恐ろしい運命がやって来る——そう、おばあちゃんは確信したのよ。

あ、言い忘れたけどサ、その〝花田〟姓になってる松子伯母さんには、やっぱりお嬢さんが一人いるのね。

ううん、名前は普通。〝鎮香《しずか》〟っていうの。

まさかァ、花田花代なんて名前がある訳ないじゃなァい。ねェえ？

ねェサァ、ねェサァ、幸代ちゃんサァ、知ってるゥ？

あのね、この人ねェえ、この人サァア、田原高太郎じゃなァい？　この人サーァ、クックッ、ねェえ、お父さんサーァ、一体なんつうか知ってる？

クックックッ……。

いいじゃないよォ。いいじゃないよォ。

言わせて。私に言わせて！

言うんだから！

あのね、この人のお父さんね、ハッハッハッ、ヒーッ、おかしい、あのね、トシヒコっていうんだよォーッ。

キャーッ、ハハハハ。田原・俊彦ッ!!」


うるせェなァ!!

「いいけどサ。ね？　呪われた一族だって、ちゃんとこの世にあるんだから。

クックックッ、田原俊彦の息子が、クックックッ、田原・コータローだって、クックックッ、バカみたい。クックックッ。呪われてんのよ。クックックッ。

あーあ、バカみたい。ああ、やめよう」


やめろ、バカ。一体なんの話をしてるんだ、お前は！

いいですけれども、こういう小説です。これは。

しょうがないんです。現実はこうなんですから。

もう少し、理梨子の話を続けさせて下さい――。


「ああ、バカだった。

あたしねェーえ、一遍この人にサーァ、お父さんに会わせてって言ってんだけどサーァ、会わせてくんないの――」


こういう話は続けません。少しカットします。要するになんなんだという訳です。シリアスな話をしてもらいたい訳です。


「ごめん。要するにサ、それでおばあさんは探偵がほしいんだと思うの」

「うん？　どういうこと？」

「つまりサァ、なんて言うのかなァ……、よく分んないんだけど、なんか、救いを求めてると思うのよ」

「結局、君の話っていつもそこなんだな」

「どこよ？」

「要するに、〝分らない〟ってサ」

「だって分んないんだもん。ねェえ？」

「うん」

こくんと幸代ちゃんはうなずきます。結局この子は、ほとんど言葉というものを発さない訳です。それも一種の祟りかもしれませんけどね――などということを、僕はその時思った訳です。

「あなたはサーァ、要するに、〝分らない〟ということだけを問題にするけどサ、問題は〝求められてる〟ということでもある訳よ」

「なんだそれ？」

「つまりねェ、あなたはサァ、そのおばあちゃんの言う〝恐ろしいこと〟の実体が分らないということを問題にしてる訳でしょう？」

「マァ、そう言われりゃそうかもしれないけどね」

「でもサ、そういう得体の知れない恐怖があるのと同時に、あなたが探偵として求められている事実というのもある訳よ」

「…………」

「あなたはサ、その、分らない〝恐怖〟のことだけを問題にしてサ、そこで求められている自分のことをサ、無視して考えてる訳じゃない？」

「なんか、そういうのって、ずい分強引な論理だと思わない？」

「なにが？」

「だってサァ、きみの話ってヘンだよォ。だってサァ、僕が問題にしてんのはサ、そのおばあさんの言うところの〝恐ろしいこと〟というのが、一体根拠のある発言かどうかっていうことなんだぜ。でもサ、きみの言うのだとサ、もう、それは、〝得体の知れない恐怖〟という形で存在しちゃってるってことじゃないか」

「どう違うのよ」

「全然違うじゃないかァ。僕はサァ、恐怖の実在性に関する根拠ってのを問題にしてんだよね。

でもきみはサ〝実在しないからこそそれは恐怖である〞っていう論法で来る訳じゃない」

「だから東大出は嫌ァい」

「どうしてサ」

「そういうことばっかり言うんだもん」

ちなみに、長月理梨子という女性は――このフリーのライターということをやっている女性は、東京の某美術大学を御卒業になっています。彼女は美大出でライター、僕は東大出でイラストレーターということです。世の中には、役に立つ学歴と立たない学歴というのもある訳です。

「あなたはサ、訳が分る、分んないということばっかを問題にしてんでしょう？」

「そういう訳じゃないよ」

「じゃァまァ、一応そういうことにしとくけどサァ、そういうのはおいといてサァ、どうしてあなたはサァ、自分が求められているっていうことを問題にしないのよ？」

「問題って？」

「現実に、おばあさんは探偵を求めてんだもん。ねェえ？」

「うん」

又しても〝うん〞は獄門島娘です。こうやって、合の手を入れられてくと、段々、段々、僕の体にかかった縄のようなものが、少しずつ、少しずつ、なんとなくたぐりよせられて行っちゃうんだなァ、というようなことなんですよ。要するにの話はサ。

理梨子は言いました。

「おばあちゃんが幸代ちゃんに頼んだんだよね」

「うん」

うなずいて、そして少し間を置いて――というよりかなり間を置いて、謎の依頼人、鬼頭幸代は、遂に一続きの文章を喋ってしまったのです。


鬼頭幸代は言いました――

「あのね、ホントはね、おばあちゃんが言ったんじゃなくてェ」

「うん」これは、僕と理梨子の二人です。

「あ、ホントは、言ったんだけどォ、でもそれはお父さんが言ってェ、下嶋《しもじま》くんにそう言ったんだけどォ――」

「？」（二人一緒）

「下嶋くんて誰？」「お父さんがなに言ったの？」（前者は理梨子、後者は僕で、結局2人は顔を見合わせたのです）

鬼頭幸代が再び言います――

「下嶋くんていうのはァ、中央大学の理工学部に行っててェ」

「違う。下嶋くんて、どういう関係があるの？」

これは理梨子の質問です。

「下嶋くんて、ウチのアパートにいる人」

「ああ！」

僕達は、二人揃って納得しました。納得しましたが、しかし、そんなこと言われたって、事態の解決にはなんら関係がないのです。とんだ依頼人を連れて来たなァというのが、僕と理梨子の間で一瞬の内にして交された了解ではあったという訳です。

再度、鬼頭幸代が挑戦いたします。

「下嶋くんていうのはねェえ、推理小説が好きなのォ。それでェ、お父さんがァ——」

又〝お父さん〟だ。

謎の〝お父さん〟、一体何を言ったのかな？

「あのォ、お父さんがァ」

「うん」

「お父さんがねェ」

「うん、分ったから」

「言ったの」

「何を？」

僕達2人で、話を引き出してたんですよ。

「あのね」

「うん」

「おばあちゃんがね」

「うん」

「探偵をね、こわいって言うから」

「探偵がこわいの？　そのおばあちゃんは」
（これ理梨子です）
「え？」
「おばあちゃんが、〝探偵がこわい〟って言ったの？」
「ううん。あのね、こわいからね、探偵がね、要るって言ったの」
「ああ、よかった」（うっかりこういうこと言ったの僕です）
「なァに？」（混乱したのが幸代《かのじよ》です）
「なんでもない、なんでもない」（僕も反省します）
「だからそういうこと言うなって言うのにィ」（怒るのは理梨子です）
「え、なァにィ？」（無邪気なのは幸代《かのじよ》です）
「うん、いいのいいの、先続けて」（慈母のような理梨子でした）
「おばあちゃんがね。（うん）こわいって言うから。（うん）お父さんがね――。いいの？（いいよ、いいよ）ウン。言うね。お父さんがね、（うん）、誰かね、そういう人をね、知らないかっていうの。（あ、そうなの）うん。だからァ、下嶋くんなら知ってるよって言って、（ああ、なるほど）ウン、言ったんだけどォ、（うん）、推理小説読んでるからァ――」
読者の便宜をはかって、彼女の発言を日本語に翻訳しますと、要するに、義理の母に当る千満さんの狼狽を見かねた一家の主《あるじ》、鬼頭一さんは、娘の幸代ちゃんに、「誰かそういうこと（探偵のようなこと）が出来る人はいないか？　いればおばあちゃんの気休めになるのだが」というようなことを言った、ということになるのです。そして、そう言われた鬼頭幸代ちゃんは、かねてから彼女と付き合いのあった、鬼頭家所有のアパートである「快風荘」内に居住する大学生、中央大学理工学部3年生の下嶋優《まさる》くんを紹介に及んだというのです。

ところが、このアパートというのは、鬼頭家と庭伝いになっていて、一家の隠居である千満おばあちゃんは、彼の推理マニアである大学生がどんな人間であるかは知っていた。知っていて、即座に、「あんな私学はだめだ！」とはねつけた、ということになるのです。「ねェ、あんた東大出でしょ？」という、長月理梨子さんの唐突なる一言の由来というものを探るのならば。

おばあちゃんは、「私学なんかだめだ」と言った。「だったらもう知らない」と幸代ちゃんは言った。そのやりとりを聞いていたお父さんは、「だったらもういいじゃないですか、お母さん」と言ったのだけれども、だがしかし、既にして〝金田一耕助〟はこの世に存在すると確信してしまった――というのは、ここで少し追加説明をさせていただきますと、もしも、お父さんが「誰かそういう人はいないのかい？」と幸代ちゃんに訊いていなかったなら、おばあちゃんの煩悶というのは、いつの間にか消えてしまっていた（かもしれない）、ということもあった、かもしれない、ということなのです。

あったのだけれども、でも現実問題として、おばあちゃんの家族達は、ありもしない妄想（だとその時僕は思っていた訳なんですけどね）――それに動かされているおばあちゃんの為に、探偵探しというものを始めてしまっていた。始めてしまった以上、もうおばあちゃんの中では、〝金田一耕助〟という人間がこの世の中に存在していることは動かしようがない。彼に訴えるべき、何物かが存在しているということも動かしようがない、ということなのです。

だからおばあちゃんは、「探偵さんは！　探偵さんは！」と叫び続ける。お父さんは幸代ちゃんに、「誰かいないか、誰かいないか」とせっつき続ける。だから、鬼頭幸代は彼女の友達に電話をかけまくらなければならないのだが、たまたま彼女の大学の同級生には長月由美香《ゆみか》という女性がいた。その女性には長月理梨子という姉がいた。その姉には田原高太郎という東大出の男がたまたま（傍点筆者）いた。だから僕は、なんだか知らないけど、なんだか知らないまま、〝やる気〟がないだの〝好きで忙しくしてる〟だの罵られて、〝国立探偵〟だか〝私立探偵〟だか、なんだかよく訳の分らない役目を押しつけられているという――ザッとまァ、こういう次第な訳だったりはしたのでした。

Chapter 7

# まだ起こらない殺人事件の為の、ほんの少しの作戦会議

何か面白いことはないかなあとキョロキョロしていれば、それにふさわしい突飛で残酷な事件がいくらでも現実にうまれてくる、いまはそんな時代だが、その中で自分さえ安全地帯にいて、見物の側に廻ることが出来たら、どんな痛ましい光景でも喜んで眺めようという、それがお化けの正体なんだ。

中井英夫『虚無への供物』

もう少し、僕達の捜査会議を続けさせて下さい——

僕は、理梨子の話では、なんとなくよく分らなかったのです。或る、おどろおどろしい、映画を見て、それで、一人の老婆が、訳の分らない、恐怖に駆られる、という筋立ては。でも、当の、依頼人である、(なんとなく句読点の打ち方が影響されちゃったけど)鬼頭幸代の、た

どたどしい説明というものを聞いていると、なんとなく、分る部分は分った、というような気がした訳です。要するに、それは何かというと、年取った母親に対する、一種の親孝行の変形なのではないか、ということなのです。もっとも、これだって僕なりの理解という訳で、理梨子には理梨子なりの理解というのも、これでまた、おのずからあった訳です。

理梨子は言いました――「ね？　おばあちゃんの真実というものは、誰にも理解なんかされてない訳よ」と。

まァ、〝老婆の内心が誰からも理解されていない〟ということになれば、これはこれで正解ということにもなる訳ですけれどもね。

理梨子は言いました。「あたしは思う訳、やっぱり、鬼頭家には得体の知れない何かがあるんだって」

幸代ちゃんはこっくり首をかしげています。長月理梨子は〝得体の知れない恐怖存在説〟をとる訳です。

対して僕は、「そうかなァ……」という、〝そんなことよく分んないじゃないかなァ説〟というのをとる訳です。

僕の説というのは、かなり理性的で現実的ではある訳ですが、だがしかし、この説の最大の欠点は、〝そんなことありっこないじゃないか！〟という断固たる態度が取れないということなのです。現実的ではあり、理性的ではあるけれども、「じゃあ、あるの？」と訊かれれば、「あるかもしれないし……」と答え、「じゃ、ない訳」って訊かれると、「ウーン……、ないとも言い切れないしなァ……」と言うことになるという、極めて煮えきらない、結局は、「理性的っていうことは、態度保留っていうことじゃなァい」という嘲笑しか返してもらえない、はなはだだらしない説ではあったりする訳です。

一体ホントはどっちなのか？　鬼頭家は、呪われているのか、いないのか？　その点になると答は、〝よく分らない〟でしかない訳です。鬼頭家の一員である当の〝依頼人〟は、「あたしよく、分らなァい」でありますからね。

結局、結論は「よく分らない」訳です。だから、そうなると話というのは、全然先へは進まない訳です。だからして、話を理梨子は進める訳です。「こんなところでそんな話したって始まんないでしょォ！」と言って。マァ、言われてみれば、誠にその通りではある訳ですけれどもね。

「話は急ぐのよ」

理梨子が言いました。

「ね？」

「うん」

幸代ちゃんが言いました。

「実はね、あたしがサ、絶対になんかあると思うのはね」

「うん」

「つまり、妄想じゃなくて――〝妄想〟だってのはあなたの説なんだからね」

「あいよ」

「おばあちゃんの、得体の知れない恐怖の正体というのが、おばあちゃんのもうろくした頭から発生する妄想なんかではなくって、実は確かな根拠がある話だっていうのには、理由があるのよ」

「――――」

「なんか言ったら？」

「どうして？」

「なんか、言いたそうな顔してるからサ」

「別になんにも」

今になってこのことを考えますとですね、結局、こういう時にですね――〝確かな根拠がある話だっていうのには、理由があるのよ〟と彼女が言った時にですね――僕というものが、「なんだよ、そういうのがあるんだったら早く言えよ」の一言が言えない人間だということに問題があったのだ、ということなんですね。

よく考えたら普通、小説なんかで犯罪が起って事件が発生したりなんかした時なんか、もう、主人公というのは、行動したくてしかたがない訳です。だもんだから、「理由があるのよ」と言われれば、「そいつを早く言えよ」「よし分った」「出かけようぜ」ということになるという訳です。そして、だもんだから、僕の話はそうならない、という訳です。結局、僕の話がダラダラしているというのは、僕の責任ででもあったりはする訳ですね。あんまり自分のこと、しぶとい人間だとは思ってもみなかったけど、これはこれで、僕という人間がかなりにしぶとい人間でもありうるということにはなりますね。これは今分ったことを言っているんですけどね。

元に戻ります――

理梨子は話を続けたのです。

「実はね、今週の15日にね――もう明日なんだけどね、一族の集会があるのよ」

「集会？」

「うん」

「なんか、ホント、犬神の集会って感じだなァ」

「違うわよ、バカ。13回目のね、おじいちゃんの、法事があるの」

「法事？」

「うん、13回忌ってやつ。そこにね、鬼頭家の人間が全員集まるって訳」

「ふーん……。あ、おじいちゃんて、いないんだ？」

「うん」

「死んだんだよ。12年前にね。ね？」

「うん、あたしがまだァ、小学校ぐらいの時」

「フーン、思わず語り出される、鬼頭幸代の隠された過去だな」

「えェ？　なァにィ？」

「よしなさいよ、そんなむずかしいこと言ったって分る相手じゃないんだから」

「すごいこと言うなァ……」

「なにがァ」

まァ、ついでに言っときますけど、長月理梨子は、「鬼頭幸代に冗談なんか通じる訳がない」と言ってる訳です。〝そんなむずかしいこと言ったって分る相手じゃないんだから〟と彼女が言ったということは。

ところで僕は、「あんなバカな子、放っときなさい」というようなことを、その当人の目の前で言ってもいいんだろうかァ……ということを言っている訳です——その「すごいこと言うなァ」と言う訳は。

ところで、この、僕と理梨子の発言は、どっちが愛情ある発言だと思いますか？

常識的に言って、それは僕でしょう？　でもね、現実は違うんですよ。「難しいこと言う人だから、東大出の人は分んない」だったりするんですよ、幸代ちゃんの僕の評価は！　鬼頭幸代に言わせると、長月理梨子の方は、「かばってくれるからやさしい」んだそうですよ！

へーェ、結果的に、それはかばうことになったってだけじゃねェか、それがかばうことになってるって言うんだったら、っていうのが僕の偽らざる感想ですけどねェ。マァいいですけど。

ところで、これは後で理梨子から聞いたんですけどね、「あの子、あれで、なんとかギャルのコンテストで一位になったんだって」ということなんです。現実って、分りませんね。ていうより、やっぱりどっか、おかしいですね。余談でしたけどね。マァ、あんまり悪口言いたかないですけど——。


「で、ね」

理梨子が言いました。

「明日サァ、おじいちゃんの13回忌で、鬼頭家の一族は、全員鬼頭家に集まるの」

「ふん」

僕が言いました。

「それは分ったけど、そのおじいちゃん、名前ないの？」

「名前?」

「うん、おじいちゃんにだって、名前あるんでしょう。なんていうの?」

「知らない。ねェ、幸代ちゃん、おじいちゃんの名前、なんていうの?」

「名前?」

「うん、おじいちゃんにだって名前あるんでしょう?」

しっかり繰り返しやってやんの。

で、繰り返しで答が返ります。

「知らない。忘れちゃったァ……。エーとねェ……。ウーン……。忘れちゃったァ」

「おじいさんの名前はいい訳?」

僕が言いました。

「どうして?」

理梨子が返しました。

「だってサァ、君の説で行くとサァ、鬼頭家ってのは、『犬神家』と『獄門島』がごっちゃになってる家なんだろう?」

「あたしの説じゃない。おばあちゃんが言ったの」

「いいけどサ。でも、それだってやっぱり名前があったんじゃない?」

「あるでしょうよ、勿論」

「おじいさんの名前には意味はない訳?」

「そういう訳じゃないけどサ。でもあなたって、忘れた頃にやな性格ねェ」

「いいけどサ。あのサ、『犬神家』のね、その、『犬神家の一族』のおじいさんて、なんて名前?」

「今度はあなたが謎かける番？」

「そうじゃないよ。知らないから訊いてんの。知らない？」

「えーとね、なんだったっけかな。あたしきのうね、徹夜で『犬神家の一族』と『獄門島』読み返したんだもん」

「そりゃ御苦労なことで」

「だってしょうがないでしょ。昨日この話聞いたの――由美香が言って来たの、昨日の晩なんだもん」

「ところでサァ、由美香ちゃんはきみに、どういう風にしてこの話、伝えて来たの？」

「どういう風に？」

「うん。やっぱし、〝あなた探偵やる気なァい？〟って、唐突風に言って来た訳？」

「違うよ」

いやみが通じてねぇ。

「〝『獄門島』と『犬神家の一族』がごっちゃになった推理小説があるんだって、おねェちゃん推理小説好きでしょう〟って」

「なるほど」

「なによ？」

「いや、簡にして要を得た発言だなと思って」

「何が言いたいのよ？」

「いいからサァ、犬神家のおじいちゃんは、なんてェ名前なんだよ」

「あ――」

「雄之助《ゆうのすけ》だァ！」

唐突に口を開いたのは幸代ちゃんです。

「それ、『犬神家の一族』の名前？」

そう言ったの僕です。

「違うよ」

そう言ったの理梨子です。

「うちのおじいちゃん」

そう言ったの幸代ちゃん。

「うちのおじいちゃん、雄之助」

「分った、佐兵衛だ！」

「誰それ？」

「違うよ、うちのおじいちゃん、雄之助だよ」

「違うって」

「『犬神家の一族』は犬神佐兵衛なんだけどね」

「違うって」

僕です。しつこいですね。

「いいわよ、うるさいわね。そんなことよりサ、問題は明日、そのおじいちゃんの13回忌があるってことよ」

「雄之助って名前は問題にしないの？」

「うるさいわねェ、そんな問題にしたかったら、明日幸代ちゃん家《ち》行って問題にしなさいよォ。

あなたが探偵やるんだからァ」

「まだそんなこと言ってないよ、俺」

「無視――。ともかくねェ、明日、一堂に会するその一族の上に恐ろしいことが起んのよォ」

「どうして？」

「知らない。だっておばあちゃんがそう言うんだもん。おばあちゃんがね、〝探偵さん呼んでくれ〟って言ったのはね、明日その一族の集会があるからなのよ」

「そうなの？」

僕は幸代ちゃんに訊きました。

「うん……」

「だからあたしはこんなに急いでる訳」

「どうして？」

「だって、昨日由美香に言われて、今日幸代ちゃんに会って、明日あなたを連れてくんだもん」

「…………」

「ことは緊急を要するのよ」

「…………」

「なんとか言いなさいよ」

「なんとか」

「それで？」

「他に？」

「それだけです！　明日、その、鬼頭――なんだっけ」

「史郎！」

「ぶつわよッ！　あ、雄之助だ。鬼頭雄之助の13回忌の法事があって、それで一族が集まって、それでなにか恐ろしいことが起るから、だからその時に探偵を連れて来てほしい、見つけて来てほしい、って言ってるのよ」

「専門家に言ったら」

「そんな専門家、いる訳ないでしょう」

「どうして？」

「金田一耕助が、この世の中にいると思ってんのォ！」

「いるんでしょ？」

「いないからあなたがやるのよ」

「俺そんな自信ないよ」

「なにもそんなこと期待してません。誰もあなたに、名探偵をやってくれなんて期待してません」

「じゃァ、自分、やればいいじゃない？」

「やるわよ、私」

「じゃァ、僕、行かなくたっていいじゃない」

「いいえ、行かなければ困ります」

「どうして？」

「第一、私は男ではありません」

「だったら女でもいいじゃない」

「いいえ、金田一耕助は男です。男で、頭がよくて、やせていて、ヒョロッと背が高くって、髪の毛ボサボサの、ちょうど、あなたのようなタイプです。私サァ、ホント、神に感謝しちゃうのよねェ。あなたがサァ、秋にパーマかけてサ、そんでお正月は仕事が忙しくって美容院行けなくって、それでボサボサの頭を掻きむしってるってことをサァー、あなた、ホントそっくりよ。おまけに、東大出だし。頭よくなくっても、それだけでごまかせる。是非やりなさい」

「じゃ俺は、ダミーな訳？」

「だって自信がないんでしょう？」

「それはサァ――」

「それはなんなの？」

「それはァ――」

「なんなのよ？」

「だから――」

「なんなのよ」

「やればいいんだろォ！」


**「勝ったわ」**


これはもう、ほとんど特大ゴシックであいつは言ったんです。

「男って、やっぱり追いつめなきゃだめね」

どうせそうでしょうよ。なんという意味深な一言だい。

「それでこそよ」

理梨子は言いました。

「よかったね、コーちゃんやるって」

「あ、そう」

幸代ちゃんです。

「ダミーだもんね」

これは僕です。

「うるさいわねェ」

これは当然理梨子さんです。

「そんなにやりたいんだったらやればいいでしょォ。私はサァ、あなたが自信ないって言うからサァ」

「分ったよォ」

なんだか知らないけど、僕って、こう見えても、プライドだけは高いんです、異常に。

「ダミーがいやならサァ、自分もやればいいじゃないよねェ、その異常なしぶとさ発揮してサ」

はっきり言って、僕はこの時、初めて理梨子に〝しぶとい〟って言われたんですよね。

僕は言いました。

「〝しぶとさ〟ってなんだよ？　〝その異常なしぶとさ〟って？」

「あなた異常よォ、気がついてないのォ？　あなたのしぶとさって、とっても尋常一様なものなんかじゃないわよォ」

「そうかなァ」

「そうよォ。大体あなた、あたし何時間喋ってると思うのよ、もう7時よォ。あなたチョコマカ動いてサァ、コーヒー淹れてケーキ喰べちゃって、喰べながらあたしの話に茶々入れてサァ、おかげであたしなんか、まだ説明終らなくて、まだケーキだって喰べ終れないのよォ」

すいません。

という訳です。

「だから見なさいよォ、あなたの小説なんて会話ばっかりじゃない。状況説明なんて一つもないじゃない。登場人物喋ってて、あなた喋ってて、喋って喋って、ただ喋ってるだけなのを延々とそのまんま書いててサ、こんなバカみたいな小説あるって思う？」

とはさすがに理梨子も言いませんでしたけれども、多分、これを書いてる僕の横に彼女がいたりしたら、きっとそんなことを言うだろうなァ、と、僕はチラッと思う訳です。

僕ってそんなしぶといですかねェ？　自分じゃただ律義なだけだと思ってんだけどなァ……。

「マァいいわ」

理梨子が言いました。

「やるんだかやらないんだか知らないけど、ともかくあなたは探偵になります。なるわね？」

「よく分んないけどね」

「はいはいはい。そして、必要とあれば、あなたはその持ち前のしぶとさを発揮して、名探偵ぶりを発揮します」

「よく分んないけどね」

「はい」

「でも、そんな俺、しぶといかなァ？」

「しぶとい、しぶとい、しぶとい。絶対〝はい〟って素直に言わない」

「そうかなァ……」

「そうよ。で、まァ、そういう人が探偵やってますから、勿論あたしもついては行きます」

「ホントは自分がやりたいくせに」

「おあいにく様。私はあなたの、ただの助手です」

「あ、そうですか」

「そうです」

「ねェ、おねェさんも来るのォ、家にィ？」

「うん、行くよォ。その方がいいでしょう？」

「だったらあたし、みんなも明日、呼ぼうかなァ」

なんだか不気味なことを、ミス・キャンパスギャル、鬼頭幸代は言い出しました。

「みんなって誰？」

そう訊き返したのは理梨子です。

「えー？　みんなってェ、由美ちゃんでしょう、麻見《まみ》ちゃんでしょう、玲子《れいこ》ちゃんもォ」

そういう幸代の言葉に、絶叫を上げたのは、この僕です。

「エーッ?!　あいつらも来んのォ!!」

「〝あいつら〟って何よォ、化け物じゃあるまいしィ」

理性的に言うのは、〝由美ちゃん〟こと、長月由美香の姉である長月理梨子さんではありますが、僕の感想はまた違います。

「〝あるまいし〟って、あいつらほとんど、それに近いぜェ」

「まァ、言えてないこともないけどねェ」

ホント言えば、理梨子だって、本音はほとんどこれなんです。

姉の理梨子が一度はかばい立てをし、したわりにはすぐにその前言を翻し、そしてこの名探偵田原高太郎が絶叫を上げた、〝あいつら〟とは何者か？

まァ、別に大したことはないんです。〝由美ちゃん〟こと長月由美香、〝麻見ちゃん〟こと遅《ち》塚《づか》麻見子《まみこ》、〝玲子ちゃん〟こと柿崎《かきざき》玲子の三人によって構成される、生まれも見ためも内実もしっかりと違いながら、なぜかしっかりと堅く結びついている、そして、結びついては、この世のすべてをキャーキャーと引っ掻き回しながら進んで行く、〝花の〟というのはつけにくい、そんじょそこらにゃあんまりいないが、よく考えれば世間にゴロゴロしている、女子大生の3人組だったりはする訳です。

マァ、よく考えたら、別にどってことないんですけどね、でもね、幸代ちゃんも混ぜて、人類とは思えない女子大生（〝人類とは思えない〟という比喩は、〝女子大生〟というカテゴリー一般にかかる）が四人もいるところへ、まともな男だったら、ちょっと入って行けないとは思うんですけどねェ。まァいいけど。

「来ないよォ」

理梨子は言いました。その言葉は、姉の権威で妹を寄せつけないという、千金の重みのある言葉でしたが、だがしかし、その姉の理梨子は、犬神家ならぬ鬼頭家の一族が一堂に会する、その1月15日が一体なんの日であるのかを忘れてはいたのではありました。

幸代ちゃんが言いました。

「でもサァ、明日、成人式でしょう」

ああ……。

「幸代ちゃん、明日、成人式なんだ」

「うん。だからァ、玲子ちゃんも由美香も、みんな来るよ」

「どこに？」

「成人式」

「ああ」

「だから――」

「ああ……」

「来ないよ、来ない。遊びじゃないんだから」

理梨子さんはきっぱりと言いましたけれど、でも、よく考えてみたら、それは理梨子さんの〝遊び〟じゃないんでしょうかねェ……。たびたびの他人事ですみませんが。

「それでェ、明日、3時」

「何が？」

「何がって、法事よ。3時に大塚」

「大塚って何よ？」

「何よって、幸代ちゃんの家よ」

これは、僕と理梨子の会話です。

「何？　この子の家、大塚にあるの？」

「そうよ、話さなかった？」

「うん」

「大塚なの」

「ふーん」

これも、僕と理梨子の会話です。そして――

「ところでサ、大塚って、どこにあるの？」

「どこにあるのって、あなた大塚知らないの？」

「知らないよ」

「一体あなた、何年東京に住んでんのよォ?!」

はっきり言って、これが〝僕〟です。

僕、東京に生まれたんですけどね。ズーッと東京なんですけどね、今は、ちょっと故あって、一人でアパートに暮してんです。

「さっきあなた、あたしが池袋にいたの知らないの？」

「知ってるよ」

「その次よ。池袋の次よ、大塚って」

「ああ、あすこかァ」

「〝あすこかあ〟ってどこよ？」

「新大久保でしょ？」

「どうして〝新大久保〟が〝大塚〟なのよォ」

「ああ、違う、新大塚だ」

「あなた、なんのこと言ってんの？」

「ああ。つまりね、丸の内線があってサ、池袋があってサ、新大塚があるでしょ、そのこと言ってるの」

「なんのことやら」

マァいいんです。ここで東京のことを御存知ない皆さんの為に御説明しても始まりませんからしませんけども、でも、東京に住んでる人間の東京に関する知識なんて、そんなものなんですよねェ。別に僕、キョロキョロなんて、しないんです。

Chapter 8

# 誰かが何かを待っている

いかれた帽子屋《マッド・ハッター》……。何年も前、ハッター家にまつわる報道が紙面を騒がせていた時期に、ある想像力豊かな記者が懐かしい『不思議の国のアリス』を思い起こして、一家をそんなふうに命名した。それは理不尽な誇張だったかもしれない。異常さにかけてはあの名高い帽子屋《ハッター》の半分もなく、愛嬌《あいきょう》は億兆分の一も具《そな》えていなかったのだから。この一家は、さびれつつあるワシントン・スクエアの住人たちがささやき交わすところでは、〝感じの悪い人たち〟だった。

エラリー・クイーン『Yの悲劇』(越前敏弥訳)

次の日――昭和58年1月15日の午後3時10分前、僕は、地下鉄丸の内線・新大塚駅の入り口の所に立ってました。別に、何かを暗示するように空が曇っているという訳でもなく、寒いといえば寒いし、寒くないといえば別に寒いというほどのこともない、正体があるんだかないんだか分らないことを（もし暗示しているものがあるんだとしたらそれを）暗示しているような、成人の日の土曜日でした。お昼にはお坊さんがやって来て、3時ぐらいにはもうお経も終ってるだろうから「大体それぐらいに来て」と言われたものですから、僕と理梨子は3時10分前に待ち合わせというものをしていたのでした。していたけど、でもマァ、案の定、理梨子は時間通りにはやって来ませんでした。やって来ないから、だからぼんやり、僕は一人で考えていたのでした。

よく考えたら、新大塚って、僕には馴染《なじ》みがありそうな駅ではあったんですね（次ページの図参照）。

鬼頭雄之助おじいちゃんの13回忌が行なわれる鬼頭家は、地下鉄丸の内線の新大塚駅から歩いて10分ぐらいのところにあります（ですそうです）。ホントだったら〝お寺さん〟でやるんだけれど、でもおばあちゃんの体の具合がよくないから、〝自分ン家《ち》〟でやるんだそうです。図で見ればお分りのように、新大塚というのは、地下鉄丸の内線の池袋から一つ目です。そしてさらによく見ていただけばお分りのように、その3つ先に我が母校、東京大学が辛くも聳《そび》えている訳です。

実は僕、世田谷で生まれたんです。場所は今理梨子の住んでいる代々木上原から3つ先の梅ヶ丘です。梅ヶ丘に生まれて、ずっと梅ヶ丘に住んでたんです。実はが続きますけど、実は、僕の両親、高2の時、離婚したんです。離婚して、父親はズッと東京に住んでますけど、母親は自分の田舎の静岡に帰っちゃったんです。母親が帰るにあたって、「どうする？」と僕に訊いたんですけど、なんか、大人同士のゴタゴタっていうのがやんなっちゃって、僕は東京に残るって言っちゃったんです。高校もあるから、とか。マァ、それはホントですけど、ホントい

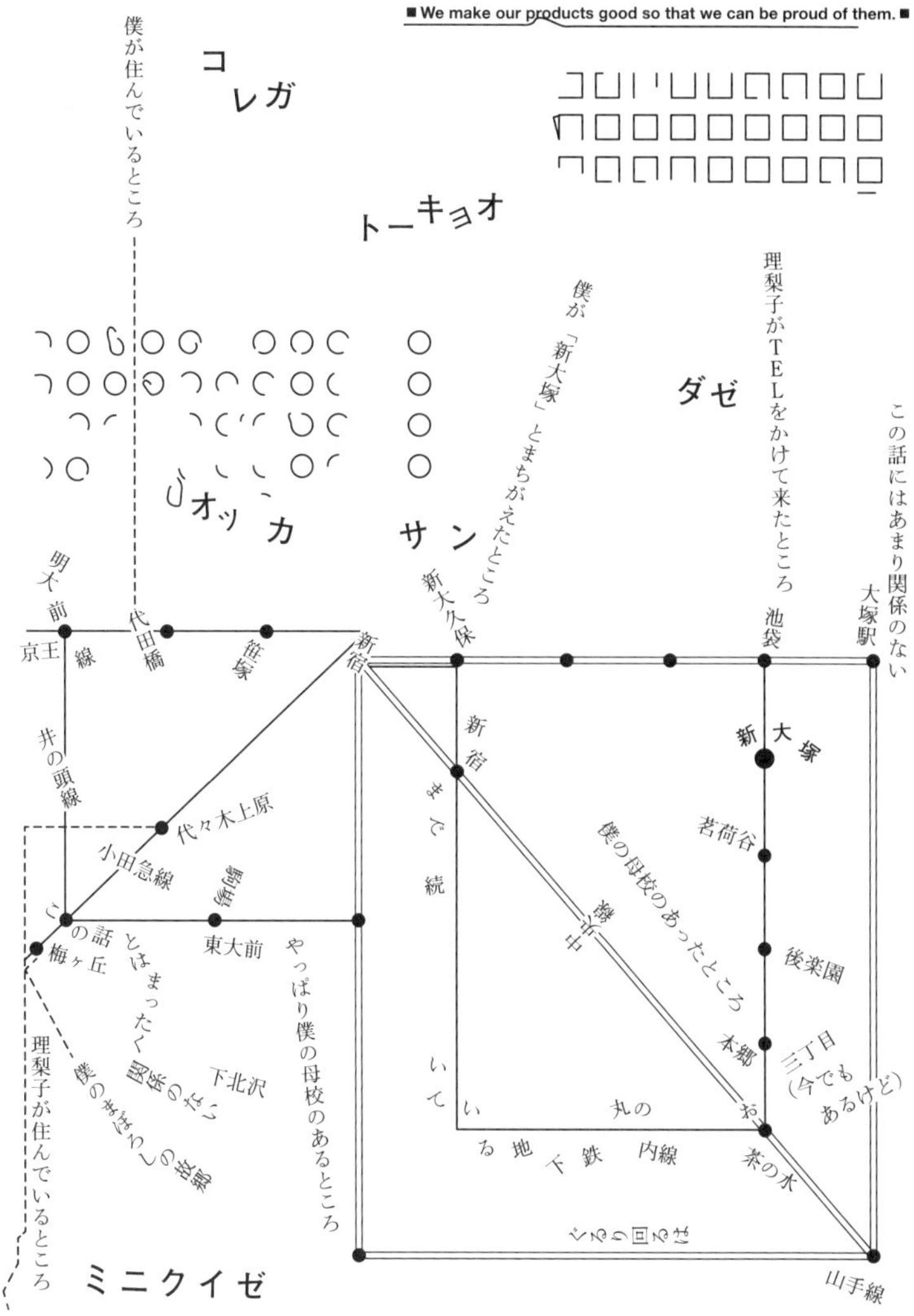

■ We make our products good so that we can be proud of them. ■
僕が住んでいるところ
コレガ
トーキョオ
ダゼ
オッカ
サン
ミニクイゼ
僕が「新大塚」とまちがえたところ
理梨子がTELをかけて来たところ
この話にはあまり関係のない
大塚駅
池袋
新大久保
新宿
明大前
京王線
代田橋
笹塚
井の頭線
代々木上原
小田急線
駒場
東大前
この話とはまったく関係のない
下北沢
梅ヶ丘
理梨子が住んでいるところ
僕のまぼろしの故郷
やっぱり僕の母校のあるところ
新宿まで続いている地下鉄丸の内線
新大塚
茗荷谷
僕の母校のあったところ
後楽園
本郷三丁目（今でもあるけど）
お茶の水
山手線

えば高校なんかどうでもよかったんですね、当時は。なんか、かなり荒れてたし、女の子妊娠させちゃったとかなんとか、結構いろいろありましたから。

マァ、それはいいんですけど、で僕、東京に残りまして――それは勿論ひとりです、親父は別に家族がありましたから――なんか、それで苗字変えるのも面倒だとかあって、僕と親父だけはおんなじ苗字なんです。あの時変ってれば、僕は田原高太郎なんかじゃなかったんですけどね。日色《ひいろ》高太郎だったですけどね。ちなみに、ウチの母親、巴絵《ともえ》といいます。いろいろ大変なんです、ウチも。

マァいろいろありますけれども、それで僕、ズーッと、小田急・京王・井の頭線近辺の沿線に住んでたんです。高校がそうだったし、大学も1・2年の間は駒場《こまば》でしたし。専門になって(ちなみに僕の専攻は国史です)本郷へ行く時も、なんか、引っ越せばよかったんだろうけど、あんまりそっち――山手線の中とか本郷近辺とか――の方に行く気にならなかったんです。その当時は〝なんとなく〟だったんですけど、でも、その時――昭和58年1月15日――地下鉄の新大塚に降り立った時、その理由というのが分りました。僕が、僕の母校をあんまり愛していなかった理由というのもついでに(なんとなく)。要するに何かといいますと、要するに、さびれてるんです。さびれてるからヤなんです。

僕が大学生の時も、用事で池袋なんて行くことありました。池袋には西武なんてありますから(一説には西武しかないという話もありますが)、だから、池袋へ行く時なんか、本郷三丁目から地下鉄に乗るんです。乗るんですけどね、でも、この地下鉄って暗いんです。

地下鉄丸の内線て、新宿から銀座通って池袋まで行ってるんですけど、お茶の水過ぎると、ガクッと暗くなるんですね。お茶の水の手前の淡路町なんてとこで、その暗くなる予兆というのはあるんですけど（今は明るくなりましたけど、昔は暗かったんです、淡路町って駅は）、でも、マァ、お茶の水は〝学生の街〟というのがあるから、まだ明るいんですね（そんなこと言ったって、お茶の水が〝学生の街〟というのは、なんか微妙にトーンが変って来たけど）。ところがですよ、お茶の水過ぎて本郷三丁目来ると、もうこのイメージがガラッと変るんですね。それまでは、どこも大体、〝地下鉄の駅〟という感じはしてたんです——地下鉄の駅があって、なんとなく、人工の街の一部が地下鉄の駅であるという、そんな感じですけどね。でも、本郷三丁目は違うんです。これはもうほとんど、昔の防空壕の中に線路が通ってる——そこを人間が乗り降りに利用してる、そんな感じなんです。これはもうほとんど、戦争前に出来た、地下鉄銀座線の暗さに匹敵してますね。話飛びますが、旅行なんか行くんで上野行く時なんか地下鉄銀座線利用したりするんですけど、あの暗さ、もうほとんど、東京とは思えない暗さですね。なんか、銀座から上野なんて、もうほとんど、昭和史の暗闇を行くって感じですもんね。電車はガタピシだし、ホームはガランとしてるし、乗って来る人間は千葉か埼玉の人間みたいだし、ほとんど絶望的に暗いですね。だからこわくって、上野から先なんか行けやしない。上野の先に〝浅草〟があるんですけどね。なんか、新聞やなんかでさえ〝浅草はさびれた〟って言ってるでしょう。もう、ほとんど感覚として、ニューヨークのサウス・ブロンクスみたいなもんですもんねェ（行ったことないけど）。ちょうど、それとおんなじ感覚なんですよ、本郷三丁目、後楽園、茗荷《みょうが》谷《だに》、新大塚なんてとこは。東海林さだおって人が〝山手線も池袋を過ぎると裏日本のような気がする〟ってことを言ってましたけど、地下鉄丸ノ内線もおんなじですね。お茶の水を過ぎると、ここはほとんど裏日本ですね。裏日本というよか廃墟だな。僕なんか昔、大学から地下鉄で池袋に行く時なんか、ほとんど見ないようにしてたもんね。「ああ、ここは人間の住むとこじゃない」とかね。

地面がないんですよね。なんか、コンクリートに塗り固められちゃって。そして、コンクリートで塗り固めたワリには、人間の気配ってのがないんですよね——〝気配〟っていうより、〝活気〟だけど、それがないんですよね。もうほとんど——敢えて僕の感覚で言い切っちゃいますけど、東京の山手線の内側って、若者に見捨てられた老人達の過疎の村っていう気がします。過疎のくせに建物ばっかりはびっしり並んでるけど、でも、それはなんだか廃墟が並んでいるだけみたいな気がして、僕にはとっても異様なんです。異様でした。

僕、そんなことを考えてました。

まず、人通りがないんです。春日通りと、なんだか知らないもう一つの大きな通りにはさまれた、三叉路の端に、その地下鉄の入り口はあるんですけど、休日で車も通らなくて、おまけに人通りも少ないんです。少ない所、全部ビルに囲まれてて、ビジネス街じゃないし、住宅街じゃないけど、じゃァなんなのかと言われると全然分んない。とても現代とは思えないような商店街が通りの向うに並んでて、でもそこが人で賑わってる訳でもない。ほとんど、時間が止まってる感じなんです。

なにかが欠けてる。なにかが足りないって思いました。

僕の住んでる京王線、八王子まで行ってるんです。八王子の方には引っ越して来た大学があるんです。そこまで行かなくても、明大前っていうのは、その名の通り、明大の和泉校舎があるし、そこでクロスしてる井の頭には駒場東大前という、我が母校の一部もある訳です。学生が多いんです。商店街は、主婦のおばちゃん、一杯います。アパートなんかやたらあって、同棲時代だかニューファミリーだかも一杯います。でも、ここら辺——新大塚——そういうの全然ないんです。それから、丸ノ内線て、国会議事堂前とか霞ケ関とか東京とか、官庁オフィス街もあるから、背広がやたら多いんですけど、でも、同じ丸ノ内線で、そういう人種もまずいないんです。背広着てても、どう見てもホワイトじゃなく、ブルーカラーっていう感じの背広なんです。その新大塚近辺ていうのは。どういう町なんだろうって、僕、思ってました。僕の思っている〝町〟というのが、過剰に新興住宅地的とか学生街的とかっていうんじゃない筈《はず》だけどなァ、とか、そんなこと思ってたんです。

信号が変って、車が、やけに威勢よく走り出しました。まるでそれに合わせるみたいに、階段の下の暗がりの中から、トコトコと理梨子が地上に上って来ました。

「ごめェん」

理梨子が言いました。

「いいけど」

僕が言いました。

「ワリとまともな恰好して来たじゃん」

理梨子が言いました。

前の日に、「少なくとも、法事っていうのはお葬式の親戚なんだからさァ、まともな恰好して来なさいよ。少なくともネクタイ締めて来てよね」って言ってたから、こういうことを言ったんですけどね。まァ、それでその日、僕はブレザーなんてのを着てったんです。〝生協で買ったイクシーズ〟なんて言ったら、ずい分いやみな凝り方だと思われるかもしれませんけど、でもホントなんだからしょうがない——という程度には、僕、洋服には凝ってます（しかしそれは全然凝っているとは言わないのだけれども、一般には)。

「お前はいいよな――」

僕は言いました。

「いつも黒でサァ――」

理梨子は、ズーッと刈上げで、ズーッと着るものは黒だからなんです。

「いつでも葬式行けるもんなァ」

「聞き飽きすぎた冗談ね。マァいいけどサ。ところであなた、名刺持って来た?」

「うん……」

前の日に、これも言われたんです。「そうよあなた、名刺作りなさい」って。

「名刺ねェ、名刺……。そりゃねェ、イラストレーターになる為にはどうしたらいいか? それはまず第一に名刺を作りなさい、って、あるけどねェ」「だからそうよ」という会話をその前にして、僕は〝私立探偵　田原高太郎〟という名刺を作らされたんです。「あァた、名刺ぐらい自分で作れるでしょ」って言われて。だから、名刺は勿論手書きです。

「見せて」

理梨子が言いました。

「うん」

僕はポケットから財布を取り出して、〝私立探偵　田原高太郎〟と書いてある名刺を、5枚、理梨子の方に手渡しました。

「いいじゃない」

理梨子が言いました。

「そうかな」

僕が言いましたけど、ほとんど気のない返事です。だって、そりゃ名刺持ってない私立探偵っていうのもおかしいかもしれないけど、手描きの名刺持ってる私立探偵ってのもどうかなァ……っていうのがあったからなんです。からなんですけど、でも、それを、理梨子に「どうして?」って真顔で不思議がられりゃ、僕は〝しぶとい〟上に〝世間知らず〟というレッテルまで貼られちゃうことになる訳ですから、僕としてはこの件に関しては、もう考えないようにしてたということにはなる訳です。どうやらここら辺から話はおかしくなって来たみたいなんですけどね。「そういうのって、嘘っぽくない?」「どうして?」——一方が言えば一方は不思議がる。お互いがお互い、ある部分で世間知らずだったら——ねェ?　どうなります?　片一ッ方はもう片一ッ方を信じてる。その理由は、その相手が「どうして?」って真顔で不思議そうな顔をしたから。

片一ッ方は片一ッ方を信じてる。それは、片一ッ方が「どうしてそんなことを問題にする必要があるの?（あるいは〝するんだよ?〟）」って本気で言ったから。でも、それはやっぱり、相手もそのことに自信がなかったからかもしれない、そんなことを問題にする必要性を感じてなかったからかもしれない。でも、やっぱりそれは、よく考えたら、どっちがホントか分らない。

分らないから訊く——「そういうのって、嘘っぽくない?」

あるいは、嘘を承知でイヤミで訊く——「そういうのって、嘘っぽくない?」

「どうして?」——意味が分らなくて、無邪気に訊き返す。

「どうして？」――はっきり〝バカ〟という意味でつっぱり返す。

本気に本気が返る訳でもない。本気にイヤミでつっかかることだってある。会話なんて、一歩間違えば、とんでもない方に枝分れして飛んでっちゃう。飛んでって広がっちゃう。正確に言うとどういうことなんだろう？――そんなことが問題になるのは、結局、会話が人と人とのコミュニケーションだから。じゃァ、コミュニケーションて一体どこまで通じるんだろう？一体、コミュニケーションて、どこまで通じなくても平気でいられるんだろう？　そんなことを考えたってしょうがない――ということが正解になるという場合だってある。

言葉は、通じなくちゃいけない。でも、言葉の通じ方が迷路になってる時だってある。もしもそれに気がつけなかったら。もしもそれに気がついていないことに気がつけなかったら。それに気がつかないでいることにだけ気がつけたら――。その他いろいろ。判断停止。

僕が名刺作ったのも、結局はそういうことだったのかもしれません。結局そういうことに気がつけたのは、僕が釈然としないながらも名刺を作っていたからかもしれません。〝正解〟は、〝名刺を作っていたから〟なのか、それとも〝釈然としないでいたから〟なのか？　どっちがどっちか、よく分りません――ということにしておきます。

「ねェ、どっちに行くの？」

僕は、その〝春日通り〟と〝なんだか知らない通り〟を見渡して、理梨子に訊きました。

「うん、幸代ちゃんが迎えに来てくれるって言ったんだけどサァ……」

「お前、道知らないの？」

「うん」

「ねェサァ、ヘンなこと訊くけどサァ」

「なァに？」

「お前サァ、なんとなく、この町、ヘンな町だと思わない？」

「どうして？」

「だって、全然、若いヤツ通んないじゃん」

「どうして？」

理梨子の目は、駅の階段を上って来る、高校生ぐらいの男の子の方を追っていました。

「いるじゃない」

「いるけどサァ」

僕の目は、駅の方へやって来る、女子大生風の女の子の方へ走っていました。

「いるけどなんか、ヘンじゃない？」

「どうして？」

「人の気配がしないしサァ」

「そりゃ新宿や池袋に比べればね」

「そうじゃないよォ。だってここ、ターミナルじゃないだろう？」

「〝ターミナル〟って何よ？　私鉄ゥ？」

「そうじゃないよォ。なんつうの、ホラ、要するに盛り場。新宿とか池袋とか、そういう要するに盛り場とはここら辺、違う訳でしょ？」

「違うんだったら、別になんにも不思議がることないじゃない」

「違うよ、そういう意味じゃなくって――」

「何よ?」

「ウーンとねェ、どう言ったらいいのかなァ……」

「分るよ、あなたの言いたいことって」

「なにが?」

「え? 要するにサァ、それはあなたが、東京の人間だからよ」

「なに、それ?」

「え? あたしサァ、金沢の人間でしょ? うん」

理梨子は金沢の出身なんです。

「田舎の都会って、みんなこうだよ」

「うん?」

「人通りのね——」

「うん」

「多いのはサ」

「うん」

「駅前のある一部だけってこと。ファッションビルだってあるしサ、繁華街の部分だけとれば東京とおんなじか、それ以上にナウいけどサ」

「うん」

「あとは所詮、ただの田舎よ。人通りが少なくって、若い子いなくって、たまに高校生が通って、古めかしくってダサイのよ。こういうのちっとも、だからあたしは、おかしいとは思わない。田舎の都会って、みんなこうよ。違うとしたら、バスが通らないってことだけね。田舎に地下鉄ないもんね」

「なるほどねェ」

「うん。それにしても遅いなァ、幸代ちゃん……」

「うん」——とか僕は言いながら、「そうかァ……、田舎かァ……、田舎の都会かァ……」とか思ってました。

「田舎の都会かァ……」そう思ってたんです。そして僕、その時、なんかしらん、ふっと思ってたんです。田舎の都会——どうしてそれが、田舎じゃない、この東京の一角にあるんだろうと。

妙に静かな空の下で、その時僕はふと思ったんです。誰かが何かを待っているって……。ちょっときざかもしれないけど、でも、僕、なんだかやっぱり、そんな気がその時したんです。気のせいかもしれませんけど——それは。

「あ、幸代ちゃーん！」

隣りで理梨子がそう叫びました。

# Chapter 9 鬼頭家のお茶会

「借用もいいが、借用のしかたに空想力が足りないね。剽窃するには、原作者以上の空想力がなければ、剽窃家の資格はないんだが」

山田風太郎『誰にも出来る殺人』

商店街の向うに、ちょっとした路地があるんです。路地っていうのとはちょっと違うかもしれませんが、とにかく横道があるんです。そこから、鬼頭幸代がひょっこりと現われたんです、振袖を着て。

その時僕思いました、思いすぎかもしれないなって。誰でもそうだと思うんですけど、知らない町に行くと、なんとなく心細く思えるってこと、ありますよね？　僕、その時もそうだったんじゃないかって思ったんです。

確かに人通りは少ないんですけど、でも、連休なんです。15日成人の日で、次の日日曜日なんです。町がガランとしてたって不思議はないのかもしれないなって思いました。確かにそこは知らない町なんだけど、でもそこに知ってる人間が立ってると――そしてそこがその人間の住んでる町だったりすると、結局それで、なんということはないんです。要するに、そこは彼女の住む町で、僕の住んでいる町ではない、と。要するにそういうことなんです。振袖姿の幸代ちゃんと一緒になって横町の坂を下りて行く時――要するに、その横町は坂になっていたから幸代ちゃんは〝ひょっこりと現われた〟訳なんですけど――僕はヤジ馬気分で「ふーん」とか思っていました。要するに、そこは〝下町〟なんだ、と。

僕は昔のことあんまり知りません。だから、東京の〝下町〟っていうのがどこら辺を指すのかはよく分りませんが、その大塚近辺も〝下町〟のような感じがしたんです――というより、そう思えたんです。

小さい家が並んでいます。うねうねした坂の両側に、古い木造の小さな家がビッシリと並んでいて、塀というのがありません。どれもこれも、道からすぐ玄関の格子戸で、小さな鉢植がゴチャゴチャと並んでいます。冬だからというせいもありますが、辺り一面が、全部茶色です。くすんだ黒いトタン屋根の下に焦茶色の板壁があって、新しい建材を使って建ててある家も、玄関は茶色のサッシ戸で、いきなり道路に面してます。小さな家が、斜面を利用した石組の上に立っていて、その間を細い坂道がうねうねと降りて行きます。上を見上げると（これはもうほとんど〝上を見上げると〟という感覚なのですが）表の大通り――春日通りです――に面したビルやマンションがグーッと聳え立ってて、なんとなく、天国と地獄というか、地震が来たらこわいだろうな、という感覚です。昼間の3時で、まだあったかいですけど、もうすぐたそがれちゃうなァという感じではあります（陽の光が）。理梨子と幸代は、なんだか喋りながら歩いて行きます。人通りというものは、ほとんどありません。「ふーん」と思いながら僕は、これが下町なんだなと思って歩いて行きました。

坂を降りきったところに、片側一車線ぐらいの――要するにフツーの広さの、道路がありました。それを渡って、少し行くと、古ぼけた帽子屋がありました。「お店だな」と思って、「なんの店だろう?」と思ってのぞいてみてもよく分りませんでした。一応、木の枠で出来たショーウインドウみたいなものがあって――ショーウインドウと言っていいのかどうかはよく分りませんが、というのは、その窓から、畳敷きになった店の作業場が丸見えだったからです――そこに〝人台《じんだい》〟っていうんですか、マネキン人形の頭と手と脚(というか下半身のない)ディスプレーが置いてあって、ちょうど、20年前に商売をやめてしまった洋服屋みたいな感じがしたんですけど、それに帽子がかぶせてあって、その横に女物の帽子が転がっていて、「ひょっとしたらこれは帽子屋かな?」とか思って看板を見たら、木枠のペンキ塗りの看板に「服部帽子店」て、右から左に横書きしてあったんです。「明治の帽子屋だな」――僕は思いました。「ふーん、こういうとこなのか」と思った訳なのです。その帽子屋の横を、「こっちよ」と言って、振袖の幸代ちゃんが黒ずくめの理梨子を連れて入って行きます。それはちょっと、異様な光景でした。

路地の奥は、また上りです。要するに、その帽子屋のある通りは、坂と坂との中間――〝坂と坂〟より、台地ですね、本当は――その中間にある窪地(低地?)のような所を通っていた訳です。僕は思いました――「あ、そうか、東京って、坂の町だったんだな」って。というより、大学時代に読んだなんかの本をふっと思い出したんです。〝東京は坂の町である〟ってなんかの本に書いてあったなって。

そしてまた、ふっと思いました。「ああ、アレ、〝東京〟っていうより、〝江戸〟のことだったんだ。〝東京〟っていうよりも、東京の前身である江戸の町は坂が多かったって、そう書いてあったんだ」って。

僕もこうなるとなかなか忙しいんですけど、もう一つだけふっと思ったことがあるんで、それをもう一つだけ書かせて下さい。

その帽子屋の横を入る時、なんだか、目の端に派手なものが飛びこんで来たんです。なんだか、くすんだ町ン中に一つだけパッて派手な色彩が、その時僕の視界の中に飛び込んで来たんです。それは、スーパーでした。24時間営業の小さなスーパーだったんです。

はっきり言って、なんにもないんですよ。その通り、かつては多分、一応の商店街みたいだったんだろうっていうのはあるんですけど、でもほとんどは、店閉めてたり、やってるんだかやってないんだか分んないようなぼんやりした感じがしてて、そこだけなんです。明らかに客がいるなってことを感じさせるのは。僕はその時思ったんです。「これだけが、多分、この町の命綱だな」って。少なくとも、その小さなスーパーだけは、現代というものと繋がっていました。どこにでもある、とってもわびしい〝現代〟なんです。でも、そんなものがないと、なんだかそこはとっても現代とは思えないようなとこだったんです。そう、僕達が行こうとしていた鬼頭家というのは、東京の、そんなところにあったんです。

僕達の入って行く坂道は、前にもまして、狭くてうねうねとしていました。人の気配は、全然ありません。家だけがびっしりと立てこんでいて、住んでいる人の感じが伝わって来ないのです。そこを、派手なピンクとグリーンの花模様の振袖を着た、鬼頭幸代が歩いて行きます。

安くはないんだろうけど、でも、〝女子大生が着る〟という感じでいっしょくたにされてしまうような、チャチな振袖でした。陳腐な振袖が、でもそれだけは派手で、着ている人間の顔を暗くして見せちゃうというのも不思議でした。

そんな幸代ちゃんのそばを、黒ずくめの理梨子が歩いて行きます。勿論頭は刈り上げです。僕、前に言ったことがあるんです――「そんなのやめろよ」って。なんか、ヘンなデモンストレーションしてるみたいで、僕、そういう恰好って、好きじゃないんです。だから、そう言ったんです。でもそう言ったら、「あたし、病気だもん」て、理梨子が言ったんです。「あたし、気分がビョーキだもん」って。でもはっきり言って、振袖と並んで歩いてる理梨子の顔の方が、ズッとズッと健康でしたけどね。健康的で魅力的っていう意味じゃありませんけどね。どうしようもなく健康な肉体持ってるのを恥ずかしがっちゃって、それで病気の恰好をしてるから、だからそこんとこが、病気といえば病気なのかもしれないな、というのが、その時の理梨子でした。

骨太なんです、あいつは。肉づきもいいし。言うといやがるけど。まァいいですけど。なんだか、窒息してしまいそうな狭い路地の中を、僕達3人は歩いて行った訳です。

そこはもう、〝下町〟という感じでさえありませんでした。

妙に新しい家がありました。というより、妙に新しい家が建ってるのばっかりが目立つような場所でした。

「ねェ、ずい分新しい家が多いね」

僕はそう幸代ちゃんに言いました。

「そうおォ?」と彼女は言いました。

「ねェ、そう思わない？」

僕は理梨子に言ったんです。

「妙にサァ、新築の家が多いと思わない？」

「建て替えたんでしょ」

理梨子が簡単に言いました。

「まァねェ……」

僕の声ははっきり、イヤそうだったんでしょう。そりゃまァ当り前ですけれども。

理梨子が言いました。

「コーちゃんサァ、あんた、さっきから、ヘンなことばっかり言ってなァい？」

「なにをォ？」

「えーッ？　だってサァ、ここら辺不気味だ、とかサ、人が住んでない、とかサァ、そりゃ、人が住んでれば家だって建て替えるでしょうよォ」

「まァ、そりゃそうだろうけどサァ」

「まだ、いやなんでしょう？」

理梨子が言ったんです。

「なにをォ？」

僕が言ったんです。

「あァた、まだ探偵やんのが、いやなんでしょう？」

「別にィ」

「そうよォ。そうに決ってるわよォ。だからぶつぶつ言ってんのよォ。こんなとこ気に入んないってェ」

「そうかなァ」

「〝そうかなァ〟って、自分のことでしょう。ホントにしぶといんだからァ」

「あのねェ、悪いけど、俺、その点ならもう観念してるからね」

「あ、そう」

「そういう意味じゃなくて──」

どういう意味なのかということを僕が言おうとした時です。「ここなのォ」と幸代ちゃんが言いました。

「あ、そう」

「うん」

小さな建売り住宅と古い木造アパートが並んだ間に、小さな路地が開いていました。

「この奥」

幸代ちゃんが言いました。そこが鬼頭家だったのです。


あ──。

なんか忘れてると思った、僕が理梨子に言いかけて言えなかった、その〝どういう意味なのか〟ということです。

長月理梨子女史としては、どうやら僕の、地域に関する観察眼を、不平不満の捌け口として解釈していたようでしたが、でもそれはやっぱり違うのです。僕としては、新興住宅地でもない、山手線の内側にある古い住宅地に、どうしてこうも新しい建売り住宅の群れのようなものが並んでいるのだろうと、その点が、なんだか妙にひっかかったんです。

新興住宅地じゃありません。古い長屋でもありません。でもそこにあるのは、紛れもなく、日本の住宅事情の貧しさを証明する、せせこましくけばけばしい、ブロック塀に囲まれた、建売り住宅の群れなのです。そういうのが、二軒三軒と、ところどころにあるのです。

家は新しいんです。でも、その家の立っている土台とか、周りの石垣とか、コンクリートとか、そういうのはみんな、全部古めかしいんです。坂の土地を宅地に変えて住みついている、その石段や石垣は、もう100年も前からそうなっているように、どれもこれも、青く古い苔が、びっしりと一面に生えているのです。別に、それは不思議でもなんでもないことなのかもしれませんけれども、でも、僕はその時、なんだかそのことが妙に、頭の隅に引っかかったんです。


「上がって下さァい」

鬼頭家のお嬢さんはそう言いました。「自分ン家《ち》にいる時のほうが敬語使うのかなァ？　ヘンなの……」とか、僕、思いました。細い路地の奥に門があって、庭の端を通って行く敷石を踏んで、鬼頭家の玄関口に辿り着いた時です。

「上がって下さァい」と言ったまま、鬼頭家のお嬢さんは家の中に入って行ってしまいました。

僕達は、玄関口に立っていたのです。

「なにニヤニヤ笑ってんのよ」

理梨子が言いました。

「なんにも笑ってないよ」

僕は言いました。

「だったらいいけど」

理梨子も言いました。

「あなた、探偵なんだからね」

そう付け加えて。

「はい」

キノコでも齧《かじ》ったらよかったんでしょうかねェ、僕は（別になんでもありません）。


「場所がないから、こっち上がって下さいって」

戻って来た幸代ちゃんが、僕達を玄関横の応接間に案内しました。

「場所なんかいくらでもあるのにね」

テーブルの端に置いてある大きな肱掛け椅子に腰を下ろして、理梨子はそう言いました。8畳ぐらいの広さの応接間でしたからそう言ったんでしょうね。別に〝むっとしている〟様子は、理梨子にはありませんでした。

「あのね、奥でね、みんなが御飯食べてるから、それでね、ここで待っていて下さいって」

幸代ちゃんはそう言いました。要するに、お坊さんが帰って、精進落しの（多分そういうんだと思います）お膳をみんな食べているから、ということです。そしてそれは当然日本料理だから、広い応接間ではなく、奥の日本座敷でやっているから、僕達2人は広い応接間に通されたということです。

「幸代ちゃんは食べないの？」

理梨子が言いました。

「うん、もう終っちゃったから、今みんなでお茶飲んでるんです」

なんだか、自分ン家《ち》にいる幸代ちゃんは、普段より理性的な幸代ちゃんみたいです（どういうことなんだろ？――と思いました）。

「おばあちゃんは？」

理梨子が言いました。

「寝てるの」

幸代ちゃんが言いました。

「寝てるの？」

理梨子です。

「うん。さっきまで起きてたけど、疲れたからって、寝てるの」

「じゃどうするの？」

今度は僕に言ったのです。

「どうするって？」

「おばあちゃま、どこか悪いの？」

理梨子は幸代ちゃんに言います。

「もう、年寄りだから……。だから、寝てるだけだから、構わないの」

「そうなの」

理梨子は言いました。

「おばあちゃんていくつなの？　ところでサァ」

僕は訊きました。〃おばあちゃん〃〃おばあちゃん〃て言うけど、ところで実際はどんなおばあちゃんなのかよく分らなかったからです。

「70……、80ぐらいにはなってないと思うけど……。よく分らない。大体寝てるけど……」

「幸代ちゃん、あんまりおばあちゃん、好きじゃないの？」

小声で理梨子は言いました。

「えーッ……」

そう言って笑ってごまかすのは、いつもの通りの幸代ちゃんでした。そうなんです、時々気になってたんですけど、この子って、時々、目の端で、人の顔色窺うみたいなところがあるんです。だから僕、それでちょっとひっかかってたんです。

「今、お茶持って来まァす」

そう言って幸代ちゃんは出て行きました。

「どうもォ」「すいません」――そう言って取り残されたのは僕達2人です。理梨子は、「ふーん」と言って、部屋の中を眺めています。僕は、窓にかかったレースのカーテン越しに、庭の方を眺めていました。

そこは、庭です。確かに庭ですけど、そう広い庭ではありません。広さでいえば、まァ〝普通〟なんですけど、じゃァ〝普通の庭〟ってどれぐらいの広さなんだっていわれるとよく分らないんです。こういう、広さの感覚っていうのはあんまり自信ないんですけど、10坪ぐらいなのかなァ……。10坪っていうと、20畳ぐらいになっちゃうから、そんな広いとも思えなかったんだけど……。ア、大体、普通の車置くガレージ作ったら、それでちょっと余るぐらいの広さの庭です。

大体分ります？

まァ僕が、その庭が狭いのか広いのかよく分らないでいたっていうのは、まァ、大体に於いて、東京では〝庭〟そのものがもう珍しくなっているからっていうことがあるんですけどね。僕の昔住んでいた世田谷の家だって、庭なんかなかったですもんね。あったのガレージだけで。

まァ、庭があるから、金持ちなのかなって、そう思っただけです、その時の僕は。そして、その庭のことでそんなにうだうだ考えてたっていうのは――勿論、てもちぶさたということもありましたけど――一体これが金持ちの家なのかな？　って思わせる程度にしか、その家の庭は、庭らしくなかったからです。

その家は、絵で描くと、ザッとこんな感じでした――（次ページ図）。

絵だと分りませんねェ。ホントはもっと狭いんですよ。狭いっていうより息苦しいんですよ。そこまで絵に描いちゃうと建物の感じが全然見えなくなっちゃうからやめましたけど、実際はもっと息苦しいんです。

まず、後ろの石垣ですけど、人の頭の高さぐらいまであるんですね、崖になってるから。その上に木が茂ってまして、2階家の、アパートみたいのが建ってます。

隣りも又、おんなじように、古い石の塀です。それから、庭のすぐ前――庭を重っ苦しくさせてる元凶がこれなんですけど、庭に突き出してる4畳半の離れ（これがおばあちゃんの部屋です）――その目の前ギリギリのところに、表の建売り住宅のブロック塀が迫ってるんです。塀が迫ってるってことは、建売り住宅の壁そのものも迫っているということです。後で分ったんですが、この建売りは、鬼頭家の建てたものでした。そして、玄関の側。これがズーッと鬼頭家所有のアパート・快風荘の壁です。

# 遠近法の無視された キトウケノズ

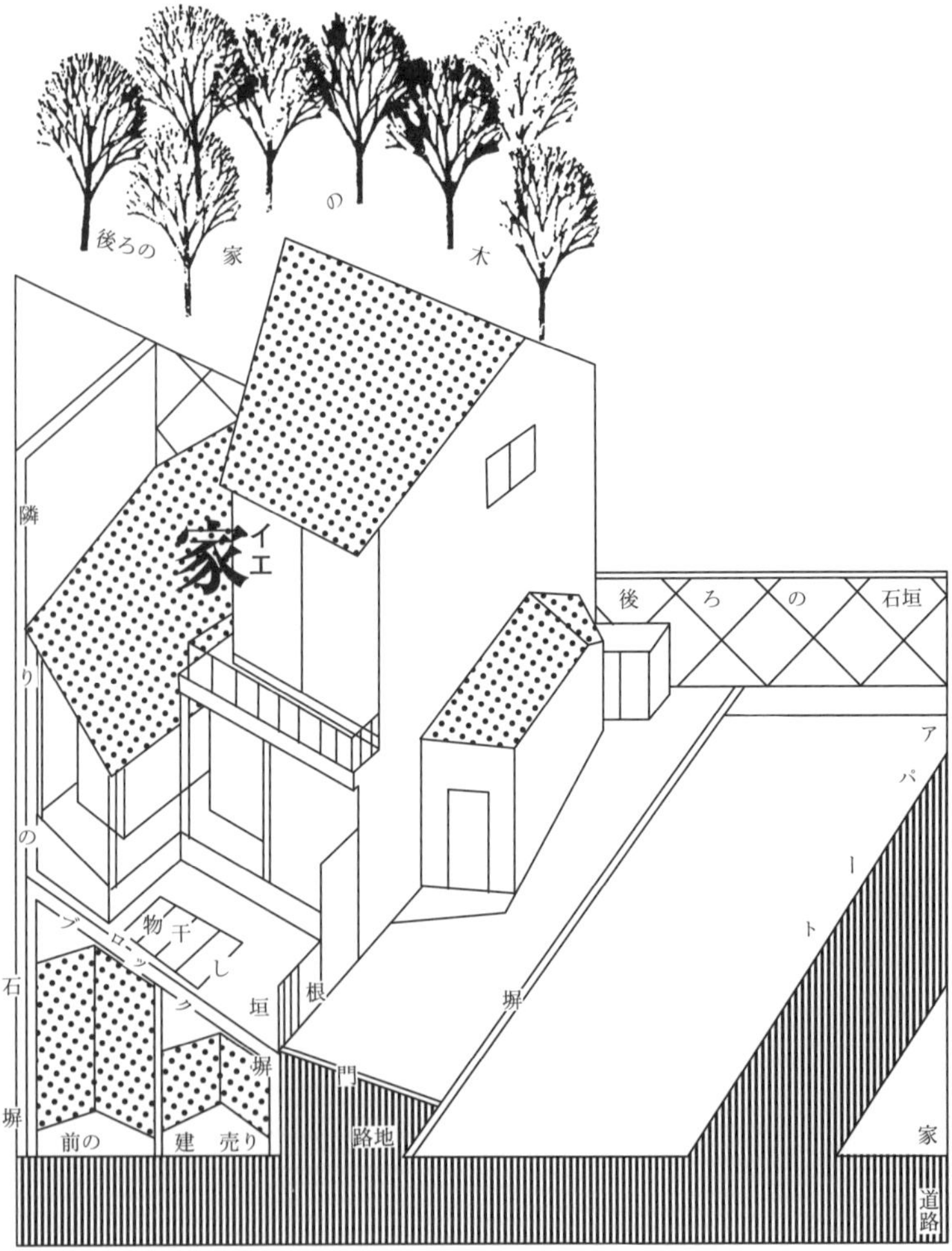

要するに、鬼頭家というのは、ビルの谷間に住むみたいに、四方を他人の家に取り囲まれて――おまけに、ごていねいに、電線とか電話線とか、空間には〝縄〟が張りめぐらされてる訳ですしね――わずかに山あいの盆地みたいに小さな庭が開かれているようなありさまだった訳です。庭があるだけで金持ちだなという感覚と、庭があるからって、別に金持ちでもなんでもないなァっていう感覚、多分お分りになってもらったと思うんですけど、どんなもんですか？

僕は、そんな庭を見てたんです。

狭くて、端っこに小さな松の木が生えてて、あと小さな植込みみたいのがあったんですけどみんな枯れてて（冬だから）、鉢植が結構あって、そして結局庭というのは、白い洗濯物が翻《ひるがえ》っているだけの〝生活〟である――というような庭を。その庭、ほとんど、物干し場だったんです。

カタンと小さな音がして、庭のはずれ、母屋と離れの境にあるガラス戸が開いて、地味なスーツを着た小母さんが庭に下りて来ました。サンダルを突っかけて洗濯物を取りこみに来たところを見ると、この家の奥さんだったのでしょう。他人事ではなく、はっきりと彼女はこの家の奥さんだったのですが、僕はその時はそのことを知らなかったからそう言っているのです。

僕は「そうかァ……」とか思って、ぼんやり外を眺めてたんです。何が〝そうかァ……〟なのかって訊かれると困るんですけど、要するに僕は、「ああ、ただ普通の家だなァ……」とか思っていたというだけなのです。

「ねェ、コーちゃん……」

椅子に腰掛けたまま、理梨子が僕の方に言いました。

「なァに……」

ほとんど雰囲気としてはだるかったというのは何故なんでしょう？

「なに言うんだろうねェ、おばあちゃん」

理梨子です。

「〝なに〟って何？」

僕です。

「なにってサァ、なんの話するんだろうねェ、あたし達に」

「別にねェ……、どうって話でもないんじゃないのォ……」

「うん、なんか、あたしもそんな感じがして来た」

「要するにサァ、俺達はサァ、病気のおばあちゃんの、なんていうの……鎮静剤っていうのかなァ、そういう感じで呼ばれたってことだろう……」

「結局、そういうことなのかもしんないねェ……」

煙草ふかしてる理梨子のそばで、僕はジャケットのポケットの中にある、僕の手描きの名刺を、なんとなく、もてあそんでいました。

洗濯物を取り込んでいた小母さんは家の中へ入って行きました。結局、現実は現実だし、なにか奇っ怪な事件が起る訳でもないしなァ……とかいうのが、その時の僕及び僕らの結論になりかかっていたという訳なのです。勿論それは違うんですけど。

小母さんが家の中に入って行くのと同時に応接間の、もう一つのドアが開きました。その応接間には、玄関側と庭側と、両方にドアがついていたのです。ついでに、この家の見取り図も描いておきます――

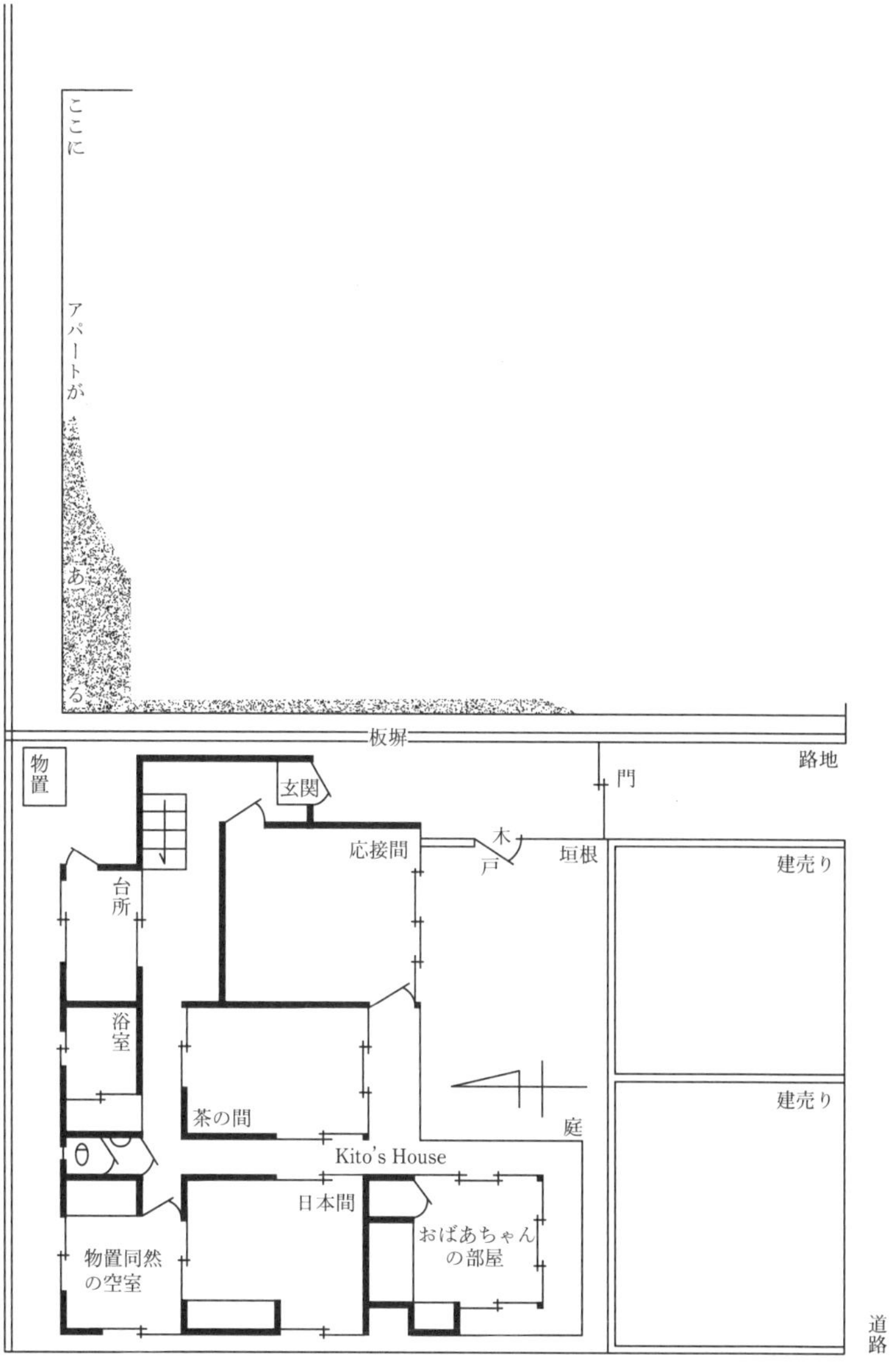
ここに
アパートが
ある
板塀
路地
物置
玄関
門
応接間
木戸
垣根
建売り
台所
浴室
茶の間
庭
建売り
Kito's House
日本間
おばあちゃん
の部屋
物置同然
の空室
道路

だからもう一ヶのドアがあるんです。

そこから、おじさんが入って来ました。〝おじさん〟ていう表現はおかしいな……。でも、おじさんとしか言いようがない訳だから……。

要するに、この家の主人、鬼頭一さんです。〝さん〟という雰囲気もなんかおかしいけど、まァいいです（深く追求しないで下さい）。

要するに、僕は今現在――昭和58年の4月ですけど、この文章を書いてる訳です。ですから、僕としては何もかも分ってはいる訳です。分ってはいますけど、でも、〝その時応接間のドアが開いてこの家の主、鬼頭一は入って来たのだった〟なんて書いたら嘘になっちゃうでしょ？ 僕と理梨子がぼそぼそ話してたら、そこにおじさんが入って来たんだから。要するにそれだけなんですよ。

僕と理梨子は立ち上がって、そして理梨子はついでに慌てて煙草を揉み消して、「あ、お邪魔してます」って挨拶をした訳です。どうも、私立探偵とその助手のする挨拶じゃありませんけど――。

おじさんていうのはワリといい人で、僕達が立ち上がるより前に深々と頭なんか下げちゃって、「あ、どうも、今日はわざわざ御面倒なことをお願いしまして」なんてことを言うんです。

「本来でしたら今日は、こんなところへお出でいただくんではなかったんですけれども、何分、義母《はは》がもう年なものですから」

おじさんは言いました。

「あの、おばあさまは、あの、お悪いんでいらっしゃいますか？」

これは、理梨子です。

「いえ、先日、少し、感冒をひきまして、それで、寝たり起きたりだったりしますもんですからね、マァ、それで大事をとりまして」

「あ、そうなんですか」

女は外交がうまいんです。

「あの、こちら、田原、高太郎さん」

理梨子が紹介します。

「あっ、あっ」

どもってる訳じゃありません。おじさんがうなずいてるんです。

「東大を出てらっしゃる？」

「はい。あ、田原です。よろしく」

「あ、鬼頭です。御面倒なことをお願いしまして」

「いえ、別に……」

ホントに、ロクな口のきき方が出来なくてすいませんけど、まさか「はい」とも言えません。

「絵を、やってらっしゃるんだそうで？」

おじさんが言いました。

「はい――」

「才能がおありになる……」

時々よく、こういう勘違いはされるんです。別に僕、画家じゃないんですもん。ね？

「それで、今日のことなんですけど」

理梨子が横から助け舟を出します。

「あ、はい」

慌てて振り向くおじさんです。人なつっこいっていうのかな、腰が低いっていうのかな、なんか、そんな感じでした。

「私、長月理梨子と申します」

理梨子が自己紹介をしました。

「あ、よろしくお願いします」

おじさんが頭を下げます。

「あのォ……」

僕が横から、名刺を出します。

「はあ、はあ」

おじさんが、それを取って頭を下げます。それを見て、理梨子が横の方から目くばせをします。

「なんだよ?」

僕が小声で訊きます。

「そんなもん出さなくたっていいよ、今更ァ」

「だってサァ……」

おじさんが名刺を眺めて、感心したように言います。

「こういうものもお作りになる?」

「はあ、まァ……」

「〝私立探偵〟ですか、なるほど」

「いえ、あの、昨日、作れって、こいつが言うもんですから」

「ああ、左様ですか。なるほど、お手数をおかけしまして」

このおじさん、ちょっとトロイんじゃないかって、僕はその時思ったんですけどね。

「それで、お話なんですけど」

理梨子が言いました。

「はいはいはい」

ずい分、腰の低いおじさんなんです。

「娘から、話というのは聞いてらっしゃると思いますけど」

「はい」

聞き手は理梨子です。なんせ、よく考えたら、彼女はそういうことのプロなんだから。なにしろ彼女はライターなんですからね。

おかげで僕は楽でした。なるほど、「あなたはいるだけでいいの」っていうのは、こういうことかと思いました。理梨子はきのう、そう言ったんですよね。


「まァ、別にどうということもないとは思うんですけども」

「はい」

「まァ、なんだか、妙に騒ぎ立てましまして」

「はい」

「まァ、年寄りの言うことですから」

「はい」

「まあ、それなりにしておくのもなんだとは思いましてねェ」

「ええ」

「まァ、別にねェ、そうことごとしく騒ぎ立てるのもなんだとか思いまして、要はまァ、そういう人がいてくれれば、まァ、年寄りも気が晴れるんじゃないかと」

「そうですねェ」

「まァ、こういうものも作っていただけるとありがたいんですけれども」

おじさんはそう言って、僕の作った名刺をひねくり回しています。

「何分、目が悪いもんですからねェ、ちょっと、読めますか……」

「あ、そうですか。あのですねェ、ホントだったら、私、この人に着物着せて来ようかと思ってたんですよ」

「着物ですか？」

「ええ、成人の日ですし」

「なんだよォ、それはァ」

これ僕です。

「だって、金田一耕助って、袴《はかま》穿いてるもん。ねェ、そうですよねェ？」

ホントに女は媚《こ》びるのがうまいなァ。

「いやァ、そこまでは。ハッハッハ。愉快な方ですなァ」

ハッハッハ。まァ、いいですけど。

「あれ、お茶もまだお出ししてませんねェ」

「あ、幸代ちゃんがさっき」

「あ、そうですか。ちょっと失礼。おい、幸代ォ！　あ、どうぞ、お掛けになってて下さい」

そう言っておじさんは、玄関側のドアを開けて応接間を出て行きました。


ほんの少しの間です。


そしたら今度は、おじさんが出て行った側のドアからおばさんが、「どうぞ」と言って、紅茶を乗せたお盆を持って入って来ました。

おじさんは、どちらかというとやせぎすで、背も高い方かな（僕よりは低いですけど――あ、僕の身長、１ｍ78です）。髪の毛は、もうほとんど半分ぐらい白髪なんですけど、僕の親父（54歳）とそう変らないぐらいの感じでした（実際の年は61だったんですけど、もう、そういう年なんかになっちゃうと、いくつぐらいだか分んないんです。見た目も分んないし、そういう年の人ってのも知らないし、大体61になるということに、ほとんど実感ていうのが湧かない訳ですから）。で、そういうおじさんに比べて、おばさんの方はというと、これが、さっき庭で見てたってこともあったんですけど、陰気な人でした。

「どうぞ」って、紅茶持って来て、「あ、お邪魔してます」って僕達が立ち上がったのに、なんにも言わないんです。ただ「どうぞ」って、もう一遍言って、その言い方がなんとなく、針のない針ねずみが精一杯背中突き立ててるっていうか、そんな感じで、敵意すら、あったんです。

おばさんが出て行ってから、僕と理梨子は顔を見合わせました。

「どういうんだろ?」

僕が言いました。

「分んない――」

理梨子が言いました。

「あんまし歓迎されてないってことは分るんだけど」

「というよりサ――」

僕は言いました。

「なんていうの、ほら、主婦ってサァ、ワリと今ウックツしてるから――」

「だから何よ?」

「不機嫌とか、そういう風に見えるのって、あるんじゃないの?」

僕は、前に住んでいたアパートの大屋だった別のおばさんのことを考えていたんです。人間を、なんとなく先入観で決めるのがいやだったんだもんで。

そのおばさんていうのは――勿論〝大屋〟の方ですけど――初め、すごく無愛想だったんです。越してった時も、金払いに行った時も。なんか、それですごくやだったんですけど、何遍か会う内に、だんだんと、なんていうのか、警戒心が薄れてくっていうのがあったみたいで。だから僕は、そんなことを思ってたんです。

でも理梨子は違いました。彼女はこう言ったんです。

「それもあるのかもしれないけど――」

「けど、なによ?」

「やっぱりあの人、あたし達のこと、歓迎してないよ」

「どうして？」

「だって、このカップ置く時、すごい顔であたしの方見てたもん」

「ホント？」

「うん。見てないふりしてたけどサ。気がつかなかった？」

「全然」

そう言われて僕は、ふっと思いました。「そうか」って。つまり、こういうことです――


幸代ちゃんが、僕達を迎えに来たのは当然だと思います。言ってみれば、僕達は彼女の〝友達〟なんだから。そして、まァ、法事でね、一家というか一族全員が集まってね、それで、松竹梅の三人姉妹が久し振りに会ったんだからっていって、それで、話が盛り上がってて（ていうか、そんなことしてて）、それで僕達の方をおいてきぼりにしとくっていうのも、分ります。まァ、娘の友達なんだし、とか。そして、そこは分るんですけど、でも、引っかかるんだったらその次です。僕達の相手を幸代ちゃんに任していて、そしてお茶を淹れて持って来るのも彼女の役だったとして、でも、悠々と洗濯物とりこんでるんだったとしたら？　そして、幸代ちゃんがお茶も淹れずにどっか行っちゃってるぐらいの人だったら（たとえその、お湯の沸くのが時間かかる、とかあったとしても）、彼女がそういう子だったりしたら、母親が一遍ぐらい様子見に来るとか、そういうのって、あったりしても不思議はないと思いません？　そういうの無視して洗濯もンとりこんでる暇があるなら、とかね。

だって、現に、お茶持って来たのは幸代ちゃんじゃなくて、おばさんだったりする訳ですからね――なんてことを考えて（それは勿論、そのおばさんの印象があんまりよくなかったからなんですけどね)、そしてまた、僕はふと思ったんです。

僕は、紅茶啜ってる理梨子に言ったんです。「ねェ、幸代ちゃん、どうしたのかな?」って。

「さァ、奥でなんかしてるんじゃないの」

理梨子は言いました。

階段をパタパタと降りて来るスリッパの音がしたんです。図で見てお分りのように、応接間の裏には、2階に通じる階段があるんです。それを、誰かが降りて来たんです。

ドアが開きました。

「アレ、おかしいな。幸代は来ませんでしたか」

おじさんでした。

「幸代ちゃん?」

落ち着いてお茶を啜っていた理梨子の顔が、そう言って青ざめました。

「いないんですか?」

僕は言いました。おじさんの「ええ」という返事を待つまでもなく、僕達はほとんど、その部屋を飛び出しそうになっていました!


でも、なんてことはない。その時玄関のドアが開いて、振袖姿の幸代ちゃんが顔を出したのです。応接間と玄関と、2つのドア越しに、なに気ない顔で家の中へ入って来ようとする、鬼頭幸代嬢の顔を、僕達はその時に発見したのです。

「どこ行ってたんだ? お前は」

おじさんが言いました。

「あのォ、お友達が来るからって、ちょっと……」

そのまんま、幸代ちゃんは家の中へ上がって来て、僕達にエヘヘと笑いました。

「いいから早く、お前は、それを着換えてきなさい。ホントに、お客様をほったらかしてなにをしてるんだ、まったく」

おじさんにそう言われて、「はァい」と、幸代ちゃんは2階へ上がって行きました。

〝お友達〟——僕は、それを聞いてギクッとしました。

「〝お友達〟って誰だ？」

僕は理梨子に言いました。

「〝お友達〟って、あの子達じゃないの？」

〝あの子達〟というのは、彼女の妹、長月由美香とその一党という意味です。

まァ、読者の皆さんは、彼女達のことを知らないからねェ、僕の〝ギクッ〟っていうのも分んないでしょうけどねェ……。まァいいですけどねェ……。


「来るの？」

僕は理梨子に訊きました。〝来るの？〟の主語は、勿論例の3人組です。

「来たっていいじゃない——」

理梨子は言いました。

「別に、なにか起りそうな訳でもないしサァ」

肝腎の、『獄門島』の祟りとか、〝得体の知れない恐怖〟とかって吹きまくってた張本人が、既にこれですからねェ。「そんなんだったら人連れ出すな」とか、僕はその時思ってたんです。

「おかあさァーん！」

2階で、幸代ちゃんの叫ぶ声がしました。

ウーン、活字になってしまうと、なんとなく意味あり気な一行ですが、まァ、現場に居合わせた当事者としてはですね。それが別に、恐怖の叫び声だとは思えなかった訳です。要するに、それは、「おかあさァーん、着物脱ぐの手伝ってェ！」だったからです。


「はァい。なんですよォ」

そう言っておばさんは2階へ上がって行きました。なんということもない家庭の日常です。家の奥の方では、多分、松だか梅だかの姉妹が話しこんでいたのでしょう、女の人のかすかな笑い声が聞こえて来ました。

「じゃァ、それでしたら、折角ですから、一度会っていただけますか？」

おじさんは言いました。愈々僕達は、問題のおばあさんに御対面をすることとなったのです。

「なんだか、〝ここに呼べ〟っていうようなことをさっきは言ってたんですがね」

「ここ？」

僕です。

「いえ、さっき、まァ、奥で集ってました時ですけれども。今日はまァ、御承知とは思いますが、私共の姉妹《きょうだい》も来ておりまして」

「はい」

「まァ、その席に呼べなどということを言っておったんですが、年寄りは」

「〝呼べ〟って、僕達ですか？」

「え、まァ、そうなんですが、どうぞ、あまりお気になさらずに。今ちょっと、離れの方に床を取って寝てますもんですからね。ちょっと、お気にさわるかもしれませんが、そちらの方で」

「あ、私達の方は別に構いませんから」

これは理梨子です。

「何分、年寄りの気休めということでね」

おじさんです。

「はい。分ってます」

元気なお答え。これは僕です。

「じゃ、ちょっと様子を見て来ますから」

そう言っておじさんは、庭の方のドアを開けて出て行きました。応接間の窓越しに、ダイニング・キッチン（茶の間）の前を通って離れに続いている廊下が見えます。僕は、そこを通って離れへ行く、おじさんの姿を見てたんです。

しばらくして――というよりも、すぐに――おじさんは帰って来ました。帰って来て言いました。「どうぞ」って。

「どうぞ、年寄りの部屋ですから、マァ、散らかってはおりますが」って。

僕達は庭沿いの廊下を通っておばあちゃんの部屋に行きました。

「まァ、とにかく、訳の分らないことを言うとは思いますが、何分年寄りの言うことですから、まァ、軽く聞き流すような、ね、そういうつもりぐらいでいて下さい」

そうおじさんは言いました。勿論、僕達の返事は「はい」と「ええ」です。「はい」は僕、「ええ」は理梨子です。微妙にイニシァチブが移りかけている所に注意して下さいね。

「どうぞ」

おじさんが言いました。

僕達は、障子を閉め切った部屋の中に入りました。中はつけ放しのファンヒーターのせいで、ムッとするほどの温かさでした。

薄暗い部屋の中でおばあさんが、布団を敷いて寝ていました。おじさんが部屋の灯りを点けようとして、部屋の中央にぶら下がっている蛍光灯のスイッチに手を伸しました（ということは、おばあちゃんの布団の上に立ちはだかるようにして手を伸してということです）が、おばあちゃんがイヤイヤをしたのですぐ灯りを消しました。おかげで僕達は、薄暗い部屋の中で、不気味な老婆のひとり言を聞かされる破目になった訳ですが、という訳で、演出効果は満点でした。

「おばあちゃん、田原さんと長月さん」

おじさんは、おばあちゃんの耳許でそう囁きました。60過ぎて、頭の白くなりかかった男の人が「おばあちゃん」なんて囁くのを薄暗い中でぼんやりと見ているのは、あんまり気持のいいものではありません。なにしろ、一瞬灯りの点いた時に見た〝おばあちゃん〟というのは、ほとんどしなびたなつめやしというか、生きたアマゾンの首刈り族の作った干し生首という感じでしたから（別に悪気はありません、ただ率直なだけです）。

「探偵さん」

おじさんは、おばあちゃんの耳許でそう繰り返しました。おじさんの手には、さっき僕が渡した〝名刺〟というものが握られています。なんとなくその時、僕は、おばあちゃんが感冒をひいて寝ているというよりも、学校に行くのがいやで仮病使って寝ている女の子がそのまんまおばあちゃんになっているというような気がしました。だって、寝ているおばあちゃんというのは、そんな感じでしたから。

僕達は、入ってすぐおばあちゃんに頭を下げましたけど、でも上を向いて寝ているおばあちゃんにそんな姿が見えたかどうか分りません。布団を引きずり上げて、目の下までほとんど隠しているおばあちゃんに対して、どんな挨拶をしたらよいか、よく分らなかったのです。

おばあちゃんがむっくりと起き上がりました。僕達は、慌てて揃ってお辞儀をしました。はだけそうもない浴衣の胸をしっかりと押さえているのは、それでもおばあちゃんがレッキとした〝彼女〟であるからです。

おじさんが、おばあちゃんの後ろから羽織を着せかけましたけど、僕はその時「ああ、この人〝養子〟だったんだな」と思ったんです。そう言えばおじさん、おばあさんのことを〝年寄り〟〝年寄り〟って言ってたけど、なんとなく、養子の距離の置き方ってそういうもんなのかなァって思ったんです。違ってるかもしれませんけど、僕の家、〝年寄り〟っていませんでしたし――現在母は、静岡にいる自分の母親のところに帰ってますけど――よく考えたら、僕っていうのには、気がついたらもう〝家庭〟というのはなくなっていた訳ですから、〝ああそうか〟というような感じだったりはする訳です。

まず、そのおばあちゃんに関する第一印象をお話しします。第一印象といっても〝干し生首〟

ではない第一印象です。

底意地が悪そうだな――そう思いました。これは、僕と理梨子の共通した印象でした。仮病使って寝てる登校拒否の女の子だったら、布団から顔出したら〝なんだ、結構可愛いじゃないか〟ということにもなりますけど、でも、鬼頭千満さんは、小学校4年生の女の子ではない訳です。

年寄り全般がそうなのでしょうか？　それとも、僕があんまり年寄りというものを見てないからなのでしょうか？　それとも彼女が病気だったからなのでしょうか？　それとも、たまたま彼女がそういう年寄りだったからなのでしょうか？　とにかく彼女は、何か、罠を仕掛けてジーッと待つといったような――なんていうんでしょう、とてつもなく意地悪で、執念深そうな老婆でした。表現を和らげれば、とてつもなく執念深そうに見えました。なんとなくぼんやりと感じていたことなのですが、僕はその時、孤独というものは人をすさませるものだなァということを――ほとんど直感的なのか、それとも予断をもってのぞんでいたのかは分りませんが――感じていました。

彼女は、僕達のことをジーッと見ていました。なんか、いやなことに足を踏みこんじゃったなという、なんか、そんな感じがしました。

彼女は僕達のことをジーッと見ていました。でも、今思うんです、一体、彼女は僕達のことをジーッと見ていたのかって。部屋は暗かったんです。部屋の中より、障子の外の方が明るかったくらいです。僕達は、それでも彼女の様子を見ていましたが、果して彼女に僕達のことがよく分ったのかどうか、それはやっぱり疑問です。彼女は僕達を見ていたのか、それとも僕達とは別のものを見ていたのか、今となっては、もうそんなことは分りません。分りませんけど、でも、彼女は〃何か〃を見ていたのです。だから、あんなことになったのです――。

僕は言いました――「あの、なにか、お話があるって……」

おばあさんは、ただもぐもぐと言っていました。エンジンのかかりの遅い自動車みたいなもので、その内おばあちゃんは何か話し出すだろうと思っていました。結局、老人というものは、なにか、向き合った人間を厳粛にさせてしまうようなものを持っているのです。僕達は、黙っておばあちゃんが口を開くのを待っていました。障子の外の夕陽だけが、やけに気にかかるのです。

その時でした、僕達3人が閉じ籠められている（そんな感じでした）部屋の外で、誰かが中を覗いていました。僕の後ろで、障子の開く音がしたのです。ちょっと、絵を描いてみます――

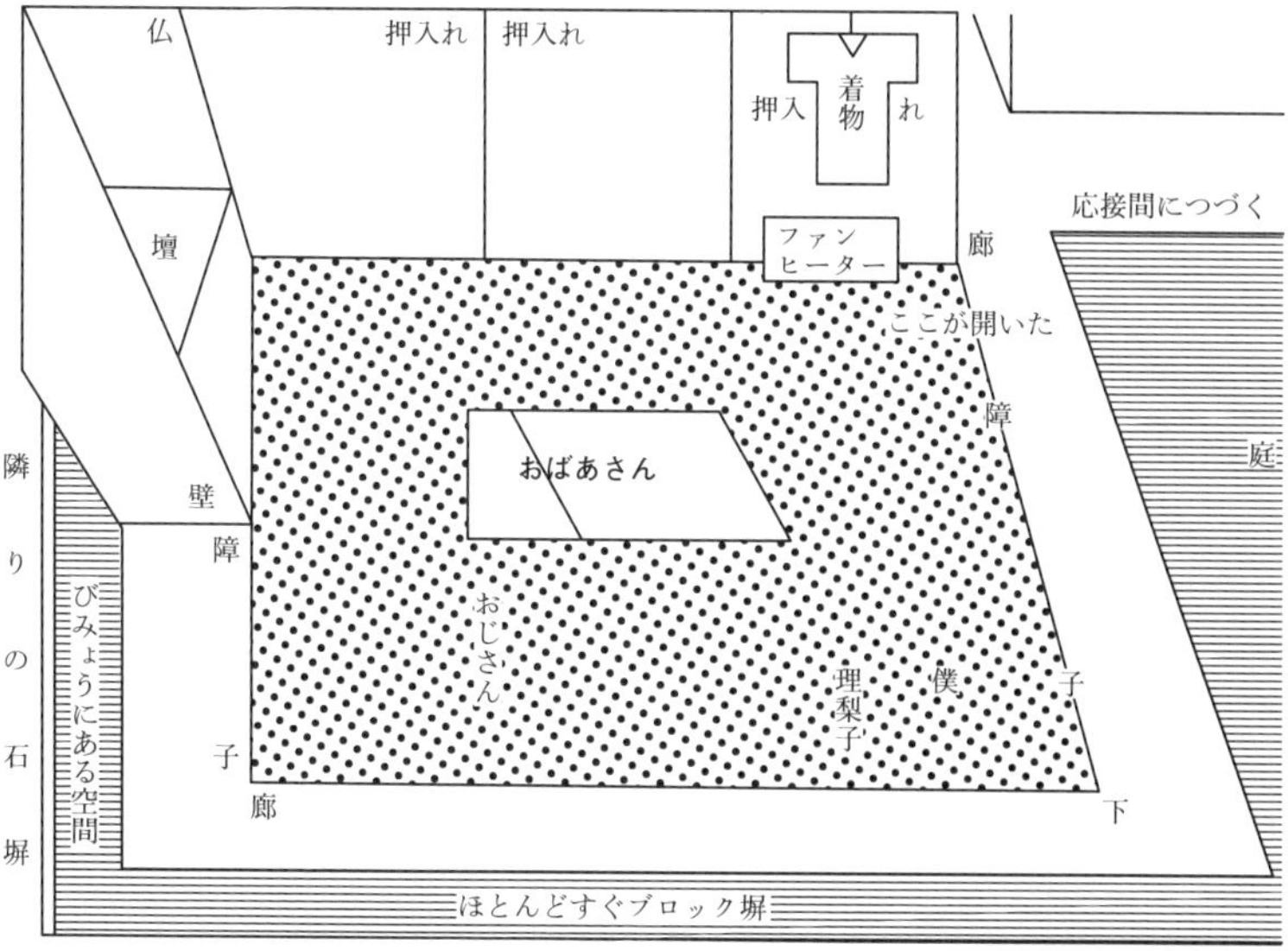

覗いていたのはおばさんでした。部屋の三面を取り巻いている障子は、全部真ン中がガラスになっているので、それはすぐ分ったのです。

別に障子が凶器になったという訳ではないですけどね。なんか僕、情景描写が下手だから——（ついでです）。

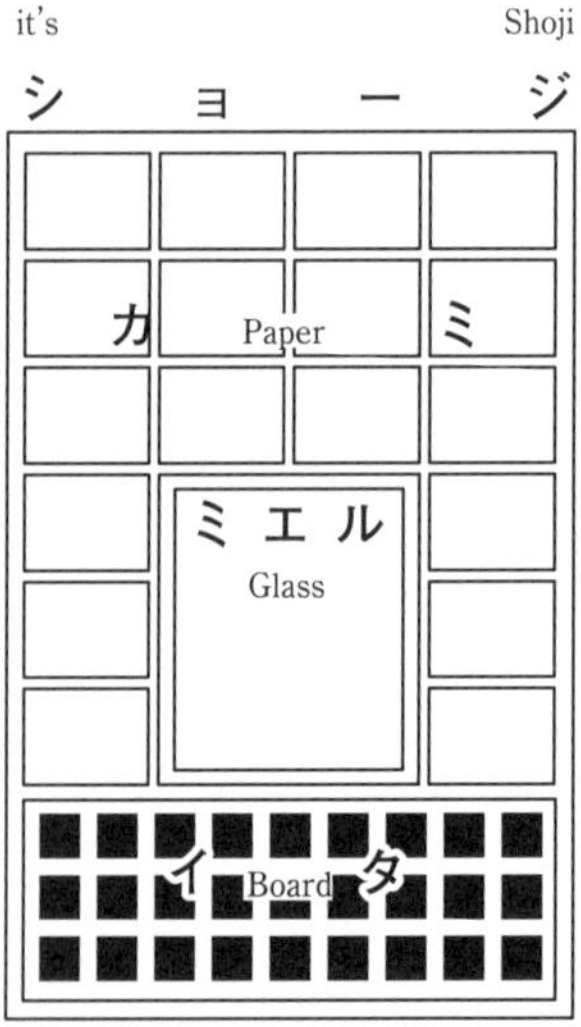


障子は開いて、すぐ閉りました。閉って、足音が、部屋の外を囲んでいる廊下の上をヒタ、ヒタ、ギイ、と進んで行きました。ちなみに〝ギイ〟は床板のきしむ音です。

僕は黙ってそれを聞いて、「おばさんどっか行くんだなァ」とか思っていました。その頃の僕はまだその家の構造に詳しくなくて、その廊下が突き当りになっていることを知らなかったからなのです。

仏壇のある面——つまり、おばあちゃんの頭の方にある障子が開いて、鬼頭の竹緒おばさん(即《すなわ》ち、一おじさんの奥さんです）が入って来ました。

「どうして灯り点けないのよ」

おばさんがおじさんに言いました（小さな声で）。

「おばあちゃんが点けるなって言うからサ」

おじさんが言いました。

「やァねェ」

おばさんはそう言うと、坐ったまんま体を前に進めて、そしてスックと立ち上がると蛍光灯を点けました。

「ああ、まぶしい。ああ、まぶしい」

部屋の中がパッと明るくなると同時に、おばあちゃんはまた、布団を引っかぶって横になってしまいました。「消しとくれよ、消しとくれよ」――おばあちゃんは、布団の中でそう呟いているように見えました。

ともかく分ったことは、おばあちゃんが、決して衰弱した老人ではない、ということです。一瞬の内にして、おばあちゃんは身を翻したのですから。

「ウーン！」

おばさんは、なんか、苛立ったようです。苛立って、すぐに電気を消しました。駄々っ子をもて余す、母親のようでした。

おばさんは乱暴にスイッチを引っ張り、乱暴に坐り、蛍光灯の紐スイッチがいつまでもブラブラと揺れていました。「おばさん、気が若いな」――そんな風に僕、思いました。何故でしょう？　自分の母親がいつもそんな風にしていたのを覚えていたからかもしれません。僕が中学ぐらい、寝坊している僕を起こしに来る母親は、いつもそんな風でしたから。

「で、おばあちゃんは、どうなの？」

おばさんは言いました。おばあちゃんに言ったのか、おじさんに言ったのか、おばあちゃんの感冒が〝どうなの？〟か、おばあちゃんの話の内容が〝どうなの？〟か、何を言いたいのかよく分りませんでした。

「どうなのって、お前……」

おじさんが言いました。

「あのォ……」

理梨子が口をはさみました。

なんだろうと思って僕は彼女の方を見ました。

「おかアさァーん！」

遠くで幸代ちゃんの呼ぶ声がしました。

「はァい！」

おばさんは叫びました。

僕は理梨子に、一体なにを言おうとしてるのかと思って「なァに？」と小声で囁きました。

理梨子はそれに答えず、おじさんに向かって、

「あのォ、お加減がよろしくないんでしたら、
また――（来ましょうか）」

（　）の中はおじさんにさえぎられて言えなかったことです。

「ああ、いやいや」

おじさんは手を振って理梨子の話をさえぎりました。

要するにその一瞬、その部屋の中と外とで5人の人間が一緒に喋り出したものだから、

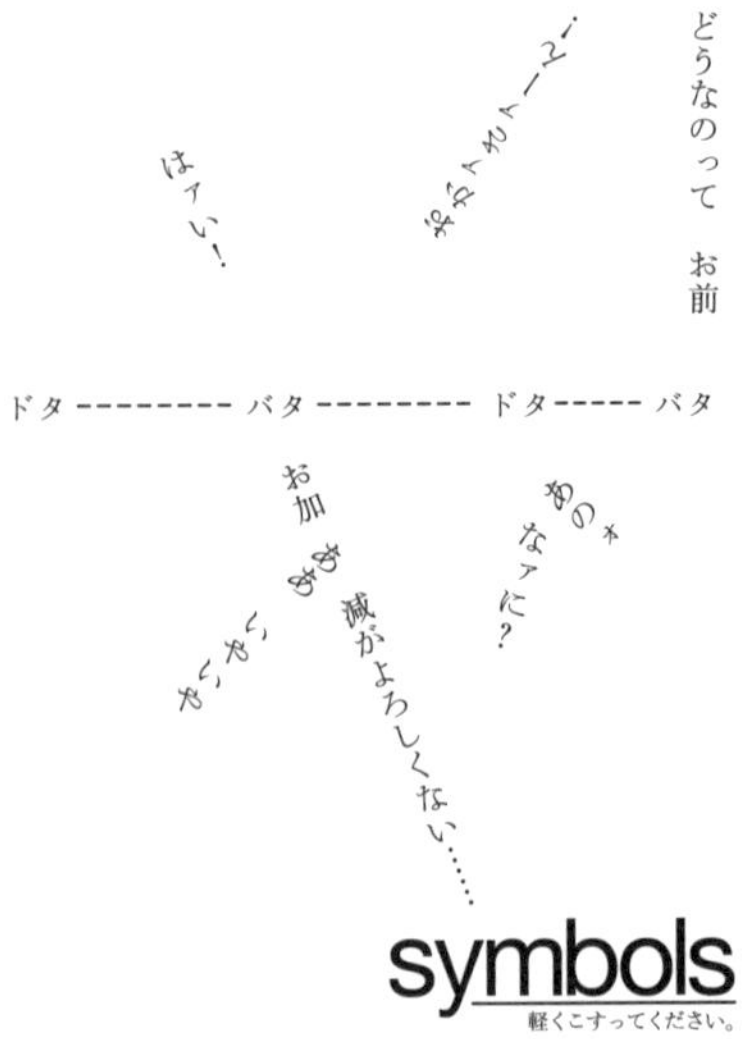
どうなのって　お前
おかァさァーん……
はァい！
ドタ-------- バタ ------- ドタ---- バタ
あのォ
なァに？
お加減がよろしくない……
ああ
いやいや
symbols
軽くこすってください。

という感じになったのです。

だもんだから——

「ああ、うるさい、ああ、うるさい！　ホントに娘が三人も揃っていながら、この家は終りだよッ！」

と、おばあちゃんが布団をはねのけて一挙に怒鳴りまくったんで。

僕は一体、何が起ったかと思ったんです。


「おかあさん！　着物しまえなァい！」

おばさんが最初に開けたところの障子を開けて、洋服に着替えた幸代ちゃんが顔を出しました。暗くてよく見えませんでしたけど、ピンクのモヘアのセーターでした。

探偵役の（もしくはワトソン役の）僕としては大変でした。

おばあさんがいきなりはね起きてなんか喋ったと思うと、ガラッと障子が開いて、そっちに目を向けたすきに、もうおばあちゃんは、布団という殻の中に籠った亀です。「どうしたもんだろ」と思った途端に、今度は幸代ちゃんの障子の後ろから声がしました。

「どうしたのよ、こんなとこに集まって」

「暗くしてなにやってんのよ」


ちょっと休ませて下さい。こう、人間が一杯出て来ると、僕の筆力じゃ手に負えなくなって来んです。ちょっと、整理します——。

エッ卜——、まず、部屋の中にはおばあちゃんが寝てます。そしておじさんがいます。おじさんがいて、おばさんがいて、僕がいて理梨子がいて、そして外に、幸代ちゃんがいて、その後ろに女性が更に3人いたんです。図（次ページ）で表わします。ホントだったら似顔絵描ければいいんですけど、僕、人物描くの苦手だから、コンセプチュアル・アートで許して下さい。

花田松子——本来ならば鬼頭家の跡取り娘である長女の松子おばさん。51歳。

花田鎮香——その一人娘。32歳。

鬼頭梅子——鬼頭家の3女。その名の通り、まだ独身で、41歳。

「どうしたのよ、こんなとこに集まって」と言ったのが松子さん。「暗くしてなにやってんのよ」と言ったのが梅子さん。梅子さんは続けて、「井戸の中みたい」と言いました。そして、廊下の外で我関セズという顔していたのが鎮香さんというトリオです。ついでに人物評を一言ずつ付け加えておきますと、〝岩のように頑張ってる〟のが松子さん、〝若若しく頑張ってるつもりで失敗してる〟のが梅子さん、〝別にあたしは頑張ってなんかいないわという表情が陰険さを作り出していることに気がついていない〟のが鎮香さんです。

分ります？　マァ、分んなくてもその内分りますよ。

「これが例の探偵さん？」

そう声をかけたのが梅子さんです。

「まァ、そんなところですかな」

と、なんとなくごまかしたのが一おじさん。

「一体、なんの話があるっていうのよ」

so that

コ

ン

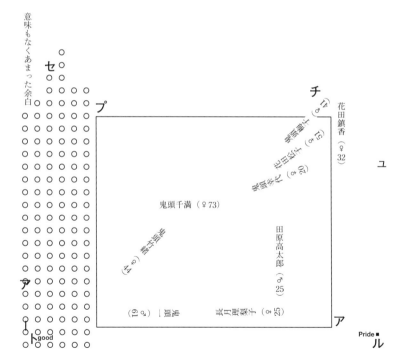

意味もなくあまった余白

セ

プ

チ

花田鎮香（♀32）

鬼頭専子（♀41）

花田松子（♀51）

鬼頭幸代（♀20）

ユ

鬼頭千満（♀73）

鬼頭竹緒（♀44）

田原高太郎（♂25）

長月理梨子（♀25）

鬼頭一（♂61）

ア

Pride■

ル

ア

ト

good

と言ったのが松子さん。

「そんなの分りゃしないわよ」

と言ったのが竹緒おばさん。

「ねェ、おかあさァん！」

と言ったのが幸代ちゃん。そう言って彼女は僕の方にニッと笑ったのです。

「早く電気点けなさいよ」

梅子さんはツカツカと部屋の中に入って来て灯りをつけました。だから僕は、戸口（というか敷居のところ）に立って、「フーン」という顔をして中を覗いている鎮香さんの顔が見えたのです。


「うるさいねェ、あっち行っとくれッ！」

おばあちゃんが布団の中から声を出しました。おじさんが僕達に、目で立つように合図します。

「じゃァおかあさん、探偵さんには来てもらわなくてもいいんですねッ！」

竹緒おばさんが怒鳴りました（別に〝怒鳴る〟ってほどでもなかったか）。

「別に今日来てもらわなくても、又でもいいじゃないか」

おじさんが言いました。僕達は、ほとんど中腰のまんまです。

おばさん（竹）はおじさんの方を見て、そしてもう一度叫びました――というよりも、言いました。

「じゃァ、又来てもらうんですかッ、おばあちゃん！」

布団の中でおばあちゃんがコクンとうなずいたようです。

「鎮香ちゃん、入るんだったら入って、部屋の戸、閉めなさいよ」

梅子さんが言いました。梅子さんはグレーのワンピースを着て、カールした前髪を下し、そして肩まである髪を、ポニーテールにしている41歳です。灯りの下で見るピンクのルージュと頰紅に、僕はちょっと、ギョッとしました。

鎮香さんは言われて、部屋に入って障子を閉めました。部屋の中に、女が四人立っているということです。白い障子は光を反射させるので、なぜか、不思議な光が生まれました。鎮香さんは若々しく見えるのです。

鎮香さんは、ただ黙って立っているだけです。

「じゃァ」そう言っておじさんは、僕達をうながしました。

「はい」と言って僕達は立ち上がって、8つの瞳が僕達を見つめているのを感じていました。

僕は立って、その部屋の隅の、鎮香さんの立っている方に行きかけました。そこの障子が、何故か出入り用のドアだと思えたからです。不思議なもので、障子なんかは、どこを開けたって出入り出来るのに、でも、人がそこから入って来るのを見ていると、出口というのはなんとなくそこ一ヶ所という気になるのです。

ふらふらと立ち上がった僕に向かって、「コーちゃん」と理梨子が声をかけました。理梨子は、三つある障子の面の内、今まで一度も開けられなかった、建売りのブロック塀に面した方の障子戸を開けたのです。

「あ、そうか」——僕はただそう思ったのです。

僕達は部屋を出ました。そして、おじさんも僕達の後について来ました。廊下から見ると、白い障子に囲まれたその部屋は、ただなごやかに明るいのです。ホッとしたというのは、多分こういうことを言うんでしょうねェ。だから僕は、トイレに行きたくなったんです。

「あの、すいません、トイレは？」

僕はおじさんに言いました。

「あ、この廊下の突き当りです」

母屋と離れをつなぐ廊下を指しておじさんは言いました。前に描いた見取り図を見てもらえば分ると思うんですけど、トイレはそこにあったんです。だから、僕は一人でまっすぐ廊下を、理梨子とおじさんは右へ曲って、元の応接間へと向かいました。おばあちゃんのいた4畳半からは、何か、喋り声が聞こえて来るようでした。

# Chapter 10 どうして誰も知らないのか——

彼は、天蓋つきのベッドに静かに横たわり、血の気のない手をシーツの上にのせて、待っているのだ。彼の心臓は弱い。不確かな音をたてている。思考は遺骨のように灰色だ。そしてもうじき、ラスティ・リーガンと同じように、大いなる眠りに入るのだ。

レイモンド・チャンドラー『大いなる眠り』（双葉十三郎訳）

僕は一人で歩いて行きました。後ろの部屋からは、おばさん達の話し声が聞こえて来ました。僕にはなんとなく、布団をかぶって眠っているおばあさんを見下ろすようにして、四人の女がなんだかんだ（あまり意味のないことを）立って喋っている様子が見えるようでした。5人ではなく4人。なんとなく、幸代ちゃんは、そういうところとは関係なく、ペタンと腰を下ろしているとか、そういう感じがしたもので。

廊下の右は、茶の間——というよりダイニング・キッチン——です。庭に面した方と、廊下に面した方と、2方面がスリガラスの引き戸になっていて、開けっ放しで、灯りが点いていました。誰もいなくて、椅子とテーブルだけがあって、テーブルの上にジャーが一つだけ置いてあるのが（印象的といえば）印象的でした。

　廊下の左は、襖が開けっ放しになった日本間です。綺麗に片付いて、テーブルが置いてあり（勿論日本式の、いわゆるチャブ台）、そこに仕出し屋でとったお弁当の箱が――漆塗りの上等のやつですが、それが人数分（ということは8つ）、今食事を終えたばかりのようにキチンと並んでいました。それとお箸と、勿論お酒の徳利と。そうか、ここで〝宴会〟をやってたんだなと思いました。思っただけで、それだけです。

　この本を読んでいて下さる人の中には、多分、こういうことを思う方もいらっしゃると思うんです。〝こいつ、一体何をつまんないことばっかり問題にしてるんだ〟って。

　そうだと思います。僕の書いてることとって、僕がどう思ったか、僕の目の前で誰が何を話したか、僕が何をしたか、それで僕がどう思ったかって、ただそれだけなんです。ただそれだけだけど、でも一体、普通の人間に、それ以上の何が分れるっていうんですか？　人間がいられる場所って、一つだけなんですよ。僕がトイレにいれば僕はおばあちゃんの部屋にいられない。僕がおばあちゃんの部屋にいれば、その部屋に来ない人間の顔は、見ることも出来ない。ただそれだけなんです。僕はトイレのドアを開けました。開ける時ふっと後ろを振り向くと、おばあちゃんの部屋の障子が開いて誰かが出て来る所でした。

　僕がドアを開ける――後ろで障子が開く。僕がトイレの中に足を踏み入れる――誰かが部屋の中から出て来る。僕がトイレのドアを閉める、しかも出来るだけ丁寧に――僕が廊下の向うにあるおばあちゃんの部屋を観察することが出来るとしたら、それは、そのドアがゆっくりとしまって来る間だけなんです。誰かが出て来た――それだけなんです。

誰が出て来たのかは分らない。そして、その誰か（多分おばあちゃん以外の全員だろうけれども）が出て来る時の部屋のシチュエーションがどうだったのかも分らない。後から聞いても、それは多分、分らない（何故ならば、その時そこに、僕はいなかったから）。

そうなんです。僕って、自分の見たものと、自分の感じたことしか信じられないんです。そして、困ったことに、僕って、自分の感じたこと思ったことは、それはきっと何かに結びつくって――結びつくからこそ、感じたことや思ったことを覚えているんだって、信じているんです。他の人はどうだか知りませんが。

ヘンだなと思ったこと――その人の中に感じた「ヘンだな……」と思えるようなことが僕の中で集計されて、それで、〝殺意を持った犯人の姿〟っていうのが見えて来るんです。来たんです。そう、〝犯人〟て、いるんです。だから、〝事件〟があって、〝推理〟って必要なんです。だから僕は、〝探偵〟だったんです。そして、今度のことで、僕が探偵としてやったやり方というのは、そういう推理方法だけだったんです。

僕はトイレに入りました。そしてその時、僕の背後では誰かが問題の部屋から出て来ました。僕は「ああ、出て来たな」と思いました。ただそれだけです。別に僕は、その時その家の中で何かが起るとは思ってなかったからです。

文章って難しいですね。〈その時その家の中で何かが起るとは思ってなかったからです〉って、どういうことでしょう？　僕は、〈その時〉〈思ってなかった〉だけなんです。確かに〈その後〉〈その家の中で何か〉は起りましたけど、別に、〈その時その家の中で何かが〉〈起った〉訳ではないんです。混乱させてごめんなさい。ただ、今ふっとそう思っただけなんです――文章って難しいなって。知らない内に、伏線なんてもうグルグルと張りめぐらされてるのかもしれませんよね——僕も知らない内に。

僕はその家の中で何かが起るとは、その時思ってなかったもんですから、別になんとも思いませんでした。「ああ、誰かがおばあちゃんの部屋から出て来たな」と思いました。思ってドアを閉めて、一体僕は、トイレの中で何を考えたんでしょう？　つまんないことなんです。僕、「ああ、この家のトイレには男子用便器と女子用便器の2つがあるんだな」ってことなんです。だって普通、男子用の、いわゆる〝朝顔〟っていうの、ないでしょう？

つまんないことなんですよ、すいません。


という訳で、僕はトイレに入ってました。即ち、僕はその3分ぐらいの間、その家の中で誰が何をしているのか、全く知らなかった訳です。勿論、その逆も真です。僕がトイレの中で何をしていたのか、誰も知らない——勿論常識として、僕がどんなことをしていたのか、大体の人には想像がつく。まさか、僕がトイレの中で逆立ちをするとは思わないでしょうからね。勿論そんなことしませんでしたけど。でも、ひょっとしたらそんなこと、僕がしてたかもしれない——ということだってありうるんですよね。だから、僕がトイレの中で何をしていたのかは、誰も知らない。そして更に、僕がはたして、本当にトイレに入ったのかどうか、僕が言わない限り、誰にもそれは分らない。おばあちゃんの部屋から出て来た誰かが、ひょっとして僕がトイレに入るところを見たかもしれない。かもしれないけど、でも、それが僕だという証拠はどこにもない——「え、僕、そんなことしてませんよ」と僕が言った場合には。だって、ある瞬間、この家の人間は全員、おばあちゃんの部屋に集まっていたんだから、誰かがこの家の中に忍びこんだとしたって、この家の人間が気がつかないでいるってことだって、ありうるから。だから、僕以外の人間には、僕がその時トイレに入ったかどうかは、誰にも分らない！

なんかつまんないこと強調してるみたいですけど、まァいいや。ともかく僕はトイレに入りました。入って、出て来ました。そして、僕は、多分、20分ぐらいその家にいたんです。そして、僕がいたその20分ぐらいの間、その家にいた人間達は、みんな、てんで勝手に動いていました。だから、正確には、誰がどこで何をしていたのかは、お互い誰にも分らないんです。ただ一人、部屋の中でジッと寝ていたおばあちゃんだけを除いて。

いいえ、おばあちゃんが全員の動きを把握していたってことじゃないんです。おばあちゃんが、自分の部屋の中でじっと寝ていたってことだけが確実だっていうことなんです。だって、おばあちゃんは動けなかったんですから。おばあちゃんは、もう、ズーッとそのまま死んでたんですから。問題があるとしたら、その20分ぐらいの間で、おばあちゃんが動ける可能性のある時間はどれくらいあったのかということだけです。おばあちゃんの死んだ時間もよく分りません。大体、その20分ぐらいの間だろうということだけです。だって、おばあちゃんは、ズーッと、ただ眠ってるだけだと思われてたんですから。寝てるんだからそっとしとこうよって、誰もおばあちゃんが生きてることを確かめようとはしなかったんです。みんな、おばあちゃんは生きてる——生きて寝てると思ってたんです。

だから言ったでしょう。人間トイレに行ったからって、そこで何してるかは分らないって。僕達、「おばあちゃんによろしく」って言って、その家を出たんです。死人によろしくもないですけどね。でも、その時は誰も、おばあちゃんが死んでるなんて思わなかったんですね——たった一人、犯人を除いて。

そう、勿論おばあちゃんは、殺されたんです。誰かの腕で、ギュッと、ひとおもいに首を絞められて！

# Chapter 11 ハートのクィーンの御託宣

「警部さん」
と磯川警部をふりかえった金田一耕助の瞳には、鬼火のようなぶきみな光がもえている。
「獄門島の事件をおもいだしますなあ。あっはっは」

横溝正史『悪魔の手毬唄』

まず最初に書いておかなきゃいけないのは、死体発見の状況でしょう――。それはかなり、ヘンテコな状況でした。というよりは、恐ろしい状況でした。

おばあちゃんは死んでいたんです。昭和58年1月15日の夕方に。でも、発見されたのは、その時間ではありませんでした。おばあちゃんは、その次の日の朝に、死体となっているところを発見されたのでした。

朝になって、おじさんが起きて来ました。次の日は日曜日でした――ということは、15 16と連休だったということです。朝起きて――時間は8時だったといいます――歯を磨いて、顔を洗って、家の人はまだ全員寝ていたので、おじさんは玄関のドアを開けて、門のところまで新聞を取りに行きました。「ああ、いい天気だな」と思ったそうです。新聞を取って、玄関のところまでもどろうとした時、ふっと気がついたそうです、「なんか、ヘンだな」と。「何がヘンだかよく分らなかったというのは、多分、事態がどうかなってることをどこかで気がついていたからでしょうねェ……、なんていうのか、気ばかりあせってというような、ね？」という風に、後でおじさんは言ってました。何がヘンだったかというと、隣りの――というより、前の家の（建売り）ブロックの塀のところに、おばあちゃんの部屋のガラス戸が立てかけてあったから、というのです。御存知のように、おばあちゃんの部屋は3方向を廊下で囲まれてます。そして、その廊下には全部ガラス戸がはまってます。そして、ヘンなことなんですけど、その一角は、隣りの家の石塀に面した方――つまり庭と反対側なんですが、その方向にしか雨戸ははまってないんです。つまり、残りの2方面は、陽当りがいいように、雨戸というのがないんです。その雨戸のないガラス戸が、一枚、前の家のブロック塀に、立てかけるようにしてはずれていたんです。

おじさん、それを見て、「ヘンだな」と思いました。思って、庭との境にある垣根の木戸を開けて、庭に入ろうとしました。入ろうとして、そして二、三歩入りかけて、「待てよ」とおじさんは思いました――そうおじさんは言うのです。「待てよ、ひょっとしたら」と、おじさんは思いました。「ひょっとしたら、泥棒が――」と、おじさんはそう思ったのです。よく見ると、おばあちゃんの部屋の、障子も開いたままになっています。「おーい！」と叫んで、おじさんは慌てて玄関の方へ戻りました。それは、まァ、それで、結果的には現場保存ということにはなった訳ですけど、でも、おじさんだってやっぱり、現場保存ということも考えてはいた訳です。誤解を招くといけないので言っときますけど、おじさんの言っていた〝現場保存〟というのは、泥棒に対しての現場保存です。だって、おじさんは別に、そこで人殺しがあったなんてことを知らないでいた訳なんですから。「だからまァ、別になんていうことはない、私は別にそういう訳ではなくって、泥棒だったらこりゃ大変だという、そういうことだけを考えてた訳なんですけどねェ……。マァ、まさか、そういうことだとは……。マァ、そういうことだと知ってたら、どうしたでしょうねェ……。うーん……、分りませんねェ……」というようなことをおじさんは言っていた訳ですけど。

その日はおばさん、まだ寝ていたんです。おじさんとおばさんの部屋は、おばあさんの部屋の隣り、トイレに続く廊下の左側にある、前の日〝宴会〟をやっていた部屋です。「おい、かァさん！」と言って、おじさんは部屋を開けたそうです。ちなみに、幸代ちゃんの部屋は2階にあります。2階に、幸代ちゃんの部屋と〝叔母さん〟の部屋が、2つ並んであるんです。そうなんです、独身の梅子おばさんは、幸代ちゃんの隣りに、ずーっと一人で住んでいたのです。

おじさんはおばさんに向かって言いました。「おい、かァさん、起きろよ、大変だ」って。「えッ？」と、おばさんは言ったそうです。なんだか寝呆けてたから「えッ？」って。「ホントに、人が殺されてるのに〝えッ？〟っていうのは間が抜けてる話なんですがねェ。まァ、しかし実際、現実というのはそういうもんなんでしょうねェ」と、おじさんは言ってました。

あ、ついでに言っときますけど、僕がそのおじさんの話を聞いたのはいつだったかというと、その16日の次の日の、17日だったんです。16日にも、僕達大塚に行ったんですけど、人が一杯で会えなくて、それで17日にもう一遍行ったんです（その話は後でしますけど）。

寝呆けてるおばさんに向かって、おじさんは「泥棒だよ」って言いました。言った瞬間、おばさんは我に返ったそうです。我に返って、「えーッ！」ってびっくりしたそうです。あんまり、我に返っても返んなくても反応は似たようなもんですけど、まァ、可愛くていいじゃないですか。この際あんまり追及しません（笑）。

今のは冗談ですけどね、〝追及〟っていうのは。ちょっと、言葉選ばなくちゃいけないなって、反省します。

「ちょっと見て来るから、警察に電話してくれ」って、目ェ覚ましたおばさんに向かって、おじさん言ったんです。

「警察ってあんた、どうして？」って、おばさんは言ったそうです。おじさんによると、「どうも動顛してる時は言葉が少なくなって」ということです。「警察ってあんた、どうして泥棒だなんてこと分ったのよ」って、そうおばさんは言いたかったんだということです、おじさんによると。

「どうして？」って言うから、おじさんは言いました。「離れのガラス戸が開いてる」って。

「開いてる？」

おばさんは言いました。

「はずれてるんだ」

おじさんは言いました。

「はずれてる?」

おばさんは言いました。

「なんか、女というものは現実に密着してるもんだから、しぶといというか、それとも単純に反応が鈍いだけですかなァ」と、おじさんは僕に言ってました。


「障子も開いてるんだ」

おじさんは言いました。

「開いてる?」

おばさんは言いました。

「だから、見て来るから、お前は警察に電話してくれ」って、おじさんはおばさんに言いました。

「だって、ちょっと、おばあちゃんは」

おばさんが言って、「だからちょっと」っておじさんは言って、二人一緒に、もう、転がるようにして、おばあちゃんの部屋に入って行ったんです。

一番手前の、きのう、おばさんが覗いて、幸代ちゃん達が入って来たところの障子を、おじさんはガラッと開けました。

「いやァ、別に誰もいないのに、緊張を、してたんですなァ。いやもう、開ける時はホント、正直言って、ビクビクもんでしたからなァ」

おじさんは言ってました。そしておじさんは見たのです。勿論おばさんも。

布団に寝てたはずのおばあちゃんは、敷布団をグイッと引っ張られたのでしょう、部屋の隅で、グッと目をムイて、裾もまくれ上がってたそうです（浴衣の）——死んでました。「正直言って、ヤな気持がしました。ゾッとするというよりもね」——そうもおじさんは言ってました。その時の気持をです。

それから、家の中は大変な騒ぎになりました。

おばあちゃん、気絶してるだけなのかと思って、「まず医者だ！」って、おじさん叫んだんです。叫んで、おばあちゃんの首筋見て、そこに紫色の絞め痕があるのを発見して、「警察だ！」って、おじさん叫んだんです。

「警察って、どうすりゃいいの？」

おばさんは言いました。「まァ、無理もないことですがねェ、咄嗟の時には、人間何を言い出すか」って、そうおじさんは言ってました。「どうすりゃいいの？」って、勿論、110番回せばいいんですけどね、電話の。

「どうすりゃいいの？」って、おばさんオタオタしてると、「どうしたのよ、朝っぱらから？」って、梅子さん起きて来て、「おばあちゃん死んでる」っておじさん言うと、「ホント⁈　じゃァ、お医者さん呼ばなきゃ」っておばさん言って、「そうじゃない、殺されてんだ」っておじさん言って、「〝エーッ〟て言うだけで、女二人はおろおろするし、幸代は幸代で、なんにも知らんと2階でグースカ寝てる訳ですからねェ、まァ、いざとなるとねェ、結局普段は大きなこと言ってても、結局はこの私が全部やる訳ですからねェ、いやもう、ひどい目に会いましたよ」と、おじさんは言ってました。

斯くして、警察は来る、新聞社は来る、TV局は来る、ヘリコプターは来る、家の回りにロープは張られて、お昼のニュースで放送されて、鬼頭一さん一家は突然の大騒ぎとなっちゃった訳なんです。

大騒ぎになった理由です。勿論、人殺しがあったら大騒ぎにはなると思いますよ、でも、鬼頭家の殺人事件が大騒ぎになったのには、実に、不可解なことが2つもあったからです。だから多分、あなたは、夕方のニュースで、鬼頭家を中心とする、大塚の近辺を御覧になることが出来たんだと思いますよ。でも、意外でしたね、空から見ると、あそこら辺て、ゴミゴミしてるっていうより、緑が多くて落着いた環境だったりはする訳なんですねェ――余談でしたけど。

不可解なことです。不可解に関する話です。そのまず最大のものは、どうして一体また、鬼頭のおばあちゃんは、2度までもゴテーネーに殺されなければならなかったのか？ということです。

警察が来て言ったんです――「ヘンだ」って。「この人は、もう、ずい分前から殺されてる」って。

解剖の結果、おばあちゃんの死亡推定時刻は、午後4時半から5時ぐらいの間だろうと決定されました。それは、僕等がちょうど、鬼頭家にいて、おばあちゃんの部屋から引きあげて来た時の時刻なんです。

それはまァ、いいです（一応だけど。話が次に進まないから）。とにかく、おばあちゃんは、ズーッと殺されてたんです。殺されてたまんま、夜が来て、朝が来て、発見されたんです。そして、おばあちゃんが殺されてることが発見されたきっかけというのは、勿論、おばあちゃんの部屋に侵入者があったということを、その朝鬼頭のおじさんが発見したからです。発見までにはもう一つ発見が必要であるっていう、メンドくさいことなんですけど、じゃァ一体、その

〝謎の侵入者〟は、なんの為にそこへ侵入したか?——ということになるのです。

物盗りの可能性は否定されました。部屋が、物色された様子が、まったくなかったからです。犯人——即ち〝謎の侵入者〟は、ガラス戸をはずし、土足のまま(足跡が発見されました)部屋へ上がり、そして(多分おばあちゃんの様子を窺っただろうけれども)おばあちゃんの布団をひんめくって、そのまま出て行ってしまった、ということになるのです。現場に即して犯人の行動を再現すれば、それ以上でもそれ以下でもないのです。要するに侵入した方の〝犯人〟は、おばあちゃんを殺しにやって来て、おばあちゃんが死んでるもんだから、「コンチクショオ!」と思っておばあちゃんをひっくり返した——そういうことになるのです。

一体これはなんなのか? ということなのです。

勿論、第一発見者であるおじさんは疑われました——「あなた、なんか変なことしませんでした?」という感じで。でも、これはかなりに儀礼的な感じでした。というのは、実に、それが一番薄気味悪くて不可解であって、「ああ、ホントに殺人事件だな、いやだな」と思わせたところなのですが、おじさんが部屋に入った時——おばさんと一緒に、おばあさんの部屋に入った時、おじさんはあるものを発見したのです。

おじさんは、それを見た時、「一体なんだろう?」と思ったんだそうです。「一体なんだろう」と思って、そしてそのまんまおばあちゃんの方に気を取られて、そして改めて警察に電話をする時、そのことを思い出してゾーッとしたというのです。

一体何があったのか?

おばあちゃんの死んでいた部屋には、一面、緑色の松の葉っぱが部屋中にまきちらされていたのです。部屋を覗いた時——おじさんの後ろで待っていたおばさんがそっと部屋を覗いた時、おばさんはそれを見て、体中の血がドッと引くような恐怖に襲われたんだと言いました。

緑色の松の葉っぱが、「俺は人殺しだ！」と言わぬばかりに、辺り一面ばらまかれていたのです。

僕は、それを聞いてゾッとしました。なんだか知らないけど、なんだってそんなことをするんだって、なんだか、不気味な顔が、闇の中でニタニタ笑ってるみたいな気がして。

「あたしだってそうよ」

理梨子もやっぱりそう言いました。


その日の朝11時頃、僕は、理梨子の電話で叩き起されたのです。そして理梨子は、幸代ちゃんからの電話で、その「緑の葉っぱ」の一件を聞かされたのです。

「こわくてこわくって、って、幸代ちゃんが言うの」

理梨子が言いました。

「そりゃそうだよ、俺だってそんなのやだもん」

僕はそう言いました。

「うん、でもね、あたし思ってたことがあるの」

「なんだよォ、又ァ」

理梨子が、なんか不気味な声を出すんです。

「あのね――」

「うん」

「あたし思ってたのね」

「うん」

「きのう帰って来てからサ――」

その日（16日）理梨子は言ったんです。

「――ずーっとヘンだと思ってたの。思ってたけどサ、思い違いかなァ、みたいな気がして、それで思ってなかったんだけどサ」

「だからなんだよ？」

なんか、もったいぶってるように思えたんです、理梨子の話は――。

「あたし達ね」――理梨子は言いました――「『不思議の国のアリス』やってたんだよ、きのう」

「なァにィ？」

僕は言いました。

「気がつかなかった？」

「気がつかないよォ、そんなことォ」

「〝お茶会〟よ、お茶会、〝おかしなお茶会《ティー・パーティ》〟やってたのよ、あたし達!!」

# Chapter 12 伏線ばかりが多すぎる

「さあ、おもしろくなってきたわ！　なぞなぞを始めてくれてうれしいな」とアリスは思い、「それ、解けそうな気がするわ」と声に出してつけ加えました。

ルイス・キャロル『不思議の国のアリス』（河合祥一郎訳）

「話すと長くなるからサ、その話後にするわ」

理梨子が言いました。

「なんだよォ、もったいぶってるなァ」

そう言ったのは僕です。

「話してもいいんだけどサ、それより行かない？」

理梨子が言いました。

「どこへ？」

僕です。

「大塚よ。決ってるじゃない」

「そうかァ……」

僕はちょっと、うなりました。「行ってもいいのかなァ」と思ったからです。

「行ってもいいのかなァ？」

僕は言いました。

「行かない方がどうかしてるんじゃないの？」

そう言ったのは理梨子です。

「どうして？」

僕は言いました。

「だってェ、昨日の今日でしょう？」

「そうだけど」

「だったらなおさらじゃない」

「そうかなァ……」

「そうよォ。だってサァ、おばあちゃんのことで呼ばれてサァ、それでおばあちゃん死んでサァ、それで〝関係ありません〟ていうのは失礼じゃないの？」

「うん」

僕達はこの時点では、まだおばあちゃんがいつ殺されたか、知らなかったのです。

「あなたサァ、まだひょっとして〝いいのかなァ？〟ってやってる訳」

「なにを？」

「エーッ、探偵がどうとかサァ」

「違うよォ」

僕はただ単に、人が殺されたというような慌ただしい現場に、昨日知り合っただけの人間が、「こんにちは」なんて行ってもいいのかどうか、そういうのが向うの家の人達に邪魔にならないかどうか、それを心配していただけなのです。

「なんだァ」理梨子が言いました。

「あたしが言うんだってそういうことよォ。別に、探偵ごっこやろうっていうんで、それでヤジ馬気分で行こうって言ってるんじゃないのよ」

「なんだァ、そうかァ」

「そうだと思ってたの？」

「うん。まァ……」

「別にサァ、その気が全然ないって言ったら嘘になるけどォ」

そう言ったのは理梨子です。

「まァねェ」

そう答えたのが僕です。

「行こうかァ」

こう言ったのも僕です。

「うん、行こう。だってサァ、おじさんいい人そうだしサァ」

勿論、何事にも予断をもってのぞむべきではないということはありますけど、でもねェ、ホントのことだししようがないということですね。この〝おじさんいい人説〟に関しては。だって僕達、まだなんにも知りませんでしたものね、事件の概要については。警戒すべき人間のリストさえまだ出来てなかったんですからね。

僕達が、鬼頭家へ行くルートというのは、3つあった訳です。

ひとつは、〝依頼人〟としてやって来た幸代ちゃんコース。これは、年も接近しているし、一番初めにやって来た〝窓口〟でもあるのですが、いかんせん、やっぱり頼りになりません。あの子と話してたって、何話したいのかさっぱり分んないんだもん。それから――（まァ、これに関しては変な先入観になるからやめましょう）。

第2――これはおじさんコース。まァ、一番理性的で分りやすく話をしてくれる人です。というのは、第3コースが〝おばさんコース〟だからです。こういう付き合い方が出来る人って、ちょっと想像がつきません。

というのは、おばさんは、どうやら理性よりも感情の人のようだからです（しかも、ほとんどそれを発散させない）。

ということになると、やっぱり僕等が軽率にも〝おじさんいい人そう〟と言ってしまうのは、無理もないことだということになるのです。

というのは（なんでこんなこと言ってるのかというと）、推理小説の犯人というのは、正確には〝犯人候補の容疑者〟というのは、どれもこれも全員、均等にうさん臭くて、それが殊更〝いい人〟なんかを言われたら、それはそれだけで濃厚に容疑者だということになってしまうからです。

繰り返します。僕達はまだその時、おばあちゃんがいつ殺されたのか、知らされていなかったのです。

だから僕は言いました。「おじさんいい人そうだしサァ」という理梨子の発言を受けて。「うーん。じゃァ、どうする？」って。


「すぐ出られる？」

理梨子は言いました。

「出られるよ」

僕は言いました。

「じゃァサァ、こないだのとこにする？」

「こないだって、駅？　きのうの？」

「うん。あ、それよりサ、寄ろうか？　あたし」

「ウチ来るって？」

「代田橋でもいいけど」

「いいけど、お前長いからなァ」

「なにがァ」

「仕度がァ」

「どうせそうでしょうよォ。じゃァどこにすんのよ？」

「代田橋でいいよ。来てくれるんならね」

「行くよォ。ホントにいつだって一言多いんだから」

「すいませんねェ」

「じゃァねェ」

「ア、おい、ちょっと、何時にすんだよ？」

「あ、そうか」

「だから俺はやだって言ったのォ！」


そして、僕と理梨子は、12時に代田橋のホームで会ったんです。これはもう、ほとんど珍しく、奇蹟としか言いようのない、電撃的な早さの待ち合わせでした。


「でね」

代田橋のホームで、理梨子はいきなり言い出したのです。

「なんだよ？」

僕は一貫して素直です。

「きのうのことなんだけどサ」

「アン」

僕としてはやっぱり素直です。

「なんであたしがサ、『不思議の国のアリス』だなんて言い出したかと言うとね」

「うん」

「あそこの家の、時計が止っていたからなのよ」

「時計、ねェ」

「そうよ。止ってたでしょ？」

確かに、鬼頭家の応接間にある時計は、止っていたのです。

「ヘンだな、と思ったのよ。あたし。あたし達がね、入った時にサ——あの家によ——幸代ちゃん、なんて言ったと思う？」

「なんて言った？」

「〝場所がないけど〟って言ったの」

「そんなこと言ったっけ？」

「正確にはねェ、〝場所がないから、こっち上がって下さいって〟って言ったのよ」

「言ったっけ？」

「言ったよ。応接間入る時、〝奥の部屋で御飯食べてるから〟とか」

「ああ、言った、言った」

「ね？」

「それがなんの意味あんの？」

理梨子は、なにか言うかわりに、コートのポケットから一冊の文庫本を取り出しました。それは勿論、ルイス・キャロルの『不思議の国のアリス』ではあった訳です。

「ずい分手回しのいいことで」

僕は言いました。

「ええ」

「読む訳？」

「そう」

電車がやって来ました。

「ここんとこだけでいいから」

理梨子が言いました。

「ここね？」

「そう」

それは勿論、〝第7章　おかしなお茶会〟という章でした。

僕達は電車に乗り込みました。勿論僕は、角川文庫版『不思議の国のアリス』の91ページを指ではさんで。


「で、どうなの？」

新宿の駅に着いた時、京王線の地下ホームの階段を上りながら僕は言いました。

「〝どうなの？〟って、読んだんでしょ？」

「読んだよ」

「じゃ、分ったでしょ？」

「分ったような気もするけど、でも、きみが何言いたいのかってことになると、全然分んないような気がする――っつうか、あんまり自信はない」

「あ、そう。いいィ？」

京王線と山手線のホームを結ぶ連絡通路の階段を下りながら、理梨子はその一件を話し始めたのです――

「いい？　一番初めは帽子屋よ」

「なァにィ？」

日曜日なので地下通路の中は混んでいて、僕達は離れ離れになりながら歩いていたのです。

「帽子屋！」

理梨子が怒鳴りました。

僕は足早やに人混みを縫って、理梨子のそばへ寄ります。

「帽子屋ってなんだよ？」

囁《ささや》くように言う訳です。

「帽子屋があったでしょ？　あそこ行く途中！」

理梨子はセカ、セカと歩いてるもんですから、そのリズムに合わせて、口調も怒鳴りぎみです。ひょっとして彼女は、怒鳴ってるのが一番性に合ってるのかもしれません。

「帽子屋なんてあったかなァ……」

僕のぼやきに近いつぶやきは、どうやら理梨子さんの神経に火を点けたようです。

「あったでしょォ！　〝なんだこれ〟って、あんた覗いてたじゃないよォ！」

「いいけどサァ、もう少し静かに喋れない？」

「分ったわよ。あったでしょ？」

「あった、あった。思い出したよ」

「どっちにしろまたあの前通るんだけどサ」

「はいはい。あの古い壊れかかった、なんだかよく分んない帽子屋だろ？　あの、大塚の坂下りたとこにあった！」

「そうよォ。もう少し小さな声で喋んなさいよォ。周りの人が見てるよォ」

僕達は、山手線のホームの上で怒鳴り合ってた訳です。怒鳴り合いながら、僕は、あの新大塚の駅から鬼頭家へ行くまでの途中にあった、古い帽子屋のことを思い出していたのです。ここで、僕のそうした記憶力のなさに関して御不審と思われる読者の皆様方に、少し説明をしておきたいと思います。

自慢じゃないですけど、僕、自分に関係ないことだと、みんな忘れちゃうんです、片ッ端から。だから、前の〝鬼頭家のお茶会〟で書いたことだって、おばあちゃんが殺されるというような事件が起きなかったら、絶対に、右から左へスーッとぬけて、全部忘れちゃってたって思うんです。でも、ところがそういうことが起きました。起きただけならともかく、僕と理梨子、及びその他の人々は、その事件の周辺に関して、ああだこうだと、再現ドラマを何遍も何遍も語り出したんです――その後。だから僕、憶えてるんです。憶えてて、こうやって書けるんです。

人間て、不思議なもんだと思います。自分に関係のある記憶でも、一遍、自分の演出で脚色しなおして、自分で自分に話してきかせる（そうじゃなかったら他人に話してきかせる）ってことしないと、そういうエピソードって、はっきりしないんです。自分で再現ドラマ作って、それで自分で憶えるんです。だから、何遍も何遍も話している内に、ぼんやりしていた話のディテールっていうのが、だんだんくっきりして来るんです。来るんですけど、でも、それはだんだんに思い出して来るっていうのと同時に、だんだん思い込みが強くなって来てそうだと信じちゃうっていうのと、両方が微妙に同時に起るんだと思います。嘘が入るから、話は本当らしくなって説得力を持つ。そして、説得力というのは、他人ばかりではなく、自分に対しても働くということがあるんだと思うんです――そう思いました。人の話って、筋道が通っているから本当っていうことだけではないんだと、思いました、多分、ないのかもしれません。ないんで、しょうねェ……。

理梨子は言いました——

「あの帽子屋の横入って、幸代ちゃんとこ行ったでしょう？」

僕達は、満員というほどではないけれどもかなり混んでいる、日曜日の山手線の中に立っていました。

「帽子屋があって、それから、鬼頭さんの家に着いた時、多分あなたは笑ったのよ、ニヤニヤッて」

多分僕は笑ったんでしょう。でも、僕には笑ったっていう記憶はありません。でも、理梨子がそう言うなら、多分僕は笑ってたんでしょう。人は、見たいようなものだけを見ますし、僕の見たいものと、理梨子の見たいものは違う訳ですから。

「あたしさっきから、話整理してたのよ、きのうのこと」

つまり理梨子は、自分なりのアレンジをし終えていたから、こうやってスラスラと話せたのです。

「アリスはね、お茶会に行く前に、チェシャ猫《キャット》に会ってるのよね。会ってて、道を訊くのね、〝どっち行ったらいいか〟って。で、チェシャ・キャットは、〝帽子屋の家と三月兎の家と両方あるよ〟って言って、アリスは、三月兎の家の方をとるのね、〝帽子屋なんてつまんない〟って言って。あたし達、帽子屋じゃなくて、三月兎の方に行ったのよ、別にキノコなんか齧らなかったけどサ」

だから僕は遊んだんです――〝キノコでも齧ったらよかったんでしょうかねェ、僕は〟って。

「で、あなたは笑った。要するに、お茶会に続く前のチェシャ・キャットの笑いよ。そしてあたし達は鬼頭家へ行った。お茶会にいたのは、帽子屋と三月兎と眠りネズミね。おばあちゃんは病気で寝・て・た。眠りネズミもズーッと寝てた。ズーッと寝てた眠りネズミが目を覚してお話をする。そのお話が、井戸の中に住んでるエルシー、レーシー、ティリーの3姉妹の話。おばあちゃんが話してた時にやって来たのは、松子、竹緒、梅子の3姉妹でしょう?」

だからどうだって、僕は言ったんです。

「〝だからどうだ〟って、まだあるわよ。あたし達があそこ行った時、幸代ちゃんは、〝場所がないからこっち上がって下さいって〟って言ったのよ」

そしてきみは、〝場所なんかいくらでもあるのにね〟と言った。

「そう。アリスもそう言ったのよね。三月兎の家に行ったら、庭にテーブルが置いてあって、そこにズラッとティーカップがセットしてあった。広いテーブルなのに、一ヶ所だけに3人集まって、次から次へと移って、ティーカップだけをよごしてった。何故か知らないけど、その3人だか3匹だか、1人と2匹だかは、アリスが来ると、〝場所がないよ！　場所がないよ！〟と、入れないようにした。思い出してほしいのよ。幸代ちゃんはね、〝場所がないからこっち上がって下さいって〟って言ったのよ。つまり、要するに、誰かが幸代ちゃんに、〝場所がないから〟ってことを伝えろって言ったのよ」

そしてそれをきみが受けた、と。

「そうね。見事と言ったら言いすぎになるけど、でも、そのセリフ、幸代ちゃんに誰が言ったと思う？　つまり、場所がないってことを、あたし達に言えって幸代ちゃんに命令したのは誰だと思う？　ああいう子なんだからサ、幸代ちゃんは、〝場所がないから〟なんて、気のきいたセリフ、自分で考えたりなんかしないと思う。誰かが言ったから、だから幸代ちゃんはそのまんまあたし達に言ったんだと思うの。誰だと思う？　それ言ったの」

順当に考えれば、おじさんかおばさんだとは思いますけどね。

「あたしは違うの。梅子さんだと思うの。覚えてない？　あたし達がおばあちゃんの部屋にいた時、梅子さんと、それとお姉さんの松子さん母子が部屋の中に入って来たでしょ？　その時サァ、部屋の外でサァ、中覗き込んで、梅子さんが言ったのよ〝井戸の中みたい〟って」

「黙ってるから言うわ。あたし、そこに何かあるんだと思うの」

電車は高田馬場に着きました。人が降りて（日曜日だったから、まだ降りる人数は少ない方でした）、かなりの人が降りるので、僕と理梨子は道を開けるという感じでくっつきました。そして、又離れました。

「梅子さん、だとは言わない。でも、この場合は梅子さんにしとくわ」

理梨子が言いました。なんだそりゃ？　というところです――

「誰かが、あたし達が来るのを、いやがってた。だから、舞台をそういう風に仕組んだ。そういうことだと思うの」

じゃァ、きみの言う〝誰か〟は梅子さんだって言うの？

「そうだとは言ってない。そうだとは言ってない――」

　でも、きみの話追いつめてくと、僕達が来るのをいやがった人間＝《イコール》そういう暗示をかけた人間＝おばあちゃんを殺した人間ていうことになるよ。要するに、きみは、梅子さんが犯人だって、もう言い出しちゃったってことにはなるんだぜ。

「まだそんなこと言ってないよォ。そうなるのかもしんないけどォ、でも、今の段階じゃまだそんなとこに行ってないんだよォ。あたしはサァ、そういう、〝犯人は誰か？〟っていうようなことする前にサ、そういう事件が起るような前の段階で、どういうことがあったかってことをサ、なんていうの、〝検証〟っていうの？　そういうことをしたい訳。だってサ、殺人事件ていうのは、なんか理由があって起る訳でしょ？　うーんとね、要するにあたしは、殺人事件を起す為に、そこに張りめぐらされた〝伏線〟ていうのを、一々読み取って行く作業っていうのをしてみたいのよ」

　なるほどね、〝殺人事件に於《お》ける都市と記号論〟ということですか。でもね、言わせてもらえばなんですけど、僕には、あなたのお説というのは、伏線ばかりやたら多すぎて、人間達が身動き出来なくなってるっていうような気もするんですけどね。

　というようなことを、僕は言ったような気がします。電車は目白に着きました。池袋まで後一つです。

「目白って、『虚無への供物』の舞台なのよね」

理梨子が言いました。

「虚無への供物？」

「うん」

電車は再び走り出しました。

「あの、中井英夫の長いヤツ？」

僕は言いました。

「うん」

理梨子は言いました。なんとなく、メランコリックな雰囲気でした。

「田舎で読んだ時ね、目白って、どんなとこだろうと思ったの、なんか、すんごいロマンチックなとこだと思ったの。殺人事件が起って……。でも、東京へ来てみて分ったのね。目白って、学習院や日本女子《ボンジョ》大のあるとこでしょ。要するに、クリスタルなＪＪタウンて訳じゃない。田舎にいるとサ、〝スノッブ〟っていう片仮名が、すっごく魅力的に聞こえるのよ。でもサ、〝スノッブ〟って、要するに〝田舎者〟ってことでしょ？　目白に来て思ったの、なァーんだ、こんなもんかって。どうってことないんだって、これが東京のメランコリアを生み出してた町の素顔なんだって、目白のサーファーガール見てて思ったわ。学生やってた頃の話だけどサ」


　要するに、その目白という高級住宅街＝東京のブンカに対する裏切られた憧れが、目白という〝表日本〟ではなく、池袋というトンネルを越えた、〝裏日本〟の大塚に於ける新しい『虚無への供物』創造のきっかけになったのか、とは言いませんでしたけどね、その時の僕は。

「で、ね――」

池袋に着いて、電車を降りながら理梨子は話し出しました。

「あ、丸の内線てどっちだったっけ？」

「こっちだよ、多分」

話が脱線してすいませんねェ。

「なんか、池袋って、分りにくいのよねェ」

「それは言えてる」

「なんとなくサァ、池袋って、堤一族の成金タウンて感じしない？」

「それは言えてる」

「なんとなくサァ、それが大きな声じゃ言えないってとこまで含めてね」

「プッ（僕は思わず吹きました）。それは言えてる」

「言えてるでしょ？」

「今年最大のヒットだよ」

「要するにサ、成金を一番恥ずかしがるのって、成金に寄生してる人間なのよね」

「そういうことになるんだろうな」


要するに、その日僕等は、ほとんどズーッと、ベチャクチャベチャクチャ、話に熱中しながら歩いてたんです。〝その日僕等は〟というよりも、〝その日も僕等は〟というのがホントかもしれませんけど。それが、僕と理梨子の〝関係〟でした（多分）。どういう関係なんだろ？

でも、関係ないついでにもう一つ言わせて下さい。多分ひょっとして、こいつは関係あるのかもしれないけど。

この一件――僕が今書いてるこの一件が終った後です。あ、終る前です。終った後じゃありません。ある時理梨子が言ったんです。

「あなたって不思議な人ね」って。

「あなたって不思議な人ね、人のドラマチックな思い込みっていうの、全部片ッ端から台無しにしてっちゃうのね。ううん、別に、悪い意味で言ってんじゃないの。初めの内は混乱したけど、でも、あなたと話してると落ち着くの。ヘンなのよ。あなたと話してるとなんか、あたしの方は興奮して来るの。でも、あなたと話してて、話し終ると、なんか、すっきりしてんの。人が話すこと、いちいち茶々入れて、〝どうして？〟〝何がァ？〟とかって言ってて、それ言われると苛々すんだけど、でもそれやられて、なんだかんだ話してくと、自分があんなに息せきって話したがってたことって一体なんだったんだろうって気になってるの。人のドラマチックな思い込みぶち壊しにしてて、でもそれでもなんか、その方が気分よくなるの。不思議な人ねェ……」って。

「あなたは一体何者なの？」って、あの娘は僕に言ったんです。それはある時のことなんですけどね。これ以上話を脱線させると誰かに怒られそうだから、本題の方に戻るとします。この章の最後〝理梨子の話・地下鉄丸の内線新大塚駅経由鬼頭家まで篇〟です――

「梅子さんの話ね」

理梨子が言いました。

「梅子さんにしちゃうけどサ、この際。その、〝誰か〟がね、あたし達が来るのをいやがってたんだと思うの。多分、おばあちゃんがあたし達に話をすることをね」

「まァ、あるかもね」

僕は、理梨子の言う〝誰か〟とは別の〝誰か〟を頭に思い浮べて、そう相槌を打ちました。

「おばあちゃんがあたし達に話をする。そしてそれは、〝彼女〟にとっては不利なことだった」

「もう話のネタ割ってやんの」

「何よ?」

「まァいいから」

「ヘンな茶々入れないでよ」

「はいはい」

「おばあちゃんがあたし達を呼んで何か話をする。その話は多分〝彼女〟にとっては不利な話だろう――そう〝犯人〟は思ったの」

ドンドン割ってくなァ……。いいけど。

「ね?」

「はい」

「でね、〝彼女〟は罠を仕掛けた。自分は、3人姉妹の一人である。おばあちゃんは寝ている。寝ているおばあちゃんは、『獄門島』と『犬神家の一族』を見て何かを思い出した。そのことを話されては大変なことになる。だからその話を聞かされるあたし達に、混乱するような謎を仕掛けてやろう――〝犯人〟はそう思ったのよ」

「きみの言う〝犯人〟は、おばあちゃんを殺した犯人？　それとも、僕達を――その、きみの言う『不思議の国のアリス』に仕立てた方の犯人？」

「うーん……。その犯人が同一人物である可能性は、極めて高いと思う。高いと思うけど、今のところは、それを別々の人物だということに、しときたい。いけない？」

「いいけど、だから、その、きみの言う〝犯人〟てのは、どっちなんだよ？　人殺した方？　伏線張った方？」

どうでもいいけど、よく考えたら、電車ン中でずい分大胆な話してたなァ、僕達。

「後者！」

理梨子は言いました。

「後者の方の〝犯人〟よ――」

理梨子は話を続けます。

「だから犯人は、あたし達を攪乱しようとしたのよ」

「うん」

「そうなのよ」

「だからなんだよ？」

「そうなのよ。今分ったわ」

「何を？」

「うん。あのね、あたしね、あなたンとこにさっき電話した時からズーッと考えてたのね、あたし達『不思議の国のアリス』やらされてたなって。でね、そのことだけは分ってたの。分ってて、ズーッとそのことを考えてたの」

「なに？」

理梨子が僕の顔をじっと見てたもんだから、僕はそう言ったんです。

「うん？　あのね、又なんか茶々入れてくんないかなと思って」

「なんだよ？」

「うん。あたしずっと考えてたのよ。でもね、何考えてたのかよく分んなかったの。『不思議の国のアリス』やらされてたなと思って、それでまず、ゾッとしたの。ゾッとしてね、それで、いちいち、自分が『不思議の国のアリス』だったことを思い出して、確認したの。帽子屋があったでしょ？」

「うん」

「あなたが笑ったでしょ？」

「（まァ）うん」

「〝場所がない〟って、幸代ちゃん言ったでしょ？」

「ああ」

「おばあちゃん寝てるし、応接間の時計止ってるし、〝井戸の中〟発言もあったでしょ？」

「うん」

「でね、あたし達がおばあちゃんの部屋から戻って来て応接間でサ、おじさんと3人で話してるとこに、梅子さん入って来たでしょ？」

入って来たんです。

「入って来てサ、あなたの髪の毛のこと、なんか言ったでしょ？　〝いつもそんな風に伸してらっしゃるの？〟とか？」

「うん」

書きませんでしたけど、僕達が応接間でおじさんと話してると梅子さんが入って来て言ったんです――「私にも紹介して下さらない？」って。そして、なんだかんだ話してて、あんまり感じがいい人とは思わなかったけど、その時僕の髪を見て言ったんです、「いつもそんな風に伸してらっしゃるの？」って。「髪の毛、もう少しお切りになった方がいいのに」って。「ねェ？」って、理梨子の方向いて。明らかに、その時の彼女の視線の中には、理梨子の髪型に対するいやがらせの雰囲気は漂ってました。それがどういうことかは知らないけど、梅子さんは明らかに、理梨子を（もしかしたら理梨子の刈り上げ頭を）いやがっていたのでした。

「アリスだって言われたわ、帽子屋に――〝おまえさんは髪を刈らないといけないね〟って。あたし、そういうことを考えてたの。いちいち、あたし達、『不思議の国のアリス』になってたなって。そして、それを、そういう風にしむけてたのは、梅子さんなのよ。インテリのいや味だかなんだか知らないけどサ、妙に気取ってサ。どうせあたしは教養なんかないわよ」

十分あるじゃん。でも僕は実際、そうは言いませんでした。こう言いました。

「そうねェ。自分で言う人だから」

「うるさい。だからね――」

「うん」

「あたしはそれがなんだと思ってたの」

「なんだったの？」

「よく分んなかったの」

「はいはい」

「ち・が・う・の！　よく分んなかったんだなってことに、今さっき気がついたのッ！　あなたがいちいち茶々入れて、何話したいんだかよく分んなくなっちゃった時に」

「はァ？」

「いいィ？　謎をかけることの最大の理由って、なんだと思う？　人を混乱させることよ。人を混乱させて、恐怖に陥し入れることよ。梅子さんは、あたし達を『不思議の国のアリス』にした。彼女の教養ある頭と、既に知っている鬼頭家の内部事情をベースにして。どれほどの効果があるか分らないけど、ともかくあたし達を、混乱させようとした――しかも遠回しに。遠回しに罠を仕掛けて、フッと気がついたら自分達がおとぎ話の主人公にさせられてしまっているってことに気がついて愕然とする――っていうような手の込んだ罠を仕掛けた。あたしは、まんまとそれに乗せられてたのよ」

「なるほど」

「嬉しそうな顔しないで！」

「してないよ」

「そうですか」

「どうせ僕はチェシャ・キャットだよ」

「あたしがそのことに気がついたのは、あなたのそのおちゃらかしだったのね」

「すいません」

「感謝してんのよ」

「あ、そうですか」

「あやうく罠にはまるところだったわ。だってそうでしょ？　この話は横溝正史で、ルイス・

キャロルじゃないんだもん！」

「なるほどね」

「あたしは罠にかかってサ、いちいち、ディテールを〝おかしなお茶会〟で整理し始めたのね」

「うん」

「そしたら出て来たのよ。出て来てサ、話したくてたまらなくなったの」

「そしたら、僕が、いちいちきみの話の邪魔を始めた」

「そうなのよォ。どうして？」

理梨子は、僕の顔をのぞきこみました。場所はもう、大塚の空の下でした。

「どうしてって、僕は、よく分んないから、〝よく分んないな〟って、そう言ってるだけだよ」

「ふーん……」

理梨子は僕の顔を覗きこみました。覗きこんで、僕の体に腕を回しました。

「頭がいいんだねェ……」

どうしてそうなるのか分りませんけどねェ……。

大塚の交差点を渡りながら理梨子が話し始めました。

「あたしね、〝おかしなお茶会〟だって思い出してね、〝やられた！〟って思ったことがあったの」

「なんだよ」

「〝大ガラス〟よ。帽子屋がサァ、アリスに謎をかけるでしょう？〝大鴉が机に似ているのは何故だ？〟って」

「ああ……」

「あれ有名な話なのよね。議論百出でサァ、誰も、その答が出せないのよね、ズッと」

「だってね」

「知ってる?」

「大学ン時にサ、〝アリス・マニア〟ってのがいてサ」

「ああ、そうか」

「やなヤツでサ。病気だぜェ」

「言えてんのかもしんないね」

「言えてるよォ」

「でサァ、梅子さんがサァ、言ったじゃない? あなたに〝髪の毛お切りになったら?〟って言った後でサァ、幸代ちゃんがお茶淹れ直して来て、マホービン持って入って来てサァ、ちょっとつまずいてよろけた時にサァ、〝あぶないわねェ、気をつけないと、この机、ガラスなのよ〟って」

鬼頭家の応接間にあったテーブルというのは、ニューファミリー必需品であるところの、スチールの枠にガラスのはまった、ハイテックテーブルであったのです。今更ながらの記述ですいませんけど。

「〝大ガラスが机に似ているのは何故だ?〟似ているのも当り前、ガラスが机になってるんですもん。ルイス・キャロルだって、100年たったらこんな答が出て来るとは思ってなかったでしょうね。多分、中井英夫も」

「どうして中井英夫が出て来んの?」

「『虚無への供物』に、アリスも出て来んのよ」

「へェ」

「知らない？」

「俺、途中までしか読んでない」

「あ、そう」

勿論〝この時は〟です。その後読みました。だから、引用やたら多いんです。

理梨子が言いました。

「推理小説でアリスが出て来んの、やたら多いよ。『Yの悲劇』とかサ」

勿論僕は読んでます（Chapter 8参照）。

「どうして？」

「だからサ、〝大ガラス〟が出て来た時サ、あたしの頭の中にね――行き止まり、だと思ったの」

「だって、それは答がない謎々だったんだもん」

「そうかァ……」

「でもサ、意味ないんだなって、分ったの。〝大ガラス〟の一件があったから、絶対〝アリス〟だと思ってたの。思ってて、これは最後の切り札だと思って、最後までとっといたの、あなたに言うの」

僕もとっときました――あなたに言うの。

「ところがあなた、言わしてくれないじゃない。話はどんどん別のとこ行っちゃうしサ。で、あたしはジリジリしてて。でも、ジリジリしてても、あなたがなんか、あたしが考えてもなかったようなことポンポン訊くから、なんか、あたしの態度って、妙に現実的になっちゃったの。なっちゃったら、〝アリス〟っていう大きな謎の中でドキドキしてたのが、なんだか妙にすっきりしちゃったの。すっきりして、アレ、〝大ガラス〟って、行き止まりじゃないって、思っちゃったの。そしたら、どうして〝アリス〟なんて出て来んだろう？　なんてこと考えちゃったの。あたし、〝アリスだ！　アリスだ！〟って言ってるだけで、どうしてアリスが出て来るのかなんてこと全然考えてなかったんだってことに気がついたの」

「偉大じゃない」

「偉大よ」

「僕が？」

「そうよ」

僕もまた困った人間で、知らないで言ってるってこともあるんですけどね。

「なんで出て来るのかって考えたら、ミス・リードだって分ったの」

「ミス・リード？」

「うん。推理小説でサ、読者が混乱するように、作者がわざとそれっぽい話まぜて嘘つくの。そういうの、ミス・リードっていうの」

「ふーん」

「あなたさっき、〝伏線が多すぎる〟って言ったけど、伏線のほとんどはミス・リードなのよ」

そう言った時（理梨子が）、僕達は、あの大塚の、崩れかかった〝服部帽子店〟のウインドウの前に、再び、辿り着いていたのです。「なるほど、帽子屋《ハット》に服部《はっとり》とはよくつけた」と、僕はその時思ったのです。

騙されました？

# Chapter 13 空白の一章

「雑司ケ谷の墓地にやってくれ」
と命じ、軽く目を閉じた。

大藪春彦『野獣死すべし』

前にも言いました通り、その日、僕達は鬼頭家に行きつけなかったんです。路地の入り口にロープが張ってあって、人だかりがしてて。僕はあわてて「なにかあったのかな?」って言って理梨子にあきれられたものです。「殺人事件があったんでしょう! バカねェ」って。上げたり下げたり、あいつも大変だよ。

そりゃね、僕は殺人事件があったことぐらい知ってましたよ。知ってたから大塚くんだりまで行ったんだから。でもサァ、そういうのはもう終ってたんだと思ってたのね。終ってたと思ってんのにまだ現場検証してて、人だかりがしてるから、だから「なにかあったのかな?」って言ったんですよ。ホントは「又なにかあったのかな？」って言いたかっただけなのにねェ。いいじゃないよ、ねェ？（慣れ慣れしい口のきき方してすいません）

という訳で、僕等はその日、鬼頭家には行きませんでした（これも一種のミス・リードかな？）。行きませんでしたけど、でも、せっかくここまで来たんだから、とか言って、それでブラブラ辺りを見物してたんです。〝豊島岡御陵〟とか〝護国寺〟とか、〝雑司ケ谷の霊園〟とか、緑があるなァと思ったら、結局、墓ばっかりね。

という訳で、ここは空白の一章なんです。だって、その日僕達、肝腎なこと忘れてたんですから。

忘れてたって無理ないってこともあるんですけど、それは勿論、おばあちゃんの死亡時刻に関することなんです。

おばあちゃんが殺されて、それで僕達、その話を聞いた時、てっきりおばあちゃん、夜中に殺されたと思ってたんです――幸代ちゃんの話もそうでしたし（って理梨子が言ってました）。でも、ホントはそうじゃなかったんです。おばあちゃんが殺されたのって、（前にも言いましたけど）僕達が鬼頭家を、出るか出ないかっていう、そこら辺の時間だったんです。知らなかったから、忘れてたっていうのもおかしいんですけど、ルイス・キャロルにまだちょっと影響されてんだと思って下さい。僕達は知らなかったし、たとえ知ってたとしても、大塚近辺から雑司ケ谷をほっつき回ってた僕等なら、そんなことは忘れてたでしょう。

ええ、そうなんです。おばあちゃんがその時間に殺されてたんなら決ってんです。ええ、僕達だって勿論、犯人の可能性があるんだってことです！

# Chapter 14 謎の刑事、田拝聰一郎

「あそこの死体ですがね」

突然彼は口をきった。

「あれは……」

と言ってハンマルの方を振りかえったとき、彼は思わず息をのんだ。

マイ・シューヴァル　ペール・ヴァールー『笑う警官』（高見浩訳）

僕が理梨子と別れて家へ帰ったのは、夜の9時頃でした。何故別れたのかといえば、理梨子が「明日仕事があるから」と言っただけです。ちなみに、理梨子は女性雑誌にコラムを持っていて（勿論匿名で「面白くもない、例によっての〝女子大情報〟よ」と言っております）それの締切りというか入稿が17日の月曜日だ、ということです。

だもんだから、僕は一人で、トボトボとアパートへ帰って来ました。それがどうして〝だも

んだから〟なのかは、御想像におまかせしますけど、でもこの際はっきり言っときたいのは、一人で冬の夜道を歩いていれば、そんなもん、いやでもトボトボしちゃうということです（マァ、余分なことですけど）。

僕はアパートに帰って来ました。僕の住むアパートは関根荘といいます。神田川沿いの高台に建ってるんですけど、僕がトボトボ帰って来ると、僕の部屋の前に立っている人間がいるんです。ちょっと余計なこと言いますと、実は、僕の住んでいるアパート、前にはロックンローラーが住んでいたんです。「なんとかっていう名前の人だ」って大屋さんは言ってたんですけど、「TVに出ないからよく知らない」と言ってました。ロックンローラーが住んでてイラストレーターが住んでて、「横文字ばっかり続く部屋だ」って言ってました。余分なことでしたけど、その僕の部屋の前に立ってる人がいるんです。夜の9時ですよ。冬の。一体誰だろう？　と思ったんです。背広着ててコート着てて、普通の会社員みたいな人なんです。一体誰だろうと思ったんです。

30過ぎぐらいの感じの人でした。僕が近づいてくと「田原高太郎さんですね？」と言いました。知らない人なんです。誰だろうと思いました。「こういう者《もん》です」って言うんです。名刺出した訳じゃありません。警察手帳出したんです。僕が帰るのを、大塚警察の刑事が、立って待ってました。それが、僕と名刑事田拝聰一郎《たおがみそういちろう》との出会いでした。

彼は36歳です（今年36になります）。僕とちょうど10歳違います。別に彼は〝容疑者〟じゃないから、素姓バンバン明かしちゃいます。ア、今思ったんですけど、彼は刑事ですから、ひょっとしたら〝職業柄〟（彼の口癖）本名を明かしたらまずいのかもしれません。ですから、唐突ですが、今思いついて、彼の名前は田拝聰一郎（匿名）ということにします（いい加減な話だ——見てるぅ？）。

マァ、今や彼との間は個人的な知り合いという感じに近いですから、ほとんど平気で〝名刑事〟なんて冗談も出ますけど、でもホント、初めて会った時なんて、ホントこわかったですね。だって、何しに来たのか分らない〝権力〟が背広着て、匿名で立ってるんですもんね。『太陽にほえろ！』ならともかく、現実ですもんねェ、一体なにしに来たのかと思いますよ。なんか、うかつなこと言ったら犯人にされてしまいそうな潜在的な恐怖とかね——あるんです（あったんです）。

そして僕は、そういう可能性（犯人でもありうるという可能性）の下に、彼の訪問を受けたんです。そのことを知った時、僕はやっぱりゾーッとしました。

「大塚署の田拝といいます」

彼が言いました。

「タオガミ？」

「はい」

一体〝タオガミ〟ってなんだと思ったんです、僕は。なんだろ？　なんだろ？　ってね。多分名前だろうとは思うんですけどね、官僚の世界って何があるか分んないから、ひょっとして、それは特殊な専門用語かもしれないって思ったんです。僕、「タオガミってなんですか？」って訊こうと思ったんですけどね、そしたら相手が口を開いたので、その一件はそれきりになりました。

彼は言いました。

「今日は、どちらかへお出かけでしたか？」

「はい」

僕は答えましたけど、でも、答えながら、一体この質問は、単なる儀礼的な挨拶か、それともアリバイ集めの隠された訊問か、一体どっちか分んなくて、不安でした（実際は両方ではあったんですけど。警察の質問て、さり気なさを前面に押し立てて、それで執拗にすきをうかがってるんですね。正体が分んないで、こわかったです）。

僕は「はい」って言って、テキが何言い出すか分んないから、先手を打とうと思ってこう言ったんです――「大塚まで」

「はい。大塚まで」

僕は言いました。

「そうですか」

刑事は言いました。刑事の口のきき方って（なんか、だんだん三人称的になって来ましたね、田拝さんが、マァいいですけど、小説だから）、間が多いんです。多いっていうよりも、間が長いんです。相手が何か言うと、刑事は答えて、そしてかなり間をおいて、相手が何か言いそうだったら黙って、相手が何も言いそうもなかったら、素知らぬ顔して別の話に持ってくとか、そういうやり方をするんです、刑事って人は。これ、効きますねェ。だって、相手が黙っちゃうんだもん。

こっちがなんか言うと、「そうですか」って言って、黙っちゃって、「アレ、なんかまずいこと言ったかな？」って、言った方の気持、不安に陥れちゃうんですもん。アレはちょっと、不気味で効果ある話し方だなァ、とか、僕はその時思いました。

だから僕は、その時、田拝刑事の〝間〟というのに押されて、「あの、鬼頭さんの家に行ってたんですけど、あの、ひょっとしたら、そのお話じゃないんですか？」って言ったんです。

こうやって、犯人て追いつめられて行くんですねェ……。悪いことは出来ないもんだ……。

「あの、鬼頭さんの家に行ってたんですけど、あの、ひょっとしたら、そのお話じゃないんですか？」

僕、言いました。

「ええ、そのことで、ちょっと」

田拝さんは言いました。で、僕はすぐ気がついて、「よかったらどうぞ」って、彼を部屋の中に案内したんです。案内したっていっても、ドアに鍵かかってましたかね、鍵探してドア開けるんでオタオタして――。

あ、僕が〝すぐ気がついて〟っていうのは何かっていうと、〝僕達、暗い夜の中で立ち話してるんだな〟ってことに気がついたっていうことです。ホントに、まんま、TVの刑事物《モン》ですよォ、やんなっちゃったァ。新宿辺りの安アパートに住んでる、地方から出て来た工員なんかが、なんか後ろめたいことしてて、それで事件とは直接関係ないんだけどなんか、事件の鍵かなんか握ってて、刑事の訪問受けてオタオタしててね。マンマそういうの。やんなっちゃったァ。マァ、事件の鍵を握ってるっていえば握ってたんですけどね、僕も。でも、そんなもん握ってると、やっぱりなんか後ろめたいみたいな気がしてくんのね。くんのね、というよりもやっぱり、ひょっとして刑事ってこわいんですよねェ、やっぱり。だってサァ、田拝さんてサァ、身長、僕とおんなじぐらいだけどねェ（僕よかちょっと高いか）、柔道と剣道やっててサァ、肩幅なんか僕の倍はあるんだもん。そんなのがサァ、吹きっさらしのアパートの前の廊下に立っててサァ、おまけに僕がヒョロヒョロの長髪だったりするとねェ——やっぱりマンマで、負けるんですよ。なんとなく、TVってそういう風に見りゃァいいんだな、とかは思いましたけどね。

続き——

僕のアパートは2DKなんです。生意気にも風呂なんかがついてたりすんですけど、マァいいです。

入ってすぐの所がキッチンになってて、そこに絨緞が敷いてあるから、そのまんま坐れるんです。「どうぞ」って僕は言いました。灯りをつけて、ガスストーブをつけて。

「御存知かとも思いますけども」

田拝刑事が言いました。

「はい」

僕が答えます。なんとなく、間が空いたりすんのがこわかったんです。

田拝刑事が続けます。

「昨日、鬼頭千満《ちま》さんが絞殺されまして」

「はい」

僕は言いました。

そして間が続きます。間というのは不思議なもので、何かを、うながすんです。うながすっていうか、辺りの空気が〝時間よ、静かに、流れるように流れろ〟っていうような感じで、僕を強制するんです。だから、僕は、一言言われると、そのたんびに「なんか考えることがあるのかなァ？」って感じで、一生懸命考えることを探すんです。そして刑事も、なんとなく相手がそうなるように、自分の話の間の置き方っていうのを研究してるみたいなんです。

僕は言いました。なんとなく、自分の発すべき質問が見つかったような気がして。

「きのう、ですか？」

「はい」

彼が言いました。

〝きのう〟〝きのう〟――僕の頭の中で何かがゆらめきました。

〝きのう〟――きのうなんだ。きのうなんだけど、でも、きのうって一杯あるし。あ、つまり、24時間あるし、ってことです。

「きのう？」

僕は言いました。

「ええ」

刑事も答えました。

「一人でお住いですか？」

彼が唐突に言いました。

「ええ、そうです」

僕が答えます。単純に彼は、周りを見回しているだけのような気がします。

「実はですね——あ、TVかなにかで、事件のことは御存知ですか？」

僕がぼんやりと彼の視線の後を追っていたら、いきなり彼はそう言ったんです。

「あ、まだ——」

僕はそう言いました。

「あ、そうですか」

彼はそう言いました。

考えてみれば、なんのヘンテツもない会話です。でも、もっと考えてみれば、実に興味あるというか、恐ろしい会話です。

彼は——田拝さんは、「昨日、鬼頭千満さんが絞殺されまして」って言ってるんです。僕はただ「はい」って言ってるんです。それだけ言って黙ってるんです。黙ってて、それからしばらくして、「きのう、ですか？」って言ってるんです。僕は、田拝さんの沈黙する間というのに圧倒されてますけど、田拝さんにしてみれば、僕の間というのは、疑惑の対象にもなるんです。

僕はこの時にはまだ、事件の概容というのは知りませんでした。僕の知っていたことといえば、おばあちゃんが殺されたこと、〝多分〟つきで、夜中に誰かが入って来てそれをやったんだろう、そして、その〝犯人〟は薄気味の悪いことに、部屋中に松の葉っぱをばらまいていたことという、理梨子経由の幸代ちゃんの話です。

〝大変だ〟と思って大塚に行って、行ったらまだ現場検証というのをやっていて、それを見た瞬間、〝ああ、これは遊びなんかじゃなくて、パブリックな大人の事件だ〟と思って、とても僕達の出る幕じゃないと思って、それで、僕と理梨子は〝大変だ〟でやって来た勢いをどっかに置き忘れて、〝休日の失われた東京ブラブラ散歩〟なんていう、『アングル』で特集しそうなことやって、呑気に休日のデートを楽しんでたんです。

そりゃ、2人でブラブラ歩いてる間、「でサァ、どうなってんだろうねェ」とか「なんか、本気で事件なんか起きちゃうと分んないねェ」とかっていうようなこと、話してるぶんには話してましたよ。でもね、理梨子さんの方はね、例の『不思議の国のアリス』の一件で、別になにかがかたづいた訳でもないんだけど、〝この話は横溝正史で、ルイス・キャロルじゃないんだもん！〟という、ミス・リードの発見で、なんとなく憑きものが落ちちゃったみたいに落着いちゃったから、僕達、熱心に推理マニアやってたって訳でもないんですよね。

夕方までブラブラしてて、都電に乗って早稲田まで行って（東京のことをよく御存知ない方の為に言っときますと早稲田から大塚通って三ノ輪橋まで行ってる都電というのが、東京で唯一のチンチン電車なんです。それと、『アングル』っていうのは、東京だけで出してる〝シティー情報誌〟です――終り）、それから又ブラブラしてて、飯喰って喫茶店で話してて結局話ってのは、僕達、今年になって会ったのは、ズーッと僕が仕事してたから、昨日のことだったんで、その間ズーッと何やってたかとかっていう、個人的な話題に終始してて、「新聞買おうか？」とかも言ったんだけど、日曜で夕刊なんか出てないから、結局「マァいいや」で、なんにも知らないまんまだったんです――事件に関する基本的事実については。

僕はなんにも知らなかったんです。だから、「昨日、鬼頭千満さんが絞殺されまして」「はい」――なんです。これ、僕のことなんにも知らない人が見たら――僕の一人称で書いてる、僕が語り手になってる小説じゃなくて、三人称で書かれてる推理小説だったら、全然ニュアンス違いますよ。

田拝刑事はゆっくりと口を開いた。

「昨日、鬼頭千満さんが絞殺されまして」

色褪せたブレザーの上にPコートを着こんだ田原高太郎は、寒さに顔をしかめるようにして「はい」と言った。彼の表情から読みとれるものは何もなかった。

――こうなったら全然違うでしょう？　明らかに僕、容疑者ですよ。そのことに気づいて、僕、後で（というのは田拝刑事の帰った後で）ゾーッとしたんです。

彼と会った時、僕はうっかり「はい。大塚まで」って言いました。それは彼が「大塚署の――」と言ったからです。

「あの、鬼頭さんの家に行ってたんですけど」って僕はうっかり言いました。しかも「そのお話じゃないんですか？」なんて謎めいたことを付け加えて。

当然、鬼頭の千満おばあちゃんが殺されたことを知ってる筈なのに、でも、「昨日、鬼頭千満さんが絞殺されまして」って刑事に言われたら「はい」としか言わない。黙ったままで、そして、しばらくして沈黙にたえかねて、「きのう、ですか？」なんてことをおずおずと訊く。訊いて、「はい」って刑事に言われ返したら、不安そうに何やら考えている。考えていて、ひとりごとのように「きのう？」なんてことを言う。

傍点のとこだけ拾ってけば、僕は十分犯人ですよ。傍点のところって、そういう解釈だって十分ありうるっていう一つの説明ですからねェ。どんな可能性だって考える。プロの刑事だったら、そういうことを傍点部分風に考えたって、全然おかしくはないでしょう？　僕、そのことに気づいて、田拝さんの帰った後に、一人で部屋ン中でゾーッとしたんです。帰った後でゾーッとしたぐらいだから、僕、田拝さんと話してる間も、なんかフラフラしてたんです。フラフラしてて、人殺した後で動顚《どうてん》して、うっかり自分は人殺しのあったことを知ってるって、チョロッともらしちゃって、でも一歩突っこまれると妙に沈黙の中に閉じこもってしまう不審な男ってのを、知らない内にやってたんです。だって僕は、うっかりと「大塚まで」って言ってるんですよ。一体なんだって、僕が大塚まで行かなくちゃいけないんですか？　そりゃ僕が探偵を頼まれたからだ、なんてことは、分る人には分るかもしれないけど、分らない人にとっては、一層不審感をつのらせるだけですよ。

〝大塚へ行ったのはなんの為だ？〟

その答──

〝なんとなく気になって〟

その〝なんとなく気になった〟ことの理由──

一番オーソドックスな答が用意されてるじゃないですか。即ち──〝犯人は必ずや殺害現場に立ち戻る〟。これ、殺人事件の犯人に関する常識でしょ？　鉄則というか。

僕、そして僕達──僕と理梨子は、立派に殺人現場へ立ち戻っていたんです。立ち戻って家へ帰って来た僕の前に、大塚警察の刑事という人が待ち受けていたのです。なんという恐ろしいことを、現実というのは、やってのけたりするんでしょう！

知らない内に不審な容疑者をやっていた僕、田原高太郎は、田拝刑事の「あ、TVかなにかで、事件のことは御存知ですか？」という問いに、「あ、まだ──」と答えました。田拝刑事は、

「あ、そうですか」と言いました。だから僕、言ったんです「その話――おばあちゃんが殺されたって――それ、僕、友達から聞いたんです」って。

「それは、いつですか？」

彼が言いました。

「えっと、11時ぐらいですけど、昼の」

僕が答えました。

「あ、そうですか」

だから僕、言いました。

「だから僕、どうなってるのかと思って――」

田拝刑事の視線が、なんかピクンと動いたみたいな気がしました。だから僕、慌てて言ったんです――「実はですね」って。

僕、きのう（15日）のことから、その原因を作ることになったその前の日（14日）のことから、ズーッと田拝さんに話しました。どうして今日僕達＝僕と理梨子が鬼頭さんの家にまで行かなくちゃなんなかったかって。

田拝さんは「ふん、ふん」て聞いてました。どうしておばあちゃんが探偵を呼びたがったのか、とか、そのおばあちゃんの話ってのはどういうことだったのか、とかっていうようなことをワリと重点的に、なおかつ具体的に。僕は結局、〝よく分んないんだけど〟という、おばあちゃんの謎に関する結論まで話しました。話しながら、そんな、なんだかよく分らない嘘みたいな〝謎〟につられて出かけてくなんて、ずい分自分も軽薄だなァっていうようなことも分って来て、そう話しました。

結局、刑事というのは、事務的に話を聞くんです。「ふん、ふん」言いながらところどころで質問をはさんで。そして、ずるいんです。何もかも知っていながら、知らない顔して聞くんです。

僕、次の日おじさん（鬼頭の）と会って分ったんです。僕が探偵として呼ばれて行った話、田拝さんは、僕に聞く前に、おじさんと会ってゼェーンブ聞いてるんです。聞いて知ってて、僕が緊張しながら話すことを、黙ってふんふん聞いてるんです。僕はそのこと（おじさんが僕のことを田拝さんに話したってこと）を知った時、なんだかとってもガックリ来ました。だって、まるっきり僕って、雑魚《ザコ》なんですもん。鬼頭家の情勢の裏をとるだけの補強証言なんですもん。やっぱりそういうのって、つまんないでしょう？　せっかく探偵として乗りこんでったっていうのにサァ。

なんか、だんだんこの辺から、僕もその気になって、探偵志願なんて方に、身を乗り出してっちゃったみたいなんです。結局、現実って、そういう風に動いてくんですね。〝そういう風に〟っていうのは勿論、当人の心理的な〝やる気次第〟ってことですけどね。

僕の話を一通り聞いて、田拝刑事は言いました。ちなみに、僕の話というのは、「それで僕達、きのう、5時ぐらいに鬼頭さんとこを出たんです」で終りました。

それを聞いて、田拝刑事はこう言いました。

「それでは、あなたと長月さんは、きのうの5時頃に鬼頭さんの家を出られた、ということですね」

僕は「はい」と言いました。そして、その後で青天のヘキレキというのが、落っこって来たのです。

田拝刑事は言いました。

「実は――まだニュース等《とう》を御覧になってらっしゃらないんで御存知ないようなので申し上げますが」

「はい」

田拝さんて、丁寧な人なんです。

「その被害者が殺害された時刻と、今朝《こんちょう》一さんが発見された、侵入者ですね」

「はい」

「その〝侵入者〟の侵入したと思われる時刻との間には、かなりの落差というものがあるんです」

「はい？」

僕は〝なんだろう？〟と思ってました。

田拝さんは言いました。

「前後の事情から推定してみますと、鬼頭家に侵入者が侵入した時刻というのは、午前3時頃になります。これは、鬼頭家の隣りにありますアパート、快風荘の住人である大学生が証言しているんですがね」

僕は、そういえば〝下嶋くん〟っていうのがいたなァと思ってました。

「彼の証言によると、その時間、確かにガラス戸が〝ガタン〟というような音がしたっていうんです。いうんですけれども、検屍解剖の結果明らかになった被害者の死亡推定時刻というのは、この時間帯とは、かなり大幅にずれこんでいるんです。さっきあなたは、5時頃に鬼頭家を出たと言ってらっしゃるけれども、被害者の死亡推定時刻はその時間、前日15日の、午後5時から4時半の間、ということになってるんです」

「それじゃァ！」

僕は息を呑みました。

〝誰が殺《や》ったんだろう？〟と思いました。思って田拝さんと目が合って、慌てて〝僕じゃぁない！〟と思いました。

「ええ。それでですね――」

田拝さんが口を開きました。僕は慌てて息を呑みました――〝アリバイ！ アリバイ！〟って、心の中で口をパクパクさせて。でも、田拝さんの言ったことって、実に拍子抜けのするようなことだったんです。

彼はこう言いました――

「その時間に、何か、不審な者とか、不審なこととか、御気づきになったりとか御覧になったりとか、したことはなにかありませんかね？」

現実ってこうですね。

「はあ……」――僕は言いました。〝そうかァ、犯人て、外部からだってやって来るんだよな〟って思いながら。

正直言って僕、それまで犯人のことなんて、具体的に考えてなかったんです。

探偵だって言われて、そして次の日その依頼人が殺されて、「えッ?!」って言ったっきり――僕はその日、ほとんど一日中「えッ?!」って言ったっきり、思考を停止させて動き回ってたんです。端的に言ってしまえばそういうことです。

〝探偵〟って、なんか、やるの薄気味悪いなァ――なんて思ってたのが14日。〝探偵かァ……、探偵はいいけどもなァ、知らない人の家行くのってどうもなァ……〟って思ってたのが15日。〝なんだァ……、結局どうってことないんだァ……〟って思ってたのが、その日大塚の鬼頭さん家《ち》出た時の感想。で、次の日の16日がただ〝えッ?!〟――なんだか知らないけど、具体的なことがやって来ちゃったけど、どういうことなんだろう? って、ズーッと思考停止になってたんです。だから夕方理梨子とブラブラしてたって、「どうなんだろうねェ……」というぐらいの他人事だったんです。

でも、よく考えてみたら、犯人て要《い》るんですよねェ――そのことを僕、その時初めて、田拝さんに教えられたんです。

僕は言いました。「別に、不審な人って、いなかったし……、不審なこととかっていうのも……、見なかったような気がするんですけどねェ……。僕はずっと、おじさん達と応接間で話してましたからねェ……」

田拝刑事は一人でフンフンとうなずいてました。でもよく考えたら、一番不審なことって、そもそも僕達が〝獄門島ゴッコ〟やりにあの家訪れたことなんですよねェ……。不審だなァ……。

「それではお尋ねしますが」

田拝刑事が言いました。

「あなた達が鬼頭家にいらっしゃった時の状況は、どんな風だったんでしょう？」

僕は〝そら来た！〟と思いました。ここで、話は初めて、本格推理小説風の展開を見せて来るのです！

Chapter

15

# まずは推理のＡＢＣ

ポワロは、もちろん、こうした機会にめぐまれ、ここぞとばかり演説をはじめた。

「紳士淑女諸君、みなさんも、われわれがここに集ったわけは、ごぞんじと思います。警察は最善をつくして、犯人の捜査にあたっております。わたしもまた、わたしなりの方法でやっております」


アガサ・クリスティー『ＡＢＣ殺人事件』（中村能三訳）

よく考えたら僕、おばあちゃんが殺されたと推定される時刻、鬼頭家で何がどんな風だったかって話したこと、まだ全然ないんですよね――こうして僕の小説を読んでくれている読者の皆さんに。

どうしてだと思います？　話は簡単なんですよ。４時半から５時までの間、僕達がおばあちゃんの部屋から出て来て、僕がトイレに行って、そして僕達が鬼頭家の玄関から出て行く迄の間、一体鬼頭家ではどんなことが起っていたのか？　一体その間に、僕は何をして何を見たのか？

すいません、僕はなんにも見てないんです。

トイレから出て来た後、僕は、おじさんと理梨子と一緒になって話してたんです。扉の閉った応接間の中で。もう、外は暗くなってました。応接間の外はガラス張りでしたけれど、でも、中に灯りが点いてしまった応接間のガラス窓は、鏡のように部屋の中を映し出すことはあっても、外の様子は全く映し出してはくれませんでした。外は暗くて、おばあちゃんの部屋も暗くて、レースのカーテンのかかった応接間の中にいる僕達には、よっぽど目を凝らさない限り、外界の様子というのは見ることが出来なかったんです。だから、なんにも知らなかったんです。だから言ったでしょう（143ページ）――〝そして、僕がいたその20分ぐらいの間、その家にいた人間達は、みんな、てんで勝手に動いていました。だから、正確には、誰がどこで何をしていたのかは、お互い誰にも分らないんです〟って！

まァ、ひどい話ですね。こんな推理小説って見たこともない。肝腎の、被害者が殺されるという犯行推定時刻の出来事を〝分らない〟ですませちゃうっていうんだから。リアリティーを追求すると、こういう話になっちゃうんですねェ……。うーん……。

一人で感心してても始まらないから、そろそろそのことを説明さしていただきます。まァ、現実なんての、こんなもんです。僕なんかが語り手になってしまったことに、すべての問題があるんですよ↑――はい、重要!!

♡♡♡♡♡♡♡♡♡♡♡♡♡♡♡♡♡♡♡♡♡♡♡♡（なんのことやら）

まず4時半。

この時はまだ僕達、おばあちゃんの部屋にいました。おばあちゃんがガバッとはね起きて、「あぁ、ぅるさい、ああ、ぅるさい！　ホントに娘が3人も揃っていながら、この家は終りだよッ！」って言って、幸代ちゃんが「おかアさァーん！」て走って来たのが大体この時刻です。ですからまだ、この時間、おばあちゃんは生きていました。

4時40分。

僕達がおばあちゃんの部屋を出たのは、大体この時間ぐらいでした。ですからまだ、おばあちゃんは生きていました。部屋の中にいた人間全員が共謀しておばあちゃんを殺したんじゃなければ——そしてそのことを僕が書き忘れたのでなければ。

神に誓って申しますが、そういうことはありませんでした。おばあちゃんは、この時まだ生きていました。たとえおばあちゃんが頭からすっぽり布団をかぶって寝ていたにしろ、おばあちゃんの死が自然死ではなく、誰かの手による絞殺であるのなら、おばあちゃんはこの時点まで、明らかに布団の中で生きていたのです。

4時40分前後というのを、もう少し詳しく書いてみます——（僕が詳しく書けるのはここだけなんだから）。

僕がトイレに行った時刻——僕がおじさんに「あの、すいません、トイレは？」って言った時刻は大体4時38分頃だと予想されます。というのは、僕がトイレから帰って来て（僕がトイレから帰って来た経路は、茶の間の裏──庭と反対側の台所の前を通って玄関へ抜ける側の北回り航路だったんです、よかったらもう一度、家の見取り図というのを見て下さい）、理梨子に「今何時ぐらいかな？」と訊いた時、理梨子は「44分だね、4時」って言ったんです。自分の腕時計覗いて。そしておじさんが言ったんです。「ありゃ、又止ってる、困ったもんだな」って──応接間の置時計を見て。置時計は3時を指してました。だから理梨子は言ったんです──「帽子屋は言ったのよ〝近ごろはいつでも3時だよ〟って。おかしなお茶会だと、時刻は〝いつでも3時〟で、あの家の時計も3時だった──ね？」って。

理梨子は、だから鬼頭家の置時計が3時で止ってるのを覚えてて、僕はトイレから帰って来た時間が4時44分頃だってことを覚えてたんです。

ところで、どうして僕がトイレから帰って来た時刻が4時44分頃だというかというと、僕はトイレから帰って来て、応接間の戸を開けて、すぐに「ねェ、今何時？」って理梨子に訊いた訳じゃないんです。帰って来て「あ、どうも」とか意味のないこと言って、椅子に坐って少しもじもじしてて、なんか、おじさんと理梨子の会話が途切れてるみたいだから、「ねェ、今何時ぐらいかな？」って訊いたんです。そろそろ失礼した方がいいんだったら、こちらはいつでも失礼出来る用意はしてありますよってことをおじさんに示す為に。礼儀ってそういうことだと、僕は思うんです。僕のやり方がもって回ってるってとられてるかもしれないけど、僕としてはそういうことが礼儀なんだって思ってるから、しようがないんです。

だから、僕がトイレから帰って来て、「あ、どうも」って言って椅子に坐って、それで理梨子に「ねェ、今何時ぐらいかな？」って言うまでの間、一分ぐらいかかってたかもしれないんです。理梨子の時計はデジタルですけど、それが〝4：44〟になったばっかりなのか、〝4：

45〃になる寸前なのか、そんなの誰にも分りません。一瞬チラッと見て、〃4：44〃って数字を確認しただけなんだから。これだけで、最大118秒の誤差があります。約2分ですね。2分でどれくらいのことが出来るのか？　腕時計をして歩かない僕にとって、その2分間の間隔っていうのは、よく分りません。分りませんけど、病気でぐったりしてるおばあちゃんの首を絞めて絶息（なんて言葉あったかな？――要するに〃絶命〃）させるなんて、2分ぐらいあれば十分なんじゃないでしょうか？　僕、子供ン時に〃首絞めごっこ〃なんてしたことがあるんですけど――子供同士がお互いの首絞める遊びですけど、しかしよくまァ、子供というのは大変なことをして遊びますねェ、いいですけれども――その時は大体、1分ぐらいで「やめて、やめてッ！」って感じになりますからね。それのタイム競ってたんですからね、小学校入ったぐらいの頃、僕達――それでそんなヘンな時間、覚えてるんです。

だから、僕がトイレから出て来た時刻ってのは、4時44分頃なんです。トイレの中に3分ぐらいいたとして、行き帰りに1分ぐらいずつをつけ加えて、なんとなく前後の誤差みたいのを勘定に入れると、4時38分ぐらいになるんです、僕がトイレへ行くんでおじさんと理梨子と別れたのは。大体この時間ていうのは、そう見当はずれに狂ってないとは思いますんで、これを一応の目安にします――。というと、タイム・テーブルは次のようになる訳です。

4時30分――幸代・松子・梅子・鎮香がおばあちゃんの部屋へやって来る（だからこの時間、鬼頭家の他の部分はガラ空きになっていた）。

4時38分――僕と理梨子とおじさんは部屋を出て、僕はトイレへ、おじさんと理梨子は応接間へ向かった。この間のことは前にも書きましたけど、トイレへ行く迄の廊下の両側――茶の間と日本間ですけど、この部屋の戸は開けっ放しになってました（但し茶の間の方は、庭側の廊下に面したガラス戸だけは閉ってました）。だから僕は、その両方の部屋に誰もいないことだけは確認出来たのです。ついでに確認で言いますと、おじさんと理梨子が歩いてった庭側の廊下の様子は、ガラス戸が閉っていたから見えなかったのですが、僕がトイレの戸を開けるちょっと前ぐらいに、確かに応接間のドアと思われるものがバタンと閉る音はしました。おじさんと理梨子がその時に応接間に入ったということは、理梨子の証言によっても確認されています。

ついでに、その時おじさんと理梨子が何を話していたのか、ということも書いておきます。これは、理梨子からの伝聞です。

おじさんの言ったこと――

「どうもすいませんねェ。なんだか、ゴタゴタしたところをお目にかけちゃって」

「あの、なんですか、長月さんは、マスコミ関係のお仕事をしてらっしゃるとか？」

「ああ、そうですか、色々と御大変だ。実は、家の義妹《いもうと》の方ですが、彼女も、そっちの方の仕事をしていまして、なんだか、アチコチに書いてはいるようですよ」

〝義妹〟というのが梅子さんです。梅子さんも編集者だそうで、それで、理梨子は梅子さんに、なんか、〝反感〟に近いような感情を持ったみたいですね――同族嫌悪というような。

おじさんと理梨子の会話は、右のおじさん発言に「あ、そうですか」って理梨子が言うことによって、休憩《インターポーズ》というのに入ったみたいです。3分だか4分だかで話せることって、結構これで、少ないいんですねェ、間を置きながらだと。

それともう一つ、おばあちゃんの部屋から出て来た人のことです。僕がトイレへ行く時、トイレのドアを開けたら、誰かが離れの戸を開けて出て来たって言ったでしょう？　そのことを書いときます。

僕達が出て行った後、おばあちゃんの部屋に残った人達もすぐに出て行こうとしたそうです。そうですけど、おばあちゃんは気が高ぶってるみたいだしどうしようか？　というようなところで、僕がトイレの戸を開けた頃に、みんなはその部屋を出て来たということになるんです。僕が戸を開けた時に出て来た人影は、だから鎮香さんでした。

鎮香さんは部屋から出て来ると、茶の間と向かい合った日本間に入ると、そのままになっていたお弁当の箱や徳利などを片付け始めました。その日本間から、僕の入っているトイレの前を通って、台所まで。

幸代ちゃんは、着物の件でおかあさんを呼びに来たんですが、おかあさんに「上行ってなさい」と言われて、2階の自分の部屋へ上がって行きました。

松子さんは、おばあちゃんの部屋の中を見回していましたが、梅子さんや竹緒おばさんが、おばあちゃんの面倒を見ていたりするので、そのまま部屋を出て、鎮香さんと合流して、宴会の後片付けをしていました。

梅子さんは、なんだか部屋の中の空気が籠っていると思って――御承知のように、おばあちゃんの部屋はファンヒーターが点けっ放しになっていて、そこに8人もの人間が押しかけて来たのですから、人いきれでかなりムッとしていました――「ちょっと開けた方がいいわね」と言って、前の家のブロック塀に面した障子を開けて（これはおばあちゃんの寝ている側面に当ります）、そして、隣りの家の石塀に面した側のガラス戸をガラガラと、少し開けました。「ちょっと開けとくわね、おかあさん」と言って。ちょうど僕はトイレに入っていたので、このガラス戸が開く音はよく聞こえませんでした。

竹緒おばさんは、僕達の坐っていた座布団を片付けたりしていて、おばあちゃんに「気分はどうなんです?」って訊いていました。家族の中で一番イライラしていた人は、多分このおばさんで、なんだか訳の分らないことを自分の母親が言い出して、それで勝手に興奮したり、僕達がいたり、法事があったりで、かなりあたふた、イライラしてたみたいです。だから、僕達のところにお茶持って来る時に〝ギロッ!〟なんていう一件もあったんでしょう。

おばあちゃんが布団の中で「水おくれ」って言ったので、梅子さんにそう言って、そのお水が来るまで、竹緒さんはおばあちゃんのそばに坐っていました。

鎮香さんは台所で洗いものを始めて、「手伝おうか」って言った松子さんに、「いいわ、ここ私がやるから」って言って、鎮香さんの母親である松子さんは、することがないから、お茶の間のテーブルに腰を下ろして、一人で魔法ビンからお湯などを汲んで、お茶などを飲んでいました。

僕がトイレから出て来たのは、ちょうどこの状況の間でした。

トイレから出て来ると、水の入ったコップを持って、梅子さんがおばあちゃんの部屋へ入って行く後ろ姿が見えました。茶の間の方の様子は見えませんでしたけど、そこに灯りが点いているのだけは分りました。廊下をはさんだ2つの部屋の戸は相変らず開きっ放しでしたが、片一っ方には灯りがついて、片一っ方は暗いまんまになっているというのが、その3分間の変化といえば変化でした。

僕は、松子さんのいるお茶の間と浴室の間にある廊下を通り、洗い物をする鎮香さんの後ろ姿を見、幸代ちゃんがいる2階へ通じる階段の横を通って、応接間に戻りました。

さて、ここでもう一度この家の見取り図を思い出していただきたいのですが、実は僕が今まで話して来た中で、一度も触れられていない場所があるのです。それはどこかといいますと、宴会をやっていた日本間、それはおじさん達の寝室でもあるのですが——そこの隣りにある4畳半の日本間のことです。ここは、ズーッと一貫して戸が閉められていました。もし、侵入者がいたとしたら、この部屋にズーッとひそんでいることも可能な訳なのです。可能な訳なのですが、そこで説明されるのが、次の4時42分の状況なのです。

4時42分〜45分。

幸代ちゃんは、2階でFMかレコードか、音楽というものを鑑賞し始めました。後に分ったのは、それはFMでした。というのは、曲の後に喋りとCMというのが流れて来たからです。

一言断っておきますが、ここで書かれている状況というのは、僕が直接見聞きしていたものではなく（中には直接見聞きしていたものもありますが——*ex*幸代ちゃんのラジオのCM）、その後に全体の意見を総合して作られた〝一般的見解〟というものです。そのことだけを言っておいて、次へ行きます。

鎮香さんは、相変らず台所で洗い物をしていました。

おばあちゃんにお水を持って行った梅子さんは、戻って来て、松子さんのいる茶の間と向かい合わせになっている日本間へ入って、松子さんが片付けた座布団が部屋の隅に重なったままになっているのを持って、問題の4畳半の和室に入りました。そこは物置き同然になっていた部屋ですが、そこには怪しい人影というものは誰もいなかった、ということです。

梅子さんは、座布団を片付けると、6畳の日本間の襖を閉めて、松子さんがお茶を飲んでいる茶の間に入り、そこのガラガラいうガラス戸を閉めて、2人でなんとなくお喋りをしていました。

僕達はおじさんと一緒に、〃時計が止ってる〃なんて話を応接間でしてました。

そして竹緒おばさんは、おばあちゃんを寝かしつけて、部屋の灯りを消して（豆電球だけ点けて）、ガラス戸と障子を閉めて、2階にいる幸代ちゃんのところへ上がって行きました。

ここで問題になるのは、竹緒おばさんです。なぜかというと、彼女が一番最後におばあちゃんの部屋を出て来たからです。おばあちゃんが生きている姿を最後に見たのは、順当に行けば、この竹緒おばさんになります――そして、おばあちゃんを殺す、一番最初の可能性を持っている人間も又――。

この時おばさんがおばあちゃんを殺した、ということだってありうるのです。

でも、それはちょっと待ってください、ということです。

というのは、この時はまだ、おばあちゃんは起きていたのです（梅子さん、竹緒さんの証言によれば）。たとえ病気中とはいえ、起きているおばあちゃんを、その短時間に殺すことが出来るでしょうか？　みんながテンデンに何か言い始めた時、「うるさい！」と言ってガバッとはね起きてしまうおばあちゃんです。僕達がなんにも気がつかない内に、黙って自分の娘に殺されてしまうなんてことがありうるでしょうか？　僕は不可能だと思います。それだったら又、別の可能性の方が、まだありうるという風に僕は思うのです。それは何かといいますと、その少し前に於ける、竹緒、梅子共謀殺害説です。

おばあちゃんが寝ている、竹緒さんが見張っている、梅子さんが戻って来る――そして2人がかり、という説です。この方がありうると思います。なにも殺人は1人でやらなくちゃいけないという訳じゃないから。竹緒さんにおばあちゃんを殺す理由があるのなら、それと一緒に住んでいる梅子さんにだってあったって不思議はない――だからです。

もっとも、これは〝僕の推理〟の領域ですけどね。

次へ行きます――。

4時45分――竹緒さんの証言を信ずるなら、この時まだおばあちゃんは生きていました。そして、その先の、5時までの15分間です。

これが難しいのです。ほとんど、難しいのです。再現しようと思えば再現可能なのですが、でも、それが正確かどうかを確認しようとすると、それはほとんど不可能なくらいむずかしいのです。何故かをいいます――。

4時半から4時40分までをピークとして、鬼頭家の〝ドラマ〟は、おばあちゃんを中心にして盛り上がりました。盛り上がって、それが崩れて行ったのが、4時45分までの15分間なのです。

みんながおばあちゃんの部屋へ集まって行きました――一体何が起るんだろうという興味を持って。でもその興味は、おばあちゃんのヒステリーによって、簡単に崩れ去りました。「なァーんだ」と思って、みんなは、普段の自分の持ち場へ帰って行ったのです。ですから、4時40分から4時45分までの5分間は、一旦置き去りにした、自分自身の日常へと帰って行く時間です。帰って行くのだから、みんなはその時の行動を覚えていました――結局なんにも起らなかったな、と思って。この時の行動は、言ってみれば、ドラマチックな領域に於ける行動のようなものです——みんなが自分の時間をめいめいに拾い集めて、普段の定位置に戻ったのですから。でも、そうしてしまった後、4時45分から5時までの時間は違います。みんな、自分自身の日常に戻っています。みんな〝なんとなく〟動いているのが日常です。「私はこうしていたけど」と誰かが言えば、「あ、そうなの」の一言が返って来るだけで、誰も他人が何していたのかは不審に思わないでいるし、注意を払わない時間帯なのです。

まずこの家は、セントラルヒーティングではありません。冬だから、各室のドアは閉っています。出入りする時にガラガラと音を立てるガラス戸は、茶の間と台所の二ヶ所。そしておばあちゃんのいる部屋の周りのガラス戸だけです。どこかが開けば必ずガラガラと音がしますが、互いにドアや戸を閉め切った部屋の中にいれば、「どこかが開いたような気がするが？」ということになるだけです。

なんでこんなことを僕は書いているのでしょう？　それは勿論、このことが外部からの侵入者の存在とからんでいるからです。

実は、現場検証の結果明らかになったことですが、鬼頭家の裏手——庭とは反対側の方に、男のものと思われる、足跡がついていることが発見されたのです。

もう一遍、鬼頭家の周辺地図というのを明らかにしておきます。

鬼頭家の裏側をぐるりと、黒く塗り潰してあるところが、壁です。ということは、それ以外は、出入り可能の窓であり戸口であるということです。

足跡は、アパートの裏手から始まって、アパートと鬼頭家の境にある板塀のところまで続いており、そこで一旦切れて、又台所のところから、おばあちゃんの部屋の横手まで続いていました。足跡が終っているところは、梅子さんが「ちょっと開けとくわね、おかあさん」と言って開けたガラス戸のところです。

　板塀というのは、次の絵のようなもので、その部分は、ずっと前からはずれていて、いつでもくぐり抜け自由になっていました。

　不思議なことその1です。アパートの裏には足跡がいくつもあって——ということは何度も行き来があったということです——そして、こちらの方の足跡は地面の硬いせいもあって結構足跡が薄いのですが、鬼頭家の裏手にある方の足跡はくっきりと、ただ一列だけ——つまり、行きだけあって、帰りがないのです。〝犯人〟即ち謎の侵入者は、一体どこから出て行ったのでしょう？

　一番まっとうな考え方は、一旦家の中に潜んで、そして庭伝いに出て行ったか、又は、夜中の3時まで鬼頭家に潜んでいて、そして硬くなった地面の上をスタスタと歩いて行ったかの、どっちかです。

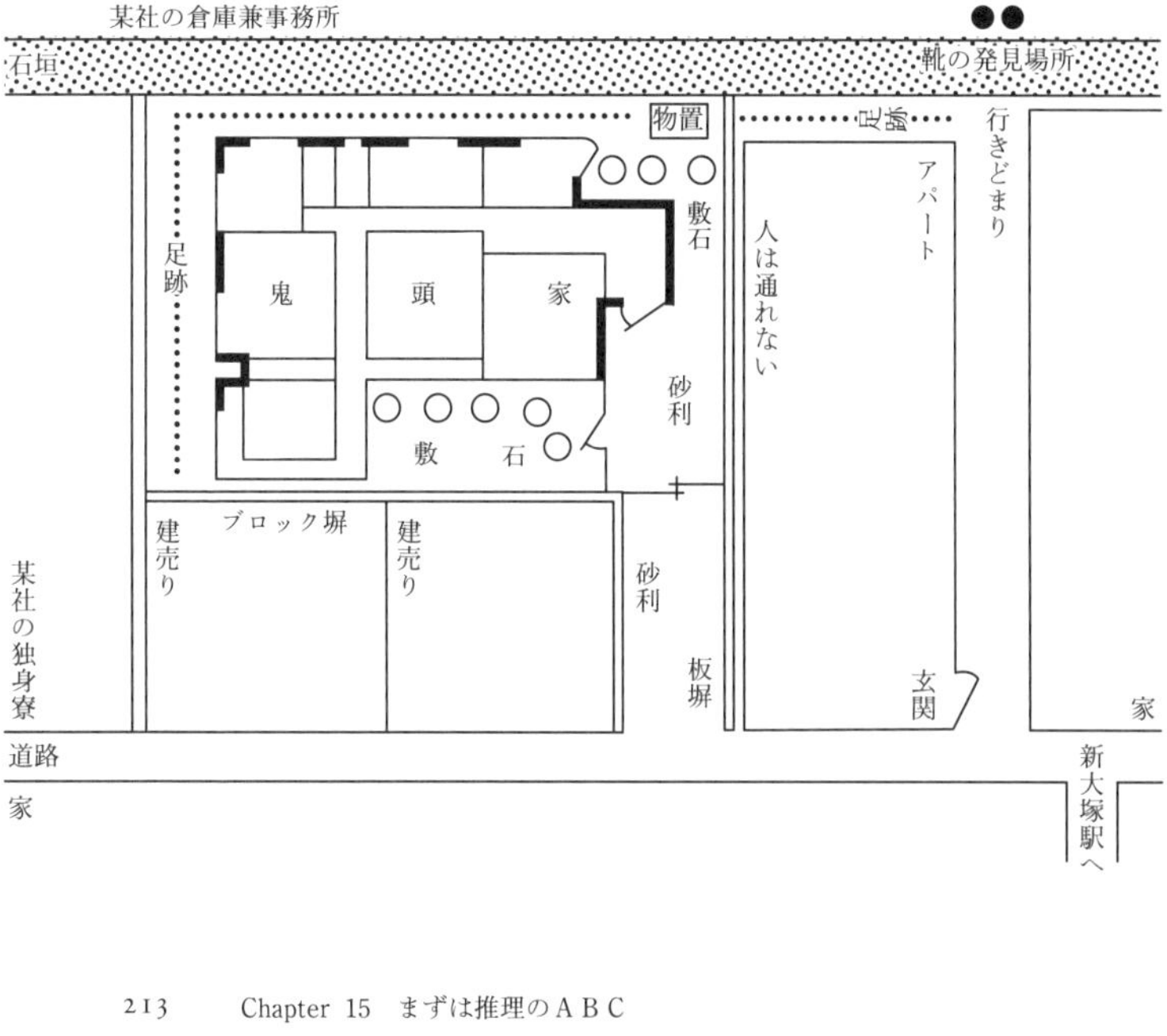

鬼頭家の裏側にあった足跡がなぜくっきりとしていたか？　それは勿論、地面から生えて来る霜柱のせいです。

鬼頭家は、東京では珍しく（そうでもないか？）、土のある家です。夜は霜が降りて硬くなった土も、昼はそれが溶けてやわらかくなります。だから、足跡がくっきりとついていたのです。ということは、その足跡というものは、夜中の3時に侵入者があったとして、（実際あったのですが）彼のものではあっても、その時＝午前3時のものではない、ということです。

僕がさっきから午後4時半〜5時ラインに於ける〝外部からの侵入者〟を問題にしているのは、この件があるからです。

不思議なことの、その2です。

犯人＝侵入者の残した足跡を作った原因、つまり、靴ですが、それはジョギング・シューズだったのですけれども、それがいとも簡単に（というのは誤解を招くかもしれませんが）現場検証の時に見つかった、ということです。犯人＝侵入者は、このジョギング・シューズを、行き止まりになっている道路から、その道路を行き止まりにしている、裏の石垣目がけてポイと投げ上げたのです。

一体、なんだってそんなことをしたのでしょう？

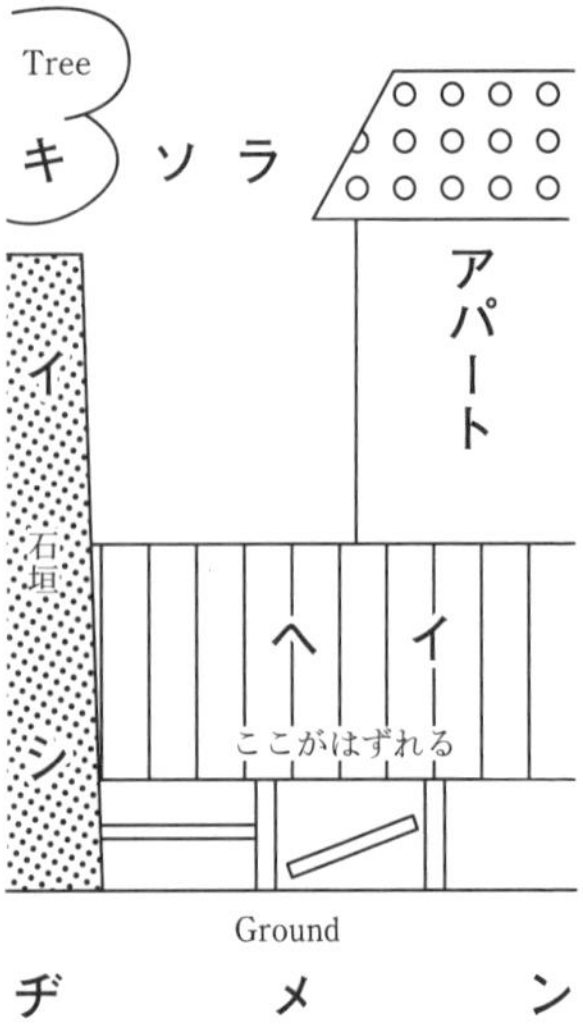

そして、その靴の持ち主も簡単に見つかりました。鬼頭家所有のアパート、快風荘の住人・下嶋優くんが「あ、これ、僕ンです」と言って名乗り出たからです。

下嶋くんがその足跡をつけたのか？　それとも誰かが下嶋くんの靴を無断借用したのか？　それはまだ分りません（と言っておきます）。ただここで言えることは、下嶋くんの足は25・5で、この靴を履けば、女性だって〝男のものと思われる足跡〟を地面につけることだって出来るということです。25・5の男が22の靴を履くことは出来ませんけど、その逆はいくらでも可能ですから。

足跡に関してはいくつかの仮説が立てられますが、それはそのくらいにしておいて、犯人は、どうやって鬼頭家の内部に入りこめたのか？　ということを問題にしたいと思います。

というのは、僕達は家の中にいて、外部からの侵入者がいた場合、多分（残念ながら〝多分〟つきで）、彼（もしくは彼女）がガラス戸及び窓を開閉する時の物音を耳にすることが出来たはずだと、思われるからです。

鬼頭家のガラス戸は、みんなガラガラと音のする木の枠のガラス戸です。だから、その〝ガラガラ〟を勘定すれば、侵入者の存在が確認出来る——かもしれないからです。

4時45分から5時までの間に、誰が〝ガラガラ〟をやったか？

まず一番最初——これは4時45分以前に属するのかもしれません——竹緒おばさんです。一体、はたして彼女は、おばあちゃんの部屋を引き上げる時に、隣家との境のガラス戸をキチンと閉めたのか？　というのがあります。犯人が入って来るとしたら、ここからが一番ありうるからです。

おばさんは「閉めた」と言いました――そうです（伝聞）。

それと同じ頃、梅子おばさんは、お茶の間のガラス戸をガラガラと閉めました。

そして、それと同じ頃、2階では幸代ちゃんがガラガラと窓を開けて、竹緒おばさんが2階へ上がって行くと同時に、またガラガラと閉めました。

竹緒おばさんは2階へ上がって行き、幸代ちゃんの着物を畳み、幸代ちゃんはおばさんを一人2階へ残して、僕達にお茶を淹《い》れる為に降りて来ました。

幸代ちゃんはまず台所の戸をガラガラと開けます。鎮香さんはまだ洗い物をしていました。

幸代ちゃんは、「ジャーある？」と言い、鎮香さんは「お茶の間じゃないの？」と言います。

幸代ちゃんはガラガラと台所の戸を閉め、続けてお茶の間の戸をガラガラと開けます。ガラガラと開けてガラガラと閉めて、そして魔法ビンにお湯がないのを確認すると、又ガラガラとお茶の間の戸を開けて、閉めて、そして台所の戸を開けて、閉めて――……。

ほとんど絶望的な状況が開けて来るのが分るでしょう？　この家では、この15分ぐらいの間、ほとんどいつも、ガラス戸が開いたり閉じたりしてたって訳です。

幸代ちゃんが台所に引っこむと、梅子さんがお茶の間から僕達のいる応接間にやって来ました。例の、〝髪の毛、もう少しお切りになったら〟事件がここでありました。

お茶の間で一人になった松子おばさんは、一人で（当り前だ！）トイレに行きました。

松子おばさんがトイレに行っている間、洗い物を終えた鎮香さんが、台所から出て来てお茶の間に入りました。

松子さんはトイレ、鎮香さんは茶の間、幸代ちゃんは台所、竹緒おばさんは2階で、それぞれ一人でいました――いたということになっています。

誤解を招くと困りますけど、僕は誰に容疑がありそうだとほのめかしている訳ではなく、一応可能性として〝いたということになっています〟と書いているだけです。

しばらくして、竹緒おばさんは2階から下りて来ます。下りて来て台所の幸代ちゃんに声をかけ、自分の部屋――和室の6畳――に入って、普段着に着かえます。勿論この日、鬼頭家では法事という儀式があったのですから、鬼頭家の人間は全員、〝よそ行き〟というのを着ていた訳です――幸代ちゃんの振袖を筆頭にして、おばあちゃんの寝巻きを例外にして。

竹緒おばさんは、「結局主婦なんて、いつだって雑用に追われるんだわ」なんてことを考えていたんでしょう。

松子さんはトイレ、鎮香さんは茶の間、竹緒おばさんは自室、そして台所にいた幸代ちゃんは、おかあさんに「着物畳んどいたからしまっときなさい」と言われて2階へ上がります。というように状況は変化します。

2階に上がった幸代ちゃんは、すぐに降りて来て、台所でお茶を淹れて、応接間にやって来ます。例の〝大ガラス〟の一件です。

幸代ちゃんが入って来てよろけかけると、梅子さんは「あぶないわねェ、気をつけないと、この机、ガラスなのよ」って言って、「サ、私も着がえてこようかな……。どうぞ、ごゆっくり」と言って部屋を出て行きました。2階にある自分の部屋に上がって行ったのでしょう。

梅子さんが2階に上がって行くと、水音がして、松子さんがトイレから出て来ました。出て来ると松子さんは、廊下で「おかあさん、もう寝たのかしら?」と言いました。「ねェ、竹ちゃん!」と、どこにいるのか分らない（松子さんは竹緒さんがどこに行ったのかは知らなかった）竹緒さんに向かってちょっとひとりごとにしては大きすぎる声を出しました。

するとと襖が開いて、普段着に着かえた竹緒おばさんが「ちょっと見て来るわ」と言って、そそくさと出て来ます。

竹緒おばさんは松子さんと一緒になって離れまで行って、一番手前の障子を開けて、「寝てるみたいね」と松子さんに言います。

多分この時には、もう千満おばあさんは死んでいたのでしょう。

松子さんは「そう」と言います。松子さんは、竹緒さんの後について行ったのです。

竹緒さんはすぐに障子を閉めて、松子さんの横を抜けて母屋の方に戻りかけますが、くるりと振り返って、「あ、そうだ。おねえさん、悪いけど、ファンヒーター止めといてちょうだいよ、分るでしょ？」と言って、そのまま台所に戻って来ます。

松子さんは「ウチのとおんなじよね」と竹緒さんに言って、おばあちゃんの部屋に入って、ファンヒーターを止めて、電気を消して、帰って来ます。この時の松子さんの名言（というのは不謹慎かな？）が、「おかあさん、よく寝てる」だったりはする訳です。

Chapter

16

# 犯人はお前だ！ Part 1

いまではどんな人間も、自分の中に人生の意味を見つけ出す方法を知っている。

カート・ヴォネガット『タイタンの妖女』（浅倉久志訳）

僕達が応接間にいる間、そんなことが起っていたのです。勿論、僕達はそんなことを知っている訳はありません。というよりも、ほとんどそんなことを何も知らなかったと言った方がいいでしょう。

梅子さんは、僕に向かって「イラストレーターなんですって？」と言いました。「どんなお仕事をなさってらっしゃるの？」と言いました。「ええ、まァ、なんとなく」というようなのが僕の声です。ちょっと、「この間やってたのが『ぐーたらサラリーマンの為の手抜き出世術』のカットです」とは言いづらくって。

結局僕達（僕と理梨子）としては、なんだか知らないけどおばあちゃんを中心とする鬼頭家の内情（の一部）を覗いてしまったような気がしてたもんですから——その日（15日）、なんか、「おばあちゃん、何が言いたかったんでしょうねェ？」とも言いづらくって、おじさんの方も「又年寄りがなんか言い出しましたらよろしく」とも言わないから、結局マァ、「ええ、まァ」とかっていう、若者特有の〝気づまり語〟というのを使って——気づまりっていうのもヘンかな——ぼそぼそとやってたっていう訳なんです。

僕が〝その日の状況〟っていうのを大体そんな風に話し終ると、田拝さんは「で、それで帰られた訳ですか？」と言ったんです。

すいません、話は相変らず、田拝刑事の訪問てセンでつながってんです。

ホントに、僕って話が下手ですね。

でも、言わせてもらえば（ホラ又始まった）こういう風にでもしないと、犯行当日の様子なんて、読者の人には伝えられないんです。

僕はこの後、一生懸命考え始めるんです——一体この事件はなんなんだろう？　って。

僕思うんですけど、推理小説って〝謎解き〟ですよね。謎解きだけど、じゃァ一体その〝謎〟ってなんだろうって。推理小説が謎解きであるんなら、その謎解きってのは結局、誰が犯人でどうやって殺したっていうんじゃなくて、〝一体犯人は、この事件というものを使って何をやろうとしている（又はしていた）のだろうか？〟ってことじゃないかと思うんです。つまり、推理小説に於ける〝推理〟というのは、〝これはどういう事件なのだろう？〟ということを推理するところから始まるんだろうと思うんです。

どうしてこうなってしまったのだろう？

――これはつまり現場の様子ですけどね。

一体、こうなってしまっていることから推して、犯人は何をしようとしているのだろう？

――つまり、犯罪に於ける動機ですよね。

そして、その動機――例えば〝金〟であるとか〝怨恨〟であるとか、そういうものがどうやって生まれたのか？　生まれてしまった動機が、どうして殺人事件として処理されなければならなかったのか？

そういうことが、事件の全貌なんじゃないか、と僕は思うんです。

田拝さんは僕のところにやって来ました。やって来ましたけど、それは僕に何か教えてくれる為じゃなくて、僕から話を聞き出す為でした。表現は悪いけど、田拝さんが僕に現場の状況を話してくれたのなら、それは一種の〝取り引き〟でしかないのではないか？　僕はそんな風に思ったんです。

僕は何かを吐き出します。それだけで田拝さんの聞きたいことが満足されていたのなら、田拝さんは僕に向かってなんにも言わないで帰って行ったでしょう――一方的に僕から引き出された情報だけを持って。

でも、僕はつっかえます。大塚から戻って来て、そこに大塚署の刑事が立っていて、そして行った先で人殺しが起っていることを知っていたのなら、一体なんだって刑事がやって来たのか――大よその見当ならつきます。

つきますけども、じゃァ、具体的に、一体彼はなんの為にやって来たのか？　ということになると、全然見当はつきません。

見当がつかないから、ボロボロとヘンなことを喋ってしまいます。ということは、殺人事件の関係者である——ひょっとしたら犯人候補者でもあるのかもしれない、〝僕〟という人間に関する情報を、田拝刑事が手に入れるということです。

彼は、僕に関する情報を手に入れます。手に入れますけど、それだけです。僕は一体、具体的に、そこで何が起ったのか全然知らない訳です。

知らない僕から貴重な情報を手に入れる為に、田拝刑事は犯行現場に関する情報を僕に話します。なるほどと思えるところは思えるし、なにがなんだかさっぱり分らないことは、なにがなんだかさっぱり分りません。

分らないまんま、又僕は話します。田拝さんは又、僕の話を聞いていきます。「もうこれしか出て来ないだろう」と思ったら、田拝さんは「じゃァ、又なにか気のついたことでもあったら教えて下さい」と言って帰って行きます——実際そうでしたけども。

帰って行ってしまった田拝さんは、僕に全部話してくれた訳じゃありません。

僕が彼に話してもらったことと言ったら、おばあちゃんが僕達がいる間に殺されたということ——その間に何か変ったことはなかったかということを聞く為。それから、鬼頭家の裏側に足跡がついていたということ——だから、何かヘンなことはなかったか？——ということをしつこく聞く為。そしておばあちゃんの部屋に松の葉っぱがばらまかれていたということ——この事件には何かヘンなところがあるのだけれども、何かヘンなことをあの家で感じなかったか？——ということを更にしつこく聞く為——の、ただそれだけだったんです。

田拝さんは帰って行きます。そして、残された僕は、必要な情報を絞り取られてしまった残り滓です。結局、〝関係者〟というのは、警察関係者にとっては、情報を絞り取る為のレモンでしかないんです。でも僕やっぱり、そういうのっていやなんです。絞り滓にされた僕の上には、足跡とか松の葉っぱなんていう、犯人の残した残飯なんかが振りかけられてんです。なんとなく、「バカにすんじゃない！」と思いました。〝謎〟として現場に残された手がかりを見て「バカにすんじゃない！」なんてこと思ったの、僕だけでしょうねェ。探偵って多分一杯いるんだろうし、推理小説なんて僕、そんなに一杯読んでないけど、そんな風に思いました。

田拝さんが帰って、しばらくして、僕、そんな風に思いました。

僕の上には謎がふりまかれている。でも、頭来たから、そんなもん無視してやろうって、しばらくしてからそんな風に思ったんです。

普通、推理って、現場に残されてる手がかりとか、現場の再現みたいなことから始めますよね。でも僕、そういうことやめたんです。一体、誰ならそういうことをやるんだろう？　そういうことから僕は考え始めました。

僕が警察の取り調べで絞り滓にされたんなら、それをさせた人間は勿論〝犯人〟だ――要するに、僕をバカにした人間は誰か？　ってとこから僕は始めました。

これ、前にも言ったかもしれませんが、僕って、自分に関係ないことはみんな忘れちゃうっていうクセがあるんです。これもっと正確に言うと、当座、自分に関係のないことだと、僕、そういう情報、みんなとりあえず、自分の〝無意識袋〟ってとこにしまっちゃうんです。僕、よく考えたら、自分の無意識ってヤツをかなり信用してるところがあって、「別に普段はボーッとしててもいいや、もしもそれが必要なら、いつだってそのことは僕の無意識ン中から取り出せるから」って、思ってるんです。だから僕、普段はかなりとりとめないし、ボーッとしてるんです。

そこで僕、自分のそういう特技思い出して、それを活躍させることにしました。

どっかに足跡が残ってるらしい――でも、そんなこと大したことないじゃないか。時間とかアリバイとか、そんなことだって大したことないじゃないかって、そう思ったんです。警察って、証拠第一主義だから。〝現場の事実〟って大切にするみたいだけど、僕シロートだから、警察じゃないから、それの反対やっちゃえって、そう思ったんです。そういうの〝見込み捜査〟って言って、民主警察が一番やっちゃいけないことなんですって。でも僕、警察じゃないもーん！　って、そう思いました。


それで――あやうく何を言いかけてたのか忘れちゃうところでしたけど、僕、現場の状況って、全部無視したんです。だから、前の章で書いたこと、ほとんど、僕にとってはどうでもいいことだったんです。

僕、推理小説読んでて、誰が何時何分にどうしたとかってことエンエンと書いてあるの、ほとんど全然読んでないんです。「だからどうした訳？」とか思って読んでんです。そういう細々とした〝事実〟ってヤツが必要なのは探偵する人だけでしょう？　読者ってそういうのと関係なくていいんでしょう？　とかって、極めて安易な態度で〝読者〟やってんです。

だってサァ、推理小説ってサァ、ほとんど、探偵の人が〝予想もしない事実〟なんてどっかから勝手にもって来ちゃって、〝予想もしない解決〟ってのやるでしょう？　そりゃ予想もつかないだろうよォ、そんなことこっちは知らなかったんだからァ、とか、ブツブツ言って読んでんですよね、僕は。

理梨子の言葉に従えば、推理小説に出て来る〝現場の状況説明〟なんて、ほとんど全部、ミス・リードだと思います。

作者がそう言ってんだからそうなんだろうなァ……、としか僕には思えません。だって、そこに居合わせなかった僕にとって、リアリティーってないんだもん。

前の章で書いたこと――一般的見解と称されるような、4時30分から5時までの出来事、一体いつ僕達の目の前に現われたと思います?

勿論、田拝刑事は〝他の人がその時何をしてたか〟なんてことは、16日の晩、一言も話してはくれませんでした――自分はそんなことみんな知ってるくせに。

15日の夕方――4時半から5時までの間、鬼頭家に居合わせた人間達がどんなことをしてたかなんてこと僕達が知ったのは、なんと、次の週の土曜日、22日の晩だったんです。その日僕は、〝推理競べ〟というのをしようということになって、それで、その推理というものを提出する為の基本になるタイム・テーブルというのを作らなくてはというので作ったのが、前の章で述べた〝一般的見解〟というようなものだったんです。

ただそれだけなんですよ。それまで、僕達はほとんどなんにも知らなかったんだから。

17ン日《ち》の日にお通夜があって、その時、そのジョギング・シューズが石垣の上に乗っかってたみたいなことはおじさんから聞きましたけど、ほとんどそれだけなんですよ。

現場の状況知ってるはずの探偵が、現場近くの人だかり見て、「なにかあったのかな?」って言ってるんです。

僕ってそういう人間なんです。僕が探偵であるって、実にそういうことなんです。

殺人事件が実際に行なわれてる時間、実際に行なわれてる場所に居合わせて、〝なんにも見なかった〟で平気ですませてられる探偵なんです、僕は。

そんな人間の書いてる小説で〝まずは推理のＡＢＣ〟なんてこと、意味がある訳ないじゃないですか。殺《や》ろうと思えば、誰だっていつだってやれるんだから！

僕は、僕なりのやり方でその事件の推理というものをし始めました。

どんなやり方だと思います？

なんで僕の小説、こんなに僕の感想が多いと思います？

僕なりの方法――僕なりのリアリティーというものを提出したかったからなんです。

僕は感じました――もしも僕が推理というものが展開出来るのならば、それは僕の感じたことをベースにするしかないじゃないかと思って。

伏線は、現場にあるんじゃないんです。僕自身の中にあるんです。だから、僕の小説ってこんなになってるんです。

今までが全部、この推理小説の伏線なんです。一体僕は、この小説で何を書こうとしてるんでしょう？

推理小説で推理されるべきことは、僕、ホント言ってそれしかないと思うんです。

僕は読者に挑戦します――

「一体、この小説のテーマはなんなのか？」と。

# Chapter 17

# 犯人はお前だ！　Part 2

明智は青ざめた顔に、恐ろしいほどの敵意をこめて断言した。稀代の強敵を向こうに廻して、彼の闘争心は燃え上ったのだ。
読者諸君、この明智の言葉を記憶にとどめておいてください。彼の誓約は果たして守られるか。再び失敗を繰り返すようなことはないか。もしそういうことがあったなら、彼は職業的にも自滅するほかはないのだが。

江戸川乱歩『黒蜥蜴』

田拝さんが帰った後、僕は妙に他人事になりました。〝他人事になった〟っていう言い方はおかしいけど、彼が「じゃ、また」って帰っちゃったら、僕は、なんか、自分のやるべき事はやったんだ、と思って、妙に冷静になって、客観的になっちゃったんです。田拝さんが「今日は、どちらかへお出かけでしたか？」って切り出した時は、なんか動顚しちゃって、ないはずの後ろめたさを一生懸命ほじくり返してたのに、いなくなると急に——。

ほっとするのと同時に、やっぱりムラムラするっていうのも湧いて来ましたよ、前にも言いましたけど。

ホントいうと、人間て、ムキになる部分と拍子抜けするぐらいにチャランポランになっちゃう部分と、それが両方一緒に存在しちゃうんですね。そのこと一緒に書くと混乱しちゃうし、説明が説明になんないから、こうやってＰａｒｔ１、Ｐａｒｔ２に分けてやってんですけどね。

僕、田拝さんと話してて分ったことが、一つあるんです。それから、理梨子と話してて、分ったことも一つあるんです。その二つを足すと、僕の推理が出来上がるんです。

そのことをまず話します——

田拝さんと話してて分ったこと、それは、初対面の人間の会話というのは、それはほとんど〝お互い〟というものに関する人間同士の探り合いだということです。

僕、いろんな人と会ってて——僕ってワリと人見知りする方なんですけど、それでもマァ、テキトーに人と合わせたりすることって出来たりはするんですけど、結局はそれだけってところもあるんですね。あるところまで行って、それ以上は親しくなれない、とか。でも、仕事で会ってる時なんて、「マァ、それでもいいや」とか思ってるんです。「マァ、それでもいいや」とか、それだけとかね。結局は、一体この人何考えてんだろう？　とか考えるのがメンドくさいとかっていうのがあるんですけど——あ、それよか、「この人、絶対になんか考えてるはずなんだけど、何考えてるのかさっぱり分んない。分んないんだったら考えるのやめちゃお」とかね（こっちの方がホントだな）――そんな風に考えちゃうんです。だから、〝ここら辺がテキトーなとこの親しみやすさだな〟とかね、そんな風なマスクかぶって、テキトーに〝社会人〟やってんですよね。

でも、田拝さんと会って分ったんです。刑事って、そういうのが通用しないんです。テキトーな仮面かぶってたら、それだけで嘘だってこと、バレちゃうんです。バレたりなんかはしないのかもしれないんだけど、でも刑事相手だと、そんな風に思っちゃうんです。「ア、ホントの自分出してちゃんと答えないと、よけいなうさんくささ感じられちゃうな」、とかね。

だから僕、田拝さんと話してて、途中から僕、自分を作るのやめたんです。初めの方で僕、〝ほとんど演技は日常と化してました〟なんてこと書きましたけど（覚えてます？）それやめたんです。やめたとたん、分ったんです。「あ、人間て、初対面の時ぎこちなかったりするのは、この人間と分り合えるのかどうか、確かめてるからなんだな」って。

田拝さんが僕ンとこ来て、「今日は、どちらかへお出かけでしたか？」とか「ええ、そのことで、ちょっと」とか、間を置きながら、すごく相手を緊張させるみたいな話し方してたのって、僕がホントに信用出来る人間かどうかを確かめる為の――なんていうのか、距離の置き方だったんですね。

田拝さんが緊張してれば――というように、意識的に緊張を作り出すような話し方をすれば、僕だって緊張します。そしてそれは正解だと思うんです。だって、人が真面目に緊張してる時にエヘラエヘラしてたりする人間て、絶対に信用がおけないでしょう？

そして、緊張をしかけられた僕が、これ又緊張してその話に答を返せば、僕の話だって、やっぱり信用出来ないでしょう？　だって、構えて話してる人間の話なんて、やっぱりどっか嘘があるって、思えちゃいますもん。

僕、田拝さんの話に答えながら思ってたんです——一体この人、なんでこんなこと訊くんだろう？　一体、僕がどういう答え方すれば、この人は僕のこと信用するんだろう？　って。だから僕、どういう自分自身であるのかを考えるってことで、ガチガチに緊張してたんです。そして、ガチガチに緊張しながら、「あ、いけない、こんな風に構えて話してたら、僕なんにもしてないのに、ヘンなことした人間みたいにとられちゃう」って。だから僕、やめたんです。素直に、ホント、なんの利害関係もない、友達と話す時みたいな話し方するのが一番いいや、って。マァ、よく考えたら、〝なんの利害関係もない友達〟なんてのはあんまりいないけど、でも、理梨子と話してる時なんて大体そんなもんだと思うし、あそこまで遊んじゃうとヤバイから、だから僕、田拝さんのこと、〝まだよく知らないけど、でも根はいいヤツだから友達になりたいなと思ってる人間〟だと思って話すようにしたんです。

それで思って、「ああ、世の中の人って、刑事みたいに入って来るってことはないけど、でも、初対面の人間と話しててギクシャクするっていうのは、こういうことなんだな」って分ったんです。

僕なんて感情的に不安定だから、人の都合なんて考えないで、ある時は過剰になれなれしかったり、ある時は過剰にムッとしてたりって、そういうことばっかりやってて、いつもヘマしてたんだなって、分ったんです。人と付き合うって、まず人と合わせるってことなんだな——だから、初対面の人間て、「どういう合わせ方したらいいのかな？」って、お互いにお互いを探り合いするんだなァって、そう思ったんです。

よりによって、又なんだって、刑事なんかと会った時に仲良くなりたいなんて考えるんだって話もありますけどね、でも、そういうことを僕に最初に教えてくれた人が田拝さんだったんだから、しようがないじゃないですか、っていうことです。後でこの話、田拝さんにしたら、「ウーン、含蓄が深いなァ……」なんてこと言ってましたけども。

どうも、僕の話って長くなりすぎていけませんね。

もう一つの話です――。

僕が理梨子と話してて分ったこと。それは、要するに、〝真実〟って、組み立て方で色々出て来るんだなってことです。

理梨子は、15日のことを彼女なりにピック・アップして、〝それは『不思議の国のアリス』である！〟っていう〝真実〟を組み立ててしまいました。

ホントかどうか、なんてこと僕には分りませんでしたけども、なるほど、そういう手って（つまり〝解釈〟って）あるのか――と思ったんです。

ある一つながりの出来事って、それぞれに真実で、それぞれの真実が組み合わせ次第で〝本当の真実＝正解〟とかミス・リードになるんだって、そう思ったんです。そして、その中からどういう真実を引っ張り出して来たいかが、その人その人の個性ってことになるんじゃないかって思いました。

要するに理梨子は、ドラマチックなものが好きなんです――ドラマっぽいのが好きだから、すべての拾い集めた事実を、ドラマチック《っぽい》な解釈の中に流しこんじゃうんです。それが理梨子の〝個性〟だったんです。

理梨子の個性はそうでした。だったら僕の個性はなんだったんでしょう？

それはまだ分りませんでした。

それを言うことが僕の個性でした。

僕の個性というのは、それが十分に自分と関係のもてるような距離になるまで、ほとんどボーッとしたまんま、なんにも考えないでいる、という個性でした。だから、〝それはまだ分りませんでした〟というのが僕の個性だったんです。

田拝さんが帰って、僕はボーッとしてました。

とりあえず僕の知ってることはもうみんな話しちゃったんだから、僕はもう、この事件とは関係ないや、と思ったんです。

思って寝っ転がったら、部屋ン中には、田拝さんが残してった〝雰囲気としての謎〟っていうのか（しかし僕も、キザな言い方するなァ……、やっぱり東大出なんだなァ、いいけども）、そういうのが残ってたんです。

だから僕、考えました。一体、何がどうなったんだろう？　って。一体、誰がそんなこと（人殺し）なんてやるんだろうって。僕の頭ン中では、大塚の鬼頭さんの家で会った人の顔がポッ、ポッて浮んで来ました。

「あの人だって、人殺しをするのかもしれないしなァ……、あの人だって……」とか。

で、答は結局「分らない」でした。Chapter 15で書いたようなこと、僕にはまだ具体的に知らされてませんでしたし、怪しいといえば全員怪しいような顔もしてるし（これはほとんど、可能性として）、第一、中にいた人間が犯人だと思った方が面白いけど、普通、こういう時って、外部から来た人間が犯罪ってのを演ずるもんだしなァ……って。

外部からやって来た人間がやったように見せかけて、実は内部の人間が――なんてことは、推理小説の中の人間しかやらないことですしね。

だって、犯人の目的ってのは、その人を殺すだけでしょう？　自分の目的果しちゃえばそれでいいんだから、ワザワザ、観客という名の第三者の為に、手間暇かけてめんどうなことする必要なんてない訳ですもんねェ。

推理小説って、お遊びとしての論理だから、あんなにも関係のない第三者にサービスが行きとどいて謎めいている訳でねェ、現実の犯人がそんなことやるもんかと思ったんです。

犯行現場に手がかりが残されてんなら、それは犯人がわざとやったんじゃなくて、うっかりとやったんだろうと、そう思ったんです。じゃァ、外部から来た人間て誰だろう？　と思ったんです。外部からおばあちゃんを殺しに来る可能性のある人間て誰だろう？　って。

答は1つでした。「俺そんなに、あの家のこと知ってる訳じゃないからなァ……」って。

結局これも分りませんでした。

「分んねェからしょうがねェや、そうだ、ウチに刑事が来たんだから、理梨子ンとこにも来たんだろう」とか思って、「あいつンとこ電話してみようかな」って思ったんです。

思った途端、別のことがひらめいたんです。理梨子みたいにメチャクチャな可能性ひっぱり出して来んの、面白いなって。「そうだなァ、あの時間、僕はあそこにいたんだし、僕が犯人だっていう可能性もあるなァ」って。

一体、どういう理由があれば、僕はこの事件の犯人になれるだろう？――そう考えたのが、僕がこの事件で〝犯人の動機〟というものを考えた最初でした。

Chapter 18

# どうして僕は人を殺すか?

「そこであなたは、着々として、それを決行なすったのですね」

横溝正史『犬神家の一族』

僕にそれ考えつかせたきっかけに、田拝刑事の存在があったというのは勿論です。「ひょっとしたら僕も疑われてるかもしれない、でも、そんな見当はずれごめんだな」と思って、〃こうすれば僕は犯人でもありうる——でもそんなことバカげてるでしょう?〃の証明式を考え出したのです。

まず、僕がおばあさんを4時30分から5時までの間に殺す——ということはありえない。何故ならば、僕は理梨子《りりこ》やおじさんとズーッと一緒にいたから。

僕が犯人なら、おじさんも理梨子もそれを知っているし、知ってて黙ってるなら——そんなことがありうるなら、僕達が3人揃っておばあちゃんの首を締めに行った、ということの方がよっぽどありうる。

ある時間帯――4時45分から5時までの間、竹緒おばさんは着がえ、松子おばさんはトイレ、鎮香《しずか》さんは茶の間という風になっていて、離れへ続く廊下を見張ってる人間はいなかったんだから。

でも、そんなことはありえない。どうしてありえないのかって訊かれると困るけど、ありえない。

だってそうでしょう？　常識としてそんなことありえないでしょう？

そうかァ……、殺人事件は常識を超えてる事件な訳だ……。

――なこと言ったって！

ウーン……、既にして論理は行きづまった。

よく考えたら、僕とおじさんと理梨子が、3人徒党を組んで、おばあちゃんを殺しに行く可能性だってある訳ですよね。

ウン。でもそんなことは絶対ないんですよ。

どうして〝ないんだ〟って言えるのかって言われても困るんだけど、でも結局、論理だけで人間追いかけてってもしようがないっていうことじゃないんですか？

(すごいな、推理小説で〝論理〟否定しちゃったよ、僕は)

でもまァ、一応可能性として考えます。考えますけど、でもこれは、昭和58年4月現在、僕がこの小説を書いてる間に出て来ちゃった可能性なんですよ。昭和58年の1月16日の晩に、こんなこと考えてた訳じゃないんですよ、僕は。

僕と理梨子がおじさんと組んでおばあちゃんを絞め殺す可能性に関する一考察

まず、僕と理梨子はおばあちゃんを殺したいとは思いません、この場合。だって、僕と理梨子にとって、おばあちゃんはアカの他人だから。それこそ僕等が、横浜の中学生みたいに、浮浪者襲撃を楽しみにしていたってことでもなければ、そんなことはありません。

そう言えば今年、そんなことありましたよねェ。実際に中学生が浮浪者殺しちゃうんだからねェ……。

ウーン……、書いてて恐ろしくなって来たなァ……。そういう可能性なきにしもあらずだからなァ……。

ウーン……、ひょっとすると僕が、大塚警察の暗い取調室に連れて行かれなかったのは、奇蹟に近いことだったのかもしれないなァ……。ナムアミダブツ、ナムアミダブツ。

ともかく僕は、田拝さんにしょっぴかれなかった訳だから、僕達に殺意はなかった訳です。殺意があるとしたら、おじさんでしょう。じゃァ、おじさんがおばあちゃんに殺意を持つのはどういう訳か？

ウーン……、あるとしたら……、養子だからかなァ……。

一《はじめ》おじさん養子だし、嫁と姑ってのがあるから、おじさんの殺意はそれの男版ということで

――なんとなく説得力ないな――マァいいけど。で、おじさんは殺意をもって、僕達に協力を頼む――。

ちょっと待って下さいよ！　今、すごいこと思いついた!!

いいですか？　僕達とおじさんが共犯だった場合、すごいことが明らかになっちゃうんです。余計なことかもしれないけど、今思いついたことを書いときます。

こういう場合だってあるんです。

おじさんと理梨子が出来ている――なんとなく『火曜サスペンス劇場』方式みたいですけど――出来ていて、長月理梨子というのはとてつもない悪女で、おじさんをそそのかして、鬼頭家の乗っ取りをたくらむ。なにしろ、あの家、庭は狭いけど、アパートぐるみで、土地を持ってんですね。庭先に建っている2軒の建売りは、土地ごと売っちゃったからその分ないんですけどね、でも、都心（ていうのもヘンだけど、山手線の内側）で、かなりの土地を持ってる訳ですからねェ、キャリア・ガールを装った悪女・長月理梨子が、おじさんをそそのかして祖母殺しをたくらむんですね。そうなった場合、主役の長月理梨子役をやるのは大谷直子ですね。

いやがるだろうなァ、あいつ。「絶対やだ！　ああいう風に、〝あたしは頭がいいわよ〟って顔してる陰険タイプ、あたしは絶対やだッ！」って言ってましたから。そうなった場合、僕の役は誰がやるのかなァ？　イラストレーターだしなァ……。なんとなくヒョウヒョウとしてるし……。草刈正雄なんかがやんのかなァ？　ほとんどバカみたいだなァ、俺って……。

ウーン……、沢田研二かなんかやってくんないかなァ、……希望として……。

あんまりバカみたいなこと考えんのやめよう。要するに、悪女・長月理梨子は、自分の悪事を擬装する為に、僕を利用するんですよ。「探偵探してんの」——とか言って——。

あ、というよりももっとすごいの——。

悪女・長月理梨子は、鬼頭一と田原高太郎の二股をかけていた。中年から金を、若い男からは体を！

ヒッヒッヒッヒッヒッ……。

すけべだなァ……。


あ、まだある。恐ろしいのが。理梨子がおじさんと出来てるんだったら、こういうのだってある。出来てるのは理梨子とおじさんと見せておいて、実は、出来てるのは僕とおじさんだったりして……。ウーッ……。書いてる内になんだか鳥肌が立ってきた。やめよ。これは橋本治の小説なんかじゃないんだから。

でも……。ウーッ……。こんなにテンテンが多いと橋本治の小説になっちゃうなァ……。ウーッ……………。

僕とおじさんが出来てて……。ウーッ……。

(もう少し)

ウーッ……………………………………………………………………………………………。

……………………………………………………………………………………………………。

そうなると理由は、やっぱり金かなァ？　おじさん、金がほしくって、バァサン殺す、とか。

まァ、おじさんが殺意持つ理由って分りませんけど、でも、もし、僕とおじさんが出来てた場合（もしもですよ）、僕がおじさんの共犯になる理由は、金じゃないですね。

悪女長月理梨子だったら分らないけども、しかし、ホモの美青年田原高太郎だったら、それは絶対に財産目当てで犯罪の片棒なんてかつぎませんね。もしも僕が共犯であるんなら、その理由は、絶対に――〝好きな相手のすることだから〟だと思います。僕って、そういう意味では（ヘンな意味ではなくって）、ロマンチストなんです。

僕、金では絶対に言うことききません。はっきり言って、僕はそういうタイプの人間です。今年、サラ金関係の事件て、多かったと思います。サラ金で一家心中とか、それから、金に困って、保険金目当ての殺人とか。

はっきり言って、アレ、僕には無縁の出来事です。ホント言って、僕には全然分んないんです。もう、バカだとしか思えません。「そりゃァお前が家庭持ってないからだ」とか言われるかもしれないけど、僕、そんなバカなことになるぐらいだったら、家庭なんか持たない方がいいと思う！　あと、家のローンとか。ああいうのって、ホントに信じられない。

そりゃァ僕、仕事の話（イラストの）が来たら金の計算します。だって、僕、それで喰ってるんですもん。

いくらほしいなァってことも考えますよ。でも、でもですよ、僕、自分に見合った金しかほしくないんです。

金って、結局は今の自分に対する評価だと思うんです。そりゃ仕事の話で「いくらぐらいほしいですか？」ってこと、訊かれますよ。訊かれますけど、僕、そういう時の答って、「よそでは大体、こういう仕事でこれぐらいの報酬もらってます」ってことしか言えないんです。

今の自分が大したことない人間だってこと、僕、自分で分ってます。分ってますけど、又同時に、自分が〝大したことない人間〟以上のものに（今の時点では）なれない人間だってことも分ってるんです。分ってるから僕、世間が押しつける自分自身に対する評価を評価として受け入れてるんです。僕にとって金っていうのは、今のところ結局そういう評価の基準でしかないんです。だから僕、いくら大金をやるからって言われても、それだけで人の犯罪の片棒をかつぐ気はないんです。

だから、金に関する犯罪というのは、僕に関する限りありません。但し、理梨子に関しては分りませんけど。

話が前後しますけど、僕達、おじさんもまぜて、22日に〝推理競べ〟っていうのをやったんです（前に言いましたけど）。いろいろつまんない意見も出ましたけど、今思うのはね、その時に〝長月理梨子『火曜サスペンス劇場』式悪女説〟っての出せばよかったなァってことなんですよ。

理梨子っていうのはドライだから、金ってことになると、はっきり割り切ります。その点が僕と全然違ってて、僕なんかだと、「あんなバカなヤツの言うこと聞いて仕事すんのなんかヤだッ！」って言っちゃうんですけど、あいつはそうじゃないんです。「バカねェ、結局お金入るんだから、それでいいじゃなァい」とかね。

だから、あいつだったら、鬼頭家の財産目当てに、おじさんと手ェ組んでってこと、ありうると思うんです。あくまでも可能性ですけど。

でも、そうなるといいですねェ。だって、そうなると僕も共犯で、この本の前半に書いてあること――「ねェ、あなた、探偵やらない？」なんてとこから始まって、ゼェーンブ嘘になっちゃうんですもん。そういうのって面白いと思いません？　僕って好きだなァ、そういうの。ちょっとヘンかもしれませんけど、僕ってそういうの好きなんです――いっそサバサバして。僕って、ヘンな思いっ切りってあるんですよね。なんでだか知らないけど。

関係ないことばっかり書いてるみたいですけど、実はワリと関係あるんですよね。僕って、金で共犯にはならないけど、人間関係では共犯になっちゃうみたいな、ヘンな煮え切らないところがあるからです。

おじさんと理梨子が出来てるでしょう？　そうすると、理梨子は必ず、僕に片棒かつげって言って来るでしょう？　そうしたら僕、絶対に逃げないと思うもの。

理梨子は、僕とおじさんを両てんびんにかける。そうなったら僕は、絶対に、「おじさんなんかに負けるもんか」と思って、彼女の歓心を買おうとするだろう。思って、そして手伝って、うまく行って、そんで、理梨子とおじさんと僕とで財産山分け、とかいうダンになったら、そしたら僕、ウジウジすると思う。「ねェ、俺とおじさんとどっち取るんだよォ。俺はサァ、お前が好きだから、今度のこと手伝ったんだよォ。それなのにどうして、お前はおじさんとばっかくっついてんだよォ……ウジウジウジ」って。そんで、うっとうしくなったおじさんと理梨子は、共謀して僕を殺すの。

なんかだんだん、ホントに大谷直子主演の『火曜サスペンス劇場』みたいになって来た。〝おじさん〟の役は成田三樹夫か仲谷昇なんかがやってね。僕の役、そうなると、広岡瞬とか金田賢一とか、あと三田村邦彦とか、ホントに、箸にも棒にもひっかからないような若い男がやるんだよね。

〽サァ、眠りなさい……、っつって岩崎宏美が唄うと、雨が降っててサ、〝おじさん〟が雨ン中でズブ濡れになって突っ伏してんのね。そうすると、勝野洋扮するところの（適役だ！）田拝刑事がやって来てサ、大谷直子扮するところの長月理梨子に〝同行を求める〟のね。

求められた大谷直子は、ゴー然と顔上げてサ、雨の中に突っ伏す〝おじさん〟の方を、バカにしたみたいに見んの。

雨の中で、赤いパトカーのランプがグルグル回っててサ、カメラ引いてくと、雨の中でおじさんに刺されて死んでる僕の死体なんかが映るのね。〽コォのォ町はァ、戦場だからァ……とかね。

なにやってんでしょうね？　僕は。

遊んだだけですよ。

あ、ついでだから、もうちょっと遊ばせて下さいね。この小説がTV化された時の〝魅惑のキャスト〟ね（しかし俺もバカだね）。

主演――大谷直子（これは動かせないと思うんですよね）、彼女が〝長月理梨子〟をやります。

で、共演者――

鬼頭一――仲谷昇

田原高太郎――金田賢一
鬼頭千満――原泉
鬼頭竹緒――大塚道子
鬼頭梅子――藤田弓子
花田鎮香――星野知子
鬼頭幸代――美保純
田拝聰一郎――勝野洋
花田松子――特別出演・高峰三枝子（！）

すんごいダサイでしょう？　マァ、なんで幸代ちゃんが〝美保純〟なのかってのはその内分りますけどね。ホントは川島なお美なんだけどサ、TV局って、こういう勘違いすると思うんだ。勝手に脚色してね。マァいいけど、俺、美保純てあんまり好きじゃないんだ。なんか、男をなめてるみたいな気がして。マァいいけど。

でも、ひどいキャストですねェ。こんなドラマ、誰も見ないと思う――自分で言っといてなんだけれども。適当に美化してて、いい加減にシリアスで。アホらしくってやってらんないよ（でも見てみたいけど）。

一体、勝野洋と金田賢一の会話で、どうやって知的なニュアンスが生まれるっていうんだろうねェ？　マァいいけども（ヒッヒッヒッ）。マァいいや。すいません、いい加減に元戻ることにします。

要するに、僕はなんの話をしていたか？　ということです――。

まず、僕は、4時半から5時までの間、おばあさんを殺しに行くことは出来ません。これは、理梨子もおじさんも同じです。

そして、それならばと、僕は思ったのです。

それならば、僕はおばあさんを殺しに行くことは出来ない。でも、絞殺をすることが出来ない僕でも、おばあさんを殺しに行くことは出来る——何故ならば、僕はまだ、おばあさんが死んでいることを知らないのだから。

僕はその時、夕方の殺人者と、夜中の侵入者を分けて考えることを始めていたのです。

つまり、こういうことです——

僕は一遍家へ帰ります。そして、夜中にもう一遍やって来ます。何故やって来るのかというと、それは勿論、おばあちゃんを殺す為です。

それではなんで、僕がおばあちゃんを殺すのか？

それは勿論、僕が気が狂っていて、僕が探偵をやりたいからです。

僕はおばあちゃんに探偵として呼ばれて行った。僕は、そんなことをやりたくないというそぶりを見せていたけれども、実は高貴なる二重人格者で（笑わないで下さい）、犯罪にこそ人生の美学があると信じていた——なんとなく、人肉殺人の佐川みたいだな。でも、唐十郎が『佐川君からの手紙』で芥川賞とったの今年でしたよね ェ？　そういう本を読んで、ヘンな気を起した若い人間の一人や二人、出たっておかしくはない。

僕は実に、そういう人間で、だからこそ、内面の喜びをひた隠しにして、やる気のない顔をして、探偵として鬼頭家へ乗り込んで行った。ところが、乗り込んで行ったはいいけども、そういう深遠なゲージュツ探偵の前にくり広げられたのは、実にラチもない親子喧嘩だった！

そこで、頭に来たゲージュツ私立探偵は、唾棄すべき日常に鉄槌を下してやろうと思って（結構僕もむつかしい言葉知ってますね）、夜中の3時に、その老婆を殺して、唾棄すべき日常にひと泡吹かせてやろうと、再度大塚の鬼頭家へ忍びこんだ。

忍びこんだはいいけども、ところが、意外や意外、既にしてその老女、鬼頭千満の体からは体温というものが失せてしまっていた。

日常性にひと泡吹かせてやろうと思って来た、狂える耽美主義者田原高太郎は、ここで逆に、凡庸極まる、手ひどいしっぺ返しを受ける訳です。

だもんだから、僕は、頭来て、おばあちゃんの布団ひっぺがして、「エエイ！　芸術の力を思いしれ！」と言わぬばかりに、庭の松の木から葉っぱをひきちぎって、部屋中にばらまいた、と。

なんとなくこれは、非常にすっきりした話じゃないか、と僕は思ったんです。

「人を殺してやるぞ！」って感じで意気ごんでったのが、でもホントは人なんか殺す勇気なくて、下手すりゃオタオタして「誰だ！」なんて叫ばれて逃げ帰るところを、真の殺人犯人に救われて、耽美主義的に、現場を混乱させるという光栄ある役目を引きうけた――ということです。

僕はこういうこと考えて、ホントにつまんないナルシストみたいに自分をおもちゃにしてたんですけど、でもこういうことを考えてて、なんか、ひょっとしたら、今の自分の考えてたことに、なんか、よく分んないけど、重大なことが含まれてるんじゃないかと思いました。

「待てよ、なんかすごいこと考えたのかもしれない」──僕はそう思いました。

「ちょっと待ってよ、そうするとサ、ちょっと、あの足跡ってのはどうなる訳？」──僕はそう思いました。

「あの足跡は夜中についたものではない。〝夜中だったら、地面が凍ってるからあんなに深く足跡がつく訳はない〟って田拝さんは言ってたし」──僕はそう思いました。

「だとしたら」──僕は思いました──「あの足跡は、僕達が帰ってすぐつけられたのかもしれない」って。

「僕はやっぱり頭に来ていて、どうしても探偵というものがやりたくて、それで一旦あの家を離れるけれども、すぐに引き返して来て、裏から侵入しておばあちゃんを殺す！　そうだよ、そういうことって、十分ありうるよ！」って、僕は思いました。

思いましたけど単純だから、すぐに重要なこと忘れちゃうんです。

そうしてすぐに僕は思い当りました──「だとすると、松の葉っぱはどうなるんだろう？」って。

「うん、その、5時ちょっとすぎに来て殺して、松の葉っぱバラまいてくってセンはあるな」──そう思いましたけど、すぐにひっこめました──「だめだそりゃ、そんなの、家の人にすぐ気がつかれちゃう。第一、そうなったら、〝夜中の3時にガラス戸がはずれる音がした〟っていうのはどうなるんだ？」って思ったからです。

「でも」って、又僕は思いました。

「でも、夜中の3時だろう、聞き違えってことだってあるんじゃないのォ？」って。

でも、それでもやっぱりまだ違うんです。「あ、そうか、聞き違えだったとしても、でもやっぱり、ガラス戸ははずれてた訳だしなァ……。夕方はずしてたガラス戸が、次の朝まで気がつかれないでいるなんて全然ヘンだ。だって、風が吹きこんで来るもん」て。なんだか知らないけど僕、いいとこつかまえたんだけど、でも、余分な一片がまぎれこんだことに気がつかないで、一生懸命「あれ、違うなァ？　アレェ、ヘンだなァ？」って、ジグソーパズルやってるみたいな気分になって来てたんです。

狙い目はいいんだけど、なんか違う。そういう感じでした。

「僕は、おばあちゃんを夕方に殺しておいて、それからもう一遍夜中にやって来る――松の葉っぱをまき散らしに……。そういうこともあるかもしれないけど、でも、そんな度胸って〝俺〟にあるかなァ……」って、そんなことも考えました。勿論、この場合の〝俺〟とは〝人間一般〟という意味です。僕は、実に、自分というものを実験動物にして、人間一般に関するデータというものを、図々しくもその時に、かき集めようとしていたのです。

「犯罪者は現場に立ち返るっていうけど、でもそれは、その現場というのが安全な場所である時に限るんじゃなかろうか？」

僕はそう思いました。

「いくらなんだって、おばあちゃんだけが一人で住んでるって訳じゃないんだから、家の人に殺人が発見されるかもしれないってことは、〝僕〟だったら考えるよなァ。だったら、そんなとこに近づくって危険、絶対に冒さないと思う」

僕はそう考えていたのです。そして、その考えをもう一歩押し進めれば、かなり重要なとこまで行けたのかもしれなかったのです。

ところが、そこで邪魔が入りました。

16日の夜の10時半でした。僕の部屋の電話が鳴ったのです。

「あっ、理梨子かな?」って思ったんです。「だったらこの話の続きしよう」とか、僕は一人で思ったんです。

「はァい♡」

僕は電話を取りました。でも違いました。受話器の向うで「もしもし」って言ったのは理梨子ではありませんでした。聞き覚えのない、女の声でした。

「もしもし、幸代ですぅ」

電話の相手はそう言いました。


僕はそのおかげで、重要なことを考え損ねたのです。

事件は2つに分れると思ってました——殺人者と侵入者と。そして、それはイコールかもしれないと思ってました。2か、もしくは1か——そういう風に僕は思ってました。でも、こういうことだってありうるのです。

事件は、〝殺人〟と〝足跡〟と〝松葉〟の3つに分れるのかもしれない——ということだって!

僕が鬼頭幸代のおかげで考え損ねたのはこのことでした。実に、1月15日から1月16日の朝までの事件は、3つの別々のパートによって出来上がっていたのです!

Chapter 19

# ああッ！ うっとうしいッ!!

いいか、自分がコントロールできない事柄についてくよくよ考えたって、なんの益にもならないんだ。そういうことは、もうそろそろやめるべきだ。きみは惨めな生活をしてきたし、状況が好転するとは思えない。そろそろ成長し始めるべきだ。喋るのをやめて、準備にとりかかるべき時だ。わかるか？

ロバート・B・パーカー『初秋』（菊池光訳）

僕の推理に関してはひとまずおきます。とりあえずは、僕の推理を邪魔した事柄に向かって筆を進めます（カッコいいなァ！）。そうしないと、事件が先に行かないんです（ダメな僕）。

鬼頭の幸代ちゃんは言いました——「あのう、おばあちゃんが殺されたんですゥ……」

「ああ、知ってますよ」

僕、言いました。

しかし僕もひどいですねェ、こういう場合って、普通、お悔みの言葉ってのをまず言うべきはずなんですけどねェ……。マァ、相手によって、僕もカメレオンみたいに合わせちゃうってことなんでしょうけどねェ……。

その相手は言いました。

「ああ、テレビ、見てましたァ?」って。

そういう彼女です。

彼女にとって、はっきり殺人事件は、他人事でもあったんです。

「ああ、テレビ、見てましたァ?」

彼女は言いました。

「いや、別に見てないけど、今日、大塚に行ったんですよね」

「あ、ホントォ」

僕の言葉に彼女は答えました。

「行ったけど、入れなくてね」

「あ、そう」

一向に煮えくりかえらなくて、なんかヘンな調子だなァと、僕、思いました。

「警察が現場検証やってたでしょう」

僕は言いました。

「理梨子さんが〝来る〟って言ったんだけど、来ないからァ」

「あ、そうかァ――」

幸代ちゃんの言葉に僕が答えます――

「行ったんだけどねェ、でも警察がいたからねェ、入れなくて」

言葉だけ聞いてると（〝見てると〟か？）、僕の言い方って、やさしいでしょう？　やさしいですけどね、でも、現実問題としては僕、ワリとイライラしてたんです。

僕が「行ったんだけどねェ――」って言った時、彼女はこう言ったんです――「あ、そう」って。


「あ、そう」――彼女は言いました――「だからあたし、こわくってェ……」


なんか、少しぬけてるみたいな気がしません？

そりゃ、少し彼女はぬけてるんだけど、なんか、この言い方って、気味悪いと思いません？

そりゃ、自分の家で殺人事件が起ったらこわいでしょうよ。でもね、この言い方って、そのセンだったらおかしいと思いません？　だって彼女、その前に「ああ、テレビ、見てましたァ？」なんて、平静というか図々しいというか、なんか、そういう感じでもの喋ってんですよ。ヘンだと思いません？　なんか、とってつけたみたいで。

僕としては、「こわくってェ……」って、そんな風に言われりゃ、「そりゃそうだろうよ」ぐらいにしか思えない訳です。

だから僕、言いました。「あ、そう」って。ほとんど他人事で、冷たいぐらいで。

そしたら彼女、言いました――

「だからァ、今度またァ、来て、くれますゥ？　なんかァ、私ィ、心細いでしょう……。だからァ……、こわくって……」

なんだか僕、やたらカチンと来たんですね。一体なんでカチンと来るのか分らないぐらいに。「なんだって手前ェに命令されなきゃいけねェんだ」って。僕、江戸弁で思ったんです。時々僕、頭来ると現代人じゃなくなっちゃうんです。「なんだって僕、こんな女に命令されなきゃいけないんだ」って、そう思ったんです。ほとんど鬼頭幸代は〝こんな女〟でした。僕にとって彼女は、そんな程度だったんです。

はっきり言って僕、彼女のこと〝可愛いな〟と思ったこと、一遍もありません。向うじゃ自分のこと〝可愛い〟と思ってるのかどうかよく分んないけど、ギャルコン（〝ギャル・コンテスト〟の略です）なんかに出て優勝する程度の女を可愛いと思うほど、僕の程度は低くありません。よく考えたら、今時そんなところに出て来る女ってのは、一番ありふれてて一番陳腐で、そしてその陳腐さを〝魅力〟とカン違いしてる、鈍感で図々しい女でしかないんです。

「黙ってりゃいいのに」「そうすりゃそんなことバレなかったのに」――僕はそう思いました。だって、彼女は僕のこと誘ってるんですから。自分が「こわい」って言えば、必ず男が来てくれるもんだと思ってるんだから。だから、自分の魅力に自信持ってるんです、彼女は――と、そう僕は思ったんです。

「安く見られたもんだ」と思いましたね、僕は。

彼女が初めて僕の部屋にやって来た時、一瞬「ファンかな」と思って、それで目尻下げたんで、安く見積られたんでしょうね。自分のやってる仕事の〝質〟も考えないで、「ファンかな?」なんてバカなこと考えたのがいけなかった訳なんですけどね。僕としては、一体なんだって、そこら辺にゴロゴロしてる女子大生なんかから、「ねェ、付き合って上げる」なんてことを持ちかけられなきゃなんないのかと思いましたね。だって、彼女の言ってたことは、そういうことなんですからね。

「一体自分を何様だと思ってるんだろう?」僕はそう思いました。


「人殺しがいるでしょう……。警察の人が来てェ……」

なんとも言いようがないから僕が黙ってると、彼女は勝手に続けました――


「聞いてますゥ?」

彼女は言いました。

「聞いてますよ」

僕は、しごく丁寧に答えました。そうでもしなくちゃ、つけ入られるからです。

「だからあのォ、あしたァ……」

〝だから〟と言って彼女は続けました。〝だから〟と言いさえすれば、彼女の場合、話はなんでもつながるんです(この件に関してはあんまし人のこと言えないような気もするけど)。

「……、お通夜があるんですゥ……」

彼女が言いました。

「ああ」

僕は答えました。これはほとんど、「ええ」と言っていることです。どうして「ええ」が「ああ」になるのかと言えば、それはほとんど相手次第としか言いようがありません。

「だからァ――」

彼女は言いました。僕としては話をもう少しアップテンポにしてもらいたいもんだから、今度ははっきりと、相手をうながすように、「ええ」と言いました。


「明日、おばあちゃんのお通夜があるから」

「ええ」

「だから」

「ええ」

「来てくれます?」

「ああ、だったら伺います」

僕は、ワリとキッパリ言いました。

「よかった」

「何時ですか?」

僕は言いました。

「8時ぐらいだったらって」

彼女は言いました。

「あ、そうですか」

僕は言いました。

「おとうさんが、そういう風に言えって言ったから」

「あ、そうですか」

どうして一番肝腎な用事が一番最後に出て来るんだろうなァって、僕は思いました。

そして僕は言いました。「わざわざどうもすいません。僕、仕事ありますから」って。そうとも言わない限り、向うは永遠に受話器を離さないような気がしたから――。

「あ――」って彼女は言いました。その言い方が、いかにも〝気がつかなくてごめんなさい、私ってバカだから〟って言うような、人に哀れを催させるような驚き方でした。だもんだから僕、「ちょっと冷たすぎたかな」なんて思って、「別に心配しなくてもいいですよ」なんてことを言ったんですよ。言わなくてもいいのにねェ……。言って、しまった！　とは思いましたけどねェ……。

「うふっ」

彼女は笑いました。笑って、そして「やさしいんですねェ」と言いました！

僕そういうの、一番嫌いだッ！

「じゃァ又」

僕は言いました。

「来て下さいね」

彼女は言いました。

「はい」

(でもお前に会いに行くんじゃねェけどな)――ほとんど僕は、そう言いそうになりました。

「じゃァ——」

そう言って耳から離した受話器の奥で、「じゃァ、おやすみなさァい……」って言っている、彼女の舌ッ足らずな声が聞こえて来ました。舌ッ足らずな——しかも、わざと舌ッ足らずをつくろっている大年増の声で。

僕は、その時思ったんです。男でも一人暮ししてると、薄気味悪い電話ってかかって来るんだなァって。

なんで薄気味悪かったのか分りませんけどね、なんか、すンごくジクジクする、ナメクジみたいな薄気味悪さっていうのが、その受話器の向うから漂って来るみたいな気がしたんですよね。

言っちゃ悪いけど、なんか気持悪くってね。さすがにその時僕、女がいたずら電話夜中にかけて来られた時の気分がそういうもんなんだな、なんてことは思いませんでしたけどね。でも、痴漢に会った時って、そういう風に感じたりはするんですってね——女って。

# Chapter 20 なめくじの家

わたしは手におえないこと、危険なことをやってのけた——仮面を破って素顔をのぞかせてしまったんだから。

スティーブン・キング『キャリー』(永井淳訳)

なんか、やな気がしてねェ。なんか、うっとうしいみたいな気がしてねェ。

なんか、今の女って、ひどいでしょう。

ひどいことぐらい分ってるけどさァ、分ってるけど、又ひどいのに見こまれちまったもんだなァ、とか思ってねェ。

思ってもサァ、又、それとこれとは話が別だというのはありまして——お通夜の件ですけど——知らん顔する訳にも行かないと思って(はっきり言って口実ですけどね)、僕、理梨子の所に電話したんです。なにしろ彼女、「あたし仕事ッ!」って言って帰ってった訳ですからねェ。

キャリア・ウーマンも又大変だったりはする訳です（こういうことを言うと怒鳴られる――「またイヤ味言うッ！」って）。


「もしもし？」

理梨子は電話にすぐ出ました。

「仕事してた？」

僕は言いました。

「してないよ」

理梨子は言いました。

「なんだよ、してないの？」

「してたよ！」

理梨子は言いました。

「なんだよォ？」

「してたけどォ――。ああっ！　メンドくさい！」

「なにがァ？」

「まとまんないのよ、原稿がァ！」

いつものことです。

「大変ですねェ。俺、仕事ないもん」

僕は言いました。

「ああッ！　あなたはいいわよッ！」

理梨子が言いました。

「なにが?」

僕は訊きました。

「ウチに刑事が来たの」

理梨子が言いました——声をひそめて。

「ウチにも来たよ」

僕は言いました。アッケラカンです。

「やな刑事なのォ。それがァ」

理梨子は言いました。

「別に、そんなでもなかった——と思うけど」

僕は言いました。

「やな刑事よォ、ゲッソリやせてサァ、〝警視庁から来ました〟って言うのよォ」

これは理梨子です。

「警視庁?」

これは僕。

「うん」

これは理梨子。以下略です——

「ウチ来たの、大塚警察だぜ」

「あらそうォ? ウチ来たの警視庁よ」

「なんで違うんだよ?」

「そりゃウチの方がエライからでしょ」

「なんでお前ンとこのがエライんだよ？」

「知らないわよ。ウチ来たのが警視庁なんだから。あたしの方がエライのよ」

「お前の方が容疑濃厚ってことよ」

「どうしてよォ？」

「だって、警視庁のがエライんだったら、お前の方が容疑濃厚ってことになるじゃん」

「容疑って、なんの容疑よォ？」

「決ってんだろ、鬼頭千満、バァサン殺害容疑だよ」

「やなこと言わないでよォ。ただでさえ気が滅入ってんだからァ」

「なんで気が滅入ってんのよ？」

「だってサァ、やなこと言うんだもん、その刑事がァ」

「なにをォ？」

「え？　そのサァ、刑事サァ、鰍沢《かじかざわ》っていうのよォ」

「なにそれ？」

「名前よォ。鰍沢っていうの」

「ヘンな名前ェ」

「いいよォ、そんなの、もう」

「ウチ来たのなんて、田拝っていうんだぜ」

「なにそれ？」

「タオガミ。名前——田ンぼに拝むの。そんで田拝っていうの」

「フーン」

「あのサ、犬神家の一族と似てると思わない？」

「なにが？」

「タオガミ」

「やめてよ、もう——。あたしそれでひどい目に会ったんだから」

「なによォ？」

「そのサァ、鰍沢って刑事がサァ、やせこけててサァ、やな目つきして言うのよォ」

「なにをォ？」

「えーッ？　つまりサァ、なんであたし達があの家行ったかってことよォ」

「今日のこと？」

「キ・ノ・オ」

「あ、そう」

「きのうなんで行ったのか？　って。だからサ、あたし頼まれてサ、そんで探偵やりに行ったって話したのよ」

「俺だってしたよ」

「で、どうだった？」

「別に。フン、フンて言って聞いてたよ。別になんにも言わなかったけどサ、その件に関しては。ウチとこ来た刑事はね」

「フーン……。いいんだ」

「なんでよ？」

「だって、あたしンとこ来た刑事なんてサ、まるで、〝バカだ〟って顔して人のこと見んのよ。なんで、そんな下らない、関係ないことに首突っ込むんだって、ロコツにそうよ。まるでサァ、あたし達があそこの家行かなかったら殺人事件なんか起んなかったみたいな顔してサ」

「フーン……」

「あなたンとこ、どうだったの?」

「どうだったって、別に、さっき言ったみたいよ。そんだけ」

「ふうん。ウチとこなんてサ、人の部屋上がりこんでサ、〝ああ、ここが女の部屋か〟〝なるほど、独身女はこんなとこいんのか〟とかサ、〝なァるほど、キャリア・ウーマンつうのはこういうもんか〟とかサ、そんな顔してんの」

「珍しかったんじゃないの?」

「珍しいどころの騒ぎじゃないわよ。ああいうの、合法的な痴漢よ。ぐじゅぐじゅ、ぐじゅぐじゅ、おんなじような意味のないこと訊いてサ」

「どんなこと訊いたの?」

「訊いたって——、どんなことってサァ、あんたとはどんな関係か? とかサ」

「〝あんた〟って、俺?」

「そうよ。二人で行ったんだから、なんか関係あんだろう、とかサ。〝あすこの娘とはどんな関係だ?〟とかサ、〝バァサンはどんなこと喋ったか?〟とかサ」

「マァ、大体、似たようなもんじゃない、ウチと」

「似てたって違うの。ウチとそっちとはッ! あんたは男であたしは女なのッ!」

「あ、そうですか」

「もう、ホント気持悪い。ネチネチ、ネチネチと。あたしなんかもう、高校ン時の教師なんか思い出しちゃったわ」

「どうしてよ?」

「えーッ……。いいのかなァ、こういうこと言って……。いいんだけど、言っちゃうんだけど、要するにサ、体育でサ、生理が来るでしょ? それだからサ、届けに行くでしょ? そういう時にサ、微に入り細に入って、ネチネチ訊きたがるの——下手すりゃ〝今月は早いね〟とか言うのッ! あぁッ!! あなたって男だからそんなこと言われないだろうけどサァ、薄気味悪い男だっているのよォ! ああいうの、ホントに、取り調べ中の女子大生襲うとか——そういう不良警官とか、そういうのって、絶対ああいうのよッ」

「なんかされたの?」

「別にされないよ。されたされないっていうんじゃないのッ! 気持悪いのッ!」

「あ、そう」

「おかげでもう、原稿書く時間なくなっちゃうしサァ、明日締め切りなのよォ、あたしィ!」

「だったらまァ、いいけどサァ。いいけど、でも、男だって大変よ」

「なにがァ?」

「えー……」

「あんたも刑事になんかされたの?」

「違うよ、バカ。そっちじゃないの」

「なによ? 男だってあてになんないんだから」

「ち・が・う。そういうんじゃないの」

「じゃ、なんなのよ?」

「さっき、鬼頭の娘から電話かかって来た」

「幸代ちゃん?」

「うん。気のせいかもしんないけどさァ、あの子どういう子ォ?」

「知らないよォ、あたし、昨日に会ったばっかだもん。なんか言って来たの?」

「いやァ、別にねェ……、明日お通夜があるとかって言うんだけどサァ」

「ああ、そうかァ」

「ねェ、あの子どう思う?」

「あたしがァ?」

「うん。女の目で見て」

「あなたがどう思うか知らないけど」

「うん」

「まず、あたしが男だったら、一番付き合いたくないタイプね」

「どうして?」

「女だってもそうだけどサァ、あたしが女でも」

「お前女じゃん」

「そうよォ」

「女じゃないの?」

「うるさいなァ。いいィ?」

「うん」

「要するにィ、一番ヤなタイプよ」

「どうして？」

「ぐじゃぐじゃしてるもん」

「ぐじゃぐじゃ？」

「うん」

「ブリッ子だったらブリッ子だってもいいのよ。でも、ああいうのって、ブリッ子やってて失敗してんのに気がつかなくて、それでヘーキでブリッ子やってるタイプなんだもん」

「あ、そう」

「なによ？」

「やァ、なんか、そんな気がしてててね」

「あなたって、女に甘いもんね」

「どうしてよォ？」

「どうせまた、甘やかしたんでしょう？」

「どうしてよォ？」

「知らないよォ、そんなことォ。あんたってなんか、男に関してはグチュグチュ、グチュグチュ、悪口言うけどサァ、女に関しては、平気で甘いよォ」

「そうかなァ？」

「そうよォ」

「まァいいけどサァ、そんなこと」

「なにがいいのよ？」

「いやァサァ、気持悪いんだァ……」

「誰が？」

「あの子」

「幸代ちゃん？」

「そう」

「どうしてェ？」

「いやァ、ウチに電話かけて来て、いきなり〝こわいのォ〟って言ったりとかサァ」

「なによォ？」

「いやァサァ、ベチョベチョしてんのよォ。〝あのゥ、おばあちゃん殺されたんですゥ……〟とか言ってサァ、〝ああ、知ってますよ〟って言ったら、〝ああ、テレビ、見てましたァ？〟なんてサァ」

「なによ、それェ？」

「知らねェよォ。気があるんじゃねェのォ、俺にィ」

「いいけどサァ。あんなのにひっかかったら知らないよォ」

「知ってるよォ。うるせェなァ、俺だってェ」

「なにがァ？」

「要するに、あ・の・テ・の・女」

「だったらいいじゃないよォ。一体なんだってあたしンとこに電話して来たのよォ。あーたはァ」

「だからサァ、明日お通夜なんだわァ」

「だから？」

「行こうと思ってサ」

「じゃ行きなさいよ」

「行かないの？」

「あたしは、はっきり言って、行きたくない！」

「どうしてよォ？」

「行きたくないんだもん」

「あ、嫉妬してやんの」

「うるさいなァ、切るよォ！」

「悪かったよォ」

「あたしが言ってんのはそういうことじゃないの」

「じゃどういうことだよ。お前の話って、飛躍しすぎてるから分んなくて」

「どういうことよ？」

「いや、別に」

「人のこと言えるゥ？」

「なにがァ？」

「なんでもいいよォ、もうそんなこと。とにかくもうあたし、あの家とは関係持ちたくない」

「なァにィ？　刑事になんか言われたこと？」

「それもある。それもあるけど、あーッ……!!　それもあるけど、それもあるよォッ!!　あーッ、うっとうしいッ！」

「なによ?」

「あなたサァ、あの家行ってて感じなかった?」

「なにを?」

「なにをって、雰囲気よ」

「なんの?」

「なんのって、もうッ! ヤじゃない!」

「なにが?」

「もういい、あなた鈍いから。どうせ、みんないい人だと思ってんでしょ、あそこの女」

「なんだ、一体?」

「ヤな女だと思わない?」

「誰が? 幸代ちゃん?」

「ち・が・う。みんなッ! ホントヤな女だよ。あれだけヤな女が揃ってる家って、ちょっと珍しいよ」

「どうしてよ?」


ひょっとして僕、少し体を乗り出していたのかも分りません。


「あたしは女よね」

理梨子は言いました。

「だから、ああはなりたくないっていう、〝女〟てのが、結構一杯はいるのよね」

「なるほどね」

僕も言いました。

「ヤな女ってのは、一杯いる訳よ」

「なるほどね」

僕は言いました。

「でも、きみの場合は、〝ヤな男〟ってのも一杯いるんじゃないの？」

「なに言ってんのよォ、うるさいわねェ。あなたがいけないんじゃないよォ。一人だけいい顔して、ヘコヘコ頭下げてサァ」

「なにがァ？」

僕は言いました。

「分んなきゃいいの」

理梨子が言いました。

「なによォ、梅子さんなんて出て来たらヘラヘラしちゃってサァ、〝髪の毛、もう少しお切りになったらいいのに〟なんか言われたら、ヘラヘラ笑って、頭なんか掻いちゃってサァ」

「なんだよォ、それェ？」

「要するに、ヤな女が一杯いたってことよ、あの家には。あたしが〝なりたくないなァ〟って思ってる女が、ゴールからスタートまで、全部揃ってサ」

「なに、それ？」

「あなた、おばあちゃん好き？　あの家の」

「別に好きじゃないけど」

「幸代ちゃんは?」

「別に?」

「じゃァあの、梅子っていう、気取ったオールド・ミスは?」

「全然」

「じゃァ、あの〝鎮香〟っていう、娘の方は? あの幸代ちゃんのいとこの」

「サァ……」

「おばさんは?」

「よくいるんじゃないの?」

「あの松子っていう、おばさんのねえさんは?」

「一体なにが言いたいのよ、お前は?」

「だからヤな女が一杯いるっていうことよ! 要するに、ゴールはあのバァサンよ。あんなにネチネチと底意地悪くって、ホントにヤな女だと思うよ——というより、すっごい、おっそろしい女だったと思うよ」

「そうかな?」

「そうだよ。そうだから、あの家の長女なんて、家出てっちゃったんだよ」

「なにそれ?」

「だってサァ、あの家のおばさん、竹緒さんだけど、松竹梅の〝竹〟でしょう? 女3人だけだったら、家継ぐの、長女の松子さんの役でしょ?」

「あ、そうか」

「それが苗字変えてよその家、嫁行っちゃってんのよォ」

「なるほどねェ」

「ヤな女だと思うじゃない?」

「おばあさんが?」

「そうよ。ホントに底意地悪そうだったもん。言っちゃ悪いけど、死んでくれてほっとしたわ、あたしに関係ないけど」

「そういうことって、あんまり大きな声で言わない方がいいんじゃないの」

「どうしてよ?」

「だって、刑事が来たばっかりだろ?」

「じゃやめる。要するにサ、こうはなりたくないって女ばっかりいてサ、あたしのこと、ジッと見てた訳よ、あの家で」

「ふーん」

「女の成れの果てがおばあちゃんね。どこ行くんだか知らない——フラフラしてて、一等気持悪い、女のふり出し地点があの幸代ちゃんね。両方に押し潰されて、黙って結婚してて、黙々とウックツしてくのがあの家のおばさんね。自分はインテリだ、カッコつけてるって、失敗してて、それでもまだカッコつけて気取ってるのがオールド・ミスね。私は関係ありませんて、すまし返って恰好つけてるのが、いとこね——幸代ちゃんの。絶対、ああいうタイプって、すっごく抑圧きついと思う。それで、その母親っつうのがサァ、又、権力欲の権化みたいな顔してんじゃないよ」

「どうしてそんなことが分んのよ?」

「だってそうだもん。あの人、一人もんでしょ? 亭主に死に別れたんでしょ? それであぁ、ギンギラギンにタフな顔してるんだもん、絶対、どっかでよくないことやってんだよ」

「そうかなァ?」

「そうだよォ、市民運動やってるとこによくいる女ボスって、ああいう感じだよ」

「なるほどねェ」

言われてみれば、松子さんという人は、三流どころのPTAの会長という感じもすればするような人でした。でも、鎮香さんに関しては、〝そうかなァ〟という感じもしました。〝抑圧きつい〟と言われればそうかもしれないけど、〝聡明〟って言われてる人って、大体ああいう感じじゃないかなって、僕思ってたもんですから。

「〝なるほどねェ〟もいいけど、あんまり〝なるほどねェ〟なんて言っちゃいけないような気もするなァ……」

僕は言いました。

「なんでよ?」

理梨子は言いました。

「あんまり予断で決めつけてるみたいでサァ……。知らない人、聞いたらそういうもんだと思っちゃうじゃん」

「思っちゃいけないの?」

「別にいけなかないけど……」

「だってそうよ」

「そうかなァ……」

「そうよ。だってあの家──っていうか、あの一族、男がいないじゃない。男がいるのって、あの家のおばさんだけよ。おじさんて人だって何考えてんのか分んないけどサ、おばあちゃん──殺されちゃったけどサ──独身でしょ」

「うん」

「松子さん──あの人も独身よ」

「未亡人だろ？」

「そうよ。梅子さんオールド・ミスね。まァー、かわい子ぶっちゃって。鎮香さん──まだ独身。30すぎよ」

「気をつけないと、お前も」

「そういうこと言うと、死ぬよ。あたし本気で怒ってんだから」

「すみません」

「いいけどサ」

「でもサ、ホントいうとよく分んないんだ」

「なにが？」

「きみが、そんななって、本気になって怒んの」

「どうして？」

「だって──。〝どうして？〟って言われても困んだけどサ、なんとなく。どうしてそんなになってムキになんのかなって」

「〝どうして〟って言われたって困んだけどサ、あたしだって。でも──」

「〝でも──〟なによ？」

「なんとなく、生理的なんだよね。なんていうの、その、生理的に、〝ああ、やだッ！〟ってとこ、あたしにはあるのね。〝ああ、やだわ！〟っていうのは、彼女達に対してではなくて——勿論彼女達に対してだってあるけども——というより、あたしがね、自分の中でサ、〝ああ、やだッ！〟って、生理的に叫んじゃうとサ、それだけで健全な理性が吹き飛んじゃうってとこがあるのね、ある訳よ」

「そりゃ、俺にだってあるけどサ」

「ううん、そういうんじゃなくって、あたしが言いたいのはね、そういう、理性が吹き飛んじゃった瞬間、ああいう女達につけこまれて、そして自分もああいう女になっちゃうかもしれないっていう、そういうおぞましさを、あそこの女達が持ってるってことなのよ」

「なんだか、分るような気もするけど、はっきり言って、よく分んない」

「だろうと思うよ」

「どうして？」

「だって、男だもん。女じゃないと分んないよ、こういうのって」

「そうかなァ？」

「そうだよ……」

その時です。その時理梨子は、確かに何か言おうとはしたのです——「だってサァ、男は……、まァいいや」って。

なんだろうと思いました。なんか、僕としてはひっかかることのような気がしたのです。だから僕は、そのことを後になって訊いたのです——「ねェ、あの時、なにを言おうとしてたの？」って。

「〝なにを〟ってなによ?」って、理梨子は訳が分らない顔してましたけど、僕が、〝こうこう――〟って話したら、思い出したようにこう言いました――「私は、あの時、〝だってサァ、男の人は、そういうことって、分ろうとしてはくれないでしょう? というか、分んないでしょう? 分んないからサ、私はサァ、ああッ! ヤな女だッ! とか感じててもサァ、そういうこと言ってるのは、かえって逆に、自分もヤな女の証拠なのかもしれないとか思ってサァ、かえって、自分で自分に逆上するのよね。それがいや。何がいやかって、それが一番いや〟って、そう言いたかったんだと思う」って。

それが明らかになるのは、まだ後の話です。その時（16日の晩）の理梨子は、「だってサァ、男は……、まァいいや」とだけしか言わなかったのです。余分なことかもしれませんが、人間は、なんと多くのことを、自分一人の中に、〝モノローグ〟としてしまいこんでおくんでしょうね。

僕だって、女に甘い訳じゃない。下手すりゃ、過剰に女を憎んでんのかもしれないし、そして、だからこそ、そういうことに口をつぐんでて、〝女に寛容な男〟って、女に見られてるのかもしれませんからね（〝かもしれません〟って、この場合ははっきり断定ですね――僕はそう、理梨子という女に、見られてたのです）。

「まァ、いいけどサ、それより、明日行くだろ?」

僕は、理梨子の話がエンエンと、同性の悪口で終始するのかと思って、話の方向を微妙に変えたのです。

「行くってどこよ？」

理梨子は言いました。

「お通夜よ」

僕は言いました。

「やだよ、あたし」

理梨子は言いました。

「どうしてサ？」

だから僕は訊いた訳です。

「だからサァ――」

理梨子は言いました――

「やなんだってェ」

「どうしてよォ？」

僕はしつこく訊きました――

「女がいるから？」

「それもあるけど――」

理梨子が言いました。

「なんだよ？」

僕が言いました。

「つまりィ、そういうこと全部なのよ」

「なにがァ？」

僕は相変らずバカですが、僕がバカでもリコウでも、理梨子の話が分りにくいということに変りはない訳で――。

要するに彼女、自分に恥じ入ってたんです。かくも彼女がグズグズしていたという訳は。

彼女が言いました――


「あたしはサ、なんとなくやだなと思ってたの、あの家の女達を。でもサ、それはサ、あたしが好きでサ、探偵ゴッコをね、あの家にしに行ったからサ、しまってたの、そういうことは。あたしが好きで他人の家のことに首突っ込んだんだからサ、それでその家の人間のこと悪く思う理由もないから――とかサ。そしたらサ、刑事が来た訳よ、あたしンとこに。露骨にバカにしたみたいな顔してサ、どうしてなんにも関係ない他人の家のことに首突っこむんだって――まるであたしのおかげで殺人事件が起きたみたいな、サ」

「そんなの別に関係ないじゃない、きみと」

「関係ないよ。ないけどサ、でも、そんな風に言われりゃ、やっぱり傷つくじゃない」

「ずいぶんナイーブなんですねェ。あなたは」

「どうもすみませんねェ」

「いいえェ」

「だからサァ、自己嫌悪に陥ってサァ、なんであんな家のことに首突っこんだんだろうって」

「別に〝あんな家〟って言うこともないじゃない」

「〝あんな家〟よォ、ナメクジ・ホイホイだわ、あんな家ェ。あー、虫酸が走る！」

「要するに、あれですか。刑事にイヤミ言われたから、それで同性である鬼頭家の一族に八ツ当りをしているという訳ですか、あなたは？」

「別にそういう訳でもないけどサァ」

「でも総合すると、そういうことになるじゃんかァ」

「まァねェ……」

「あなたもおんなですなァ」

「そういうこと平仮名で言うのやめてくんない？」

「どうして分んのよ？」

「だってそういう感じがするんだもん」

「あ、そうですか。分るけどサァ、でも、それとこれとは別よ」

「なにと何が別なのよ？」

「刑事にイヤミ言われんのと、明日のお通夜行くのと」

「どうしてよ？」

「お前ェ、今日の朝、自分でなんて言ったか、忘れてんの？」

「何言ったっけ？」

「え？　〝大塚行かない？〟って言ってサ、俺が〝いいのかな？〟って言ったら、〝おばあちゃんのことで呼ばれて、それでおばあちゃん死んで、それで関係ありませんて言うのは失礼じゃないか〟って、お前、言ったのよ」

「でもサァ」

「なんだよ」

「今朝と今とじゃ、状況違うじゃない？」

「状況違うって、それは、刑事が来たか来ないかってだけだろ?」

「マァ、そりゃそうだけど」

「要するにお前、こわがってるだけだろ?」

「何をォ?」

「〝刑事〟というものに象徴される……」

「〝象徴される〟何よ?」

「うーんとね……象徴される……、なんだろね? うん、なんとなく、そういうもん」

「なにがァ?」

「要するに怖《お》じ気づいたってだけだろ?」

「別にィ」

「そうだよォ」

「別にあたし、こわがってなんかいないもん」

「だったらいいけどよ」

「だってあたし、あした仕事あんだもん」

「あしたって、お前、原稿書くのは今日だろ?」

「今日だって、あした持ってくもん」

「夜かよ?」

「なにが?」

「お通夜って夜だぜ」

「ああ――……」

「〝ああ〟なんだよ?」

「分ったわよ、行くわよ」

「あいよ。明日8時だって」

「夜の?」

「勿論」

「あ、そう」

「分った?」

「分ったよ」

「OK。人間、素直になんなきゃ」

「分りました」

「なら結構です」

「じゃァあたし、とりあえず仕事するから」

「出来そう?」

「やるわよ」

「大変ですなァ」

「うるさいわねェ。あなたは仕事しないのォ?」

「俺はもう、たっぷりと仕事しちゃったもん、もう、3ヶ月分ぐらいはたっぷりと」

「あ、そう」

「大体お前、なんて言ったんだよ、この件始まる前」

「なによ?」

「お前、〝コーちゃん、暇？〟って来たんだぜ、俺ンとこへ。〝暇ならやんなよ〟って言ったんだぜ、俺に」

「ああ、分ったァ！」

「だから俺は探偵やってんの」

「ああそうですかァ、ホントに、生活の心配しないですむ人はいいわよねェ」

「ヒッヒッヒッ」

と言って、口笛など吹いてしまったのです、僕は。なんにも知らんと。

Chapter 21

# 名探偵激昂す！

助けられた唯七が、僕の友達に向かって「不破数右衛門殿……」と言った。〝そうだったのか……〟と、僕は思った。そうだったんだろうよ。

橋本治『宇宙の赤穂浪士』

次の日——1月17日の月曜日、僕は昼頃起きました。要するに、のんべんだらりとしてた訳です。

起きて、「ああ、親父に電話しなくちゃな」と思っていました。なんのことかというと、今日鬼頭さん家《ち》にお通夜に行くんなら、黒いネクタイしてかなくちゃいけないし、そんなの俺持ってないから、親父にでも電話して借りようかなと、思ってたからです。要するに、僕がこんな殺人事件に足を突っこんだというのも、僕が暇だったからだという訳です。

昼近くに起き出して（目ェ覚したのはもう少し前ですけど、なんせ冬ですから、もう少し部屋の中がぬるくなるまで待ってよう、とか、うつらうつらしてたんです、1時間近く）、それから、ドアに差し込んである新聞取り出して、「出てるかな？」なんて思って見てて。不思議ですね、自分の知ってる事件が新聞に載ってるなんて。

その日の新聞で一番大きく扱われてたのが、千葉県の女医殺しで、（その後逮捕されることになった）椎名正が自殺未遂をはかったということでした。

余計なことかもしれませんが、僕、この椎名正って嫌いなんですよね、虫酸が走るほど。彼が人殺したとか殺さないとかってことに関係なくて、大金持ちの、どうでもいいような若い医者の娘と結婚して――僕、ああいう結婚そのものがいやだ。大金持ちの舅っていうの？――そういうオッサンに一生ヘコヘコして、ヘコヘコしなかったら、ズーッと〝関係ない〟って顔してて、自分のうっとうしさ押し隠してるみたいな生活続けるの、絶対いやだ。〝フィリピンの踊り子〟かなんかと、テキトーな、しかも一方的な関係続けて、それでバランスとってるみたいな生活、もうもう、絶対いやだ。ああいうこと平気でやってる男って結構いると思うし、僕も、自分でこんなにいやがってるとこみると、多分そういうところ自分にもあるんだろうと思うけど、でもそう思うと、もう絶対いやだ。

だからね、僕、そういう薄っ気味悪さで――現代の大学生にだったら一番ありそうな軽薄さっていう点で――新聞があいつのこと大きく取り上げてたって思ってたんですよね。どういう訳か。でも違いましたね。あいつの事件が大きく取り上げられてたのって、金額が大きかったからだけなのね――2億円だかなんだかの家に女房と2人で住んでるっていう。しかもそれを女房の親父が出してくれたっていう――。

なんでそんなこと言うかっていうとね、あのおばあちゃんが殺された事件の記事って、そんなに大きく取り上げられてなかったからなのね。

〃病中の老女殺さる〃って、結局それだけ。４段（新聞て段数で記事の大きさ数えるでしょ？）で、扱いとしては結構大きいんだけど、鬼頭さん家の写真が大半で、なんにも肝腎のこと、書いてなかったでしょ？　覚えてる人は覚えてると思うけど。

僕がその記事読んで分ったことって、おじさんとおばあちゃんの歳だけですもの。〃文京区大塚５丁目――鬼頭一さん（61）方で一さんの義母鬼頭千満さん（73）が死んでいるのを〃って、それで「なるほど、おじさんとおばあちゃんはそういうトシだったのか」って、僕、その時思ったんですもん。別に僕達のことなんて書いてなかったけどサ（当り前と言えば当り前で、物足りないと言えば物足りないですけどサ）、結局は〃警察は不審な人物に心当りがないかと捜査を続けている〃ってそれだけですもの。なんか、拍子抜けといえば拍子抜けだし、ウーム、現実というものはなかなか挑発に乗ってこないなと言えば正にその通りで、ウーム、判断停止のつまらなさとはこのことか、とか思いましたけどね。

マァ、いいですけどね、別に〃老女が殺された〃だけなんだから。なんとなく不穏なこと言ってるみたいですけど。でも僕、なんとなく漫然と思ってたところって、あるんですよね。つまり、殺人事件というのは、みんな〃大変なこと〃だっていう、ね。でも別にねェ、貧乏人が殺されたっても、そうそう大きくは取り上げませんもんねェ、新聞は――別にその殺し方が特別残忍だ、とかっていうんでもなけりゃ。

いや、なんでそんなこと言うかっていうとね、僕、17ン日《ち》の朝刊眺めてるのと一緒に、16ン日の朝刊も眺めてたんですよね――　〃おばあちゃんの記事〃の扱いが一体どのテードのものかと思って、それの参考にする比較資料ないか、とか思ってね。大体、殺人事件なんて毎日起きてるみたいな気がしてサ。そしたらあったんですよね、16日に。なんと、〝芸能プロの社長殺さる〟ってのがね。

「あれ？　こんなのあったかな？」とか思って、僕、前の日の朝刊見てたんですね。昨日は朝っぱらから理梨子から電話かかって来て、それでそのまんま大塚行っちゃいましたからね。そしたらその、〝芸能プロの社長殺さる〟って、なんと、63なんですよね――その社長の歳。63で独身で、しかも、2DKの自分のアパートで、〝全裸〟になって殺されてたんですよね――新聞の記事によるとね。

なんか、一瞬、その光景ってのが見えちゃってねェ……。63で独身で、おっさんが〝全裸〟で殺されてるってねェ……。なんか、分るでしょ？　おぞましいというか……。案の定、次の日だったかなァ……、〝男性関係洗う〟なんて記事が出てたけど……。

マァ、猟奇といえば、これも猟奇なんでしょうねェ。その一件、その後どうなったか知りませんけど、犯人捕まったのか、捕まんないのか知らないけど、マァ、そんなの誰も、興味なんて持ってないでしょうけど。僕だって、おんなじ日（おばあちゃんも、その〝全裸〟の芸能プロも殺された日はおんなじ15日なんですけどね）にそのおっさんが殺されたんじゃなけりゃ、そんな記事見もしなかっただろうけど――そんな、なんだか分らない、小さな、売れない演歌歌手一人ぐらい抱えた〝芸能プロの社長〟の〝全裸〟なんてね。

要するに、自分達の日常に関係ない人殺しだったら（芸能プロの方）、1段の数行で片付けられるし、自分達に関係ないけど、でも、金があって、若い女がからんでて、そして遺族というものが存在しててなんとなく興味そそられそうだったら（勿論これは〝椎名正〟ですよ――〝芸能プロ〟は独身で家族ないけど、〝女医〟の方には2億円の金出して家建ててやった、バカなトッツァマだっている訳だから↑――これは余分かな。マァいいや）、新聞の扱いってのは大きくなるんですよ。

何を言いたいのかっていうと、要するに、大塚の〝おばあちゃん殺し〟は、その〝独身芸能プロ〟と〝椎名正〟の中間だったってことですよ――新聞の扱い方はね。結局〝おばあちゃん〟の方は〝不審な人物〟がどのようにして姿を現わすか（又は現わさないか）っていう、今後の動向にすべてはかかってた訳だから。

――あ、違うな。新聞の扱いって、結局は、事件が一般家庭にもたらす衝撃度と、それから、その事件から引き出せる〝教訓〟の大きさによるんだな。

だって、〝校内暴力〟とか〝サラ金心中〟とか、どってことないことがいつも大きく取り上げられてたし――要するに、そういうことが一般家庭には、衝撃としてもたらされちゃうんだなって僕思ってたから――それから、第2の殺人が起った時は新聞だって大きく取り上げてたし、第3と第4で、それで〝犯人逮捕〟ってなった時、大変だったもの。覚えてるでしょ？一般家庭に住んでる皆さんだったらサ（マァいいけどサ）。

僕は、そんなことを考えたり（あるいは、そんなことをまだ考えられなかったり）して新聞見てたんですけどね――要するに、のんきだったですけどね――普段だったら、大きな仕事終って、それで次の仕事がまだつかまってない時なんて、「とりあえず今はいいけど、でも、この先どうやって喰ってこうかな……？」なんてことでウジウジしてんですけどね、僕は。でも、そんな時は、〝殺人事件〟なんていうドラマチックな出来事が――ある意味ではオモチャとして――僕の生活不安を忘れさせるバックボーンとして存在していたから、僕はのんびり、気楽なことを考えてたんですけどね。でもその時、気楽な僕の現実を、根底から揺るがすような出来事が起ったんです！

別に地震じゃないですよ。やな電話がかかって来たんです。

「はい田原です」って、僕言いました。

ヤーな（不機嫌そうな）中年男の声で、「産建《さんけん》プレスの如月《きさらぎ》です」って言うのが聞こえました。

「はい？」って言いながら、僕は、いやーな予感がしたんです。

〝産建プレス〟っていうのは、僕が正月の間やってた、『ぐーたらサラリーマンの為の手抜き出世術』って本の版元です。如月っていうのは、そこのヘンシューなんです。30ぐらいかもしれないし、40ぐらいかもしれないし、20代かもしれないっていう、典型的な中年ヅラした、ヤなヤローなんです。

ここまで書いて来て思うんですけど、ホントに、この小説に出て来る第三者って、みんな〝ヤなヤツ〟ばっかりですねェ……。

独断と偏見かもしれないけど、ここまで独断と偏見に満ち満ちて、出て来る人間、出て来る人間、みんな〝ヤなヤツ〟って片付けちゃう小説って珍しいと思う（マァいいけど）。

マァ、他の人間は知りませんけどね——ことに長月理梨子の言う〝ヤな女〟の根拠に関しては特にね——でも、この如月って男は、ホントにはっきりヤな男です。だって僕、それで初め、この仕事断わろうと思ったんですもん。

威張っててねェ。自分が字ィ書く側の人間だと思ってて――なに言ってんだい、編集者なんて字ィ書かないくせにッ！――僕が絵ェ描く人間だと思って、ホントにロコツにバカにすんですよ。

僕ホント、〝東大出〟なんてこと、自分でも普段忘れてるから口にもしないけど、俺、こういうヤツ見ると、〝俺、東大出だぞ！〟って言ってやりたくなるのね。

ああいう男って、ホント権威主義なんだから！

いつもセビロなんて着ちゃってサ!!

僕が理梨子と付き合ってる理由ってこれかなァ？　なんか、悪口雑言の吐き出し方がほとんど似てるみたい。

マァいいや、ひょっとしたら、ここンとこカットされるかもしれないから。実名挙げて悪口言うなんてね（しかも編集者の）。「ここんとこ冗漫だからカットして」なんてこと言われるかもしれない、小島さんに（なにしろ、編集者の悪口だもんなァ……）。

なんか含むところあるのかなァ、編集者にィ……。

そりゃあるだろうなァ……、〝積年の――〟だもんなァ。口きいたイラストレーターって、こわいんだよなァ……。

まァいいや、どうせここンとこカットだから。こんなとこそのまま活字にされちゃったら、この先商売にさしつかえるから――。

マァいいや、文章ってこわいなァ……。ほとんど私怨の世界だもんなァ……。

まァいいや。

要するに、その如月って男は、描き直せって言うんですよ――「センセイが気に入らないって言うから」って。

〝センセイ〟って、その本の著者ですけどね。『BIG-tomorrow』とか『プレジデント』とか、そこら辺のサラリーマン雑誌につまんないこと書いてる〝経済評論家〟だか〝評論家〟だか知りませんけどね――名前出せば、結構有名な人（らしい）から、〝ああ、アレか〟ってことになるかもしれないけど、別に僕、そんな名前知らなかったし、これ以上敵増やしたくないから書きませんけどね、名前は。どっちにしろ、向うだってこんな本読まないだろうけどサ（シャクだけど）。

その〝センセイ〟ってのがヤな男でね。

うーん――――（少し考えてる）。

もうしようがないですね。〝ヤな男〟だと思ったら、バンバンヤな男って言っちゃお。こういう男の現実って、あんまり知られてないみたいだから――

とにかくヤな男なんですよ、そいつは。その〝センセイ〟は。

〝打ち合わせ〟っていうんで会ったんですね。僕、作品持ってって。ホテルのロビーで。ホテル・オークラなんてとこに泊ってんだよね、そのヤな男は（！）。

その仕事の話、僕の大学時代の友達から来たんですね。そいつ、新聞記者かなんかになって（業界紙の）。〝友達〟って言ったたって、別に僕、大学時代の人間なんての友達とは思ってないけどサ（スサンでるなァ）。

そいつが如月って男と知り合いで、「誰かイラストレーター知らないか？」って訊かれて、僕紹介したんですよね、その如月って男に――。

初めっからヤだったたんだけどサ――。

誰も〝絵〟なんて分んないんだけどサ、その〝業界紙〟も〝如月〟も〝センセイ〟も。でも、〝イラストレーターがいるから〟っていうんで、僕ンとこに来たんです。

その仕事がどんな仕事か分るでしょう？　前に話したから――。ホントだったら、そういうの、マンガ描くやつに頼めばいいんですよね、カットなんて。そういう種類の話なんだから。だってサ、〈出世するには女を摑め!!〉なんて項目があってサ、それ風のカット描くみたいなスペースが空いてんのよ。

ゲラ（本になる前の試し刷り）読まされてサ、「なァにが、〈出世するには女を摑め!!〉だ、バカヤロォ、手前なんかにひっかかる女にロクなのなんかいるもんかァ」とか思って読んでてサ。いやじゃない？　なんか、今の世の中女が〝情報の鍵握ってるから女を摑め〟っていう発想がサ。カラオケバーでうさばらししてるヤツがそんな本読んでてサ、そんなヤツが「なァるほど」なんて思って、スケベ面さらして女つかまえようとすんのに〈理論的バックボーン〉なんかを与えんのなんてサ。

そんなのをトクトクと書いてる、スケベ面したオッサンがいる訳よ――〝センセイ〟とか呼ばれてね。そんなとこに呼ばれて、両足揃えて「よろしくお願いします」なんて言ってるバカなイラストレーターってのもいる訳ね――勿論、僕のことだけどサ。

僕に〝見本〟持ってこさせて、「あ、そう」なんて言ってて、見てるみたいな顔して見てないで、「もう少し、なんていうのかな、リアルな方がいいな」なんて言ってね。僕の見本見りゃ分るんですよ――僕がそういう〝リアルな〟絵を描く人間かどうか！　僕は、〝人間臭さ〟とか、そういうの感じさせる絵ってのは一切嫌いで、線なんかゼンブ、定規使って描いてたんだから。

〝業界紙〟なんて、僕がどんな絵描いてるか知らないで如月に紹介するんですよ。紹介された如月は、僕の絵見て、「あ、そうですか」って言うんですよ。それだけでなんにも言わないんだから。彼が関心あるのは、僕がどのテード売れてて（これは見栄）、どのテード売れてなくて（これは向うの〝経済的要請〟――あんまり売れてると高くつくし、全然売れてないと不安になるから）っていう、ただそれだけ。要するに僕は、今までに印刷されて、本のカバーかなんかになった作品があるということを彼に確認させる為に、〝作品〟というのを持ってくんですね――こういうことを業界の専門用語では〝プレゼン〟て言うんですけどね（〝プレゼンテーション＝提出〟の略です――ああ、いやらしい）。

彼は――如月は、僕の作品を見てるんです。見て、「あ、そうですか」って言ってるんです、「なるほど」とか。それで、それ以上のこと、絵に関してはなんにも言わないんです。言わないで、「一度センセイに会っていただけますか？」って言うんです。それだけなんです。僕の作品見て、それでなんにも言わなくて、それで「一度センセイに会っていただけますか？」って言われたら、そしたらそれは、僕のイラストでOKだってことでしょう？　だって彼は、編集の責任者なんだから！

　僕はサ、それでOKが出たんだなって思ったんですよ――僕の作風で行くということに関しては、原則的にOKであるという。だってそう思うのが当り前でしょ？　だから、如月と一緒にホテル・オークラなんてとこ行ったんですよ――「後日、日を改めて」。如月に作品預けといてね。

「これ、しばらく預からして下さい」って言うからサ、あいつが当然、センセイにOK取ると思うでしょ？　思わなくったってサ、彼は編集の責任者なんだからサ、彼が〝これで行く〟と思ったら、それで行くのが常識でしょ？

　でも違うんです。

ホテル・オークラで〝センセイ〟は、それを初めて見て、「もう少しリアルな方がいいな」って言うんですよね。

「もう少しリアルな方がいいな」って、全然作風を変えてリアルにするのか、それとも、原則として僕の作風を生かしてリアルにするのか、両方で分れるとこですけどサ、でもサ、そんな風に打ち合わせさせられて、「もう少しリアルな方がいいな」って言われたら、当然後者の方だと思うでしょ？

　思いません？

　僕は思いましたけどね。だって、1分ぐらい人の顔見てて、なんにも話すことないってことが分ったら、もうすぐに「じゃア私は次の仕事があるから」って、「じゃァよろしく」って、すぐ席立っちゃうんですよ――あ、向うが立っちゃうんじゃなくて、こっちが立たされたんだけど。こっちはサァ、1時間かけてホテル・オークラまで行ってサ、「よろしくお願いします」から「もう少しリアルな方がいいな」まで、約5分——ていうのは、そいつ（センセイ）が如月と話してて、僕の方5分間、振り向きもしなかったってことですけどね——それから「じゃァよろしく」まで、1分もないんですよ。それだったら、僕の方としては、「画風に関してはOKなんだな」って思うのが、当然でしょ？　当然だと思いますね。如月だって、「もうちょっとリアルにね」ってしか言わないんだからァ！

そりゃサァ、こっちだって不安になりましたよォ。よく考えれば、僕の絵って、もうちょっとどころか、これっぽっちもリアルになんかなりようがない絵なんだからァ！

だから僕、不安になって訊きましたよ、「画風はこういうんでいいんですか？」って。

そしたら、「あ、構わないでしょ」って、その〝センセイ〟は言うんだわァ（一体どこの方言だい）。如月は「もう少しリアルにね」って繰り返すだけだしサァ。だから僕は「はい」って言っただけですよォ。

「はい」って言ってサァ、つまんないゲラ読んでサァ、「つまんないこと言ってやんなァ」って思ってサァ、でも「あー、あー、仕事だからやんなけりゃなァ」ってホントに無理して、〝ぐーたらサラリーマン〟が〝出世〟するなんていう、僕の人生観から見ればまったく正反対の〝思想〟をムリヤリ肯定して、死ぬかと思いながら、ホントにいやいややったのを——その過程でどれほどビニ本のお世話になったか！（これ余計）——それをあのバカが！　描き直せって!!

「描き直せ」って、素直に言うんならいいんです。それを、「もう少しなんとかならないかって、センセイは言うんですけどねェ」って言うんです！　あの如月のバカはァ!!

「〝もう少し〟って、どういうことですか？」って訊くと、「だからその件で相談したいから、今からちょっと出られませんかねェ」って、そう言うから、だから僕は出てったんですよ――うっとうしいのやだから！

会ったって、なんとかなりやしません。要するに、向うは僕がミス・キャストだったってことだけを言ってるだけなんだから！

クロイワ・カズっていうマンガ家の人、知ってます？ 向うはサ、『週刊新潮』出して（『週刊新潮』出すとこで、向うの感性って分るでしょう？）、その人のマンガみたいのって言うんですもん。

僕はそういう絵、描かないんですよォ！ そんなことサァ、クロイワ・カズのマンガ見せるんならサァ、打ち合わせの時にそういう風にすればいいじゃなァい！ ね？

全然、想像力っていうのがないんだからァ！

「じゃァ、僕は全部描き直しですね」って、精一杯無表情に、なおかつ無愛想に言ったんですね、僕は！

そしたら向うは、「いや、そうじゃなくって、例えばここはね」って言って、一々、こう描き直せって、指令するんですよ。扉の、〈天下を目指せ！ サラリーマン諸君!!〉なんてとこをね、「ここは、たとえば、豊臣秀吉が天下を取ってるとことかね」――なんてね！ そんなの僕に描ける訳ないでしょう！ （テクニック的にじゃなくて、その以前の感性の問題としてェ！）

まァ、いいですけどね。ゴチャゴチャやってたんです。如月と2人でね――天気のいい17日の昼に、大手町のビルの喫茶店の中でね。

ああ、やだ!! サラリーマンばっかりだッ!! だァれも僕の言うことなんか分りゃしない！と思いましたよ。〝産建プレス〟なんて、三流の下の出版社のくせに――「ちょっとこれで大きく勝負をかけたいんでね」なんて言ってね。『ぐーたらサラリーマンの為の手抜き出世術』なんて、そんな本が売れてたまるかァ！

人のこと、急がせるだけ急がして、「締切厳守」だなんてこと言っといて、やり直しだって決ったら、「時間をかけてじっくりやりましょう」なんて言い出して。ヘラヘラ笑ってるくせに、絶対に人のこと分ろうともしなくて、なんにも分らないくせに、「今」とか「モダン」とか、訳も分んないこと言って、一番許せないのは、自分とこで出してる本がどんなにくだらないかってこと、分りきってるくせに〝センセイ〟ってやつを無条件であがめたてるあの態度ッ!!

ああッ、畜生ォッ!! それよりもっと許せないのは、「だったら、締め切りはいつですか？」って、そんなやつに卑屈に頭下げた、この僕なんだッ!!

チクショォーッ!! 絶対にこんなつまんない仕事、もう2度とするもんかッ！

僕はそういう心理状態を抱えて、デパートで黒ネクタイを買っていたんです。その日ッ！

Chapter

# 22

# お通夜の夜

「笑うんですよ。いつ邪魔者がはいって来るかわからない。とりとめのない話をしているように装うんです。そんな顔つきをしていたら、誰だって変だと思う」

カトリーヌ・アルレー『わらの女』（安堂信也訳）

話が少し横道にそれてしまいましたが、すぐ戻ります。

僕はその日（17日）、理梨子と6時半に待ち合わせていたのです。待ち合わせていて、それであんまり頭に来ていたので、そのことを理梨子に言いました――「やり直しだってよォ」って。

そしたら理梨子はこう言ったのです――「しかたがないでしょう、仕事なんだからァ」って。

「分るけどサァ……」とは言いましたが。まったく、得がたい友達を得てしまったもんです。

斯くして、話はすぐに元へ戻りました。

斯くして僕達は、再び大塚にある鬼頭家へと向かったのです。あの――理梨子に言わせれば〝おぞましい〟――一族に再会する為に。そして、僕はその時は知らなかったのです。もしも、その日僕がその家へ行かなかったならば、あんな惨劇は起らなかったのだ、ということを。そして、僕は又、知らなかったのです――平穏ということは、やがて起るべき惨劇の為の準備期間でもあるのだということを。

本当に、なんにも起らなかったのです――その晩の通夜の席では。

なにも起らないままに、ただ何事かが、僕の知らない間に、僕の知らない場所で、いつの間にかひっそりと煮つまりつつはあったのです。そうなんです――。

僕がお葬式というものに出たのは、その日が初めてでした。もっとも、僕が初めて出た〝お葬式〟というものは、〝告別式〟という名の正式なお葬式ではなくて、〝通夜〟という名の身内の集会ではあったのですが。

僕はそこに行って初めて知りました――日本人は人間の死というものを宴会によって解消してしまう人間なのだということを。

別に僕が外国人に詳しいという訳ではありません。でも、僕、お葬式というのは、なんとなく、厳粛で哀しい儀式だと思っていたものですから、そんな風に思ったんです。だって、お葬式が哀しくて厳粛であるんなら、それだったらずっと、高校の卒業式の方がお葬式です。問題なのは、儀式の――なんていうのか……、あ、〝式次第〟っていうの？　そういう、様式性の方で、別に、人間が死んだからって、辺り全部に哀しみを漂わせなきゃいけないなんてことないんですよね。

喪章とか喪服とかつけますけど（あるいは着ますけど）、あれ、哀しみを表現するものなんでしょうか？　唐突に民俗学的になっちゃいますけど、僕、違うと思うんです。

民俗学的ってこういうことですけど、僕、大学の時、聞いたことがあるんですよね——ちなみに僕の専攻は〝国史〟です（前言ったでしょう？）——死は穢《けが》れであるって。

人間死ぬと、周りの人間は、〝喪に服す〟でしょう？　あれ、死は穢れであるから、だから人前に出て来ちゃいけないっていう意味だったんですよね——少なくとも平安時代までは。

死というのは汚いものだ——そのそばにいたヤツは、〝死〟というバイ菌に感染してる、だからウロウロと公衆の面前をほっつき歩いちゃいけない。喪に服すというのは、少なくともそういう意味だったんですよね。僕、それ聞いた時、「なるほど」って思ったんです。「なるほど、合理的だ」って。

だって、人間が死を畏れるんだったら、そういうものとは距離置きたいし、死体というものはほっときゃ腐るんだから、不潔なものではある——だったら〝お前、汚いからこっち来るな〟〝すいません、行きません〟ていう発想は、すごく合理的だと思ったんです。

そりゃ、人間の死には〝哀しい〟という面もあるでしょう。あるでしょうけど、それだけじゃない——少なくとも、関係ない人にとっては穢いだけだっていう、すさまじい割り切り方が、僕にとっては魅力だったんです。

葬式、即、哀しい——こういう図式の押しつけっていうのが（なにしろ、葬式というのは厳粛の押しつけに関しては最たるものですからね）、僕はその当時、すッごくいやだったんです。

僕はその日、お通夜の席に黒いネクタイ締めてきましたけど、あれは一種の〝魔除け〟だったんですね。というより、穢れ除《よ》けのオマジナイだったんですね。僕は、自分の家《ウチ》に帰って来てネクタイはずしてみて、それを見て、しみじみと、なんかそんな風に思いました。僕はその時まで、なんで葬式というのがあんなに派手で陽気なのか、さっぱり分らなかったんです――。

白と黒の幕が、路地から庭の奥まで張ってあるんです――これ勿論、大塚の鬼頭家の話です、情景描写しっかりやってるんですけど――そして、その幕のスタート地点には家紋のついた提灯が2コ置いてあるんです。

すいません、提灯というのは一張、二張と数えるんだそうです。鬼頭家の家紋はこういうんです。丸に二引きっていうんですって。

ちなみにウチの家紋は笹竜胆《ささりんどう》です――余計なことかもしれませんけど、これ源義経とおんなじなんですよ（どうでもいいですけど）。

提灯がついていて、幕が張ってあって、夜なのに、時ならぬ明るさなんです。ほとんど、ロックコンサートですよ、この明るさは。ライティングの凝り方なんかね。

提灯の下に、白いキレかけた机が置いてあって、ダークスーツの若い男が坐ってんです。厳粛というか、ほとんどロマンチックでしたね。香典袋出す時に「どうもこの度は御愁傷様です」って言うんですけど、でもあれ、ほとんど自分の口から出て来る言葉とは思えませんでしたね。

幕の張ってある通りに歩いてくと、玄関を通らずに、直接、おばあちゃんの住んでいた4畳半に、庭伝いに行けるんです。ほとんど、日常性というものを無視してるでしょう？　僕がロマンチックだっていうのはこういうところなんです。

庭から、僕と理梨子はおばあちゃんの部屋に上がりました。ローソクの灯りと菊の花と、造花の銀の蓮の花が入り混って、ほとんど部屋の中はゴージャスでした。

人間て、死ぬと誰でもスターになれるんですね。


おじさんがいました。

「こんばんは」――僕は言いました。「バカねェ、もう少しなんとか言いようがないの？」――理梨子が小声で言いましたけど、言ってしまったことはしかたがないので、「失礼します」と言って、僕と理梨子は座敷に上がりました。

「本日は、どうも態々《わざわざ》有難う御座居ます」

おじさんが漢字で言いました。

「本日はどうも、御愁傷様で」

僕と理梨子は、バカの一つ覚えみたいに、同じ葬式用語を繰り返しました。僕、ほとんどこういう儀式に自信がないっていうのは、ホントに、バカの一つ覚えみたいにおんなじ言葉を繰り返していれば儀式というものが成立してしまうという、そのワンパターン性の故です。ほとんど、オリジナリティーの発揮のしようがないでしょう？　僕って心配性なんでしょうか？それとも儀式というのは、単にそれだけのものなんでしょうか？　よく分りませんけど、なんか、そんな気がしました。

おじさんは又「有難う御座居ます」を繰り返しました。儀式はそれで完結したのです。

「あのう……」

僕は言いました。僕と理梨子は——それとおじさんは、座敷の外にある縁側に坐っていました。

「大変なことになってしまって……」

僕は言いました。

「きのうも伺ったんですけど」

「ああ、そうですか」

僕の言葉におじさんは答えました。

「どうも態々——」

「あの、理梨子から聞いて」

僕が言いました。

「あ、そうですか」

おじさんが言いました。

「幸代ちゃんから電話いただいて、驚いてしまって」

理梨子が言いました。

「どうも、御心配をおかけしまして」

おじさんです。

「いえ、そんなこと。それより、驚いちゃって」

「ああ……」

僕の言葉に、おじさんはようやく普通の顔を上げました——要するに、おじさんに関しては、ここまでやって、ようやく礼儀がすんだということです。

「犯人は、もう見つかったんですか?」

理梨子が声をひそめて言いました。

「いえ、それはまだ……。警察の方でも色々と手を尽してはくれてるんですがねェ」

おじさんが言います。

「そうですかァ」――僕です。

「まァ、色々としてはくれてはいるんですけれども」――おじさんです――「まァ、こういうことを言ってはいけないのかもしれませんがねェ……」

「はい?」――僕です。

「まァ、年寄りですし――」

おじさんは、部屋の中央にある祭壇に飾ってあるおばあちゃんの写真を見て言いました。

「はァ……」

僕達もつられて、そちらの方に目を移しました。

「警察の方でも、〝他殺〟ということは動かしようがないんで、色々と捜査というのはしてくれてはいるんですけれども」

「はい」

おじさんの言葉に、ただ僕達は相槌を打っているだけです。

「まァ、何分年寄りですから、いつ死んでもおかしくないというような――言ったらなんですが、まァ、そういうこともありまして」

「はい」

「折角往生したのですから、どうかこのまま静かにしておいてやりたいということもありましてねェ」

「はい」

はっきり言って、おじさんは、遠回しに喜んだりはするんです、おばあちゃんの死を。

「まァ……、本人も、寿命が寿命ですから……」

「はァ……」

「色々御迷惑をおかけしましたけれども」

「いえ、別に、僕達は……、なァ？」

僕は理梨子に言いました。

「うん」

理梨子も素直にうなずきます。

「そうですか……。ともかく、まァ、ありがとうございます」

おじさんは、お礼ばっかり言ってます。

「別に、私達としては、是非とも犯人を捕まえて、仇を討ってくれという訳でもありませんしねェ……」

「そうですねェ……」

とは言いながら、「なるほどなァ、そういうような〝解釈〟っていうのもあったんだよなァ」と、僕は、その〝家族に於ける殺人事件の一件落着のし方〟というのを、ワリと感心して聞いてたんです。

おじさんは言いました。

「こんな時間に（その時8時過ぎでした）お通夜を始めるというのもあれなんですけれども、まァ、殺人事件だと、一応、司法解剖というのをしなくちゃならない規則というのがありますから」

「ああ、そうですねェ……」

「それでまァ、仏さんの帰って来るのが遅くなりまして」

「ああ、そうなんですか」

相槌打ってるって言ったって、僕なんかほとんどなんにも分ってなくて、ホントに「ああ、そうなんですか」って、ただそれだけなんですよね。


「じゃ、お願いいたします」

おじさん、また頭下げました。僕達、部屋の中央に通されて、お焼香をしたんです。お坊さんがいて、お経を上げてて、周りには7、8人、幸代ちゃんとか、知ってる人とか知らない人とかいて、お焼香終ると、僕達、空いてる部屋の隅に坐りました。そしたら又、弔問客というのがやって来て、おじさんが挨拶して、お経だけが流れています。お経の間、ジッと坐ってるんです。

お経が終りました。お坊さんが、厳粛な顔して家族のみんなに——あ、〝遺族のみんな〟か——挨拶して、そして、遺族の皆さんも僕達も挨拶して、それが終ったら、なんと、お坊さん、今までの厳粛さと全然関係ない顔して、ニコォーッと笑うんですよ。

僕、それまで、お葬式って厳粛なもんだと思ってたんですよね、でも、そのお坊さんの〝ニコォーッ〟っていうの見て、それで考え変りましたね。だってお坊さん、営業でやってるんですもん！

お経唱えるのは、お坊さんにとっては商売で、そのお仕事が終ったんなら、それで「どうもありがとうございました」って頭下げるの、商売だったらみんなおんなじでしょう？　お坊さんの笑い顔、あれ、そば屋の「まいどありィーッ！」っていうのと、ほとんどおんなじなんですね——僕、その時初めてそれに気がついたんです。

他の人達は、まだ〝十分な丁寧〟ってのをやってて、厳粛な顔してたり頭下げたりしてましたけど、お坊さんだけは、自分の仕事終っちゃったもんだから、「サァ、みなさん、もうここら辺で一つパーッと、陽気に明るくやろうじゃありませんか」って顔して、ニコニコしてんです。ほとんど、お葬式って、お坊さんがチア・リーダーやる宴会なんですね。

おばさんが台所の方へ行きました。松子さんや梅子さんの姉妹も一緒に立ちます。鎮香さんも立ちます。おじさんはお坊さんにお辞儀をしてます。部屋の隅でボヤーッとしてた幸代ちゃんも、おかあさんに呼ばれて台所に立って行きます。立って行く途中、僕達の方見てニコッと笑います。お坊さんは、部屋を見回して、「いやァ、いつ来ても立派なお住いですな」みたいな、見えすいた世間話をしています。「お葬式ってこんなもんなのかなァ」と思ってたら、そしたらお寿司とお酒が運ばれて来て、たちまちの内に、お葬式は宴会に変ってしまったんです。僕が前に言った〝日本人は人間の死というものを宴会によって解消してしまう〟っていうのは、このことなんです。だって、お酒飲みながら、ほとんどみんな、喜んでんですもん！

何を喜んでんのかは分りません。ただお酒飲めば陽気になって、喜んでるように見えちゃうってだけなのかもしれませんけど、でも、僕はまさか、お葬式に出て、陽気な笑い声を聞こうとは思いませんでしたもの。満員電車の中の陰鬱さに比べれば、お酒の出た後のお葬式の陽気さなんて、ほとんどお葬式とは思えないぐらいの明るさですね。

　みんな笑いながら、故人の遺徳を偲んでたのかもしれませんけどね。理梨子なんて平然とした顔してお寿司つまんでたけど——そりゃ僕だって食べなかったとはいいませんけどね、でもねェ、思ってましたよォ、ビール飲みながらァ——「人が一人殺されたんだぞォ」とかね。

　一番陰気だったのはおじさんですね——というよりは、一番つらそうでしたね。というのは、おじさん、パーティーのホストだったからです。

（ホントだ。お葬式ってのも、一種のパーティーなんだ。だから陽気でお酒が入るんだ。マァいいけど）

　おじさん、あんまり人付き合いのいい方ではないみたいでしたね。というより、シャイというか。ワリと、お酒つがれて「マァ、マァ」とか言われてると照れてたり。僕としては、おじさんから、ワリと事件に関する話聞きたかったり、とかっていうのあったんだけど、アッチ呼ばれたりコッチ呼ばれたりしてて、僕達と一緒になって事件の推理したりすんの迷惑がってたり。

　あ、そうだ、思いちがいだ、前に（225ページ）〝足跡つけたジョギング・シューズ〟の話、おじさんから聞いたって言いましたけど、あれ間違いです。アレ、梅子さんから聞いたんです。

　僕達とおじさんが話してたら梅子さんが寄って来て、おじさんの代りに、警察から聞いたこと、僕達に話してくれたんです。「やァねェ、あの女、絶対あなたに気があるのよ」って後で理梨子は言ってましたけど、僕としては「そうかなァ……」です。はっきり言って、そういうのを認めたくはない訳です、鳥肌の関係とか。梅子さん、喪服着てましたけどねェ、前髪垂らして（相変らず）、頭の毛、3つ編みにしたの、ひっつめ頭にまきつけて、化粧っ気のない顔をのけたら、19か20って感じでしたもんねェ。顔はすごかったですけどねェ。

梅子さんは、前にも言ったかもしれませんが、小さな出版社に勤めてます。主に、児童書とか教育書を出してる出版社の編集さんです。なぜか知らないけど、児童書出してる出版社って、金回りいいんですよ。まァ、なにかいやみがあったかもしれませんが、あったらとりあえずごめんなさい。それから、僕、この日一応みんなに紹介してもらったから（よく考えたら僕ら、この時まで松子さん親子には正式な紹介ってなかったんですね）、ついでに鬼頭一族の人の職業というのを紹介します（今更という言葉もあるんですけれども）。

松子さんの娘である鎮香さんは、某女子大の先生（語学の講師）をやりながら、翻訳というのをやってます。梅子さんの会社で少し仕事をしたこともあるそうです。

鎮香さんの母親である松子さんは、夫に死なれて、〝仕事をしている〟んだそうです。その時はなんの仕事をしているのか分りませんでしたが、実は、松子さんの〝仕事〟は、ヤクルトおばさんだったのです。

鬼頭家の長女である花田松子さんは、ほとんど座敷の中央で、ほとんど彼女が長女であることをロコツに自己主張するように、ユーゼンと、一人でビールを飲みながらお寿司をつまんでいました。

前にこの人のこと〝高峰三枝子〟って書きましたけど、貫禄からいったら、ホントに高峰三枝子にふさわしいって感じはありましたね。あれをもう少し筋骨逞しくしてドカチンぽくしたら、それでほとんど、花田の松子さんです。

そういう人がビール飲んでんですから——ユーゼンと——うーん、長女ってエライんだろうなァ、とか、僕はその時思いました。そして、どうでもいいんですけど、僕は、理梨子がその前の日に言ったことも思い出したんです——どうしてこの人は長女なのに、家を継がないでよそへ行ってしまったんだろう、って。そして、これもほとんどどうでもいいんですけど、家を継ぐとか継がないなら、どうしておじさんは、この家に来たんだろうってことも、僕は初めて考えたんです。

おじさんは、実は人事院のお役人なんです。文書課長とかっていう〝閑職〟らしいです。おばあちゃんの写真の周りに飾ってある花輪に〝人事院〟てのが書いてあったから、「人事院てなんですか？」って言ったら、梅子さんがそう教えてくれたんです。話してみれば、マァ、梅子さんていう人も、そう悪い人ではありません。

とにかく、おじさんは人事院のお役人です——優雅と暇と、両方を兼ね備えた。でも、まァ、それはどうでもいいんです。問題は、その文書課長をやってる鬼頭一さんの名前なんです。一《はじめ》って、一《いち》でしょう？　一《いち》って書いて〝はじめ〟って読ませるなら、それはレッキとした長男でしょ？　どうしてそういう長男が、わざわざ他人の家に来て〝養子〟やってなきゃいけないんでしょう？　この日の喪主というのは当然この一さんなんですが、その人がヘコヘコとお酒ついで回ってるのを見ると、一体この人、なんでこの家の養子に来たんだろう？　なんてことを考えちゃったんです。

僕は理梨子に言いました。

「ねェ、あのおじさん、どうして養子に来たんだろ？」

理梨子は、なんとなく松子おばさんと張り合ってるみたいに、これも又ユーゼンと、お寿司を口の中に放りこんでいました。

「なァに？」

理梨子が言いました。

僕はもう一遍、おんなじ質問を繰り返した訳です。

僕としては、「まァ、どっちでもいいや」っていう気もあったんです。人ン家《ち》へ来てただお寿司食ってるだけなんて手持ちぶさただし、それとそばには梅子さんなんて人が、機会さえあればニッコリと笑いかけようって感じで、虎視眈々とこちらの方をうかがってたからです。

理梨子は、「そんなの知らないよ」と言いました。そして、「なんで？」と僕に訊き返しました。〝なんでそんなこと訊くのか？〟という意味です。だから僕は、自分の頭ン中で組み立てた〈〝はじめ〟＝長男≠養子〉という公式を彼女に説明したんです。

「そういやそうねェ……」

理梨子が言いました。そしたら、その様子を見ていた梅子さんが、ニッコリと笑ったんです。

「なァに？　なんの話をしてらっしゃるの？」

理梨子はそっぽを向きました。梅子さんとしては、別にそんなことはどうでもいいらしいです。ほとんど僕は、暗黒の宇宙空間で、チェシャ猫《キャット》の笑い顔とバッタリ向き合ってしまった、不思議の国のアリスです。

「いや、なんでもないんですけどね、ただ、おじさん、どうして養子に来たのかなって、そんなこと……」

僕、いざとなると勇気があるんで、そんなことを言ったんです——梅子さんに。

理梨子は、カンピョー巻のノリ巻を、ポイと口に放りこみました。女というのは、いろいろと大変なものではありますね。

「あら、別に〝養子〟って、そんなんじゃないのよ」

梅子さんは、膝を乗り出して来て（傍点、僕）言いました。

「あ、そうですか。ただ、なんていうのか、〝一《はじめ》〟っていう名前でね」

僕はちょっと、微妙に足を後退させようかなという雰囲気を漂わせて、しっかりとそう言いました。

「あら、あなたも『獄門島』？」

梅子さんがそう言ったんです。

「はァ？」

僕はそう言いました。理梨子さんもこちらを振り向きました。一体なんのことやらと、僕達は思ったからです。

「いえ、別にどうってことないのよ」

梅子さんが言いました。

「母がね――」

梅子さんは、祭壇の方に顔をしゃくります。その方じゃ、着物を着たおばあちゃんがいかめしい顔をしてこちらを向いています（実物じゃなく、勿論写真です）。

「年とって呆けたんだかなんだか知らないけど、TV見て、なにかヘンなことを言い出したでしょう？」

「ええ」

「まァ、それであなた達にも御迷惑をかけたりしたんだけど」

「いえ別に……」

僕言ったんです。そしたら――

「なんだか、せっかくお知り合いになったんですものねェえ、これからも、御一緒にお仕事なんて、させてほしいわァ」

と言ったんです。梅子さんは。話を脱線させてほしくないなァ。……。

「ねぇ？」

梅子さんは言いました。

「ええ……」

「で、『獄門島』はどうなったんですか？」

すかさず飛び込む理梨子さんです。

「ええ、別にどうってことはないのよ」

梅子さんもさすがです。

「母がね、ヘンなこと言い出すものだから、あたしもなんだかそんなことを考えてみてねェ――。そうだわ、ここじゃなんだから、あちらの方へいらっしゃらない？」

「え？」

「でもホラ、狭いでしょう？」

なるほど、４畳半に人が７人も８人も入れば一杯にはなってしまいます。

「ここじゃ、落ち着いて話も出来ないわ。奥へ行きましょうよ」

梅子さんが言ったのです。

「でも僕達そろそろ失礼しますから……」

「あら、別に逃げなくたっていいじゃない？」

梅子さんが言いました。

「じゃァ、失礼させていただこうかしら」

理梨子が体を乗り出しました。

「ええ、どうぞ」

ひときわニッコリと微笑む梅子さんです。

「どうぞ」

梅子さんは立ち上がりました。理梨子さんも負けずに立ち上がります。僕はしようがないから、2人の後について、廊下に出ます。

「私もね、あの後、本を読みましたのよ」

梅子さんが言いました。

「なんの本ですか?」

僕です。

「ほら、原作の——。私、知りませんでしたでしょう。TVも見てませんでしたし」

「あ、そうなんですか?」

「ええ。なんだか、いやァね」

「何がですか?」

「ああいう、文庫の、大量販売っていうのかしら、ズラーッとおんなじ本が並んでるでしょ?角川さんだって、昔はああではなかったのよね」

「ああそうですか」

会話は、僕と梅子さんにまかせっきりで、理梨子さんは黙ってついて来るだけです。

「どうぞ」

梅子さんが言いました。庭に面したダイニング・キッチンです。ですけれども、今日は、テーブルや椅子というのは片付けられて、床の上に座布団が敷いてあって、日本間になってます。

誰かが帰った後みたいで、幸代ちゃんが一人で片付けをしていました。

「あら、おねえさんどうしたの？」

梅子さんが言いました。

「気持悪いから寝るって、あっち。横になってる」

幸代ちゃんは、僕達を見て、ニッコリ笑いながらそう言いました。〝あっち〟とは、廊下をはさんだ6畳間のことです。

「あら大変」

梅子さんは〝あっち〟の方へ行きました。

「いっぱいあったんですよォ、いろんなことが」

そう言ったのは幸代ちゃんです。

「あらそうォ」

こちらの相手は理梨子さんです。

「手伝いましょうか？」

理梨子が言いました。

「いいんです」

そう言うと、幸代ちゃんは、お盆の上に食器をのせると、台所の方に出て行きました。

「ひょっとしたらあの子、マゾじゃないのかなァ？」――僕、そんな風に思いました。

「ちょっとごめんなさい」

僕達の後ろでは、そう声をかけると梅子さんが4畳半の方に歩いて行きました。

「そろそろ帰ろうかァ?」

僕は理梨子にそう言ったんです。

「いいじゃないよォ、まだァ」

理梨子はそう言いました。

「なんでだよォ」

僕はそう言いました。

「別にィ」

理梨子はそう言いました。僕の話より、スカートのひだの方が気になるみたいです。

「ごめんなさいねェ」

梅子さんが戻って来ました。梅子さんの後ろでは、松子さんが襖を開けて、竹緒さんの寝ている部屋に入って行くところです——「どうしたのよォ」と言って。

「疲れちゃったらしいのね、色々とあって」

梅子さんが言いました。竹緒さんのことです。

「さて、と。なんのお話だったかしら?」

梅子さんが言いました。

僕が言います——「あ、あの、おじさん、どうして養子に来たかって」

僕としては、梅子さんから日本文化に於ける角川文庫の功罪というようなことを聞きたいとも思ってなかったし、で、そんな風に話を早めたんです。

梅子さんは言いました。

「別に大したことじゃないのよ」

「あ、そうですか」

僕は、もう一遍やり直しかな、とか思いながら相槌を打ちました。

「まァ、お義兄《にい》さんにしてみれば、色々あるのかもしれないけどね」

「幸代ちゃん、こっちに来たら」

梅子さんの話の腰を折って理梨子が、顔をのぞかせた幸代ちゃんに言いました。

「あ、私、いいんです」

幸代ちゃんはすぐに顔を引っこめました。

僕と梅子さんも、戸口の方を見ていました。

「ヘンな子ね」

理梨子が僕に言いました。

「ああいう子なのよ」

梅子さんがそう言いました。

〝ああいう子〟って、どういう子なんだろうと僕は思いました。どうやら僕は、自分では悪口言ってるくせに、人にその人間が悪口を言われてるのを見ると、妙にかばいたくなるくせがあるようです。

梅子さんは、そんなことはおかまいなしで、話を始めました。

「あの人の家っていうのも、色々複雑だったのね」

「あの人？」

僕は訊きました。

「義兄さん」

「ああ」

僕はうなずきました。

「あの人は、奈良の方の、いいとこの坊ちゃんなのね」

「あ、そうですか」

「そうなんだけど、あの人のおかあさん、早い内に死んじゃってね。それで、後妻をもらったのよ」

「ああ……」

「今の人だと分らないかもしれないけど、戦前だと、誰が家を継ぐのか、とか、色々あったのね」

「〝戦前〟ですか？」

「そうよ。戦前だって、戦後もやっぱり変らなかったけどねェ」

僕としてはただ単に、〝ウーン、大ドラマチックな話になって来たなァ〟という感じがしただけなんです。ホントに、〝戦前〟なんて言われたら、〝十九世紀、ローマに於ける〟って感じで、ほとんど昔でしょう？　だから。

「戦後になってね」――梅子さんの話は続きます――「あの人、東京に出て来たんだけど――というよりも、それより前から東京にはいたんだけどね。あの人のお父さんが死んで」

「死んだんですか？」

「そう。戦後のドサクサっていうのは色々大変だったから――やァねェ、こんな話するなんて」

「なんか、失礼なことを言いましたか？」

「え？」

梅子さんはケゲンな顔をしました。

「そうじゃなくって、あたしがおばあさんだってことよ」

「ああ……」

僕は、なんか、平気で感心してるんです、〝ああ……〟なんて。

「やァねェ……」

梅子さんが言いました。〝笑いました〟、（かもしれません）。

という訳で僕は、「いやァ、お若いですよ」という破目になったのです。理梨子は隣りで、「やァねェ」という顔をしています。


「私だって若かったのよ」

梅子さんが言いました。

「今でも十分お若いんじゃないんですか」

僕が言いました。ここら辺をとらえて、理梨子は、「あなた、十分にホストクラブでやれるんじゃない？」なんて言うんです。いいですけども、時の勢いというものもある訳です。はっきり言って僕も、梅子さんが〝若い〟とは思いません。でも、僕には、そういう言葉を求める、梅子さんの痛々しさも分るのです。などと言います。

「私、ズーッとこの家に住んでますの」――梅子さんが言いました。

「ということは、私、まだ結婚経験がないということね」

はっきり言って、あんまりこういう言葉はゾッとしません。でも、それを口にすることも出来ません。

梅子さんは続けます。

「私、ある意味で、この家の犠牲者なのね。この家っていうのかしら、なんていうのかしら……」

何を言い始めたんだろうと、僕は思ったんです。

「戦後すぐね、姉は駆け落ちしたんです」

梅子さんは言いました。僕は、あの〝おじさん〟と〝おばさん〟も、ずいぶん派手なことやるなァと思いました。

「ううん、違うの、一番上の姉」

「あ――」

梅子さんの話に、早とちりを修正する僕です。

「隣りの部屋で平然としてるけど、あれであの人も、ずい分昔は、派手なことしてたのよねェ」

僕は、ユーゼンと一人でお寿司をつまみ上げていた、ヤクルトおばさんの高峰三枝子さんを思いました。

「戦後すぐでね、労働運動が盛んで」

「はあ」

話はほとんど、激動の昭和史です。

「姉はまだ女学生だったけど、そういう過激なものが、好きだったのね」

〝好きだったのね〟というところ、明らかにイントネーションが違いました。ほとんどそれは、バカにしているという雰囲気でした。

「それで、お熱くなっちゃって――相手はその労働運動の闘士だったんですけどね、家を飛び出しちゃったの。その頃私はまだ小学生だったんですけどねェ……、覚えてるわァ、ホントに、大変だったの。父は内務官僚でしてね、昔の。父から見れば、労働運動なんて、ほとんど〝アカ〟でしょう？　反対なんていうもんじゃないの。もう、大変だったわ、毎日、殴り合いで」

「はァ……」

「いやね」

梅子さんはニッコリと笑ってます。ただし、僕としては、いやだというところがあれば、それは〝毎日、殴り合い〟というところではなく、もう40を過ぎちゃった知的職業婦人が〝お熱くなっちゃって〟というような生々しいセリフを口にすることです。当人としては、それが婉曲というようなつもりではあったのでしょうが、聞かされるこちらとしては、その、斜に構えているという、安全地帯にいる人間特有の〝かまえたゆとり〟が、なんか、生々しくていやだったんです。

「ま、とにかく、姉は駆け落ちしたのよ、その運動の闘士と」

梅子さんは続けます。

「私もそういうことは経験してるから、そういう運動の激しさっていうのは分ります。それと、周囲の無理解とね」

「？」

僕は一瞬、梅子さんが駆け落ちでもしたのかと思ったんです。

「違うのよ。私の場合は、そういう運動の昂揚《こうよう》期に青春を送ったっていうことよ」

僕は、ほとんど耐えられないという感じで、理梨子が身震いをしたのを感じました。

「すみません、お手洗いお借りします」

理梨子が立ち上がりました。

「あ、どうぞ」

梅子さんはほとんど、どこ吹く風です。

「樺《かんば》美智子さん、知ってらっしゃる？」

梅子さんは言いました。

なんだか僕は、ドキッとしました。なんだか、気味の悪い話になるなァと思ったからです。

僕は、〝樺美智子〟のなんたるかは知りません。知りませんでしたけれども、それがかなり気持悪いシチュエーションで話し出されるような事柄であることだけは分りました。だって、その時の梅子さんの気取りようといったら、まるで、ほとんど、新興宗教の殉教者という感じでしたから。僕は一瞬、トイレに行ってしまった理梨子の賢明さを思ったのです。

なんか、やな話になりそうだなァと思ったからです。


「僕、よく知りません」——僕はそう言いました。

「あら、御存知ないの？」

「ええ」

僕はしつこくそう言いました。知ってる、知らないよりも、関わり合いになりたくない名前だったからです、そのナントカという名前は。

「私が大学に入った翌年だったの。もう、ずい分長いことになるのねェ……。だって、もう、知らない人がいるんですものねェ……」

その視線は、執拗でした。ほとんど、舌なめずりする異端審問官のように。

でも、僕は、悪夢が通りすぎるのを、ただ、待ったのです。

「もう……〝昔〟になっちゃうのねェ……、あれも」

梅子さんは言いました。

「は？」

僕は、ほとんど純真な無邪気さでそれに対抗をしました。

「私も若かったわァ、連帯の渦がね、国会を取り巻いたのよ」

「はァ？」

僕としては、ほとんど「はァ？」としか言いようがありません。だって、そういう梅子さんは、ほとんど陶酔状態の夢心地にあったからです。

「でも、やっぱりあれが、一つの限界だったのねェ……」

梅子さんは言います。でも、相変らず僕には、彼女が具体的になんの話をしているのか、さっぱり分らなかったのです。「アレかな？」というのもありましたんですけどねェ……、それはなんか、僕にはあまりにも曖昧な話でありすぎましたんでねェ……。

ところが、彼女はその話をしてたんですね——僕が生まれて、まだ2歳だった頃の、「岸を倒せ！」という60年安保の話を。

僕としては、ほとんど信じられませんでしたねェ……。だって、学生時代だって、よっぽどのバカで、やることのない人間でもないかぎり、そんな政治運動の話なんて、まず誰もしませんでしたからねェ……。

　という訳で、分んなかったんですよ、僕は。分んない僕は、鬼頭梅子さんの口から、もう一つの昭和史とも言える、鬼頭家の女達と、政治運動の関わり合いの話を、聞かされることとなったんです——。

# Chapter 23 もう一つの昭和史

私は一九二五年（大正十四年）に生れた。したがって、私にとってこの半世紀の歴史は私の生きてきた内容のすべてであり、私の体内を吹き抜けた一陣の突風のごときものであった。それはまた、流されつつ流れの中で奮闘したものの自意識からすれば、歴史の観覧車から眺めた〝民族の叙事詩〟以上のものであり、みずからも愛憎渦巻く泥流だったのである。

色川大吉『ある昭和史』

望まずして歴史によって選ばれ、歴史の蔭の部分の織糸となり、やがては忘れられてゆく二・二六事件の妻たち。彼女たちは今もなお、事件の長い長い残影の中を歩きつづけている。その沈黙が破られるとき、男たちの事件であり、男たちの物語であった二・二六事件はどう変るのか、変らないのか。

澤地久枝『妻たちの二・二六事件』

「あなたは、わたしたちの邪魔をしてるわ」その女が言った。

「実際は、あんたたちがおれの邪魔をしてるんだ。しかし、おれは育ちが良すぎて文句が言えないんだ」


ロバート・B・パーカー『初秋』（菊池光訳）

なんか僕、ずいぶんはっきりもの言ってるみたいな気がしますねェ。分んない人には分んないかもしれないけど、この引用で、僕、ほとんどはっきり、この事件のネタ割っちゃった気がしますもん。

分んない人には分んないかもしれませんけどね、でも、現実って、その切り取り方で、その切り取ったものの組み立て方で〝色々な真実〟が顔を現わすもんなんですね、前にも言いましたけど。問題は、そういう組み立て方もあるんだってことに気がつかないで、いろんな真実の断片をただ持ってるってことだけなんですね。

持ってるだけで、ただそれを持ってるってことだけを人に伝えて、でも伝えていることだけは分っても、どうして自分がそれを伝えなければならないのかということは分らない。自分は伝えているのだということだけは分っても、その自分が存在している現実が、そうした自分ゆえに煮つまって行くことは分らない。自分だって、その切り取られ、伝えられる現実の一断片かもしれないのに——。

まァいいや、そんなことは。とにかく僕は、〝女たちの昭和史〟を、梅子さんの口から聞かせられたのです。

梅子さんは言いました。

「私がやっぱり、力というものの限界を知らされたのは、大学闘争の時ね」

「〝大学闘争〟って、あの、70年の？」

僕は言いました。

「そうそう」

梅子さんは言いました。

「勿論、その頃もう私は大学にはいなかったのだけれど——。父が死んだでしょ」

「父？」

「そう、この間13回忌やった」

「ああ」

「父が死んで、そういう意味ではうるさい人がいなくなったっていうこともあるんだけれど、でもやっぱり、血ってあるのかしら」

「？」

「いえね、姉がね——一番上の姉だけれど、姉が家を飛び出して、それでまァ、反動というような締めつけがあったのよ」

「はあ……」

「ウチの父は、非常にナーヴァスになってたの。私や、すぐ上の姉に対してね」

「はあ……」

「私が、その日米安保闘争に対して積極的に取り組んで行ったっていうのだって、ルーツには、そうした父に対する反動だってあったのかもしれないの。そうね、あったのね、十分に」

「はァ……」

僕はどんどん落ち込んで行きます。

「だって、父は、厳しかったもの」

梅子さんがそう言った時、理梨子はトイレから帰って来ました。帰って来て、思いっきり「どっこいしょ」と音を立てて坐りました。

「もう帰らない？」

理梨子は言ったんです。

「うん……」とか僕は言ったんですけど、それはほとんど〝生返事〟でした。だから、そんな優柔不断を、梅子さんはカルーク、はねのけてしまうのです。

梅子さんは言いました。

「父は内務官僚だったんですけれども、戦後すぐ、公職追放になりましてね。別に、そんな大物じゃなかったんですけれども」

梅子さんの口調は、微妙に丁寧です——丁寧に戻ったと言いましょうか。

「〝公職追放〟ってなんですか？」

僕は訊きました。

「敗戦の前にね、公職についてた人をね、一掃するのよ――〝戦争協力者〟という形でね。勿論、父はそんな大物ではなかったけれども」

「へぇー」

梅子さんの発言に相槌を打ったのは理梨子です。

「戦後はね、なんでもかんでも、形式的に、一掃されたのよ。お若い方は御存知ないかもしれないけど」

「あ、そうなんですかァ……」

理梨子さんもいけシャーシャーとしたもんです。勿論、梅子さんはそんなことにお構いなしです。

「公職追放になって、マッカーサーが来て、労働運動が盛り上がって、それで、娘。ねェ？だから、そういう進歩的なものは、父は毛嫌いしてたのね」

「はあ……」

僕がうなずきかければ、梅子さんとしてはそれでいいんですから。

「私と、一番上の姉とは10《とお》年が離れてましたのね」

「はあ」

「勿論、時代も違いますけれどもね、おかげで私は冷静になれた、というところもありますの」

理梨子に言わせれば〝どこがァ〟という合の手の入るところでしょう。

「父が死んで、それがちょうど、学生運動の盛んだった頃なのね」

「あ、そうですか」

「そうなの」

別に僕は、分って相槌を打ってる訳じゃありません。

「そういう時代だから、ご多分にもれず、鎮香も——あの子ですけど、そういうところに飛びこんで行ったのね」

「あ、そうなんですか」

やっと僕は分ったりする訳なんです。鬼頭雄之助という人が死んだ12年前が、学生運動の盛んな頃で、その頃に松子さんの一人娘であった鎮香さんがそういう運動に飛びこんで行ったという頃である、と。ちなみに、僕はその頃小学生でした（中学生だったかもしれません——そういう中間期でした）。学校の休みのある日、母親と一緒に〝安田講堂の攻防戦〟というのを見ていた記憶があります。

母親は、なんだか、喰い入るようにして、テレビの画面を見ていました。僕は、なんだかこわくて、「どうしてあんなことするんだろう?」と思っていました。そう思っていて、その疑問に対して、答を与えてくれる人はいませんでした。休みの家は母と2人で閉め切られて、テレビの音だけが響く部屋の中に、父はいませんでした。そんな記憶です。

梅子さんは続けます——「姉は、そういうものの中に、体ごと飛びこんで行ってしまった。頭というよりも、体でね」

「はあ」——僕は言います。

「父が死んで、それまで義絶状態みたいだったのが、ちょうど鎮香ちゃんに手を焼いてた頃だったんでしょう——それからチョクチョク家に顔を出すようになって、こぼすの。あの、松子の姉が。やっぱり、血なのよねェ。血ってあるのよ。おんなじですもの、昔と。あの人だって、男の〝同志〟と出来ちゃって。それで、女の生き方で対決するのね。路線方針と母子の葛藤で、それは大変。私も中に入って、往生したわ」

「はァ……」

「私なんかだと、もう、両方の立場が分っちゃうでしょう」

理梨子がズズッと、音を立ててお茶を啜りました。

「やっぱり、年取っちゃうと、子供のことって、分らなくなるのねェ。若い人は若い人で、自己主張ばっかり激しいし、間に立って、私みたいな人が一番困るの」

「あのゥ、鎮香さんて、学生運動やってたんですか？」

僕が訊きました。

「そうよォ」

梅子さんが答えます。

「へェー」

「今でこそ、あんなおとなしい顔してますけどね、昔はあの人、平気で外泊するわ、親をつかまえてバカヤロー呼ばわりするわ、大変だったの」

「へェー」

「大きな声じゃいえないけど、あなた、あの人、公務執行妨害で、逮捕されたってことだってあるのよ」

「へェー」

「そうよォ。貰い下げに行かなきゃいけないのに、母親となんかじゃ絶対に口もききたくないって、それで、あたしが面会に行ったんですもん」

「へェー」

「まァ、実の親子だからこそねェ、もつれちゃうと、ちょっともう、どうにもならなくなるの」

「今も仲悪いんですか？」

僕、訊きました。

「ううん、そんなことないわよ。大人になったんでしょ、あの人も。結局、両方とも気が強いから」

「はァ……」

「強いけど、あれね、あの人も考え方が古いから。ある意味で、革新の持つ古さを理解出来てないってところもある訳ねェ、あの人も」

「あの、それ、おじさまの話と、どう関係ありますの？」

理梨子が口を開きました。

「は？」

梅子さんは、口を開いて、ポカンとしてます。

「確かこの人の聞きたがってたのって、おじさまがどうして養子になったとかって、そういう話じゃなかったかしら」

そういうのは理梨子です。かなり強硬といえば強硬で、こういう態度というのは、ちょっと僕には真似の出来ないところです。

「そうだったかしら？」

梅子さんが言いました。

「エ、まァ、別にどうでもいいんですけどね」

肝腎のところになると問題を回避しようとする僕です。

「なんだか、話が盛り上がって来てるようですねェ」

そして、そこへやって来たのが、救いの神とも言える、その当の鬼頭一氏ではあったのです。

「お客様の方はどう？」

梅子さんがおじさんに言いました。

「いやもう、だいぶ、カタはついたみたいだけど」

「あらそう。私、失礼しちゃって」

梅子さんです。

「あのゥ、僕達もそろそろ失礼しますけど」

僕は言いました。

「いや、よかったら、ゆっくりしてって下さい。きのうはなんだか人が多かったけれども、今日は少し、さっぱりだから」

「きのうもなんかあったんですか？」

僕はおじさんに言いました。

「バカねェ」

あわてて口を出す理梨子さんです。

「ホントだったら、きのうがお通夜でしょ？」

梅子さんが言いました。

「ええ」

僕です。

「でも、ホラ、遺体解剖で、仏様、警察の方に持ってかれちゃったから」

そういえば、ここでは人殺しがあったんだ――そう思いました。親殺されて、それでお通夜やってんだ。それなのに、一体このなごやかさはなんだろう？　梅子さんの話にそういうことを思い出さされた僕です。

「きのうは大変だったのよ」

梅子さんが言いました。

「いやァ、まァねェ」

一さんはニコニコ笑っています。考えてみれば、このおじさんも若いなァと思いました。

「別にお通夜でもないのに、人が押しかけて来ちゃって。来てくれたはいいけど、肝腎の仏様はいないでしょう？　なんだか知らないけど、お通夜ばっかり2度やらされたみたい」

「まァ、そういうところでしょうかねェ。竹緒がどうかしたって？」

おじさんはガラッと調子を変えて、自分の奥さんのことを訊きます。

「疲れたって寝てるから、きのうの疲れじゃないの」

「そうか」

おじさんは軽くうなずいて、その場を立って行こうとします。

「あら、少し話してけばいいじゃないの？」

梅子さんが言いました。ほとんど、そうした様子だけを見ていれば、この二人が夫婦だと言われても怪しむ人はいないでしょう。一体、自分の妻とさして歳の離れていない義妹と一緒に暮す感覚というものはどういうものだろうと、僕は思いました。いや、というより、一体、女ばかりに囲まれて暮す生活というのはどういうものだと思ったのです。

「いやァ、私は、ちょっと急用で来たものだからね」

おじさんは笑いながら、トイレの方へ歩いて行きました。ある意味で、女と暮すということは、ユーモアを絶やさずにいる、ということなのかもしれません。

「ねェえ？　若いでしょ？　あの人」

梅子さんが言いました。僕にではなく、理梨子にです。

「ええ、お若いですね」

理梨子は言いました。女2人は、おじさんのことを話題にしているのです。

「ねェ、フレッド・アステアって御存知？」

梅子さんが理梨子に訊きました。

「フレッド・アステア？」

理梨子は言いました。

「御存知なァい？」

梅子さんです。

「知ってますけど」

理梨子です。

「そうなの」

梅子さんが言いました。

「あのね、私の若い時にね——もう、何年も前のことになるのかしら、『足長おじさん』ていう映画が来たのよ」

「ああ、知ってます」

理梨子が言いました。

「それでね、『足長おじさん』の役をフレッド・アステアがやったの」

「えーッ?!」

梅子さんの言葉にスットンキョウな声を出す理梨子です。僕は『ザッツ・エンターテインメント』見てたから知ってましたけどね、そのことは。

「それでね、あの人が――」

梅子さんは、廊下の彼方を体で示します。要するにおじさんのことを言ってる訳です。

「ふふふ」

梅子さんは笑いました。

「今でこそ、ああだけれどね、昔は、あの人、やっぱり今のまんま、あんなだったの」

「は?」

理梨子が目をパチクリしました。

「要するに、今だと若く見えるけど、昔は老けてたってことよ。要するに、若い時から老けてたけど、年取るに従って、その老けてる感じが、いつの間にか若いってことになっちゃったのよ」

「ああ、なるほど」

梅子さんの説明に、理梨子は納得します。納得しますが、僕としては、そんなもんかな、と思うしかありません。要するにおじさんは、ヒョロッとして、ヒョーヒョーとしてる人なのです――僕みたいに。

「それでね、すぐ上の姉が結婚する時に」

「ええ」

一体いつの間にこの2人は仲良くなっちまったんだと思うんですけど、ゴシップって、女の仲をくっつけるには役に立ちますねェ――。要するに、一さんと竹緒さんのなれそめが始まったんです。でも、僕思うんですけど、一体、僕達って、いつからこんなに仲が良くなっちゃったんでしょう?

ホント言えば、僕と理梨子なんて、この家とはなんの関係もないのに、どうしていつの間にか、この家の主人夫婦のなれそめを聞かされるほど仲良くなっちゃえたんでしょう? 僕、やっぱりそんなことも考えんですけどねェ。でも、そんなこと言ってるとまた長くなるから、とりあえずは、おじさんとおばさんの話を続けさせますけど（〝てもらいます〟か）。その語り手は勿論梅子さんです。


「私、上の姉とはね、10離れてますけど、すぐ上の姉とは3つしか離れてないんです」

「ええ」

合の手は、理梨子さんに変ります。

「上の姉は19で家出ちゃいましたけどね」

「19でですか?」

「そうなの。ませてるといえばませてるわよねェ」

「昔の人だったらそうかもしれませんねェ」

「そうよォ。でね、私達はその反動で、すっごく大事に育てられちゃったの」

でも、女の人が身を乗り出して話し出すと、年齢って、関係なくなるんですね。ほとんど、この2人の会話は、女子大生の会話と変りませんでしたもん。

梅子さんが言います——。

「姉はね、ホントは、2番目だったけども、今度は男の子だと思われてたのね」

「そうなんですか」

「そうなの。時代が時代でしょ。だからね、名前も、倭建命《やまとたけるのみこと》からとって、〝建雄〟って名前だったの。〝建国〟のケンに〝英雄〟のユウね。建雄」

ちなみに、鬼頭家の松竹梅3姉妹の生年というのを上げておきます。

松子さんは、満州事変の始まった昭和6年の生まれ。この人が駆け落ちをした昭和25年が19の時、朝鮮戦争が始まり、〝レッド・パージ〟と称する労働運動への弾圧が始まります。

竹緒さんは、国家総動員法の成立した昭和13年に生まれます。多分、この人だけは、青春をおびやかすものがなかったのでしょう。おとなしく結婚して主婦におさまっています。

梅子さんが生まれるのは、なんと、太平洋戦争が勃発した昭和16年のことです。こういう人が大学に行くと、〝連帯の渦が国会を取りまいた〟60年安保が待っています。そして、駆け落ちした松子さんがその年に鎮香さんを生み落すと、この人は、朝鮮戦争の勃発した年に生まれて、大学で70年安保にブチ当るという構図になるのです。なんという、呪われた構図でしょう。

僕は、このことを発見した時、〝横溝の一族〟なんかより、よっぽどこっちの方がおぞましくって、呪われてると思いました。おまけに、唯一平穏無事な（こういう言い方すると誤解招くな）竹緒さんが、実は男として生まれることを待望されていた、なんてね。この世はサカサマって、感じするでしょう？　はっきり言って僕、人間の〝年齢〟っていうことに、そういう意味が隠されてるとは、思わなかったんです。それがどういうことかは、後ではっきりさせますけど、まずとりあえずは、梅子さんの話です――。

中断してすみませんでした。

「まァ、生まれて来たのが女の子だったから、〝竹〟の〝緒〟になりましたけどね。子供の時は、きかん気だったらしいのよ。真ン中の子って、ヘソ曲りのところがあるでしょう」

「実はあたしも次女なんです」

理梨子が言いました。見事な応酬です、と言いましょうか――。

「あらァ、そうなのォ……。道理でェ」

「いけません？」

「いィえ、いィえェ。楽しい方ねェ、あなたもゥ」

「そう言っていただけて嬉しいですわ」

「あらァ」ホホホホホ――というところです。

こういうの、間に入ると困るんですよね。男が一人、間にね。まァ、いいですけれども――。

「で、ね」

梅子さんが言いました。

「ええ」

理梨子さんが言いました。

「そういうのも、反動っていうのかしらね」

梅子さんです。

「なにがです？」

理梨子さんです。

「姉がおとなしくなっちゃったってこと」

「ああ」

愈々本題です。

「姉はね、妙に、引っ込み思案の子になっちゃったの」

「ああ……」

「分ります？」

「なんとなく……」

「そうォ……。引っ込み思案なんですけど、妙にかたくななところがあってね」

「ああ、やっぱりィ……」

「あら、あなたもそうォ？」

「ええ、わりと」

「そうなのォ……」

「そうなんです」

「フーン……。まァいいわ。でね、父が、お見合いの話を持って来たんです。もう年頃だからっていって、姉に」

「それがおじさんなんですか？」

やっと僕の出番です。

「そうなの」

梅子さんです。

「そうなんだけど、姉がぐずってね。さっきも言ったみたいに、あの人、昔っから老けてたのよね。老けてたっていうと語弊があるけれど。なんていうのかしら、ちょっと、現実離れのしたところがあったのよね」

「そうなんですか？」

「そうなの。あの人、一義兄《はじめ》さん、結婚した時が38だったのよね」

「そんなに遅かったんですか？」

「そうなのよねェ、昔の人は悠長だったたっていうのもあるけど、なにしろあの人、大正でしょう。学徒出陣で繰り上げ卒業して」

「なんですか？　それ？」

僕が言いました。

「あら、御存知ない？」

「はい」

「マ、無理もないわよね。昔だと、徴兵検査があった訳でしょ、20《はたち》でね？　軍国主義なんだけども」

「はい」から「は……」に相槌が変ってっちゃう僕です。どうでもいいけど、この人の〝主義〟っていうの、少しなんとかしてくんないかなァ……、って。

「それでまァ、戦争が末期状態みたいになって来ると、それまで一応、学生っていうのは兵役免除みたいなことになってたのが、召集が来るのよね」

「はァ……」

そんなこと他人事だと思ってた僕は、ほとんど日本の現代史なんて知りません。よく考えたら僕って、現代に歴史があるなんてこと、考えてもみなかったんですよね。だって、どんな歴史抱えてんのかは知らないけど、とにかく、そういう人達は、僕の周りで勝手な世代論的サークルを作ってるだけなんだもの——そんなこと、思いました。

「兵隊さんがほしいから、当時の軍部としてはね」

梅子さんが言います。

「だから、繰り上げ卒業なんてしちゃうしサ——まだ卒業前にね。それから、学徒出陣なんてあってね。まァ、あの人はのんびりやってたから、浪人なんてのもしてたし。それで、なんだかんだで、卒業したんだかしないんだか分らない時期に卒業させられて、それで帰って来て、復学したのね、大学に」

「はァ……。ヴィヴィッドだなァ……」

「なにが？」

僕の言葉に興味を示す梅子さんです。

「いや……、なんていうのか、ワリとそういうのって、なんか、TVやなんかでね、映画とか、やったりするけど、ほとんど関係ないとか思ってたんですけど、なんか、そういうの聞くと、ヴィヴィッドだなァ……、とか思って」

「あらそう。あなたのお父様なんかは？」

梅子さんです。

「ウチのは、戦争なんて、行ってないんです。大体、ウチの親爺は、あんまり自分のことなんて話さなかったし」

〝話さなかった〟——現在なんか、話す機会さえないもの、関係ないから（グスン）。

「まァ、そうかもしれないわねェ……」

「うちもおんなじ」

理梨子さんです。

「戦争ってのにはひっかかってないけど、なんか、くだらないド根性話ばっかりするの——」

理梨子の家は、金沢の雑貨屋さんです。

「あきちゃって」

大胆な発言をする理梨子さんです。僕としては、鬼頭家の内幕なんて、どうでもよかったんです。その時は。ほとんど、僕達がかつて探偵としてこの家に潜入したなんてこと、頭にありませんでしたから。僕はただ、人が始めてしまった話を途中で放り投げちゃうということが出来にくかったっていうだけです。そこんところを、理梨子は「女に甘い」って言うんですけどね。甘くたっていいけども、そう言う自分はなんだって、僕は思ったりはしましたけどもね。だって、理梨子だって女なんだし、まァ、言えることは、僕が女のことよく分ってなかったってことだけですね——ということは、自分自身のことに関してもよく分ってなかったってことですけどもね。（くどいよ）マァ、そういうことですけどもね（なんとなく、謎めかしますけどもね）。

梅子さんは言います。

「人事院って、戦後出来た役所でしょ」

「あら、そうなんですか？」

「そうなんですか?」

僕と理梨子は訊き返しました。別に何が、ってことはなかったけど、なんか、新鮮だったんでしょ、左翼とかなんとかとか戦前とかっていう話題から初めて離れた話題だから——。

「そうなのよ」

梅子さんが言います。

この人も結構もの知ってるなァ、とか思いました。マァ、彼女にしてみれば、それは全部、自分の同時代に関する話なんでしょうけどもね。

なんか、繰り返しになるみたいですけど、ほとんど、自分と年上の人達との間のことを考えちゃうと、僕が「関係ないなァ」と思わざるをえないっていうのは、なんていうのか、その、年上の人の持ってる〝同時代性〟っていうのかな——自分はそうやって色んな時代生きて来たんだから、そういうことだって知ってるんだろうけどサ、それはいいけども、どうして僕達にそんなことまで、〝知識〟としてひけらかすんだろう? ってことなんです。さっき言った〝世代論的サークル〟っていうのはね。ほとんどああいうのって、閉鎖的な知識だと思いません? 自分がどんな時代に生きて来たかなんてこと、そんなこと〝教養〟にしてひけらかすことないじゃない、なんて思うんですよね、僕は。別に、梅子さんのことじゃないですけど。

あー、話が全然進まないなァ……(いいけども——よくないか?)

「人事院ていうのは、戦後出来た役所なのよ」

別に、彼女がこんなこと知ってるっていうのは、たまたま彼女の義兄が、人事院という、戦後出来た役所に勤めてたからっていう、それだけの話なんですけどもね。

マァいいや、とにかく、彼女＝梅子さんの話を、最後まで続けることにします――梅子さんどうぞ。

「とにかくね、ウチの父という人は、戦後出来のものがみんな嫌いというところはあった人なんだけれども、（ハイ――僕達というか、少なくとも僕は、いちいち相槌というのは打ってたんですよ、素直な子だから）どういう訳か、姉の結婚相手を、そういうところから見つけて来たのよね。まァ、父にしてみりゃ、戦後に乗り遅れまいという打算があったんだろうけれども、言ってみれば、あれで大幅の譲歩ではあったのね。（ハァ）彼は彼なりにね。（こういう余計なこと言わなきゃ、梅子さんもいい人だって思うんですけどね。〝ああいうのをユーモアだと思ってんでしょ、あの人は〟って理梨子さんは言ってましたけどね）」

「それで、義兄《あのひと》が来て、姉は〝いやだ〟って言ったんです。（ハァ――ホントは〝どうして？〟って言いたいとこです）どうしてかっていうと、（ハイ）姉はね、まだ22だったんです――21かな？　でね、さっきも言った通り、義兄という人は、昔っから老けてたという、あんまり若い人ではなかったのね。当時もう、35はとうに過ぎてましたから。35過ぎて、当時からほとんどああですからねェ。若い娘にすれば物足りないわ。あのね、姉っていう人は、昔、仲代達矢にお熱だったの。（仲代達矢ァ?!）ええ。あの人当時、俳優座にいたんだけど、忘れられないわァ、あの、『令嬢ジュリー』なんか、セクシーでねェ……。（ハァ……。〝ウーッ……〟っていうのが独白する理梨子でありますす）2人揃って行ったりはしたんですけどね、私達。俳優座の舞台を見に。（〝俳優座ねェ……。マァいいや〟）でも、姉は内気な人でしょう？（ハイ）そう思ってても言えないのね。私なんかにだと、〝あんな禿げそうな人いやだわ〟なんて言うんだけど、無理よねェ……。ただ若いだけの人に、人間の、なんていうのかしら、渋さってのかしらねェ、そういうのって、分る訳、ないでしょう？　私なんかだと、おませさんだから、フレッド・アステアの魅力なんていうことはもう分っていたんだけれども、姉なんかだとねェ……。まァ、分るっていえば分りますけれども、そういうことは」

ふっと気がつくと、廊下におじさんが立って、こちらを覗いてたんです。僕は目が合って、そういう時ってなんの能もないから、ペコッとお辞儀するだけなんですけど、よく考えればなんか用があるのかもしれないんですね。ペコッて頭下げて、〝なにか？〟っていうのと、〝もうすぐ失礼しますから〟っていうのとゴッチャになって、どうしようかなって思ってると、おじさん黙って、〝どうぞどうぞ、ごゆっくり〟っていう感じなんです。要するに、通りすがりにふっと見て、〝なんだか、話が盛り上がってるようですなァ〟を又繰り返してるってだけなんですけどね。ニコッと笑って〝どうぞ、どうぞ〟を繰り返してそのまんまいなくなっちゃいました。それで僕、梅子さんの話聞いてて、ふと、こんなこと思ったんです。

つまり――、自分の妻の妹が、自分のことを話のサカナにしてる、そういうとこに暮してる彼の生活環境ってどういう風なんだろうって。

梅子さん、とっても明るく楽しく話してます。でも、それは彼女が〝明るく楽しく〟と思ってるだけで、決して彼女は〝明るく楽しく〟だけの人ではありません。もっと――はっきり言って、生臭い人です。自分ではそんなこと気がついてないだろうけど――いやひょっとして、自分で気がついてるからなお更、自分とはあまり縁のない〝明るく楽しく〟をやってみせている人だと思います。

彼女は、この家のすべての理解者だと自称しています。おじさんとおばさんの話だって、乗り気じゃなかったおばさんの話を彼女がなんとなくその気にさせて行ったということなのです。「私は結局、この家の中で、すべてに関しての理解者であり、調停役であったたってことなのね。だって、姉はあの人のことといやだって言うんですもの。〝ホントにいやなの？〟って私は訊いたわ。ホントにいやな人と無理矢理一緒になることもないから。姉にそれが言えないんだったら、私が代りに言ってあげようと思って。そしたら姉はね〝別に悪い人だとは思わないけど〟って。〝悪い人じゃないんだったらいいでしょう〟って言って、結局、一緒になってみなければその人のよさなんて分らないでしょうっとかって言ってね、一緒にさせたのは私みたい。だって、私だと女性としての意識の向上とか権利の拡張とかっていうことは分りますし、それに取り組んで行くことだって出来るけれども、姉はそういうことに向いている人ではないの。私、その頃、ボーヴォワールに傾倒してましたけども——勿論今だってそうよ——それを、姉に押しつける訳にいきませんもの。ね？」

梅子さんはそう言います。彼女いつも、人の幸福を願っているのだという風に。でも、そんなことは全然分らない。竹緒さんが、はたしておじさんを好きになることが出来たのか、おじさんと一緒になって、幸福になれたのかどうかなんてことは、彼女の話からは出て来ません。出て来るとしたらこういうこと——つまり、梅子さんはおじさんが好きだったから、そういう人を逃したくないから、自分の姉にそれを捕まえさせていた、ということ。

彼女は彼女なりに、しなければならないこと、というのがあったのでしょう。60年安保だかなんだかは知らないけど。

自分の外側に大義名分かなんかみたいのがあって、それをやってなかったら笑われる。笑われるけど、それに対してあんまり深入りしたくない——たとえば、松子さんと鎮香さんの親子の対立の話なんかでも、結局梅子さんは第三者な訳です。あの人は、〝私はああしたこうした〟って言っているけれども。〝私は、親子の対立という問題に関わりを持った、とか、あの人の言うことは全部〝関わりを持ったでいえば、大学紛争なんかにも関わりを持った〟――関わりを持った〟だけなんですね。僕なんかだと、まァ、それは思ってるだけで口に出しては言えないんですけど、「じゃァ、その〝関わりを持ったあなた〟という人は、一体そこで何をしたんですか？」なんてことを思ってしまうんです。多分彼女にしてみれば、「私は私よ」とか「あなたには多分お分りにならないと思うわ」というようなことをそこでしていたのだろうけれども……。

まァ、どうでもいいや。要するに僕の言いたいことは、なんにでも関わりを持ちたい人が家の中にいて、その人が女で、独身で、そして（今はどうだか知らないけど、少なくともある一時期に於いてははっきりと）自分に好意を持っているんだとして、そんな人が存在している自分の生活って一体どんな風だろうって思うんです――いや、思ったんです。

僕にしてみればそれは、いつでもさぐるような視線に追い回されている――しかも、男と女の間で成立する〝好意〟と、〝問題意識〟と称されるのぞき癖との二重の意味で――日常生活なんていうものは、ほとんど、体中がむずがゆくなるようなうっとうしさの極致でしかないんです。

作られた〝明るく楽しく〟が、なんでもかんでもほじくり出してしまうだろう――多分そうだと思いました。そういう人と一緒に暮していて、「やァ、なんだか話が盛り上がってるようですね」というような感じでひょうひょうとしてられるっていうのは、僕はやっぱり分らない。ひょうひょうとしてられるなんて、いいなァ、ああいう人が僕の理想だなァ――って、素直に思えない僕の暗さっていうのも、なにかはあるのかもしれないですけど、僕はやっぱり、そういうおじさんの〝内部〟というのが気になったのです。

僕は若すぎて、つまんないことを気にしすぎているのかもしれない。現実って、〝そんなもんですよ〟の一言で簡単にくぐり抜けて行けるものなのかもしれない。それなのに、妙にヘンなことにこだわりを持っている自分がおかしいのかもしれない。でも、どうすればああいう風になれるのだろう——風のようにひょうひょうとして、〝やァ、いらっしゃい〟で自然にやっていけるのだろうと思ってしまう僕は、〝でも、そういう自然さって、嘘かもしれないじゃないか〟って思ってしまう、危険な僕でもあったのです。

まだ、その時の僕は、自分自身の持つ〝危険さ〟には全然気がついていませんでした。言い訳かもしれませんが。

だって、その時の僕はまだ、まだまだ自分自身の〝魅力〟というようなものにさえも気がついてはいなかったんですから。


〈小休止〉

少し休みません？　くたびれちゃった。

Chapter

24

# 新たな推理は新たな犯人を導く

「弱さというのは体の中で腐っていくものなんだ。まるで壊疽みたいにさ。俺は十代の半ばからずっとそれを感じつづけていたんだよ。だからいつも苛立っていた。自分の中で何かが確実に腐っていくというのが、またそれを本人が感じつづけるというのがどういうことか、君にわかるか？」

村上春樹『羊をめぐる冒険』

僕と理梨子がそこを引き揚げようとしたのは、もう10時を回っていました。少なくとも礼儀でっていう感じで、顔だけは出しとかなくちゃと思ってたのが、なんでエンエン2時間以上もいたのかってことになると、よく分りません。「そりゃ勿論、あなたの優柔不断のせいよ」ってことにもなるんですけど――理梨子に言わせりゃね。でもやっぱりね、なんか不思議なんです。そりゃ僕は優柔不断かもしれませんけどね、じゃァ一体何が、僕をしてその家で2時間も、なんの関係もない他人の身の上話を聞かされる破目に追いこんだのかというと、よく分りません。

僕は初め、探偵としてその家へ呼ばれました。呼ばれたけど、別に僕は、そのお通夜の晩に、推理好きなシロート探偵として行った訳ではないんです。別に、なにかを聞き出そうと思って、聞いていた訳ではないんです。なんとなく、ちょこちょこって、理梨子に話しかけたのを梅子さんに聞かれて、梅子さんに割り込まれて、それで話を聞いていたってだけです。

退屈っていうのだってあったけど——勿論、関係ない他人の身の上話を一方的に聞かされるっていうことは退屈でもあるからですけど——それは、梅子さん自身に関する〝正当化〟みたいな部分だけで、概して、〝ヘェーッ、そういうこともあったんですか〟っていうことの方が多かったような気もします。そして、〝ヘェーッ、そういうこともあったんですか〟とか思いながら他人の身の上話を聞いていたっていうのは、その前に、その家に殺人事件が起って、その人達がそこに居合わせていたからです。

自分がその家に居合わせた時、その家で殺人事件が起って——だとしたら……。そう考えるのは別に不思議なことじゃありません。〝そう考えるのは〟というのは、〝だとしたら……、一体誰が殺《や》ったんだろう?〟ということです。そして〝誰が殺った〟の内の〝誰〟とは、勿論〝そこに居合わせた人間の内の誰か〟ということです。

僕が前の日の晩（刑事がやって来た16日）、考えることを途中で放棄しちゃったというのも勿論そこです。

無責任な言い方をしてしまえば、そこに居た誰かが殺った、という考え方をしてしまった方がおもしろい。でも、まともな考え方をするならば、そこに居た誰かが殺った、ということを考えるのは、失礼である、ということになります。

そこに居た誰かが殺ったというように考えるということは、そこに居る誰かは〝悪人〞である、ということです。こういうことって、失礼でしょ?

失礼とか失礼じゃないなんて、普通は考えないのかもしれないけど、でも、僕は考えてしまうのです。

誰かが、秘かに〝悪人〞であるのかもしれない。でもその人達は、一応僕とは関係のない人間である。だとしたら、関係ないんだったら放っとけっていう結論が、第一に出ます。

関係ある、関係ないっていうこととは別に、誰かが〝悪人〞であるっていうことを考えてしまうのは——おもしろいって言ったらヘンだけれども、とにかく興味がそそられる(〝かもしれない〞付きで)。じゃァ、関係あるとかないとかっていうこと抜きにして、ともかくそのことを考えてみよう、ということになります——そうすると、次の結論が出てしまいます。つまり、そのことを考えるにはデータが足りなさすぎる、何故ならば、僕とその人達とはあまり関係がないから。

またしても結論は堂々めぐりです。

堂々めぐりになってしまって、堂々めぐりになりながらも、僕はその次を考えます(僕というのは、やっぱり理梨子の言う通りしぶといのかもしれません)。

僕とその人達が、あまり関係がないのならば、——それは一体どういうことなのか? と。

要するに、もっと相手の中に入って行くのか、それとも、関係ないんだって言って、そのことに関して考えるのをやめるのか、どっちかなのです。

僕は、ひょんなことから、その一家と関係というものを持たされてしまいました。その〝ひょんなこと〟がやって来た時、関係を持つべきか持たざるべきかで、しぶとくグジグジ悩んでいたことは、もう皆さん御存知のことだと思います。

ひょんなことから持った関係に、さらに殺人という、もっとひょんなことが起ってしまった。僕はただ、その中にいる。その中にいるけれども、一体僕はどういう風にしてその中にいるのだろう？——そういう考え方が、僕の思う〝失礼〟とか〝失礼じゃない〟とかいうことの中心にあったと思います。

〝僕はその中にいる〟——一体どういう風にいるのか？

〝僕は、そのド真ン中にいる〟のか？ それとも、〝僕は、その中の、しかしはずれの方にいる〟のか？ それとも、〝僕はその中にいたが為に、一人で勝手に〈その中にいる〉と思いこんでいるだけ〟なのか？

どれが僕の状態を表わしているのか、僕はよく分りませんでした。

少なくとも、一番最後の〝思いこみ〟でだけはありたくないと思いました。そして、一番最初の〝渦中の人〟でもないと思いました——僕は容疑者としては、多分含まれまいと、自分で思っていましたから。

問題は、残る一つです。僕はその〝事件〟の、しかもはずれの方のどこかにいる——これだけは確かだと思いました。

そう、確かです。確かだけど、でも不安でもあったのです。何故かといえば、現実は、毎日が動いているからです。

僕は、その事件のはずれにいます。そして、それは、うまくいけば、いつの間にか、僕とは関係のないところへ去って行ってしまう筈の事件でもあったのです。そのことだけは分っていました。分っていましたけど、じゃァ、その間僕はどうしているのか？

台風がやって来て、台風が通り過ぎてしまうのを待っているのだったら、ただ家の中でじっとしていればいいんでしょう。でも、人間関係はそうではありません。現に僕は、殺人事件の起った次の日、〝どうなってんだか見てこうか？〟という感じで、鬼頭さんの家を訪れました。その次の日のお通夜にもやって来ました。僕にとって、そういう行動は、ひょんなことからある事件に巻き込まれてしまった人間が、そこをキチンと通り抜けて行く為にとる、必然的な行動だと思えたからです。

だから僕は、結果として、毎日大塚に行きました。

事件の翌日は幸い、そこに辿り着くことが出来ませんでした。お通夜の日は、幸い、「どうぞ」と言ってもらえることが出来ました。そして問題は、その「どうぞ」によって導かれる、僕の行動ではあったのです。

理梨子みたいに「ヤな女が一杯いた！」って言って、だからあたしは関係ないからねっていう態度をとれるんなら簡単だと思います。礼儀で来ただけなんだから、さっさと失礼しちゃいましょう、という原則に立てばいいんです。でも困ったことに、僕は、なにがなんだか、全然はっきりしないんです。辺り一面の霧の中で、うかつに動いたら〝無礼者めッ！〟っていう言葉だけが飛んで来るだろうなァってことだけを思ってて、そして又、そういう中でただジッとしてるだけも失礼だしなァ……、かといって、人ン家《ち》行ってガチガチに緊張してるのもみっともないしなァって、なんだか知らない、一体自分は、ここで何をしたらよいのか、どう振舞うのが正解なのか、そのことが全然分らないで、オタオタ、オタオタ、しているだけなんです。

オタオタしながら何を考えるのか？

何を考えると思いますか？ 今更だと思われるかもしれませんけど、〝俺って、初めっからバカだったのかもしれない〟っていうことです。「探偵やんなさいよ」って言われて、しぶしぶでも、「やるよ」って言ってしまった自分て、なんだかホントにバカなんじゃないだろうかって、一挙にそこまで戻っちゃうんです。だらしないって言われてもしょうがないけど、でもホント、そうなんです。

僕って、人との関わりようを、ホントになんにも知らなかったんです。知らないから、〝失礼になんないかなァ〟っていうことばっかり、僕はしつこく気にしてたんです。

そうです――僕は〝考えてた〟んじゃなくて、ただただ〝気にしてた〟だけなんです。テーブル・マナーをなんにも知らない田舎者が、一人で晩餐会の席に着かされてしまったみたいに、僕はいつでも、この世の中で、何かを気にして、肝腎なことに気づけないで、生きてたんです。

僕はなんで、いつも何かを気にして生きてたんだろうって、そう考えました。それは勿論、この事件が終った後です。多分〝この事件〟というものは、ズーッと、僕にそのことを考えるようにしむけていた事件だったのです。あるところから、僕がそのことばっかり気になりだして（又だ）というのは、そういうことだと思います。

なんか、あんまりみっともいいことじゃないし、こういうことってしたくないなァ、とか思ってたんですけど、でもやっぱり、こういうことを書きたいから、僕はこの小説を書き始めちゃったんだなァと思うから書きますけど、僕って、ほとんど周りに、〝他人〟ていうものがいなかったんです。そのことにズーッと気がつかなかったから、いつも何かを気にしてたし――それは勿論〝他人の目〟です――、自分のことを直視するような破目になると、他人に向って牙を剥いちゃうみたいなことになってたんだろうと思います（僕が前に書いた、〝産建プレス〟

の如月って男の話を思い出して下さい)。だから僕、やっぱり改めて、自分の身の上話します。なろうことなら、それしたくないなってあったんですけど、でも、よく考えたら僕の文章、自分のことばっかり書いてんですもんね。小出しにするのは、やっぱり欲求不満の証拠ですね。僕、そこら辺改めてスッキリさせます。

させますけど、いいのかな? だって、こんなことしてたら、この小説、推理小説じゃなくなっちゃう。でも——フフフ、しかし、大胆不敵だな、僕は——こういうことだってあるんです(と思うんです)。もしも、推理小説にドンデン返しがつきものだとしたら、その最大のドンデン返しは、〝これは推理小説なんかじゃない!〟というものではないか、と。

こっから先は、私小説です——

僕、分ったんです。人を探るということは、実は、それと同じ分だけ、自分自身を探るということが必要なんだということに。

これが僕の探偵法、だったのです——

# Chapter 25

# 早春——または、ビルドゥングス・ハードボイルド

黒蜥蜴：ああ、お前たちは立派な大人だったんだわね。……私は子供の知恵と残酷さで、どんな大人の裏をかくこともできるのよ。犯罪といふのはすてきな玩具箱だわ。その中では自動車が逆様になり、人形たちが屍体のやうに目を閉ぢ、積木の家はばらばらになり、獣物たちはひっそりと折を窺ってゐる。世間の秩序で考へようとする人は、決して私の心に立入ることはできないの。……でも、……でも、あの明智小五郎だけは……

三島由紀夫『黒蜥蜴』

僕の両親は、僕が高校2年の時に離婚しました。離婚しましたけど、それは、離婚手続きをしたのが高校2年の時だというだけで、2人は、ズーッと以前から、ほとんど破局の状態にありました。前に、安田講堂の攻防戦をTVで見てたなんてこと書きましたけど、ちょうど、父が帰って来なくなったのも、その頃だったのです。

僕が中学から高校に入って、その間ズーッと、2人の中は険悪でした。そして、僕の両親達は、その険悪さをズーッと隠そうとしていました。隠しきれているのだと、勝手に2人は思っていました。一番険悪だったのは、他ならぬこの僕でしょう――「バカヤロオ！　別れたいんだったらさっさと別れろ！」、一人で家ン中で、そう思ってました。

初めは、いやだったんです。いやだと思って、怯えて、胸苦しくなって、そして険悪になりました――僕が、です。

家《うち》の父は、別にどうということのない人です。子供の時に、父に怒鳴られたという経験はありません。大概の家がそうであるように、母が毅然としていて、父はそれを、ただにこやかに眺めているという家庭でした。僕の家は。

母はもとから、こわい人でした。こういう言い方はヘンかもしれませんけど、そうだと僕は、今思っています。

子供の時、母が厳しいのは当り前だと思っていました。だって、そういうもんですから。別に鬼婆ァじゃなく、普通に叱る――躾をしっかりする人という意味ですから、母が厳しいということに関して、僕は不思議ともなんとも思いませんでした。

そして、僕が母の愛情を意識しだしたのは、僕が中学に入ったぐらいの頃からでした。

不思議ですけど僕、自分の母親が自分に愛情を示さない時には、愛情があると思って、その彼女が愛情を示し出した時には、なんだかこわいと思ったんです。

理由は簡単です。僕がトロかったのと、母が僕の存在を喜んでいなかったからです。

母は、僕の誕生を、喜んでなかったと思います――いや、こういうと誤解されそうだから改めます――母は、僕の誕生と同時に、喜びというものを隠してしまいました。ただ、それだけです。母は、世間並みの母親であろうとしていただけで、その中からは、僕への〝愛情〟というものだけは、スッポリと抜け落ちていました。

理由は簡単です。僕が、口のきけない、厄介な存在であったという、ただそれだけのことです。僕が障害があったという訳じゃありません。ウチの母は、自分と同じような会話の出来る〝人間〟でない限りは、人間としての取り扱い方が分らない人だったのです。

僕は子供で、「ダー、ダー」言ってます。母にとってはうるさいだけです。ただそれだけです。僕という子供がいるから、彼女は母親を演じる――ただそれだけのことでした。

彼女の演じた母親像は、理性的で賢い母親でした。彼女にとっては、それが一番理想的だったのでしょう。彼女の母親――つまり僕の祖母がそうだったからではありません。彼女にとって、そういう自分であることが理想だったというだけです。彼女にとって、世間的に一番優れている母親像というものがそういうものだったんでしょう。だから彼女は、そうであろうとしました。彼女は彼女なりにうまくやってたんだと思います。でも、彼女に自分の理想像が分っていたとしても、僕にそんなことが分る訳はありませんでした。残念なことに、僕はただの、あまりにも普通の子供でありすぎたのです。

彼女は、自分にとって理想的である母親像を演じていました――多分完璧に。彼女には、自分の演ずるべき役柄がしっかりと理解されていました。だって彼女は大人でしたもの。

僕の言いたいことはお分りいただけると思います。

僕は、彼女の期待することを、彼女の期待するように演じようとしていました。僕は、理性的な、しっかりした男の子をやってました。僕は彼女に期待されている役柄がそういうものだと思っていました。でも、僕にはそれ以上のことが分りませんでした。彼女は確かに、僕に何かを期待していましたが、それは、理性的なしっかりした男の子をやることではなかったのです。彼女は僕が、理性的でしっかりした男の子であると思っていた(かった)のです。彼女が彼女なりに設定した理想の母親を演じる為には、僕は、そうやるのではなく、そうであらねばならなかったのです。彼女にとって、僕が普通に子供であることは、なにかの間違いでしかなかったのです。彼女が僕をしかる時、僕はほとんど、彼女の絶望しか見ませんでした。彼女はなんにも言いませんでしたが、彼女が僕をしかっている時の表情は、「どうしてこの子はこういう子なんだろう?」と言っているとしか思えませんでした。

「どうしてこの子はこういう子なんだろう?」と言われても困ります。だって、僕はそういう子なんですから。

僕が小学校の5年生の時だったと思います。夏に、林間学校へ行ったんです。その、林間学校へ行く電車の中で、田舎のおばさんが、子供をあやしていたんです。あやすというよりも、ほとんどそれは叱っていたんですが、僕にはその光景は、ほとんど驚きでしかありませんでした。

その子は、小さな(5つか6つぐらいの)男の子でした。その子が、なにかの拍子で、むずかり出したのです。そのむずかり出した男の子を、その子の前の席に坐っていたおばさんが、「ホントに困った子だねェ」と言って、ニコーッと笑って、抱きしめたんです。色の黒い太った、ウチの母親とは対照的な、ホントに田舎のおばさんでした。

着物を着たおばさんの、大きな胸の谷間に押しつけられて、その子は困ったみたいに泣きべそをかこうとしていました。それが、ギューッと抱きしめられて、おばさんのゴツイ指で、ポンポン頭を抱かれて、「どうした? どうした?」って言われている内に、照れくさそうな顔をして、笑い始めたんです。ほとんどそれは、その頃の僕にとっては、息がつまりそうな、生々しいワイセツ行為と同じでした。僕には、そんなことをされた経験がなかったからです。イヤーなものを見た、と思いました。それは多分、母子ではなかったと思います。〝おばあさん〟か〝親戚のおばさん〟かなにかだったのだと思います。でもそれでも、そんな経験が僕になかったのだということに変りはありません。僕が、セックスというものの存在を知ったのは、その頃のことだと思います。なんのことを言っているのか、お分りでしょうか？　母にとって、僕との関係が〝理想の母子〟でなければならなかったのと同じように、母にとっては、父との関係も〝理想的な夫婦〟でなければならなかったのです。父もどこかで、僕の〝田舎のおばさん〟に類するものに出会ったのでしょう。父がよそに女を作ったのなら、それ以外には考えられません。多分そうだと思います。

僕は、母の思うような男の子ではありませんでしたが、ともかくそうであろうと努力してはいました。僕にとって、母の「きちんとしなさい」はほとんど当り前の日常でしたから。でも父は、子供ではありません。ですから、僕には言えなかった「メンドクサイ」も、多分父には言えたのです。父はいつの間にか、そういう父であることをやめていました。多分、よその女の人はそんなことを父に要求しなかったからでしょう。父はそっちへ行き、家にはあまり帰って来なくなりました。

父は帰って来なくなり、母は、いやもおうもなく、自分が置き去りにされてしまっている、ということを認めなければならないような破目に陥りました。

自分が間違っていたかどうかを認めるのは、多分、大変なことなんでしょう、でも、夫が帰って来ないという事実を認めるのは簡単なことです。だって、彼は帰って来ないんですから。

夫婦の仲は、険悪になりました。僕は、息をひそめるようにして家にいました。

学校から帰って来て、夕食までは母と2人です。父が帰って来ようと来まいと、その時間帯、家に父がいることはありません。それは、生まれた時からほとんどそうでした（こんなこと当り前ですけど）。でも、その当り前のことに異変が起りました。母の表情が、強《こわ》ばるのです。

もともと母は、感情を表に出さない人でしたが、それが露骨に、感情を表に出すまいとするようになったのです。何が起ったのか、その頃の僕には分りませんでした。分りませんでしたけど、でも、何か異常なことが起っているのだということだけは分りました。母の異常な緊張の前で、僕は息をひそめるようになったのです。

僕は息をひそめます。そして、自分の子が息をひそめていることに、いつか彼女は気がつきました。僕が一番恐ろしいと思っていたのはその頃です。

父が帰って来ると、夜中に母の叫び声が聞こえるのです。子供が息をひそめている——やっと母には、父をなじる口実が見つかったのです。

父も怒鳴りました。そんなことが、2年間も続いていたようです。

それまで父は、僕に対しては、なんにもなかった時と同じような態度で接していましたが、その頃から、時々〝恐ろしい父〟というような表情も見せるようになりました。

それだけです。そんなことが、中学の2年間は、たっぷりと続きました。たっぷりと続いてそれに慣れ、僕は十分に攻撃的な部分を形成されました。

父に対しては、「何言ってやんでェ」です。これは、父が怒鳴るようになって、すぐ発動されました。子供の僕にでも、父の怒鳴り声は、行きがかり上出しているだけのものということがすぐ分ったからです。

父が怒ろうと、普通にしていようと、僕に対して愛想をふりまこうと、それは全部「何言ってやんでェ」でした。僕は、父に対してそれをやることが、こっそりと母を喜ばせていることを知っていました。だからそれは、ほとんど大っぴらにやれました。

大っぴらになって、僕は増長したのです。母の威圧感に対する対処の方法も、そこから見つけ出せました。感情を出せない母に対して、思いっきり苛立ちをぶつけることでした。

母がヒシと黙りこくっている前で、僕は思いっきりイライラを発散していました。それが、母と2人でとる、僕達の夕食でした。そうして、僕と母との力関係が逆転したのです。

今年の3月に、高校生の男の子が母親を刺し殺すっていう事件がありましたけど、あれよく分ります。父が家にいて、僕が普通に生きていたら、僕もああなっていたと思います。

僕の家は、父が女を作って寄りつかなくなりましたけど、その母親が刺し殺された家はそうではありませんでした。

その家の父親も僕の家の父親とおんなじように、優柔不断な人間だったんだと思います。たまたま家の父と違って、そういう女によそで出会わなかった。だから家にいた。ただそれだけの違いだと思います。

母親は父親に、父親らしくあることを要求する——というよりは、妻は夫に、自分にとってはそうであるべきだと思われる〝夫像〟を要求する。その要求に答えられない夫は、家の中にひっこむ。つまり、優柔不断でグズな夫であることに平然と居すわる。それで妻があきらめればいいけれども、彼女は絶対にそんなことはあきらめない。自分が夢想する夫がその家に存在するものだと、一方的に決めつけてしまって、そしてその夫にふさわしい妻であるように自分を決定づけてしまう。ほとんど、その家は彼女の妄想によって支配されている。僕の家とほとんどおんなじです。

その3月に事件のあった家は、夫は1人で、2階で酒を飲んで寝ていた。妻と子供は2人で、1階の部屋で同じテーブルを囲みながら、別々に食事をしていた。うっとうしい母親の存在をシャット・アウトする為に、男の子はヘッドホンをかけて音楽を聴いている。母親はその横でTVを見ていて、自分の周りには何者も存在しないことにしようとしている。でも、息子のヘッドホンからはリズムがチャカポコと漏れて来る。ほとんど、いつそのバランスが壊れてもおかしくない家庭だったと思います。

うるさいと思った母親は、台所から包丁を持ち出して来て息子を挑発する。その男の子は、ただ彼女の挑発に乗っただけだ。それで殺されたのなら、殺されるようなもの（包丁）を持って挑発にかかった母親が悪い！

僕、その新聞記事読んだ時思ったんです——キッタネェことしやがるなァって。

どうして父親は、サッササと家出てかなかったんだろうって。どうして母親は、サッササと家出てかなかったんだろうって。そうなるようにしむけたの、父と母っていう肩書ぶら下げた、バカな男と女の2人組じゃないかって。

サッササと別れればいいじゃないかと思いましたね、僕は。僕の家じゃ丸5年間、くだらない揉め事を演じてた訳なんですからね。

親父が女と出来ちゃってわりとすぐ、ウチの親父は別れ話、切り出したそうなんです、お袋に。後で聞いたんですけどね。でも、プライドの高いお袋は、そんなこと、聞こうともしなかったし、認めようともしなかったんです——だそうです。それで、別れ話が出て来たのはそれっきりだったんです。一遍だけ勇気出した親父も、お袋に頭っからそんなもんはねつけられて、それっきり言い出そうとしなかったんです。

親父が家に帰って来るのは時々です。時々家に帰って来て、夫婦仲の良くない夫婦を演じようとしてました。お袋は一切そういうことを認めようとはしませんでした。親父がいる限り、普通の夫婦を貫こうとしてました。そうやってれば元に戻ると思ってた訳でもありません。親父の方は、元に戻すという気なんてサラサラなくなってたんです。なくなってたけど、離婚しようって言い出せない親父は、お袋が黙ってるかぎり、平気でなんにもなかった頃の元の夫婦で通せると思ってたみたいです。

親父の方で子供が出来て、それで産みたいっていう向うの女《ひと》に押し切られて、それで離婚したのが僕の高2の時です。5年間、前に話したみたいな状態が続いてました。

お袋は終始一貫、平静にして、ないことにしようと思ってました。思ってましたけど、彼女の自信というものもだんだん揺らいで来ました。何事もないということにしていても、自分の亭主がそこにいないというのは、隠しようのない事実でしたから。そこで、問題にされたのが僕です。ともかく、夫がいなくたって家庭はある――家庭がある限り、夫はいるべきである。ここが家庭である証拠にはこの子がいる――〝この子〟というのは勿論僕です。僕は、夫というねずみを捕まえる、家庭という名のねずみ取りの餌でした。

一遍亀裂の入った家庭の中で、僕はもう、昔のように従順な僕ではありませんでした。

僕はイライラして、母に当り散らしていました。そして母は、その状況を逆手に取ろうとしました。暴君になってしまった僕に一生懸命つかえることで、母は、僕が暴君になってしまったことを訴えようとしました。

どこへ？

分りません。そんなことをしても、僕の家の内情を見に来る観客なんて、一人もいはしなかったんですから。いたとしても、僕は観客の前でそんな演技をするようなバカじゃありません。母は、自分自身を納得させる根拠として僕を使ったんです。

途中で母は、夫婦関係を修復させることをあきらめました。というよりも、そのことについて考えないことにしてしまったらしいのです。

そのことについては考えない——でも、考えないことにしたって怒りや焦燥やイライラは残る。残って積った不安感を肯定させるのが、僕という暴君の存在でした。

僕はイライラする——でも、母は「思春期の男の子は難しくって」と人に言っていました。一体そんな風にしたのは誰なんです？　そして、僕がイライラするのはそんなせいなんですか？　〝思春期〟なんて、関係ないじゃないですか！

僕はその家にいました。なにしろ、その僕の家は、別になんにも変ったことは起きてないんですから、そこで僕が飛び出したりでもしたら、僕の負けです。ちょうどヘッドホンがうるさいと言って、包丁を持ち出して来た母親の挑発に負けて、包丁片手に母親を刺し殺した男の子とおんなじです。一体なんだってそんなことをするんでしょう？　みんな、自分達、男と女のプライドだかなんだかの問題でしかないのに、どうしてそんなものを、ただ身近にいるだけの人間にぶつけるんでしょう？　子供にばれてないと思うんでしょうかね？

僕は、理梨子に「あなたは女に甘い」と言われた時、ほとんど、どうしてそんなこと言われるのかが分りませんでした。だって、僕はほとんど、心のどっかで、いつだって女を憎悪してるんですから。

僕、別に母親のこと、恨んでません。父親のことだって、別に、バカになんかしてません。

しようがなかったんだって思ってるから。今更そんなこと関係ないし、別に、別れないでいてほしかった、なんてことも思ってませんから。よく考えたら僕、一遍も自分の親なんて恨んだことありませんね。ズーッと、物心ついてからズーッと、「ああッ！　早く消えてくれ、早く消えてくれ、このうっとうしいの消えてくれ」って思い続けてましたからね。だから別に、僕としては恨む理由もなかったんです。ただ関係がなかっただけだから。

でも、ただしかし、女性憎悪っていうのは残りましたね。自分では、もうそういうの消えたって思ってましたけど、でも、どっかにそういうのって、残ってましたね。

両親の離婚が決定的になったぐらいの頃、僕、クラスの女と出来てました。高校ン時です。クラーイ女でした。なんだか知らないけど、一人で問題抱えて、暗がってる女でした。

僕も暗い少年で、暗さだけが互いを近づけたんです。僕は単純に、〝親〟といううっとうしい雲を抱えてて、彼女は自分が女であるという、一般的な（というより〝芸術的〟かな）うっとうしさ抱えててってとこだけが違ってましたけど。彼女は、僕が自分とおんなじタイプの人間だと思ってて近寄って来たみたいだけど、僕は違ってました。ある時までは僕も、彼女が僕の唯一の理解者だぐらいには思ってましたけど——だって、自分の両親がグチャグチャしてて自分はうっとうしいんだ、なんてこと言えないでしょう？　話すってことは結局、一般的な不安感とかね、「どうしてみんな、ああも単純に明るく楽しいのかね」とかね、そういう軽薄な、よくあるニヒリズムみたいなことでね、僕だって当時、暗い本読んでたから、「ああ、話が合うね」とかね、そんな感じだったんですけどね——初めは。

でも、僕と彼女がある一線超えちゃった時からは違いましたね。

ラブホテル行ったんですよ。高校生なのに金持って。そういうとこで彼女の体見たら、カーッとなっちゃってね。

いきがってたから、学校の帰りだったんですよ。学校の帰り、そのまんまラブホテル行ってね。普段とおんなじ彼女がそういう所にいるんですよね。なんか、ほとんど乱暴に、裸にする前に、もうやっちゃってましたね。自分がそれを自由に出来るんだと思うとね、もう、相手のことなんか考えてなかったですね。

終ってからすぐ、ほとんど続けて、「脱げよ」って言って、相手にすき与えたくなかったし、なんだか僕、たかぶってて、相手が服、脱ぎ出す前に、僕もう、ほとんど相手の服、剝ぎ取ってましたね。相手がどのぐらい許すのかって、知りたかったし、それにほとんど僕、相手のこと考えてませんでしたからね。

それで終って、もう、ほとんど俺のものだって思ってましたね、その相手の子を。やさしくしたいっていう気もないし、やさしくしてるんだって、そういうことを見透かされるのもいやでした。彼女はほとんど、一貫して黙ってましたけどね。

2回目だったかな——3回目だったかもしれない——彼女の部屋で、押し倒そうとしたら、「もう少しやさしくして」って言われました、言ったけど、僕、無視しました。性欲に押し潰された男っていうのを演じてればいいやって思って、それ、無視したんです。「俺のこと試してるな」って思って、その手に乗るか、とか思って、無理やり。

相手って、そういう時にいやがるタイプじゃなかったですね。いやがるとか、反抗するとかっていうタイプじゃなかったですね。なんか、入りたけりゃどこまでも入って来いっていうか、他人が自分の中に押し入って来るの、冷やかに見てるってとこ、どっかにありましたね。多分、絶望的な顔付きするのが好きだったんでしょう。今、彼女、映画のシナリオ書いてるとか言ってましたけど、文学少女だったんですね。

ともかく、なにするんでも、初めは1回だけ、僕に好きにやらせるんです。自分は黙って見てるんです。そして2回目、僕が同じようにそれをやろうとするとクレームをつけるんです——私が思ってたのはそうじゃないって。そう言って、そしてそれを僕に強行突破させるんです。そういうこと言われれば、僕が絶対に彼女のクレームをはねつけるってこと知ってて。僕は勿論蹂躙します。蹂躙して、強行突破して、そしてそうなって、黙って彼女はついて来るんです——どんなに自分のいやなことでも。何故ならば、そうすれば、「そうさせたのはあなただ」って言えるから。僕にではなく、自分自身に。

絶望的な状況に追いこんだのは自分じゃない、私はあの人に押し切られてこうなったんだって、彼女は自分に言い聞かせたかったんです。ほとんど彼女は、僕の母親に似てました。

僕が彼女とそうなった頃、僕の母は父と別れて、そうなったらもう、こんな家にいる理由はないとばかりに、静岡の田舎に引っ込むと言い出したんです。僕にはどうするかって訊きました。僕は今更、彼女と一緒にいる理由はないと思って、いやだって言いました。少なくとも僕は、自由になりたかったんです。彼女——僕の母親は、一人で田舎に帰りました。ほとんど、そんなもの見ていたくないと思いました。なんだってそんな思いさせられるんだって——自分の母親が一人でトボトボと消えて行こうとするのに、どうしてお前はそんなことを見過ごせるんだって、そういうことは思いました。でも、僕、はっきり分ってたんです。そんなひどいことしちゃいけないって分ってても、でも、僕、彼女と一緒にはいたくなかったんです。彼女と一緒にいたいとは思えなかったんです。それだけです。

僕にはその頃、〝母親〟が二人いたんだと思います。一人は実の母親で、もう一人はその彼女。

もう一人の母親に対して出来ないことを、僕はもう一人の母親を作ってやってたんですね。ほとんど、泥沼でしたけどね。

僕が一人で部屋借りて住んで、もう学校なんかどうでもいいやと思ってて、彼女が妊娠して。僕、ホント言って、彼女を自分の部屋に入れるの、いやでしたね。まだ母親と一緒に住んでる時なんて、絶対に、そいつを自分の家に連れ込みたくなかった。どっちにどっちを見られても最悪だし。でも、一人になって住んでると、そいつ、僕の部屋に来たがるんですよね。やれる場所なんてそこしかなかったから、そいつ入れたけど、でも、そいつが僕の部屋に入って来たがると思った途端、いやになった。だってそれは、亭主がいなくなった代りに僕を捕まえとこっていう、僕の母親のやり方とおんなじだったんだもの。違うのは、やるかやらないかだけでね。

敵も巧妙だったたな。やらせるかわりに部屋の中に入れろって、そういう感じだったたな。ほとんど、感じとしてはSMすれすれってとこまで行ってたし。ほとんど愛情がないのに、意地で夫婦関係やってる夫婦みたいでしたね。

「出来た」って、彼女が言うんです。高3でね。なんて暗いんだ。僕は一人で住んでて、彼女としては同棲したいんだけど、僕と、でもそんなこと彼女の親には言えなくて、僕の部屋に来るってことはほとんど、「すぐ帰るから」って言うことに等しくって。でも来ると、ジトーッとして、いて。僕の方からなんか話しかけるの待ってるんです。2人揃って、ジトーッとしてるの。ジトーッとしてたって、なんにも始まりっこないのに、でもジトーッとしてて。身動き取れないって、ああいうことですね。そんな中で、「出来た」って僕に言うの――子供が。

そんなこと言わなきゃいいのにって、僕思った。そんなことお互い様なのに。「やらせろ」

って言った訳でも「したい」って言った訳でもないのに、お互いがお互いでそうなっただけなのに、「出来た」って僕に言うんだ。僕に出来ることなんてなんにもないのに。言った後で、「言っただけよ、自分のことだからなんとかするわ」って言うんだ。そんなんだったら言わなきゃいいのに。そう言えば僕が、傷つくって知ってるから、そう言うんだ。女なんてみんなそう――あーあ、ほとんど女性憎悪だな。書いててやんなって来た。

僕が幸代ちゃんの電話嫌ってたのって、ほとんどそういう感じでだったんですよね。大体、女っておんなじだもん。結局、どっかのある一線超えると、「なんとかして」って言うんだ。それも口じゃなくて、態度で。黙ってて、それで僕に、なんとかしろってこと、圧力みたいな形で言うの。僕のひっかかった女って、みんなそうだもんね。そう、ひっかかったの。そういう形で母親と関わり持ってるのなんかやだけど、でもみんな、なんかしらそうなるみたい。そうならないのって、僕の知ってる限りじゃ、理梨子が最初だもの。あんなにはっきりもの言う女も初めてだったし、あんなに長話する女も初めてだった。

僕としては、暗くなるのがいやだったんですよ。〝暗い〟って言葉が登場したの、3年ぐらい前だったかな。大学卒業するぐらいの頃で、ほとんどもう、その頃にはうっとうしい女性遍歴ドラマなんての卒業しかかってた頃だったんだけど、なんかすっきりしなくって、ああ……、とか、まだウダウダやってたんですけどね、なんとなく突然、友達の口から〝暗い〟なんて言葉が飛び出して来て、ほとんどそれで光明を見た、みたいだったですね。「ああ、なるほど、それを〝暗い〟と言っていいのか」「これは、〝暗い〟で処理出来るのか!」って、そんな感じね。カパッって、世の中開けたみたい。

「ああ、バカだ」とか世の中のこと思ってたけど――世の中って、ほとんど、周りの人間てことですけど、そういうことのうっとうしさが目につき出して来るってことは、多分自分のうっとうしさにおさらばしたかったってことだったんでしょうね。よく考えたら、そんなもんと付き合ってる必要なんてもうないんだもん。

自分の母親なんてサッサと別れてんだしサ、そんなことの答はとうの昔に出てんのにサ、なんだか知らないけど、暗い青春ドラマ一人でやっててサ、ホント、バカみたいでしたね。

初めての彼女が、「子供が出来た」って言い出したのが高3になる春休みでね、普通だったらそこで破局ってことになったっていいのに、入試が始まって、試験落ちるまで、クラーイ二人ってのやってましたからね。なんかもう、自分は試験に落ちるのをあらかじめ予想してて、その言い訳の為に彼女をそばに置いといたとしか言いようがないとこもあったけど、でもサ、それはサ、僕が、両親が離婚するまで続けてたモヤモヤの中にズーッと身を置くことで吸収してた暗い空気を、自分の中で吐き出す為に2年かかったってことなんでしょうね。

高校卒業したと同時に、彼女と別れた。別れてそれから、2ヶ月ぐらいしたら、彼女フラーッとやって来て、しかも雨の晩に、傘もささずに（！）「泊めて」って言うのね。「傘がないから」って。僕もバカだからサ、「いいよ」って言ったのね。ほとんどなんか、それはもう、しようがないしなァ濡れるのは可哀想だなァ（詠嘆）という世界だったんだけどサ。自分としてはサ、もうキチンと彼女とは切れたと思ってるしサ、自分としてはサ、もう、ほとんどスマートに別れることが出来たなんて思ってるからサァ！（ここでなんか、もう当人は、ほとんど自嘲的に笑ってる）泊めたって、もうなんともないと思ってんのね――当人は！（当人て僕だけど）

女が「泊めて」って言ったら決ってる訳でねェ。傘がないなんていうことはほとんど口実な訳でねェ。どこに行ってたんだか知らないけどサァ、傘ささないで僕ンとこまで濡れて来る手間考えるんだったら、そのまんま濡れて自分の家帰りゃいいじゃん、ていうのもあるんだけどサァ――ねェ、その頃はウブだったからサァ、僕もそんなこと考えないでね、「ああ、傘がないから、幸い近くにいる昔の男の所へ行こう、あの男とはもうなんにもないから、それで純粋に雨宿りなんて出来るなァ――なんてことを彼女は考えてるんだろうなァ」とか思ってサ、なるほど、別れた後でも友人でいるっていうことは、キチンとした大人のすることなんだよなァ、なんてバカなこと考えてサ、「いいよ」なんて僕は言う訳ね。「毛布貸してやるから」とかサ――「ああ、これできれいに清算出来るんだなァ、これで僕も大人の男なんだなァ」なんて考えてサ。なに考えてんだか。

もう終電車なんかとうになくなった夜中の時間見定めてサ、彼女はねェ、体なんかすり寄せて来る訳でねェ……。

なんかもう、ほとんど発作的に怒鳴ってんのね、僕なんかね――「なにすんだよォッ！」って。でも、そうなると負けね。女の方なんて、なんだか、意味があるんだかないんだか分んないようなこと、グチ、グチ、って言い出してね。その雰囲気がたまんないからサ、こっちはもう、怒鳴ろうとするんだけどサ、なにしろ向うなんて、入って来た時から、〝私は雨に濡れた仔犬です〟って顔をしててサ、そういう風に押して来る訳ね。なんか、うっかりたえがたい沈黙が相手の口なんか開かせちゃったら、〝雨に濡れた仔犬であるところの私が何故に雨に濡れているかというと、それは勿論、あなたのせェですゥ〜〜〜〜〜〟って感じでサ、その瞬間から幽霊になる訳でしょ？　僕なんか、怒鳴りつけるってとこから始まったのに、いつの間にか、知らない内に、くだくだくだくだ、彼女に向かって説明してんのね。君と付き合ってたのはこういうことで、君と別れたのはこういうことで、決して君が嫌いな訳じゃなくって（勿論そんなの嘘サ、今となれば）、僕がいやだったのは自分自身で（アーア、よく言うぜ）、僕と付き合ってると君を不幸にすると思って（キマリ文句だね）、ウンタラカンタラ、なんてのをサ、夜が明ける迄やってんのね。で、雨の中をサ、始発に乗るのを送ってくのね。

あー、やだった。

5年がかりで吸いこんだ母親の毒ガスを2年がかりで彼女に吐き出して、それで終ったかな、アーア、とか思ってるとこにその彼女にやって来られて、2年間の自分の悪事をドッと（しかも一方的に）白状させられたみたいな気になって、今度改めて、2年分の毒ガスしょいこまさせられて――結局僕の、中学から大学までの間って、女から女渡り歩いて、自分の中の毒ガス、少しずつ薄めさしてただけなんだってとこがあんです。

一体なんの話してたかな、俺？　たしか推理小説書いてたはずなんだけども、どこをどう間違って、〝青春のさすらい〟なんてのになっちゃったんだろ？

すいません、少し前、読み返してみます。ホントに、こう長くなると、自分でも何書いてんのか分んなくなって来ますもんねェ。ホント、小説家って大変ですねェ……、よくあんなもん書けるなァ……。自分が書いてみるまでは、全然そんな大変そうなもんだとは思えませんでしたけどね。

なんだったっけか？

あ、そう、そう――要するに、僕は人との関わりの持ち方を知らないってことなんですけどね、でも一体、そんなことと推理小説とどういう関係があんのかな？

自分の書いたこと読み直してみると、なんかもっともらしいことは書いてあんですけどね、でもなんか、よく読んでみると、何書いてあんのかさっぱり分んないな。「気取りやがって」とか、我ながら思っちゃいますけどね（かなり無責任みたいだけど）。

でもあれですね、文章って、なんか、知らない内に自分蝕《むしば》んで来るんですね。なんか、知らない内に、僕、落ちこんでた。前書いてた文章読んで、びっくりした。催眠術かけられてるみたいに、暗い方向へと追いこまれてるもん。

あれですね、結局、親のことなんだかんだって言ってましたけども、僕、でも、結局、それは外部の人間だから言えるんですね（子供だって、夫婦関係から見りゃ外部でしょ？）。当人はなんか、「そんなこと、いい加減でやめりゃいいのにィ」とか思われてること、平気でやってんですよね。物事ってやっぱり、なんかのきっかけっていうのがないと、平静になれないですね。それとなんか、当人なりに、やりつくすっていうか、吐ききるみたいなことしないとね。

なんか、読んでてくれてる人には悪いけど、僕、自分のこと吐き出せるだけ吐き出したら、楽になっちゃった。

なんか、書いてるのはいいけどね、「一体、これ読んでる人って、僕のことどういう人間だと思ってんだろうなァ……」とかってこと考えると、気になってねェ。僕の考えてることって、特殊なのかなァ、一般的なのかなァって、時々分んなくなっちゃうんですよね。なんか、小説の主人公って、普通、無色透明一般人て感じだし、ことにそれが〝若者〟だったりすると特にね。

でも、僕ってこういう人間なんです。一般的か特殊なのか、それは読んで勝手に判断して下さい。

あー、楽になった。

要するに、僕はこういう人間なんです。

要するに、僕が〝気にしてた〟ってことはこういうことでしょ？　〝一体自分はどういう人間だと思われてるんだろ？〟って。

言っちゃえば楽なんですけどね。

言わないとなんか、秘密抱えてるみたいでね。

でも、一番重要なことは、それを言える相手がいるかいないか、言える機会があるかないかですね。

僕なんかうっかり、こういう場所使ってやっちゃったけど――そういう機会って、「書いてみません？」て人から与えてもらっちゃったけど、でも、みんながみんなそういう訳じゃない。そういうことを言いたいが為に、いろいろ苦労してる人だっているのかもしれない。口をきけないから人を殺すってことだってあるんですしね。

一体、人はどうして、わざわざ他人なんかを殺したりするんでしょうね？

殺してみなきゃ分んないっていうことだって、やっぱり勿論、あるんでしょうね。

みんな結局楽になりたいんだなァ、なんて、訳の分らないことを、とりあえずは言っておきます。

僕の私小説《はなし》は、ここまでなんです――。

Chapter
26

# 名探偵再びテーブルに着く

私たちはなんのために過ぎ去ったこの半世紀をふりかえろうとしているのだろうか。それは私たちが今まであまりにも忙しすぎて、ほんとうにしみじみと過去をふりかえり、自分の歩んできた道に想いをひそめてみることが少なかったからではないか。

色川大吉『ある昭和史』

前にも言いましたけど、僕と理梨子がそのお通夜の席を後にしたのは、夜の10時を回ってました。

「そろそろ失礼します」って言ったら梅子さんに幸代ちゃんは呼ばれて——なんか、それまで眠ってたらしいんです、自分の部屋で——それがやって来て、やって来たはいいけど、でもよく考えたら、別に僕達、幸代ちゃんの友達でもないし、おじさんは、「どうも今日はわざわざありがとうございました」って挨拶してくれて、ホントよく考えたら、僕達はこの家で誰と一番親しいのかっていえば、気持の上ではおじさんだったりしますから、不思議なもんです――そんなことをね、幸代ちゃんが起き出して来るの待ってる間に思ってたりしてた訳です。

来た時とおんなじ、幕の張ってある庭通って、「じゃ、失礼します」なんて言ったりすると、僕らはほとんどすぐにいつもの僕らに戻っちゃって、「別に俺サァ、お前が言うほど、そう〝ヤな女ばっかり〟だとは思わないぜェ」「そうおォ」、とかやってたんですけどね。狭い門くぐると、外に受付の人がいてね、「ごくろうさまです」とか、頭下げる訳ですよね。どういう人がこういう役やるのかなァ？　やっぱり、おじさんとこの下ッ端の人間がやるんだろうなァ、とか思ってたら、そばに、知った顔が立ってるんです。「あれ？」とか思って、「誰だろう？」なんて考えてる間に、もう答は出てるんですね。誰かというと、それが田拝さんだったんです。よく考えたら、２日前に殺人事件があったから当り前なんですけどね、刑事が立ってるの。でも、なんつうか、やっぱりドキッとするんですね、現実のインパクトっていうか。

僕、知らない顔して通りすぎようかな、とか思ったんです。だって、刑事に会って、「あ、今晩はァ」ってのもないでしょ？　やっぱりね、何考えてるか分んない他人て、ホントに苦手なんですよ。

考えてるだろうなァ、ウン、考えてる筈だ、だって刑事だもんなァ。でも、刑事がなんか考えてるだろうなァ、なんてこと、普通の人間、気にしない筈だもんなァ。

でも、僕もう気にしてるもんなァ、これでもう、〝普通の人間〟じゃないよなァ……。なんてことをね、例によってウジウジ始めようとかはしかかってたんです。そしたら、あちらの刑事さん、「やァ」って言って、僕に声かけて来たんです。

「今晩は」って僕言って、「だァれ？」って理梨子は小声で聞くんです。

「刑事だよ」

僕はもっと小声で言います。理梨子は黙って、「はァ？」とかって、いかにも相手はうさんくさいものであるって顔して田拝刑事の方、見てんです。はっきりしてる女っていいですね。まァ、別にどってことはないんですけども。


「中の様子はどうでした？」って、田拝さん訊くんです。

「いえ、別に」

相手の調子が普通だったから、僕も普通に言いました。

「そうですか」って田拝さん言って、「ちょっと、あなたに紹介したい人がいるもんだからね」って言うんです。

「僕に？」

僕は口に出さずにそう言いました。要するに、黙って自分のことを指さしただけなんですけどね。

「彼──」

田拝さんは言いました。彼のそばに、サングラスかけた、大学生っぽい男の子が立ってました。断っておきますけど、時間は夜の10時ですけどね。

「ここに住んでる──」

田拝さんは、自分達の立ってるところの後にある鬼頭家所有のアパート、快風荘を指さしました。

「下嶋《しもじま》優《まさる》くん」

「今晩は」

田拝さんの言葉に、サングラスの、ついでに言えばストレートヘアの長髪の、いかにも推理マニアの大学生でありそうな暗さを漂わせた下嶋優くんは頭を下げました（しかし僕は悪口ばっかり言ってるな）。

「今晩は」

頭を下げながら僕は、「えーっと、下嶋くんて誰だっけ？」と思いました。

どっかで聞いたことあるその人は、鬼頭の千満おばあちゃんに「私立はだめだ！」って言われた、快風荘に住む推理マニアの大学生。そして、鬼頭幸代ちゃんのボーイフレンドである、中央大学理工学部の3年生。そして、鬼頭家で殺人事件のあった15日の夕方、鬼頭家の裏庭に足跡を残した、靴の持ち主であるところの、〝関係者〟の一人ではあったのです。

田拝さんは、僕に下嶋くんのことをそんな風に紹介しました。

考えてみれば、かなり重要な登場人物である下嶋くんを今まで登場させなかったっていうのも、怠慢といえば怠慢なんですけど（作者としての）、まァ、いろいろこちらもこちらで事情がある訳で、すいません。

改めて御紹介いたします、下嶋優くんです。

田拝さんに紹介された下嶋くんは、黙ってつっ立ってました。丸に二引きの紋のついた提灯の前で、国立探偵と私立探偵が2人、刑事を間にしてつっ立ってんです。

別に火花が散る訳でもありませんけど。

「こちらは？」

田拝さんが口を開きました。

「あ」

僕は田拝さんに理梨子を紹介しました。

「長月理梨子さんです。こないだ僕と一緒におばあちゃんとこに来た」

「あ、そうですか。大塚署の田拝です」

田拝さんは言いました。

「その〝理梨子さん〟です」

理梨子さんは言いました。

なんとまァ、大胆な女だろう、とか、僕は思いました。だって相手は刑事なんだからァ……とかね、僕としてはある訳なんですけども、理梨子さんとしては、「それがどうしたのよ」という顔をしています。

女はすごいというか、女はトクだというか、よく分りませんけど。対する田拝さんだって、別になんてことない顔してますけど、要するに僕が、神経過敏すぎるのかもしれません（臆病なんでしょうけどね）。


「ちょっと、ここじゃなんですから、あちらへ行きませんか」

田拝さんは言いました。

「いいですよ」

僕も言いました。

「お時間は取らせませんから」

「はい」

これも一種の任意同行なんでしょうか？


〝ここじゃなんですから〟と言われて、僕達が連れて行かれたのは、なんてことない、快風荘の玄関でした。

お通夜の受付の机の置いてある路地を出て、新大塚の方へ左に曲ると、すぐ快風荘の玄関です。僕達はそこへ連れてかれました。

「実はですね、お願いがあるんです」

田拝さんは言いました。

「お願いというよりも、提案かな？」

田拝さんはそう言って、下嶋くんの方に振り返ります。下嶋くんは、「だからどうだって言うんだ」っていうような顔をして、表情一つ変えません。もっとも、少しぐらい表情変えたって、サングラスかけてる彼に、そんなこと分る訳ないですけどね。

僕としては彼が、こちらに対して敵意をもってんのかな？　とか思ったんです。探偵の役取られたから、とか。でもそうじゃなくて、彼としては単純に、初対面の人間——即ち、僕ら——に対して、緊張してたっていうだけらしいです。

「今度の事件のことですけどね、あなたはどんな風に考えられます？」

僕に向かって田拝さんは言いました。

「どんな風にって言われても、別にィ……」

僕としては、いきなり訊かれたって、そうとしか言いようがないんで、そう言いました。

「あなたは？」

田拝さんは、理梨子に対してもおんなじように訊くんです。

「あたしですか？」

理梨子は言いました。

「あたしは、なんていうのかなァ……、もうどうでもいい――。だって、あたしとはもう関係ないんだもん。だって、現実に、ホラ、人は殺されてんだし、結局、そういうことは警察のすることでしょ」

理梨子の発言はこうです。言ってみれば、まァ、その通りでしょうね。

フンフン、とかうなずいて、田拝さんは言いました。

「実はですね、今回の件で、分らないことが2つある。分らないというよりも、どう理解したらいいかってことですけどね」

「なんですか？」

僕は訊きました。

そこは玄関の上がり口で、快風荘というアパートは、昔風の、玄関で靴を脱いで上がるようになっている作りのアパートです。その上がり口に理梨子は腰を下ろしました。

「コーちゃん、悪いけど、そこの戸、閉めてくれない？」

理梨子は言いました。要するに、早いとこ話を切り上げろということです。

僕は玄関の戸を閉めました。男3人は、立ったままです。

下嶋くんが、「よかったら、僕の部屋来ますか？」と言いました。

「いや、あの、悪いんだけど、今日はワリと早く帰りたくて」

僕はそう言いました。

「じゃ、手短かに話を切り上げましょう」

田拝さんは言いました。


「今度の事件で、分んないことが2つあるんです」

「ええ」

「1つは、事件発見当時、現場にバラまかれていた松の葉っぱです」

「ええ」

「もう1つは、あなたの存在です」

田拝さんはそう言いました。

「どうしてあなたが探偵としてここへ来たのか――いや、あなたの事情じゃない。どうして、あなたでも誰でもいい、彼――」

そう言って田拝さんは下嶋くんを指しました。

「彼以外の人間が探偵として来る――どうしてそういうものを呼ばなければならなかったのか、鬼頭さんなり、被害者なりの事情が、もう一つよく分らない」

「ええ、僕もそう思います」

僕はそう言いました。

「そうですか」

田拝さんはそう言いました。そして言葉を続けます。

「ともかく、あなたは来た」

「はい」

「そして、あなたという人が呼ばれた理由がよく分からない」

「はい」

「僕は決して、あなたのことを疑ってる訳じゃないんですよ」

田拝さんが本音を漏らしたのは、この時が最初でした。

「はい」

僕も素直に言いました。

「僕の言ってるのは、あなたの存在が、この事件と関係があるのかないのか、それがよく分からないということです」

「つまりですね——」

下嶋くんが口を開きました。

「僕の靴だったんだけど、その靴がどうして石垣の上に捨てられてなきゃなんないのか、どうして、僕の靴が〝大屋さん〟の家の裏庭に足跡をつけてなくちゃなんないんだってことがあるんです」

「はァ……」

でもそんなこと言われたって僕分らないというのが、僕のその時の心境でした。

「つまりですね——」

今度は田拝さんです。

「あなたが呼ばれたきっかけというのは、TVの映画で推理小説をやってたってことですね」

「そうですね」

僕言いました。

「そして、そのことで、あなたが、探偵小説もどきの、なんていうのかな、存在としてね」

「ええ」

「やって来たっていうことがあって、それで、〝謎の足跡〟というものがあって、それで、〝謎の侵入者の残した松の葉〟というものがあるんです」

「そうですね」

僕言いました。

「つまり、この事件には一貫して、探偵小説なり推理小説っていう要素がつきまとってる」

「はい」

「勿論あなたの存在をも含めて」

「ええ」

「多分、あなたはこの事件とは関係ないんだろう」

「僕もそう思いたいですね」

「僕も勿論そう思いたいですね」

僕が田拝さんの笑顔を見たのは、この時が最初です。

「しかし、それがどう関係ないのか、それが僕には分らない」

田拝さんが言いました。

「僕もです」

「そうですね。ところでもう1人、ここに、関係があるんだかないんだか分らない人が1人いる」

田拝さんは、下嶋くんの方を見ました。

「僕は勿論関係ないですよ」

下嶋くんが言いました。

「勿論そうだと思うけどね」

又してもニッコリ笑う田拝さんです。

僕はその時、なんだか、自分達が大学のクラブの部室のようなところにいて、田拝さんというOBを迎えて話をしているような光景を頭に描きました。勿論、私は関係ないわってい う顔をしている理梨子さんは、運動部のマネージャーです。僕が部長で、下嶋くんが下級生というようなな——。


「僕達、実はさっきまで話してたんだけどね」

田拝さんが言いました。〝僕達〟とは勿論、田拝さんと下嶋くんです。

「つまり、どうやらこの事件には〝探偵小説〟というものがからんでいるらしい——それがどの程度の重要性を持っているのか、それとも全然関係がないのかは別として。初め、鬼頭さんの依頼は、この下嶋くんのところに行った。そして次に、長月さん経由であなたのところに行った」

田拝刑事の言う〝長月さん〟は、ついさっきに紹介された人間のことを指して言っている言い方とも思えませんでした。その言い分は、ズーッと前から理梨子のことを、マークしていた人間の話し方でした。僕はこの時、〝さすがだな〟というのと、〝だから刑事《プロ》は油断がならない〟っていうのと、その両方を思ったんです。

田拝さんの話は続きます――

「探偵として、あなたは登場する。そして、謎の足跡の主として、彼は登場する」

こくんとうなずく下嶋くんです。

「そして、あなたという探偵が存在することを見定めて、殺人事件というのが、その時起る――はたして犯人というものが、あなたの存在を見定めていたのかどうかは分らないが、だがしかし、あなたが存在していた時刻に、その犯行が起きたことは確かだ」

「そうですね」

「そして犯行は発見され――起ったのではなく、発見されれですね」

「そうなんですよね、そこんところがヘンなんですよ」

田拝さんの話に、急に活気づいて来る僕らです。

「やっぱりそう思います？」

下嶋くんも言いました。

「うん、そう思う」

活気づいて来た〝僕ら〟というのは、実に、僕と理梨子ではなくて、僕と下嶋くんであったりはします。理梨子は〝好きねェ〟という顔をして、冷たい床の上で頬杖をついているだけですから。

「なんだか知らないけど、探偵小説がある」

田拝さんは言いました。

「僕はね、犯人が、探偵小説を要求してるんじゃないかって、気がするんです」

下嶋くんは訂正します。

「なるほどねェ」

そう感心するのは僕です。

「だからね」

田拝さんが言います。

「僕が言ってもいいですか？」

下嶋くんが彼に訊きます。

「いいよ」

田拝さんが、笑っています。

「つまりですね、推理競べをやろうって言うんです」

下嶋くんが言いました。

「もうやってるじゃない」

そう言ったのは理梨子です（余計なこと言うなっていうんだよ）。

「それ、今日やるんですか？」

僕は訊きました。

「いや、別に、今日じゃなくてもいいんですけどね」

田拝さんは言いました。

「コーちゃん、仕事どうすんの？」

ニッコリ笑って理梨子さんです。前の晩、原稿書かなきゃいけないところにもってきて、僕が電話で、〝俺、仕事ないもんねェ〜〜〟を言っちゃったことに対して、彼女はここで復讐をしてるんです。描き直しを命じられた、僕の苦境を知っていながら。

「お忙しいんですか？」

田拝さんは言いました。

「ええ、まァ……」

「120点描き直しって、誰だっけェ？」

ほとんど喜んでいるのが理梨子さんです。

「あのサァ、TVやなんかで、こういう時に捜査妨害する女って、ほとんど犯人に関係してる女だってこと知ってる？」

僕はそう言ってやりそうになりました。勿論、そういう気のきいたセリフを言えるほど、僕はまだ成熟した人格じゃありませんけど。

「忙しいって言えば忙しいんですけど、でも、土曜日ぐらいだったらなんとか……」

ほとんどこれは、口から出まかせです。口から出まかせというか、全く根拠のない希望的観測というか——要するに、早い話が、仕事するのがやだったんでしょ。そういうことですよ、ほとんど投げやりだったんだから、その時の僕は、こと、〝産建プレスの如月〟に関しては。まァいいですけど。

斯くして僕は、1月22日、土曜日の夕方に開かれる、僕と下嶋くんと田拝さんによる、公開推理会議に招かれることになったんです。

「一種の囮捜査って言ったらいきすぎかもしれないけど、僕達が探偵ゴッコやったら、犯人の方だって、ひょっとして動き出さないとも限らないでしょう？」

そう言ったのは下嶋くんです。

「あのォ、警察の捜査って、そこまでもう、行き詰っちゃってんですか？」

そういう遠慮のないことを言うのは僕です。

「いや、別にそういう訳じゃないけどね」

そう言って笑うのは田拝さんです。「あ、この人っていい人なんだなァ」って、僕が彼のことをそう思ったのはその時が最初でした。

だって現に、警察の捜査は行き詰ってたんですから。だって、警察の捜査ってのは、ほとんど行き詰ることを待ってから先に進めるもんなんだってことを言ったのは、他ならぬ警察関係者である、田拝聰一郎氏自身だったんですから。はっきり言って僕達、36と25と21の、3人の男の子は、その探偵ゴッコにノッてました。帰りがけに言った理梨子の言葉――「あんた達好きねェ」っていうのが、そのことを明らかにしちゃったんです。

男の子って、議論が好きです。しかもつまんないことを延々とやる議論が。

僕は遂に、そういう本格的な探偵ゴッコをやる席に、その晩、正式に招待をされてしまったという訳なんです。

その結果はもうお分りと思います。僕の本業は、かなりいい加減なものになってしまいました。

だって、みんなと遊んでる方が、楽しいんだもォん。

その週一週間、僕はたっぷり、遠足を待つ小学生の気分で、と同時に、ゲッソリとイライラしながら、『ぐーたらサラリーマンの為の手抜き出世術』を、どうしたら手が抜けるかという、そのことばっかりを考えていました。

# Chapter 27
# いろいろなクック・ロビンの殺され方

ヴァンスが、あの古い、耳なれた歌の文句をくりかえしたとき、まるでなにか目に見えない幽鬼がそばにいるかのように、私はぞっと寒けがした。

コック・ロビンを殺したのはたあれ
「わたし」と雀がいった。

ヴァン・ダイン『僧正殺人事件』(井上勇訳)

だれが殺した
クック・ロビン
それはわたし
わたし

わたし
わたし

萩尾望都『ポーの一族』

パパンがパン
だれがころした　クック・ロビン
あ　それ
だれがころした　クック・ロビン

魔夜峰央『パタリロ！』

1月22日の土曜日、僕はなんだかワサワサしていました。
ワサワサしていた理由は勿論、仕事が終らないからです。描き直しの『ぐーたらナントカ』の締切りっていうのが24日の月曜日ってことになってて、それだってホントは無理だって話もあったんだけど（僕の中で）でも、僕が「すみません、もう一遍やり直させて下さい」って言った時点で、そんなことは全部グタグタに崩れていたんです。一週間あればなんとかなるだろう、なんとかするぞ、畜生って、そう思ってただけです。

でも、ダメでした。

推理競べだか、推理会議だかを土曜日にしてもらったんだって、月曜から土曜まで5日あるし、それで大体の仕事の目算ていうのをつけて、それで日曜日フル操業で徹夜にすればなんとかなるだろうと思ってただけです。だけですけど、でもほとんどダメでした。

金曜日、夜中の3時まで起きてて、分ったことは、僕ホント絵が下手だなってことと、描き直しなんて言われたって、ほとんどなんにも出来てないってことだけでした。

イライラして、オナニーしました。そのまんま、朝の5時までイライラしてました。起きたのは、12時ちょっと前でした。

「4時まで4時間あるな」と思いました。いい加減な絵でごまかしちゃえば、5点は描けるな、と思いました。ほとんど手は、パジャマの股間をつかんでました。

寒いから起きたくないし、ストーブつけるのも起きたくないし、大塚まで1時間かかるなと思いました。1時間じゃ遅れるな、1時間半見とかないとまずいなと思いました。

だとすると、2時半には出なくちゃいけないなと思ってました。2時半だと、何時に出かける仕度始めなくちゃいけないんだろう？　2時だなと思いました。

今が12時で、2時までに2時間、どれくらいの仕事が出来るだろうと思いました。2時間でどれだけ仕事したって、あと120点、そんなものが月曜までに終るだろうかと思いました。

出来ない。出来ない、出来ない、出来ない。ほとんど、そのリズムに合わせて、手は動いてました。

あー、畜生、めんどくさい。どうしてこんな仕事が俺に来るんだ。俺になんか才能ないんだから、あー、もうやめた。女、女、畜生、バカヤロ。
斯くして一切の結論が出て、ティッシュ・ペーパーにまとめられてゴミ箱に直行したのが12時半。一方的なセックスというのは、男にとって単なるカタストロフにしか過ぎないのかもしれません。結局、今更ゴタゴタ考えたってしょうがないやという、一番簡単な原則が僕を支配しました。2時になるまで、結局僕は、なんにもしないでごろごろしてたんです——ああ、4時に着くにはまだ早すぎるって。

2時半に、僕は部屋を出ました。アーッ、うっとうしいな畜生、こんなことだったら、早いとこ美容院行っとくんだった、と思いながら。2時間半、部屋ン中でゴロゴロしてるんだったら、髪の毛カットしてもらった方がズッとさっぱりしてたのに。今日の仕事を明日に延すな——でも、今日の仕事を明日に延したって、誰もそんなこと文句言いやしない。文句言わないけど、うっとうしさだけ積ってくんだ。降り積ったうっとうしさは、今日の仕事を明日に延す為の、十分なる口実にはなる。結局僕は、なんにもしたくないから、うっとうしさだけを、カビのように増殖させているのだろうか？　伸びすぎた髪の毛が通りすがりの商店のウインドウに映るのを、チラッ、チラッと見て、僕はそんなことを思いました。

あーッ、早く髪の毛を切りたい！（かった——過去形）

新大塚の駅に着いたのは3時半でした。ウチの時計、10分ぐらい進んでたんです。理梨子は、「そんなとこ行きたくない」って言ってたから、来ません。しょうがないから僕1人で、少し早いかもしれないいかなと思ったけど、大塚5丁目の坂を降りて行きました。

アパートの玄関のところで、おじさんに会いました。一瞬、「なにかな？」という顔をおじさんがしました。

僕は、「あ、ああ――、こんにちは、あ、僕、下嶋くんのところへ」と言いました。おじさんは、「あ、そうですか」と言いました。

おじさんは、背広にサンダル履き、という恰好でした。

「あの、今日は又、なにかあるんですか？」僕は訊きました。どう考えてもおじさん、普段着という恰好はしてなかったもんですから。

おじさんは、「あ、今日が初七日なもんですから」と言いました。

僕は「あ――」と言いました。

なんでこんなにどもってばっかりいるのかというと、それはやっぱり、〝推理競べ〟なんていう、人の家の事情にクチバシを突っこむようなことをするんだという、うしろめたさでしょう。おまけに、〝初七日〟なんていう儀式が存在するの忘れてたりしたもんですから。

「なんですか、捜査会議というようなものをやられるという？」

おじさんがそう言いました。

「知ってらしたんですか？」

僕は言いました。〝アレ、バレてたのか？〟っていうことです。

おじさんは、あいまいに笑ってました。多分、それは〝あいまいに〟だと思います。そこんとこ、なんか、はっきりとよくは思い出せないんですけど。

僕は、「あの、後で初七日の方にも伺いますから」と言いました。

別に僕はヤジ馬やりに来た訳じゃありませんよ、という意味です。

おじさんは、「それはどうもわざわざ御丁寧に」と言いました。言われて僕は、「あれ、それって余計なことだったのかな？」とか思いました。僕としては、〝今日は初七日です〟と言われたら、じゃァ行かないのは失礼かな、とか思っただけなんですけど。

大体、葬式って、丁寧すぎますよね。死んで、お通夜やって、告別式やって、初七日やって、多分その先、まだなんかがあって、何回忌とかっていう風になるんだろうけど、でも、はっきり言って、現実のお葬式っていうのは、みんなが神妙な顔をしてるだけで、それで悲しいという訳でもないんだし……――マァ、悲しいのかもしれないけど、でも……。マァ、いいですけど、要するに僕が、そんな所でおじさんと出会わなかったら、葬式に関して、別にそんな余計なこと考えなくたってよかったってことなんですけどね。

「じゃ、後でまた」と僕は言いました。おじさんも「あ、じゃ私も、後でそちらに伺いますから」と言いました。

おじさんの言葉に「あ！」と言って目を輝かせたのは僕です。多分、目を輝かせちゃったと思うんです――というより、そう言った僕は、多分目を輝かせてるように見えたんだろう、ということです。

僕がいて、下嶋くんがいて、田拝さんがいて、それでおじさんがいたりすれば、その事件に関する〝関係者〟が全員揃うっていうような感じがする訳ですから。その4人から、おじさんが抜けてたりすると、どうしても、なんか僕達3人のやることが秘密めいてコソコソっていう感じがしちゃうけど、でも、その事件が起された被害者の側に属する鬼頭家の側から代表が一名加われば、その捜査会議というのがかなりに公明正大になる、ということですね――僕のその「あ！」が、目を輝かせているというニュアンスをもって見られてしまったのなら。

それからですね、余分なことかもしれないですけど、僕としては、一つ疑問に思ってたというか、よく分らなかったことってあったんです。それが何かというと、僕と下嶋くんという、鬼頭家とは別になんの利害関係もない（筈である）外部の人間が集って、それでその家に起った殺人事件のことをアーでもないコオでもないっていう風にやる時、一体、僕達と鬼頭家はどういう関係になるのかっていうことなんです。

なんですけどね、それが「あ！」と思った時に、なんとなく分ったような気がしたんです。だからですね。ついでかもしれないけど、そのことちょっと書いときます。

僕さっき〝でも、その事件が起された被害者の側〟っていう風に書きましたけど、それ当りだと思うんです。

ある家の中で、その家族全員が揃ってる時に殺人事件が起った――だとしたら、その家族全員は、一応容疑者っていうことになりますよね。なりますけど、でも仮にも血が繋っていて、そして、いつ殺し合いが起っても不思議ではないほど普段から憎みあっている家族っていうんでもなかったら、まず、その家族を容疑者扱いするっていうこと、出来ませんよね、普通なら。〝でも、ひょっとしたらそこに犯人が潜んでいる〟っていう風には思われても。

そんな時、一体その家族っていうものを、どういう風に扱うのが正解なのか？　っていうのが、要するに僕の言わんとすることなんです。

そして、僕はそれを、〝被害者の側〟だと思うんです。

家族の1人が殺された――即ち死んだ――即ち、その家族に不幸が起った――即ち、その家族は、不幸を起されたということによって被害者である。別にそれを誰も悲しまなくても、〝この度は御不幸が――〟という形でお葬式をやるんだから、確かに不幸は起された筈だから、だからそれは〝被害者〟としてくるのが正解だって、僕は思うんです。

こんなこと、どうでもいいことかもしれませんけどね。

僕って、ひょっとして、すっごく理屈っぽいのかな？　理屈っぽいのは頭悪い証拠っていうのが、僕の中にはあるんですけどね。

マァいいや。

とにかく、僕はおじさんと別れました。別れて、おじさんは、自分ン家の玄関の方に行って、僕は、快風荘の2階に上がって行きました。

下嶋くんの部屋というのは2階の5号室。鬼頭家の路地と平行して走ってる廊下の突き当りです。正確に言うと、突き当りはトイレと流し場ですから、突き当りの一歩手前です。

廊下の左側（鬼頭家側）はスリガラスのはまっている窓で、右側にズラッと部屋のドアが並んでいます。余分なことかもしれませんが、この板張りの廊下の掃除というのが、管理人である鬼頭家の女、竹緒おばさんと幸代ちゃんの仕事ではあったのです。昔は住人が交替でセッセと拭き掃除をしていたのではあるけれども、いつの間にか、管理人さんが目を光らせなければならないような状況になってしまったということです。

廊下は、シンとしていました。2階に並んでいる5室の内、3室は空室だからです。

僕は、5号室の戸をノックしました。

応答なしです。

「留守なのかァ」と思って、僕は、廊下にもたれて待ってました。僕、時計持ってなかったから分りませんけど、多分、4時ちょっと前だったんでしょうね。

冬の4時って、もう夕方です。「なんにもしないで、1日って終っちゃうなァ」って、僕、そんな風に思ってました。かつては、学生下宿のアパートとして賑っていた、快風荘の板張りの廊下にポツンと立って。

トントントンと足音がして、下嶋くんが上がって来ました。手に、24時間営業のスーパーの紙袋を持って。

「あ、すいません。部屋ン中入っててくれたらよかったのに」

下嶋くんが、廊下の端で言いました。

「鍵、開いてんですよ」

「あ、そうなの？」

なるほど、ドアのノブは簡単に回りました。

「どうぞ」

僕達はそこに入りました。

「田拝さん、ちょっと遅れますって」

下嶋くんが言いました。

「あ、そうなの」

僕が言いました。

「そうです。あ、よかったらこれ」

下嶋くんが、紙袋から、ビールやらなにやらを出しました。

「あ、ありがとう」

そうやって、僕達の捜査会議は始まったんです。

まず初めに口をきったのは下嶋くんです。

「僕、色々と考えたんですけどね」

「うん」

「なんか、色々な疑問点とかっていうの提出するより、なんか、なんていうのかな、いろんな、ケースみたいの想定してった方が早いと思うんですよね」

「どういうこと?」——僕です。

「つまりですね」——下嶋くんです——「たとえば、犯人が外部から侵入した説と、内部の人間が犯人である説と、色々とあると思うんですよね」

「うん」

「だから、そういう場合っていうのが、どれくらいあるのかっていうのをね、初めに挙げてったらいいと思って」

「ああそうかァ」

そうは言いましたけど、僕、具体的にはどういうことなのか、あんまりよく分んなかったんですよね。

「あの、これ、僕がちょっとメモしたんですけど、見てくれます?」

そう言って下嶋くんは、僕にミッキー・マウスのノートの切れっ端を渡しました。それが次です——

①　犯人が外部の人間である場合
(a)　怨恨
(b)　お金
(c)　復讐
(d)　趣味
(e)　その他

「一体これなァに？」

僕は初めの方だけを見て下嶋くんに訊きました。

「なんですか？」——下嶋くんです。

「これ」——僕です。

「ああそれ？　あのね、犯人が鬼頭家外部の人間だったとして、どういう動機があるかな、と思って」

「ああ、動機ね、これ。(a)(b)(c)っていうの」

「そう」

「でも、〝趣味〟ってなァに？」

「いやァ、ほら、殺人淫楽症とか、いるでしょう？」

「インラクショウ？」

「そう。そういうのって〝趣味〟でしょう？　〝趣味による殺人〟というのかサァ」

「〝趣味による殺人〟ね。要するに、殺人鬼とか、通り魔とかっていう」

「そうなんですけどね。でもホラ、通り魔っていうのは、外通る訳でしょ？　外通って、人殺してく訳でしょ？」

「まァいいけどサ、〝趣味〟ねェ」

「おかしいですか？　そんなに？」

「いや、おかしくないけどサ」

「そうですか」

「いやァ、君っていい人なんだね、ワリと」

「エーッ、どういう意味ですかァ？」

「いやァ、どういう意味って訳じゃなくって」

「アーッ、僕のことバカにしてるでしょう？」

「いやァ、バカになんかしてないよォ」

「してるよォ、だって笑ってるもん」

「笑ってないよォ」

「いいけどサァ」

「笑ってないってェ」

「そうかなァ、いいですけどねェ……」

「でも、君っていい人だね、ホントに」

「そうかなァ何かバカにされてるみたいな気がするけど」

「してない、してない」

僕はその時、そのサングラス少年を可愛いなと思った訳です（別にヘンな意味じゃなくてですよ）——ああ、言い忘れましたが、夜でもサングラスかけてる下嶋くんは、当然、自分の部屋ン中でもサングラスかけてます。

「とにかく見させてね」

僕は言いました。

「お願いしますよォ」

下嶋くんが言ったのは、今となってはすたれてしまった、当時の流行語です。

②　犯人が内部の人間である場合
(a)　怨恨
(b)　お金
(c)　復讐
(d)　趣味
(e)　その他

「これ、おんなじじゃない、〝犯人が外部の人間である場合〟と」

僕、言いました。

「そうなんですよね。書いてたらおんなじになっちゃって」

そう言ったのは下嶋くんです。

「そういうのってサァ、普通——

Ⅰ　(a)　犯人内部説
　　(b)　犯人外部説
　　　(i)　知人・姻戚
　　　(ii)　通り魔・その他

Ⅱ　動機
　　(a)　怨恨
　　(b)　お金
　　(c)　復讐
　　(d)　趣味
　　(e)　その他

っていう風になるんじゃないの？　〝通り魔〟っていうのは、要するに殺人鬼とかそういうんだよ〝川俣軍司〟のことじゃなくってサ」

「あ、そうですね。なるほどそうか。そうですね」

下嶋くんはうなずいてました。外見に似合わず（なんて言ったら怒られるか）、下嶋くんて素直なんです。

僕、原則として、リスト作るっていうのは賛成なんです。賛成なんですけど、僕としては、まずリストを作るという性格の人間ではないんです。その点で、下嶋くんというのは、僕とは正反対の人間なんです。そして、正反対の人間という点では、僕が過剰に喋りすぎる（というか考えすぎる）のとは反対に、下嶋くんというのは、やっぱりどこか甘いんです。〝甘い〟というよりは真面目なんだろうけど。リストに書いてある下嶋くんの字というのはキチンとしてて――あるでしょう？ 写植みたいな字ィ書くタイプ、あれなんです。僕はひどいですけどね、悪筆の典型みたいだし（ああ、原稿読み返すのがつらい）――そういう意味で正反対なんです。正反対だから、それで2人して力合わせりゃいいんじゃないかと思って、それで僕達は、下嶋くんの作ったリストを基に、改めてリスト作りを開始しました。次に挙げるのがそのリストです。一部重複するところがあるかもしれませんが、初めからそれを挙げます。具体的な説明は後回しにしますから、まずそれを見て下さい。なんか、これ作んの、ワイワイガヤガヤと、結構大変だったんですよ。途中で田拝さん来たけど、「ちょっと待ってて」とか言って、あの人、僕等が一生懸命頑張ってんのにビールなんか飲んでてね。「勤務中にいいんですか？」って言ったら、「非番だ」って言うんですよね。「そうですか、そうですか、どうせ僕等のやってることは遊びですよ」って感じですけどね。マァいいです。

とりあえず、そのリストを掲げます――

Ⅰ
(a) 犯人内部説
(b) 犯人外部説
ⓘ 知人・姻戚
ⓘⓘ 通り魔・その他

Ⅱ　動機

(a)　怨恨

ⓘ　誰かがおばあちゃんを憎んでいる。

ⓘⓘ　誰かが、おばあちゃんと、もう一人別の誰かを憎んでいる。

ⓘⓘⓘ　おばあちゃんを憎んでいる誰かと、もう一人別の誰かがいる。

(b)　お金――誰かがお金に困っている。

(c)　復讐――『獄門島』『犬神家の一族』説。

(d)　趣味――『不思議の国のアリス』説。

(e)　自殺――誰かがそれを他殺のように擬装した。

(f)　その他――とっても考えつかないような何か（例えばE・T犯人説）

Ⅲ　犯行当時の状況――（略）

Ⅳ　足跡の意味

(a)　擬装

ⓘ　犯人が外から侵入したように見せかける。

ⓘⓘ　犯人が下嶋くんであるように見せかける。

ⓘⓘⓘ　下嶋くんが事件に関係あるように見せかける。

ⓘⓥ　犯人が下嶋くんで、その下嶋くんが、「僕が一体なんの関係があるんです？」って言い張る為の逆証拠。

(b) 実際の犯人の足跡——実際に犯人が外部から入って来ておばあちゃんを殺した。

(c) 実際の下嶋くんの足跡——なんだか知らないけど、下嶋くんがフラフラと鬼頭さんの庭に入って行って、後で殺人事件が起ったことを知って、それであわてて靴を投げ棄てた。

(d) その他——なんだかよく分らない理由による（たとえば——E・T侵入説）

## V　松の葉っぱの意味（cf. VI）

(a) ダイイング・メッセージ——死んだおばあちゃんの霊魂が、犯人が誰かということを教える為に、松の葉っぱをまいた。

(b) 侵入者のヤケクソ——おばあちゃんを殺そうと思って夜中の3時に忍びこんだ侵入者が、もう既におばあちゃんが死んでいることを発見して、それでヤケクソになって、部屋を散らかした。

(c) おまじない——例えば、死霊除け——侵入犯人の目的はおばあちゃん殺害ではなく、おばあちゃんの部屋に隠されている何か（たとえば、＝宝の地図）を盗むことであったが、死んでいるおばあちゃんが生き返ったりするのを畏れて、魔除けの意味で、松の葉っぱをまいた。

(d) 別種のメッセージ

ⅰ『悪魔の手毬唄』『獄門島』説——その殺され方には、何か特別の意味がある（たとえば〝松竹梅〟、たとえば〝赤タン——松梅桜〟）

(ii) おばあちゃん殺しの犯人が誰だか知っている人間が、それを教える為に"松"を使った――犯人は"松"である（即ち、花田松子犯人説）

(iii) (ii)の逆――犯人が松子さんに濡れ衣を着せる為（cf. Ⅳ(a)(ii)及び(iii)の下嶋くん）

(iv) 犯人が松子さんで、「まさかァ」の一言を言う為の逆証拠。

(e) ただ単なる演出効果（理由は分らないけど）

(f) いわく言いがたい意味（たとえば、どういう意味があるのかは、人間の頭では理解出来ないような意味）

## Ⅵ

夜中に鬼頭家に侵入した人物と、おばあちゃん殺しの犯人との関係（cf. Ⅴ）

(a) 同一人物――だとしたらその理由

(i) 犯人は外部の人間で、おばあちゃん殺害の時に、何か決定的なヘマをしたので、それの隠ペイ工作をする為。

(ii) 殺人の時に何かし残したことがあった（たとえば、ものを盗む）

(iii) なんらかの"演出"をする為。

(iv) 犯人は外部の人間で、おばあちゃんが死んでいることに確信がもてなかった。

(v) 夕方の4時半から5時におばあちゃんを殺した犯人は、夜中の3時までズーッとどこかに隠れていて、夜中の3時に出て行った。

(vi) その他（どういう理由があるのかは、よく分らない）

(b) 別人——だとしたら、彼（又は彼女）が、改めて侵入した理由
(イ) おばあちゃんが死んでいるのを知らなかった場合。
ⓘ おばあちゃんを殺しに。
ⓘⓘ まったく無関係なただの泥棒。
ⓘⓘⓘ おばあちゃん以外の、更に別の人間を殺しに。
ⓘⓥ その他
(ロ) おばあちゃんが既に死んでいるのを侵入者が知っていた場合。
ⓘ 松の葉っぱをばらまきに（cf. Ⅴ）
ⓘⓘ 夜這い（犯人の趣味は老女の屍姦である！）
ⓘⓘⓘ 犯人に対して、なんらかのメッセージ（警告、恫カツｅｔｃ）を残す為。
ⓘⓥ その他

Ⅶ おばあちゃんが探偵を呼んで残そうとしたメッセージの意味。
(a) なんの意味もない、老女の妄想。
(b) メッセージに意味はなかったが、探偵を呼ぶことに意味があった。
(c) 明らかに、メッセージは存在していた。

Ⅷ そのメッセージが存在していたとして、そのメッセージの内容。
——保留。

Ⅸ　その探偵が下嶋くんではダメだった理由
(a)　私学だから。
(b)　下嶋くんだから。
(c)　知ってる人はダメだから。
(d)　下嶋くんが、幸代ちゃんのＢＦだから。

Ⅹ　田原くんの存在理由
(a)　この事件とはなんの関係もない。
(b)　何か、仕組まれた糸がある。
(c)　誰かが田原くんに惚れた。
(d)　田原くんにではなく、東大出の方に意味がある。
(e)　〝探偵〟として。
(f)　その他
(g)　事件全体の目撃者として。
※(h)　田原くんにではなく、長月理梨子さんに意味がある。

僕達の作ったリストの中には、明らかに余分なものも含まれていました――たとえば〝Ｅ・Ｔ犯人説〟とか。それから、明らかに足りないものだってありました。たとえば、※印をつけときましたけど、Ⅹの(h)〝長月理梨子悪人説〟だって、〝Ｅ・Ｔ犯人説〟が登場するんだったら、当然入ってなきゃいけない訳ですから。

〝E・T犯人説〟がどんなものかと言いますと、鬼頭の千満おばあちゃんが実は超能力者で、幼い時、見知らぬ宇宙のE・Tと出来ていた。出来ていたけど、おばあちゃんはE・Tを捨てておじいちゃんと結婚してしまった。そしてそのことを怒ったE・Tが遠く太陽系の彼方から、今こそ復讐の時来たれりっていって首を絞めに来たっていう、ほとんどぬきでバカげた話なんですけどね。でもサ、可能性としてとりこぼしがあっちゃいけないっていう時に、どうして明らかに無関係で、ありそうもない可能性までをもそのリストの中に入れちゃったのかというと、それは、次のような理由があったからです。

それはまず第一に、すべての可能性をしらみつぶしに挙げるのだという理由があったからです。

すべての可能性をしらみつぶしに挙げる——それは、ワリとストレートに単純で、ただただ真面目にやればいいんだという気もします。でも、やってて分ったんですけど、決してそういうことでもないんです。

僕達の作ったリストを見てもらえれば分ると思いますけど、このリストは、初めの方ほど記述が簡単で、後になればなるほど、複雑になってきてるんです。このリストのⅠⅡⅢっていう大項目は大体初めに下嶋くんが作った通りなんですけど、こういう順序って、〝まず基本を押さえて〟ってことですよね。そしてそういうのも、あえて（そして嬉々として）入れたんです。僕達にとって、リストを作るっていうことは、まず第一にそういうことだったからです。

僕達はまず、この事件の中に隠れているものを洗い出す為に、すべての可能性を発見するということに全力をそそぎました。

このリストのⅠ・Ⅱ・Ⅲっていう項目立ては、初めに下嶋くんの作ったのが大体の基本になってるんです。そんで、それは大体が、こういう事件を考える時の基本センにはまってますよね。まず基本を押さえてそれから――っていう風にね。でも物事って、その基本てのが一番難しいんですね。だって、基本ていうのは、あまりにも基本的すぎて、なかなか具体的っていう風にならないんです。つまり、すべてが抽象的すぎるんです。

Ⅰは、犯人が内部の人間か否かってことですけど、結局、それだけしかない。〝なるほど、こういう場合がありますね〟って、ただそれだけなんです。そして、その具体性っていうのは、Ⅱの〝動機〟ってことになって、やっと動き出して来るんです。来るんですけど、でもそれはまだ具体的っていうことにはならないんです。

たとえば〝怨恨〟てとこ見てもらえれば分ると思いますけど、〝怨恨〟ていうセンでおばあちゃんが殺されたんなら、まず、おばあちゃんのことを、誰か憎んでた人がいるだろうってことになる。Ⅱのⓐのⓘです。

「それだけかな？　それだけかな？」って、僕達思ってます。

まずひっかかるのは、この事件が、〝殺人〟と〝侵入〟の2段構えになってるってことで、〝誰かがおばあちゃんを憎んでる〟ってことが〝殺人〟の部分に該当するんだったら、もう一つ、〝侵入〟の部分に該当する何かもあるんじゃないか？――つまり、誰かがおばあちゃんを憎んでておばあちゃんを殺すんだったら、誰かがおばあちゃん以外の人間を憎んでて、それで夜中に鬼頭家に侵入することだってありうるだろう。そうだそうだ、それなら〝おばあちゃんを憎んでいる誰かと、もう一人別の〈侵入して来た〉誰かだっている〟だろう――Ⅱのⓐの(iii)――てことになるんです。

警察の中では、勿論、〝複数犯人説〟っていうのはありましたから、Ⅱの(a)の(iii)なんていうのは、ワリと簡単に出て来たんです。でも、警察っていうのは、僕と下嶋くんみたいに、意味があるんだかないんだか分んないことにムキになって議論するっていうのはあんまりないから、Ⅱの(a)の(ii)みたいな可能性っていうのは、あんまり出て来ないんですね。別に、それにどういう意味があるのかはよく分りませんけど、論理の必然性っていう形でⅡの(a)の(ii)――〝誰かが、おばあちゃんと、もう一人別の誰かを憎んでいることだってありうる〟っていうのを僕達が出して来た時、田拝さんは「ホーッ」って言いましたもの。「そういう可能性は、はっきりとは考えてもみなかったなァ」って。

僕達としてはね、「でも、その可能性にどういう意味があるんですゥ？」ってところもありました。言い出しといたくせにずいぶん無責任だなァとも思いますけどね、でも、田拝さんに言わせれば、「そういう可能性だってあるっていうことに、僕達（警察）は気がつけなかったんだから、それはそれで大したことなんだよ」っていうことになるんです。

つまり、可能性を挙げるということは、〝一番ありそうもない可能性〟というのが一番最後に出てこなければダメなんだということです。Ⅱの〝動機〟に話を戻せば、(b)の〝お金〟というのがあります。

僕は、絶対に金がきっかけで犯罪を起すことはないという人間です。でも下嶋くんは違います。「そうかなァ、金がないっていうのはつらいからァ……」っていう立場です。そして、この件に関しては、警察というデータ・バンクを持っている田拝さんの出番です。この事件の動機に関しては、「今ンとこ、この事件の関係者で、金に困ってというセンは、あんまり濃厚ではないんだよね」ということです。でも、可能性としての〝お金〟ということは、やっぱり存在します。

(c)〝復讐〟、(d)〝趣味〟——この事件を僕のとこへ持ちこんで来た長月理梨子嬢は、とうの昔に「おりた」ということを言ってますが、でも、可能性としてはある訳です。おばあちゃんが、なにか一族の秘密にまつわるようなことを嗅ぎつけて殺されるという、横溝正史方式とか、シロート探偵としてやって来た僕達を、インテリの梅子さんがゲンワクさせようとする、中井英夫の『虚無への供物』方式とかね。(c)はともかく、(d)のセンは、ちょっと出来すぎてるというか、凝りすぎてていそうもありません。第一、僕達を『不思議の国のアリス』にして、誰がどういう風にトクをするのかってことになると、さっぱりです。でも、僕がそう話すことによって、下嶋くんが、まったく別の考えを出して来ます。それが(e)の〝自殺説〟です。

おばあちゃんは殺されたんじゃない、自殺したのを、誰かがしらん顔して他殺に見せかけたんだ、なぜかっていうと、自殺だと、保険金が下りないからっていうのが、この説です。

「それはないよ」というのが田拝さんのお答ですけれども、なくたっていいんです。ともかく、それまで、僕達は、〝おばあちゃんが自殺する〟っていう可能性もありうるってことを、全然考えてなかったんですから、その可能性が出て来るってことは、「そういう可能性だってあるっていうことに、僕達は気がつけなかったんだから、それはそれで大したことなんだよ」っていうことです。

思うんですけど僕、可能性を探すっていうことは、突拍子もないことを考え出すっていうことでしょう？（極端な話かもしれないけど）少なくとも僕達にとって、そのリストを作ってる時に〝こういう可能性だってありだよ〟って言い出すことは、ほとんど〝これはウケる！〟でしかなかったんです。

実際それが、現実の事件にどうあてはまるかっていうよりもまず、その発想が面白い、これ言ったら、絶対ウケるっていう、そういう面白がり方の方が重要だったんです。だから、「オゥッ！　一番メチャクチャなやつ考えようよ！」っていう発想で〝E・T犯人説〟っていうのも出て来たんです。こういうやり方って、ふざけてるかもしれないですけど、でも、バカには出来ないんですよ。だって、僕達、このシラミつぶし方式で、かなりシンピョー性を持ったケースっていうのに巡り合っちゃったんですから。メチャクチャな発想が、漠然とした事件全体の曖昧さを一つ一つ埋めて行った結果、具体性というものが、かなりレキゼンと浮き上がって来ちゃったんです。

ズーッとリストを見てって下さい。分ったようで分らないようなことが続いてって、突然、ある一つの答が出て来るんです。Ⅵの(a)のⓥです。


この事件で分らないことの最大のものは、一体なんだって、殺されてるおばあちゃんの部屋に、もう一遍誰かが忍びこまなきゃなんないのかってことです。Ⅴの〝松の葉っぱの意味〟とⅥの〝夜中に鬼頭家に侵入した人物と、おばあちゃん殺しの犯人との関係〟というのがそれです。

犯人はなんだって、もう一遍夜中に忍びこんだのか？　夜中に忍びこんだ人間は、それははたして殺人犯なのか？　というのがそれです。まァ、一般的に考えて、それはなんらかの〝擬装〟ではないか。そうじゃなかったら、犯人は再び現場に立ち戻るというヤツで、何かの忘れ物を取りに来た。

前者だと、その〝擬装〟というのは一体何を擬装したのか？——松の葉っぱの意味です。後者だと、じゃァなんだって彼（もしくは彼女）は、松の葉っぱなどというのをまかなければならないのかという疑問が残ります。

問題はここだったんです。Ⅵで、僕達は場合に分けて、一体、どういう人物が夜中に侵入しうる可能性があるのかってことを考えたんです。そして、考えてて、気がついたんです。犯人は、別に改めて侵入なんてしてしてないのかもしれないいって――そういうことだってありうるんです。

Ⅵの⒜のⓥ〝夕方の4時半から5時におばあちゃんを殺した犯人は、夜中の3時までズーッとどこかに隠れていて、夜中の3時に出て行った〟――そう、こう考えると、すべてがすっきりするんです。

冬の1月です。夜になると地面は凍っています。それが昼になるとぬかるみます。夕方、まだ地面がぬかるんでいる頃、犯人は快風荘の裏から鬼頭家の塀の下をくぐって、鬼頭家の裏庭に忍び込む。忍びこんで、そこからおばあちゃんの部屋に入って、おばあちゃんを締め殺す。締め殺してそのまま押し入れに入っている。入っていて、みんなが寝しずまった夜中の3時、「それ見たことか」と言って、おばあちゃんの死骸を蹴倒し、そして、〝待つこと久し〟という意味で松の葉っぱをバラまく。〝松〟というのは〝待つ＝ｗａｉｔｉｎｇ〟の意味である。夕方の5時から夜中の3時まで、そして、犯人の生まれた昭和19年から昭和58年までの39年間を〝待つ〟――。

僕達の作ったリストにはいろんな意味がありましたけど、その第一は、事件の問題点をチェックするという意味でした。この事件に関してなんらかの答が発見されたなら、その答は、Ⅰ

からXまでの疑問に、すべてあてはまって、すべてに対してキチンと答を用意出来る——つまり、そういうチェック・リストとしての機能も、僕達の作ったリストにはあった訳です。
僕達は、その〝夕方の4時半から5時におばあちゃんを殺した犯人は、夜中の3時までズーッとどこかに隠れていて、夜中の3時に出て行った〟という可能性を、もう一遍初めから、チェック・リストにかけてみました。

Ⅰ——正解は勿論(b)　犯人外部説
　そして　ⓘ　知人・姻戚

Ⅱ——動機　勿論(a)　怨恨
　そして　ⓘ　誰かがおばあちゃんを憎んでいる。そしてもう一つ、それには(c)　復讐という要素も加わる。

Ⅳ　足跡の意味　正解は(b)　実際に犯人が外部から入って来ておばあちゃんを殺した。

Ⅴ　松の葉っぱの意味——(e)と(f)、単なるおどろおどろしさを演出することと、〝待つ〟という怨念を表わした。

Ⅵ　夜中に鬼頭家に侵入した人物と、おばあちゃん殺しの犯人との関係——勿論(a)　同一人物。だからⓥ——夕方の4時半から5時におばあちゃんを殺した犯人は、夜中の3時までズーッとどこかに隠れていて、夜中の3時に出て行った。

（僕達がこの発見にどよめいた時点に於いては、僕達の作ったリストは、まだここまでしか出来ていませんでした。出来ていませんでしたけれども、その土台になった下嶋くんのリストというのがありましたから、僕達は、それによって、以下の大項目ⅦⅧⅨⅩも検討しました）

Ⅶ　おばあちゃんが探偵を呼んで残そうとしたメッセージの意味。――正解(c)　明らかにメッセージは存在していた。

Ⅷ　そのメッセージの内容――保留

Ⅸ　その探偵が下嶋くんではダメだった理由――多分つきで、一応(a)(b)(c)(d)の全部。

Ⅹ　田原くんの存在理由――勿論(e)　〝探偵〟として。

犯人は、これらの条件すべてを満たすものであることは、明らかでした。その時その場に居合わせた人間は、全員そのことにうなずきました。

そう〝その時その場に居合わせた人間全員〟です。それは、僕と下嶋くんと田拝刑事の3人だけではありませんでした。鬼頭の一さんと、梅子さんも、〝ホーッ！〟とどよめいた人間の中に、ちゃんとまじってはいたのです。

## Chapter 28
# 無残やな

――と、そのとき、和尚の了然さんが引導をわたすような声で呟いた。例によって例の如く和尚のくせの俳句である。

「むざんやな冑の下のきりぎりす」

横溝正史『獄門島』

梅子さんが下嶋くんの部屋にやって来たのは、僕等がリストのⅢ、〝犯行当時の状況〟っていうのをやっていた時でした。辺りが暗くなっていた5時頃です。

トントントンというノックの音がして、「幸代ちゃん、こちらにお邪魔してないかしら？」と梅子さんが顔を出したのです。

はっきり言って、幸代ちゃんと下嶋くんは出来てました。

幸代ちゃんは、おかあさんの代りに、快風荘の廊下を掃除に来る。そしてそこには下嶋くんがいる。下嶋くんに言わせれば、「僕がどうこうしようとかっていうんじゃなくて、彼女の方が、なんかグズグズって、居坐っちゃったんですよね」っていうことになります。出来てたっていうのは、そういうことです。

幸代ちゃんは、なんとなく、下嶋くんの部屋に入りこむ。なんとなく自分の前にいる幸代ちゃんを見て下嶋くんは、その気になる。「だから、まァ、そうなっちゃったって言ったって、別に、僕の方からどうこうっていうんじゃなくて、ホントに、なんとなくですよ。なんとなくそうなっちゃったけど、でも、なんか、彼女はいつまでたってもグジグジしてるし、よく分んないんですよ。何考えてんのか」――下嶋くんは、そこら辺のことをそう説明してました。

はっきり言って、幸代ちゃんは、暇さえあれば、下嶋くんのところに入りびたってたんです。覚えてらっしゃるかどうか分りませんが、僕達が初めて幸代ちゃんの家へ行った1月15日――幸代ちゃんが振袖を着て僕達を新大塚の駅にまで迎えに来てくれた日のことです。

僕達は幸代ちゃんに案内されて、鬼頭家の応接間に通されました。通されて、おじさんが出て来るまで、僕達――つまり僕と理梨子は2人っきりで応接間に取り残されてました。おじさんが「幸代はどうしました?」って言いましたけど、答は「サァ」でした。幸代ちゃんはどっかへ行ってたんですけど、その〝どっか〟というのが下嶋くんのところだったんです。初めて振袖を着た幸代ちゃんは、それを見せに下嶋くんのところへ行ったんです。

鬼頭家の応接間は庭に面した方が全部ガラス戸になっています。だから、鬼頭家の応接間からは庭越しに、門のところで人の出入りする様子が見えるんです。

幸代ちゃんは玄関から入って来ました。僕達は応接間にいました。だから、幸代ちゃんが、外の通りから門を開けて、庭の横を通って玄関の戸を開けたのなら、応接間にいた僕達には見えたのです。夕方でぼんやりしてて、僕達の注意力が散漫だということはあったとしても、あの時の幸代ちゃんは、目もあざやかな振袖を着てたんです。そんなものが、目の端をチラとでも横切ったら、僕達に見えない訳がありません。でも、それは見えなかったんです。何故ならば、幸代ちゃんは、表の門から入って来たのではないからです。幸代ちゃんは、裏から入って来たのです。

前にお話ししましたけれども、1月15日の夕方、鬼頭家の裏庭に足跡をつけた怪人物は、快風荘の裏を通り、鬼頭家とアパートの間にある板塀の、下に張ってある横板をはずして、そこから鬼頭家に入りこみました。そしてその横板は、前からはずれるようになっていました。一体それを誰がやったのか？

答は、快風荘の住人である下嶋優くんです。幸代ちゃんと親しくなった、推理マニアの下嶋優くんは、ほんのいたずら心から、幸代ちゃんの為に秘密の通路を作ってやっていたのです。「だって、別に彼女は、自分から何しようとかっていうのがないんですよ。そのくせ、なんか、人がいたずらしたりすんの見てたりすんのすごく好きだからサ、ね？　なんていうのかな、2人でジッとしてるのだけっていうのは、気づまりだから、それでサァ、僕は、〝あ、いいことがある〟とか言って、それで遊んでただけなんですけどね」って、その秘密の通路設定に関しての動機というのを、下嶋くんは語っていました（後になってですけど）。

鬼頭家の玄関（又は勝手口でもいいですけど）を出て、物置の前に出る。で、辺りを見回して、塀の横板をはずす。そうするとそこは快風荘の裏で、そこを出ればすぐ、2階の5号室、下嶋くんの窓の下です。快風荘の裏手に転がっている細い釣棹のような竹の棒でコンコンと下嶋くんの部屋の窓を叩くと、下嶋くんが顔を出す——その窓の下には幸代ちゃんが立っていて、

「ねェ、きれェでしょ?」と言って振袖を見せる。

1月15日、振袖を着て玄関から入って来た幸代ちゃんが、「どこ行ってたんだ」と言われた時に、「お友達がァ」とか言ってましたけど、あの〝お友達〟というのは下嶋くんのことでした。そして、下嶋くんとの関係は、鬼頭家の人々にとっては、周知の事実だったようです。だから、それを口実にして、梅子さんは「幸代ちゃん、こちらにお邪魔してないかしら?」という風に、快風荘の5号室にやって来たんです。1月22日の午後5時頃。

梅子さんが、幸代ちゃんを口実にしてやって来たというのは明らかでした。だって僕らが、その件に関して「いいえ」って言ったら、「そうォ」って言って、梅子さんは、「ちょっとお邪魔してもいいかしら」って、僕達の捜査会議に仲間入りしたんですから。

はっきり言って、梅子さんの存在は、邪魔でした。邪魔でしたけど、「邪魔です」とは言えませんでした。何故ならば、僕と下嶋くんが、田拝刑事の指揮の下、探偵ゴッコ式の捜査会議をやることの理由には——というよりも、これが最大の理由だったんですけど——もしも、この事件の犯人がなんらかの形で〝探偵小説〟を求めているのなら、僕達が探偵小説ゴッコを始めた途端、犯人はなんらかのリアクションを起すだろう、ということがあったからです。

梅子さんがやって来て、田拝刑事が「しめた」と思ったかどうかは分りません。分りませんけど、僕にとって、彼女の存在は邪魔でしかありませんでした。彼女は、ただの観客で、その観客がいることによって、僕達のゴッコ遊びの輪が崩れてしまうのだ、ということがあったからです。

僕はその時、彼女は単なるヤジ馬だと思っていました。僕には、僕達が探偵ゴッコをやると聞いた時に彼女が起すリアクションがあるとしたら、それは犯人としてのリアクションではなく、ヤジ馬としてのリアクションでしかないと思えたからです。思えましたけど、でも、僕達は彼女の参加を断わる理由がないので、彼女を捜査会議に迎え入れました。そして、僕達の推理競べは、微妙な方向に空回りを始めたんです。

こういうことを考えてほしいんです。別に、男の子だけじゃなくても構いませんけど、子供達がいます。子供達がいて、キャーキャー勝手に盛り上がって遊んでいます。その遊んでいる所へ、その喚声を聞きつけた子供達の母親の一人がやって来ます――「マァ、楽しそうね」と言って。そうしたらどうなるでしょう？　それまで勝手に盛り上がっていた遊びが、その時から微妙にシラけるような方向へ向かって行くでしょう？

そこに母親っていう〝良識〟がいるから自主規制っていうのが働くのかもしれないけど、それよりなにより、熱中してる人間の間に熱中出来ない人間が入れば、すべての物事はシラジラとして来るんです。いつも何かに見張られてるみたいに、その人間になんか言われそうな気がして。僕達はズーッとそうだったんだって、そこまで物事を一般的に広げる気は、まだありません。でも、梅子さんを迎えてしまった僕達の状況は、確かにそうでした。

それまでは僕達、勝手なことを言ってたんですもん。

梅子さんが来るまでの〝動機〟に関する部分です。僕達は、それをこんな風に話していました――

僕は、理梨子の言っていた『不思議の国のアリス』の話をザッとしました。そうしたら下嶋くんはこう言いました。

「そりゃね、そりゃ、面白いとは思いますよ、僕だって、『不思議の国のアリス』がからんで来たら『虚無への供物』とか、竹本健治の『匣の中の失楽』みたいに、なんていうのかなァ、迷宮願望とかサァ、そういうのをそそられるから、すごく、魅力的だとは思いますよ。思いますけど、誰がそれを仕組むんですかァ？　梅子さんでしょう」

「マァねェ」

これ僕です。

「あの人、そういう高級なこと、ちょっと出来そうもないような気がするんですよねェ、僕は」

「ダサいもんねェ」

「あの趣味でしょう？　いい年して前髪下ろしちゃってサァ、そういう高級な人殺しを計画するんだったら、やっぱり、絶世の美女であってほしいもん」

「いやァ、僕もそれ思う。そうじゃなかったらサ、ふた目と見られない恐ろしい女とかね」

「あ、それはこわい」

「ふた目と見られない恐ろしい女がサ、なんか、なんていうの、古い底無し沼みたいな感じで静まりかえってて、抑圧だけがつもってたりすんのね」

「田原さんて、悪いこと言うなァ」

「どうして？」

「だって。そういうの聞いたら、あの人絶対に気ィ悪くすると思うよ――あ、思いますよ」

「あー！　だけどサァ、はっきり言って、彼女が気ィ悪くするようなこと言い出したの、きみだぜェ。僕はサァ、きみの説をサ、もうちょっと、なんていうの、フエンていうの、それしてったただけだぜェ」

「でも、そう思ってんでしょ？」

「思ってないよ」

「あ、でも目が笑ってんな」

「そういうのって濡れぎぬって言わないかなァ」

ここで口を出したのが田拝さんです。

「まァ、いいけどサ、でもちょっと、その、鬼頭梅子女史が、そういうペダンチックな趣味に走るっていうのは、出来すぎてるというか、いささか凝りすぎの感はあるね」

「そうでしょう、僕もそう思うんです」

「あ、ひどいなァ、自分で言い出しといてサァ」

「あ、僕が言い出したんじゃないすよ。僕は、理梨子に言われたことを、そのまんま言ってるだけなんだから。そういうことだってあるよ、ってことをね」

「あーあー、ずるいなァ。マァいいですけどね。でもサ、田原さんがそういうこと言うんだったら、僕には、こういう説だってあるんですよ」

「なァに？」

「え？　自殺ですよ。おばあちゃんは、首吊って死んだんだ。死んだけど、その外聞の悪さを恐れてっていうのかな、そういう感じで、大屋さんとこの人間が全員で、他殺に見せた――」

「あ、それすごくいい」

「マァ、信憑性はないけどね」

これ田拝さんです。

「いいじゃないですかァ、信憑性なんかなくたってェ、だって、今やってることは、ありうべき可能性をモーラするってことだけでしょう？」

「マァ、そうだけど。でも僕だって、信憑性がないのはいけないとは言ってない」

「ずるいんだから、大人は」

「そういう田原さんだって、もう、結構な年でしょう？」

「あ、僕はまだ若いよォ、まだ25だもん」

「25でしょォ？」

バカにしたような下嶋くんの目！

「そりゃねェ、きみは若いよねェ、まだ21だもんねェ。でしょ？」

「マァ、20すぎればただの人ですよ、みんな」

「ひょっとして、きみが一番老けてんじゃない？」

「マァ、いいからサ、ともかくそれ、両方とも書いといてよ」

「はいはい。じゃ、こっちの(d)は、田原さんの、『不思議の国のアリス』説ですね」

「僕のじゃないけどね」

「分ってます。で、(e)が〝自殺〟と。ねェ、僕って結構するどいと思いません？」

「わりとね」

「わりとね。そうかなァ、で、あとまだなんかありません？」

そうやって、〝E・T犯人説〟にまで行ったんです。

分るでしょう？　僕達が遊びながらやってたってこと？　警察の捜査って、行き詰りながら先に進むって前に言ったけど、僕らだって、それは本質的に同じだったんです。

手持ちの材料を全部出して、それの可能性をシラミつぶしに検討して、そしてその検討が全部終ったとみたら――つまり、その可能性がそこで行き詰ったら――先へ行くって。僕達のやってたこと、それと同じです。同じだけど、僕達のやり方は、真面目な顔をしてやるんじゃなくて、キャーキャー笑いながら、冗談を出しつくすっていうやり方です。僕達は警察の人間じゃない、田拝さんだって、非番だから、〝参考〟という名目で遊んでる――〝遊んでる〟ことが参考にだってなるという、逆もまた真はあるけど。でもね、――〝でもね〟というより、だから、なのかな？――だから、僕達、「私もお邪魔してもいいかしら？」って形で、彼女に割りこまれちゃった時、一瞬、シラーッという感じが走ったんです。その時僕達のやってたことって言いますと、「4時42分ぐらいに僕はトイレからもどって来てェ」とかいう〝犯行当時の状況〟ですから――これに関してはChapter15で詳しく書きましたから、今は省略させてもらいます――そう、メチャクチャに飛ぶというのはなかったんですよね。なかったですけど、でも、

「この時間、鎮香さんは一人で茶の間にいた訳だよね」

「ウン」

「だったら彼女だって、十分に殺せるじゃない？」

「殺せるよ、あ、殺せますよ」

「じゃ、なんで殺すの？　いいよ敬語なんて」

「まァいいですけどサ、殺す理由なんて、〝バァサンが嫌いだ〟っていうだけでもいい訳でしょ？」

「いいよ」

「いいけどしかし、〝バァサンが嫌いだ〟で人が殺されちゃったら、日本中はほとんど、死人の山だぞォ」

「まァ、そうなんでしょうね」

「〝まァ、そうなんでしょうね〟って、ひどいなァ、そういうこと言ってェ」

とかやってたりする訳です。当事者でいうと、〝不幸〟の当事者がいなかったりするところいうことですけど、でも当事者がいると、そうもいかないでしょう？

梅子さんがいるといないとじゃ、ガラリとトーンは変りますもん――

「で、僕がトイレから戻って来て、しばらくすると、梅子さんが入ってらしたんですよね」

なんか言うかなって、僕達は待ってんです。なんか言いたそうな顔して、梅子さん、「そうね――」って言うから。

「そうね――」

「そうね――私、フリーの方のお仕事っていうのに、とっても興味がありますの」

〝フリーの方〟っていうのは、僕と理梨子のことですよ。フリーの方のお仕事に興味があると、「もう少し髪の毛、お切りになったらよろしいのに」ってことになるらしいんですけどね――

初めて僕達が梅子さんに会った時、梅子さんは、僕にそう言ったんですからね。そこをとらえて、刈り上げの長月理梨子女史は、『不思議の国のアリス』で、おかしな帽子屋がアリスをいびるのにそっくりだってことを持ち出して来たんですけどね。

マァいいですけど、とにかく、梅子さんが入ると、話のテンポが狂うんです。僕達が冗談言っても、「それなんのこと？」って入って来るし。だから、僕達の捜査会議って、それまでは遊びでしたけど、ここからは、かなりまともになって来ちゃったんです。しつこくてすいませんけど、僕達の作ったリスト、もう一遍見て下さい。Ⅳから後って、微妙に違ってるでしょう?

分るか分らないか分りませんけど、Ⅳから後のリストって、微妙に、〝犯人外部説〞を前提にしちゃってるんです。少なくとも、鬼頭家の内部に犯人がいるかもしれないっていうところ、僕達は、微妙に避けちゃってたりはするんです。

Ⅱの〝動機〞というのを見て下さい。

(b)の〝お金〞――誰かがお金に困ってる。そしてその誰かと、お金は、おばあちゃんが死ぬことによって結びつく。おばあちゃんが死ぬことによってお金が手に入る人は、鬼頭家の内部の人間でしょう。

(c)もそうです。おばあちゃんが何か不気味な予言をする。その予言は、鬼頭千満を初めとする、一、松子、竹緒、梅子、幸(雪)代、花田といった、『獄門島』と『犬神家の一族』に関わる名前によって象徴される。だとしたらこれは、鬼頭家内部のモヤモヤが殺人事件に結びつくということでしょう?

(d)もそうです。梅子さんが極めて趣味的な殺人鬼だということが、これによって示される。

(e)もそうです。おばあちゃんの自殺したのが外聞が悪いといって他殺に見せかけるのだとしたら、それは内部の人間の犯行であるに決っている。

僕達は、犯罪の基本をなす〝動機〞という点では、常に〝内部説〞を取っていたのです。取っていたのですと言っても、それは意図的にではなく、かなりに無意識的だったということはあります。〝動機〞ということを言われた時に、内部の人間の心理しか問題に出来なかったのが僕達の想像力の限界ということだってあるとは思いますけれども、とにかく、梅子さんの登場以前の僕達は、無意識の内に内部犯行説を前提とする立場に立ってはいたんです。

でも、梅子さんが現われてからは違いました。梅子さんが現われて、それから20分ぐらいしておじさんが現われて、話は微妙に違う方向へ進んで行きました。


おじさんは、「お邪魔しますよ」って言ってやって来ました。

「すごい煙ですな」とおじさんは言いました。男3人、それまで話に熱中して、そして、梅子さんがやって来て、話の展開の腰を折られて、タバコをスパスパやっていたからです。

下嶋くんが、後手で窓を開けました。

梅子さんが「幸代がいないの」と、おじさんに言いました。そんなこと、狭い部屋の中で一目瞭然《りょうぜん》なんですけどね。

「ホウ、どこへ行ったのかな」とおじさんは言いました。

「ホントにあの子もフラフラしてて」

そう梅子さんが言いました。

「あなた、御存知ないの?」

下嶋くんに梅子さんは訊きました。下嶋くん、ワリとキョトンという顔をしていたみたいですけど、梅子さんの言い方にはある種、イヤミのような毒素というものはあったかもしれません。

「はァ……」と下嶋くんは言いました。

「幸代ちゃん、いないんですか?」

僕はおじさんに訊きました。

「いやァ、そう言えば、友達となんかあるというようなことを言っていたような気もするんだが」

おじさんは言いました。

「あ、そうですか」

田拝さんは黙ってました。別に誰も、幸代ちゃんがいないことを、気にもしてませんでした。

「ところで皆さん、お食事の方は？」

おじさんが訊きました。

「出前かなんかとればいいでしょ？」

下嶋くんが言いました。

「そうだよね」——僕です。

「うん」——田拝さんはうなずきました。

「でも、出前って言ってもなァ、ここら辺なァ」

下嶋くんが言いました。

「なんにもないの？」

「ないこともないけど。マァいいや、腹減ったら、後で食べに行けばいいでしょ？」

「そうだね、少なくとも、今食い物はあるし」

僕達、ポテトチップスやなんかつまみながら、ビール飲んでました。

「いいよ、続けよう」

田拝さんが言って、又、捜査会議は続けられました。

「どんなことをやっていられるのかな?」

おじさんは言いました。

ちょうどその時、僕達は〝犯行当時の状況〟っていうのを終って、Ⅳの〝足跡の意味〟ってところに進んでたんです。

「いや、あの、どういうところに問題点があるかなってことで、それで、それを一応リストアップしてみようと思って、リストを作ってるんです」

僕は、前に梅子さんがやって来た時に説明したのと同じことを、おじさんに言いました。「これがそれなんですけれども」って、おじさんにリストを渡しながら。

「あ、なるほど」って、おじさんはリストを見てました。

そうしておいて、僕と下嶋くんは、その先にかかりました。おじさんが見ているリストに書かれてあったのは、Ⅳの(a)〝擬装〟の(iii)〝下嶋くんが事件に関係あるように見せかける〟まででした。

犯人だか誰だか分らない人物が鬼頭家の裏庭に足跡をつける、そしてその足跡の通って行った道が、下嶋くんが幸代ちゃんの為に作った秘密の通路で、そしてその足跡が下嶋くんの靴によっているものならば、必ずや、その一件は、〝下嶋くんをなんらかの形で事件にまきこもうとした〟という可能性と関係があると思われたからです。
(ii) その足跡をつけた〝犯人〟が、あたかも、下嶋くんが殺人事件の犯人であるように見せかけた――ということは十分に考えられる。
同じように、(iii)〝殺人事件の犯人〟とまではいかなくても、下嶋くんをなんらかの形でこの事件に巻きこもうとした工作の結果が足跡である——ということも十分に考えられる。

だとしたら——で、ⅳが出て来る訳です。

だとしたら——その犯人が下嶋くん自身であって、それがわざわざ自分自身で、自分自身が犯人であると言いたげな証拠＝足跡を残す、ということだって考えられるんです。

なんの為か？「まさかァ、僕がそんなことする訳はないでしょう。だって、足跡なんてすぐ分るし、足跡が残りそうだと思ったら、僕、自分の足跡じゃなくて、他人の靴履いて、他人の足跡みたいに見せるっていう、擬装工作ぐらいしますよ」っていう言葉を、本当らしく吐く為に。

嘘を本当らしくする為に、その嘘をわざと残しておくっていうことです——ミステリーマニアだったら、それくらいのことやったっておかしくないでしょう？

だから僕、そう言いました。

そしたら下嶋くん、「あ、それはありますね」って言いました。

ちょっとヘンに聞こえるかもしれませんけど、でも、僕達、可能性を挙げてるんですから、それでいいんですね。実際に下嶋くんがそれをやったかやらないかではないんだから、僕達が問題にしていたのは。

そしたら案の定、梅子さんがヘンな顔をして口をはさみました。「あら、それはヘンじゃない？」って。

「どうしてですか？」って僕は言いました。

「だって、それをしたならしたでいいけど、それをした下嶋くんていうのは、今この席にいる訳でしょう？」

梅子さんは言いました。

「そうですよ」

僕は、何が始まったのかと思ったんです。

梅子さんは言いました。

「だったら、そのこと下嶋くんに訊けばいいでしょ？」

田拝さんは、面白そうに見てます。

「何をですか？」

僕は梅子さんに訊きました。下嶋くんは、不思議そうな顔をしてます。

梅子さんが言いました。

「つまりね、下嶋さんが、実際に他人《ヒト》の家に入りこんでね、足跡をつけたのかどうかってことよ。下嶋さんは、実際にここにいらっしゃるんだから、そんなこと、訊いてみればいい訳でしょ？　あなた、家の庭にお入りになったの？」

梅子さんは、下嶋くんにそう訊ねたんです。

「入ってませんよ、僕は」

下嶋くんはそう言いました。かなり憮然という感じの顔でした。

「そうでしょ？」

梅子さんは言いました。

「ね？　この人は家に入ってなんかいないっていうんだから、そんな可能性を考えたって、しょうがないじゃない」

僕達はポカンとしました。この人が何を言ってるのかよく分らなかったんです。この人が、なんにも分っていないんだっていうことが、僕達にはよく分らなかったんです。

「違うんですよ」

僕は言いました。

「僕達が問題にしてるのは、〝事実〟じゃなくって、こういうこともありうるんだっていう可能性なんです」

「可能性かもしれないけど、意味がないことを書いてもしょうがないでしょう？　だって現に、この人は〝そんなことしてない〟って言ってるんですから。それとも、この方は、嘘ついてらっしゃるのかしら？」

梅子さんはそう言いました。

困ったなァ、と僕達は思いました。僕達がやってるのは、そんなことじゃないんです。それぐらいのこと、これ読んでくれてる皆さんにはお分りいただけるでしょ？

だから僕は言いました。

「違うんです。事実っていうのは、解釈の仕方で、いろいろと違う意味を持つでしょう？　だからね、それにどれだけの解釈が可能かっていう、そういう可能性を、僕達は研究してるんですよ。そうじゃなかったら、この〝E・T犯人説〟っていうのはなんなんですか？　こんなこと書くのに、なんの意味もないじゃないですか」

「私も、なんの意味があるんだろうと思ってたの。この〝E・T犯人説〟って、なんなんです？」

はっきり言って、だから女はヤだ！　なんです。なんにも分ってないんだもの。

僕、それまで〝だから女はヤだ！〟なんていう決めつけ方って、したことないんですよね。

だって、僕にとって、生まれた時から、男と女は平等であるっていうテーゼは、真実として存在してたんですから。

僕が中学生ぐらいの頃かな、ウーマン・リブっていうのが出て来たの。あの人達の言ってる主張って、すぐ分りましたよ。だって、当り前のことばっかりだったもの。僕がよく分んなかったのは、その当り前のことを大きな声で言わなきゃなんないっていうことで、それが分んない男がいるってことが、逆に僕には不思議だった。でもそれは、ただ単に、僕が現実を知らなかったってことだけですけどね。

男と女が本当の意味で平等であって、それがまだまだ分らないバカな男がいるっていうことは、しばらくたってから、なんとなく分りました。そのことは、なんとなく分りましたけど、男と女が本当の意味で平等であって、それがまだまだ分らないバカな男がいるって言う女も、それもやっぱりバカなんだってことは、僕はなかなか分りませんでした。

バカな女もいたし、ヤな女もいたけど、それはたまたま僕の個人的な付き合いの中で感じることで、女一般に共通することではないんだって、僕は思ってたんです。思ってたっていうより、もっと正確には、そう思って、いい子ぶってたんです。

だから僕、長い間、〝だから女はヤだ！〟っていう発想、しなかったんです。しなかったというより、知らなかったんです。

世の中の男の人って、結構そういう言い方するし、それはそれで正しいと思う時もあったけど、自分の中にはそういう発想がありませんでした——実はホントのこと言って、僕はフカーク、女性を憎悪してたんですけどね。それはある意味で、〝暗い〟っていう言葉を知らないで、一人でウジウジグズグズしてた僕の高校大学時代の感じに似てますけどね。

そして実にもう一つ、〝だから女はヤだ！〟っていう発想を僕がしなかった理由——それは、僕の周りの男がしてなかった、でも、僕の周りでは、それは女がしてたってことです。思い出して下さい、僕の彼女である長月理梨子は、いつだって、「あー、だから女はヤだ！　どうして男ってそれが分んないのかしら」って言ってたんです。僕はその時、理梨子の言葉に、少しだけ、近づきつつあったんです。

僕は思います。おじさんがやって来て、その後で梅子さんがやって来ていたのなら、一体僕達の推理はどのように展開していたのか？　あるいはまた、おじさんだけがやって来ていて、男4人だけで推理展開していたらどうなっていたのか？

思いますけど、でも、そんなこと、あんまり意味がありません。現実には、梅子さんが来て、それでおじさんが来たんですから。来て、今まで僕らが（もしくは僕が）、とってもつまんない形で、ヘタくそにフェミニストをやってたんだなァということが、バレてしまっただけなのですから。

梅子さんは、「この〝E・T犯人説〟ってなんなんです？」って言いました。

しょうがないから僕は、〝E・T犯人説〟っていうのを梅子さんに説明しました。そうしたら、梅子さんは、「それになんの意味があるんです？」と言いました。

「なんの意味があるんです？　って訊かれても困るんですよねェ、あんまり意味っていうのはないんですから」

僕はそう言いました。

「だったら、そういうのは取り除きましょうよ。遊びじゃないんだから」

僕はこれでカチーンと来ました。〝遊びじゃないんだから〟って言われたって、でも、はっきり言って、これは遊びの上で成立しているんですからね！

下嶋くんに向かって、梅子さんは言いました――「あなたは、家には入って来てはいない訳でしょう？」

その言い方には、はっきり言って、毒がありました。現実とフィクションを取り違えて、彼女は明らかにいやがらせをしているのです。

下嶋くんは、ほとんど怒ってました。

「だから、してないって、言ってるじゃないですか！」

彼は言いました。

もう、ほとんど、その場の気分はメチャクチャです。僕は不思議でなりませんでした。どうして彼女はそんないやがらせをするんだろう？　どうして彼女には、自分がいやがらせをしてるんだってことが、それが他人にバレてるってことが分らないんだろうって。僕にはほとんど、その彼女のバカさ加減が理解出来ませんでした。

「まァ、そうムキにならないで」

田拝さんは言いました。おじさんもほとんど同時に、多分同じことを言いかけたんでしょうけれども、実際に口に出して言ったのは、田拝さんの方が最初でした。

田拝さんは、梅子さんに向かって言いました。

「マァ、問題の主旨というのがよくお分りになってらっしゃらないようなのでお話しますけれど、ここで問題になっているのは、実際の捜査ということではないんです。まァ、勿論そういう面もありますけれども、僕達がここで問題にしたいのは、〝探偵小説〟っていうことなんです」

「なるほど」

梅子さんの代りに相槌を引き受けたのはおじさんです。結局、〝大人の会話〟が、その場を丸くおさめたのです。

田拝さんは、おじさんの方に、積極的に話しかけました。そうやって、一般的というか、世間的な常識にかなった会話を成立させるということで、自動的に、梅子さんのわがまま（というより〝無知〟か？）を排除し、納得させようという作戦を、大人2人で始めたのです。

田拝さんは、探偵小説的な事件には探偵小説的手法を、という風におじさんに言いました。「前にお話したと思いますが」と、おじさんに念を押して。

おじさんに念を押してということは、自動的に、梅子さんに釘を刺して、ということです。なるほど、こういうもんかと思って、僕は（というか、僕と下嶋くんは）大人2人のやりとりを見ていました。

「前にお話したと思いますが」と田拝さんに言われて、おじさんは「はい、はい」と言いました。前に言われたことなら、もう知っている筈なのに、それでもおじさんは聞くし、田拝さんは話しました。2人の間で納得してしまえば、別に、その件に関して、梅子さんのOKをとらなくてもすむからです。「という訳なんです」と、梅子さんに言いさえすればいいんですから。

田拝さんは、実際そう言いました。梅子さんは、「そうなんですか」と言いました。「でも、よく分らないわ」って付け加えることも忘れませんでした。「まァ、ともかく、黙って伺おうじゃないか、なかなか参考にはなるんだから」と言ったのはおじさんです。見事なシメだと言えましょう。

そして僕達は話を続けました。そして僕は、おじさんが今日のことを知っていたのは、田拝さんがおじさんにそのことを言ったからなんだな、ということを知りました。

そして、ともかく、話は流れて行きます。おじさんはタバコを吸い、梅子さんも「お義兄《にい》さん、一本いただける」と言ってタバコを吸い、閉め切った部屋の中は、5人分のタバコの煙でもうもうとなって、そして話は、その中で、〝犯人外部説〟の方へと、微妙にその方向を変えて行ったのです。その結果は、リストを参照してもらえば分ると思います。

その後の僕達は、ある意味で、梅子さんを納得させる為の役者として、推理を演じていた、というところがあったと思います。Vの〝松の葉っぱの意味〟のところで、下嶋くんは初めに〝ダイイング・メッセージ〟と書いていたんです。

御存知のように、ダイイング・メッセージというのは、殺された被害者が、死ぬまぎわに残しておくメッセージのことです。犯人が誰かということを知っているのは、まず第一に被害者ですから、その被害者が、犯人は誰かということを示そうとして、その結果残された謎が、ダイイング・メッセージです。

僕は、その、下嶋くんの書いた〝ダイイング・メッセージ〟という字を見た時、ハッとなりました。そういう考え方だって勿論あったんです。現場に残されていたのは松の葉っぱだったんだし、鬼頭家の一族の中には、立派に〝松子さん〟ていう人だっていたんですし。ただ問題は、1つだけありました。勿論それは時間です。

被害者が殺されたのは夕方の5時、メッセージが残されたのは夜中の3時、その間10時間、被害者の千満おばあちゃんは、ズーッと死んでいたんですから、メッセージなんてのを残せる訳がありません。ありませんけど、でも、〝ダイイング・メッセージ〟という考え方だってあったんです。だから僕は、下嶋くんの書いた〝ダイイング・メッセージ〟という字を見て、ハッとなったんです。それを忘れてたっ、て。

それを忘れてた僕は、下嶋くんがどういう風にツジツマを合わせるかと思って、「ダイイング・メッセージってどういうこと？」って訊いたんです。

「いやァ、なんとなく、そんな風に思って」って、下嶋くんは言いました。

「ウン、でもサ、ダイイング・メッセージって、被害者が残すもんでしょ？」

「ええ」

「でもサ、被害者はとうに殺されてる訳だからサ」


僕と下嶋くんのやりとりを聞いていたら、どうしたって、僕が下嶋くんのいい加減さを追いつめてる感じになるでしょう？　田拝さんと、一さんと、梅子さんの3人に見られている下嶋くんにとっては、正にそうでした。僕が言いたいのはそうじゃなかったのに。「そこにサァ、なんかあるかもしれないじゃない？　君はそこんとこどう考えるの？　なんか考えがあったら教えてよ」――僕の言いたいことは、正にそうでした。でも、僕の「でもサ、被害者はとうに殺されてる訳だからサ」という発言に対して、下嶋くんの言ったことは違いました。

「マァ、そうですね、おばあちゃんが生き返ったというか、霊魂が、かな、なんだか分んないけど、松の葉っぱかなんかまいちゃって、マァ、冗談なんですよ、これは」

下嶋くんはそう言って、自分で勝手に、そのセンを結論づけてしまいました。

その横には、それを、さもバカにしたようにして見ている梅子さんがいます。

一事が万事、こうだったんだと思います。とにかく、リストには〝死んだおばあちゃんの霊魂が〝なんてことを書くことによって、バカバカしい（と思える）可能性をモーラするという方針だけは貫けました。でも、僕達のやるべきことは、バカバカしいと思える可能性までもキチンとモーラする、であったはずなんですけれどもね。

その後の僕達は、真面目であり、不真面目でした。真面目とも不真面目ともつかない僕達では、もう、ありませんでした。

真面目な方の僕達は、なにか大事な部分を切り捨てて、とにかく、自分達のやっていること——リストを作っていることが、ともかくもまともであるんだぞということを、観客達に示そうとして、そのことに向かって、多分、一生懸命になったんです。そのことに対する模範解答が、前の章で書いた、Ⅵの(a)のⓥ、〝夕方の4時半から5時におばあちゃんを殺した犯人は、夜中の3時までズーッとどこかに隠れていて、夜中の3時に出て行った〟でした。

これは本当に模範解答でした。事件のすべての謎を満足させ、そして、そこに居合わせた人間及び、鬼頭家の一族を、誰一人として傷つけない答だったんですから。

それを発見した僕は、とくとくとして、その答の素晴らしさをみんなに説明しました。前の章の最後に書いてあったこと、それはみんな、この時に僕が言ったことです。

僕達の作っていたリストが、実は事件の謎を解くチェック・リストとしても使えて——だから僕達は真面目なんですよ、と。

みんなどよめきました。確かに、その答は素晴らしかったんです。ただ問題は、それに該当するような人物が、はたしているかどうかということです。

いるかどうか？

はたしていました。その人は、昭和19年に生まれた、星野菊代という人の娘で、星野珠代という人でした。

昭和18年、アッツ島玉砕の年に（そう梅子さんは言ったんです）、鬼頭の雄之助おじいちゃんが間違って手を出した、「後は頼みますよ」と言って出征して行った自分の子分の女房の娘――即ち梅子さんにとっては腹違いの妹に当る人でした。

この人は、終戦後おかあさんをなくして（おとうさんはアッツ島で玉砕したんだそうです）、おじいちゃんを尋ねて来たんだそうです。そうですけど、カッとなったおばあちゃんに、ケンもホロロに追い返されて、それっきり、2度とは姿を現わさなかったんだそうです。

「思い当るとしたらそれだけだわ」と梅子さんは言いました。おじさんも、「ウン」と言いました。「その人はどうなったんですか？」と僕は田拝さんに訊きました。田拝さんは、「今それを捜査中なんだけどね」と言いました。

なるほど、そういう人はいたんです！　そして、ここで蒸し返されるのが、鬼頭家にまつわる、横溝ミステリーです！

「どういう字を書くんです？」

下嶋くんが訊きました。その〝珠代〟と〝菊代〟です。

梅子さん達はよく分らなかったみたいですけど、それは田拝さんが「こういう字だろう」と教えていました。

下嶋くんは、なにか気になるらしく、ミッキー・マウスのノートに、その名前と、それから鬼頭家の人間の名前を書き出し始めました。そして、「ちょっと待って下さいよ」と言って、本棚から、角川文庫の『犬神家の一族』を取り出し始めました。

ほとんどその時の下嶋くんは、バリバリと髪の毛をかきむしる金田一耕助でした。

パラパラとページをめくっていた下嶋くんは、やがてそれを見つけたらしく、「あった！　ねェ、ちょっと、ここを見て下さい」と言って、そのページを僕達の前に突き出したのです。

なんという偶然の一致でしょう！　そこには、珠代も菊代もいたのです!!

下嶋くんが突きつけたページは、『犬神家の一族』の中にある、〝犬神家の系図〟というページでした。そこには、こう書いてあったのです――

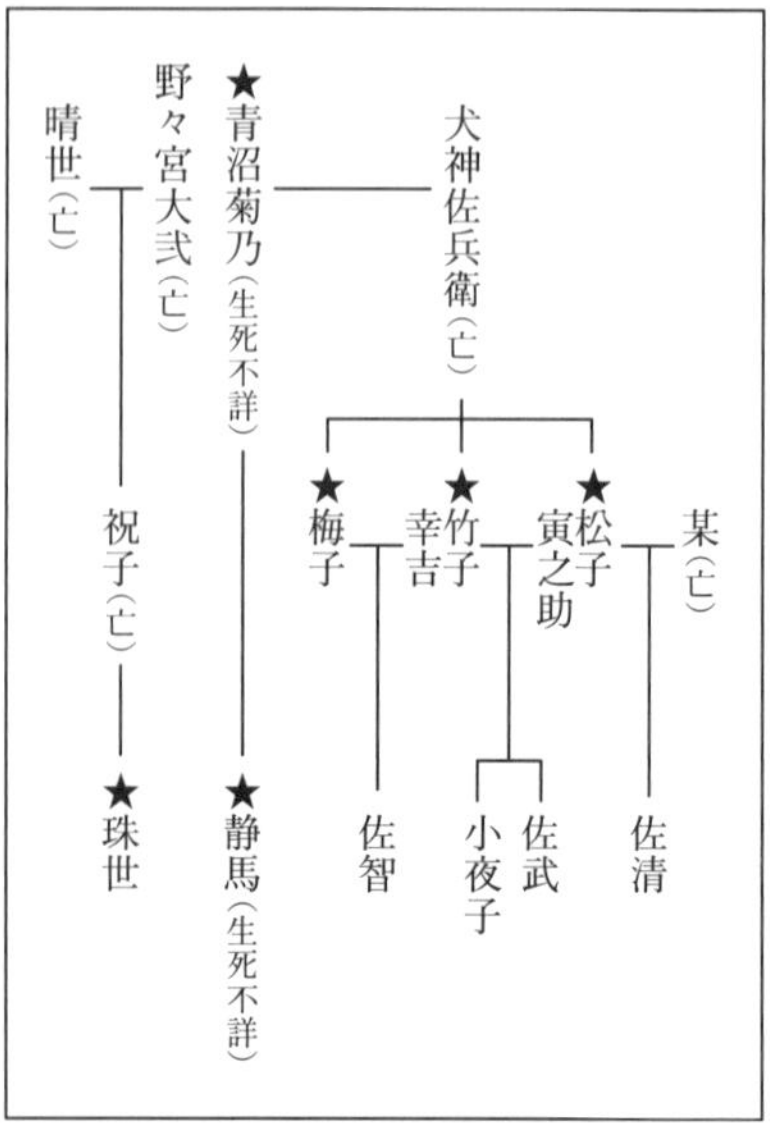


（★印は、大塚の鬼頭家関係）

そこには、〝菊代〟も〝珠代〟も、そして鎮香さんまでもいるではありませんか！　〝静馬〟と名前を変えて、性も男に変えて！

なるほど、TVの『犬神家の一族』を見ていて、おばあちゃんが慄然とするはずです。正に、そのまんまなんですから！

理梨子は、鎮香さんのことを「ううん、普通の名前よ」なんて言いましたけど、全然違うんです。鎮香《しずか》は、〝静馬《しずま》〟だったんです！

野々宮大弐という人は、犬神佐兵衛翁

の命の恩人です。『犬神家の一族』を御存知ない方の為に、少し付け加えます。ホントだったら〃知ってるでしょ?〃ですましちゃってもいいんですけどね。でも僕は、理梨子みたいに意地は悪くありませんからね。「どうせ読んでないんでしょ?」なんてことは言いません。この本、徳間書店から出るんだから、別に角川書店の本のことなんてどうでもいいんです。どうでもいいんですけど、知らないと、このすごさが分んないから、僕は一応の説明をするんです。

犬神佐兵衛という人の恩人が野々宮大弐という人で、実はこの2人、ホモ関係にあったんです(どうでもいいことですけどね)。この野々宮大弐の孫娘というのが〃珠世〃で、親を亡くした彼女は、ほとんど実の孫とおんなじ待遇で、犬神家に引き取られている。そして、死んだ犬神佐兵衛翁は、彼の財産を、すべてその珠世に贈ると遺言をする。

一方、青沼菊乃というのは、正妻というものを持たず、3人の妾に別々に3人の娘(松・竹・梅)を産ませた、女性憎悪の権化みたいな犬神佐兵衛翁が、晩年に入れ上げた唯一の女性で、静馬というのは、その菊乃と佐兵衛翁の間に生まれた、唯一の息子。

静馬(鎮香)と菊乃(菊代)と珠世(珠代)というのは、それほど重大な人物達だったのです。このことを発見した僕達は、ほとんど、舞い上がりました。唯一人冷静だったのは、プロの警察関係者、田拝聰一郎刑事だけでした。

田拝さんは、冷静でした。鬼頭の一さんも、まァ、冷静でした。〃犬神家の系図〃を見て、おじさんは、「ほう……」と言ってました。

一番舞い上がってたのは、やっぱり下嶋くんでしょう。中央大学ミステリー同好会会長の面目を初めて発揮して、そのことをつきとめたんですから。

梅子さんも、ワリと興奮していたと思います。ただしそれは、なんだか分らないコンサートにやって来て、乗るに乗れないでいたおばさんが、最後に来て、やっとアンコールで乗れて、それで一生懸命興奮というか、感激している様子に、よく似てました。

他の4人はそうでした。そうでしたけど、じゃァ肝腎の僕はどうだったのかというと、よく分りませんでした。

舞い上がってるようでもあり、冷静なようでもあり、よく分りませんでした。

とにかく、そういう誰かがいる（おばあちゃんを殺し、夜中まで潜んでいて、そして怨念をたぎらせているかもしれない外部の人物の存在）――それを論理的に指摘したのは僕なんですから。

僕は勿論興奮してました――論理的にそういう人物がいる可能性がある、ということを指摘するまでは。でも、僕は、それと同時に、なんだか妙に冷静でした。というのは、その話は、繰り返しになりますが、妙に出来すぎている気もしたからです。僕が模範解答、模範解答と言っていたのは、そういう意味です。

なんだかピッタリ、全部符号が合う。でも、その符号があった途端、全部が、僕の前から舞い上がって、僕は一切と関係なくなってしまった――僕はそんな感じがしました。だから田拝さんが、舞い上がってる僕らに向かって、「それはそれとして、可能性で行くんだったら、まだ考えられることはあるんじゃないの？」と言った時、「あ、そうですね」って、妙に素直にうなずいちゃったんです。

そうです。僕は、妙に素直にうなずいたんです。考えてみれば、僕達のリスト作りってのはまだ終ってなかったんですから。僕達がリスト作りにかかる前の土台になっていた、下嶋くんの作っていた〝下嶋リスト〟には、まだ問題点が並んでいたんですから。

「とりあえず、このリストだけは完成させちゃおうよ」

田拝さんがそう言って、僕達──僕と下嶋くんは、冷静に戻ったんです。

「そうですね」と僕は言いました。

「そうですね、大体もう、答は出ちゃってるんだから」──そう言ったのは下嶋くんです。

僕と下嶋くんの間には、それだけ、微妙な差があったんです。ありましたけど、〝大体もう答は出ちゃったのかなァ……〟という気は、やっぱり僕の中にもありました。だからリストの、そっから先がワリとそっけなかったりはするのです。ともかく僕達は、リストを完成させようとしたんです。そして、リストは一応完成したんです。

時間は、夜の7時でした。

「アーア」という声も出ました。なんだか終ったなァ、という感じでした。「すごい煙。ちょっと窓開けましょうよ」そう梅子さんが言って、下嶋くんがガラガラとガラス戸を開けました。冷たい風がサーッと入って来て、ほんとに終ったな、という気もしました。でもちょっと待って下さい。僕はまだ、説明してないことがあるんです。

面倒じゃなかったら、前の章にあるリストをもう一遍見て下さい。いえ、全部じゃなくていいんです。そのリストの、最後です。Xの〝田原くんの存在理由〟の最後を見て下さい。

ヘンでしょう？

ねェ、ヘンでしょう？

僕の言ってるのは、一番最後の、※印のついている(h)〝田原くんにではなく、長月理梨子さんに意味がある〟ではありません。その前です。

このリストの他の所では全部、〝その他〟というのが一番最後に来てます。一番最後に一番バカバカしいのが来て、「それでこの可能性も終りだな」っていうことになってその項目が終るというのが、このリストの〝法則〟です。でも、ここだけは違うんです。〈(f) その他〉となっています。〝その他〟だけで、他になんにも書いてないのが、僕達の疲労というか、やる気のなさの表われなのかもしれませんけど、でも、ここではその後に、(g)として、〈事件全体の目撃者として〉というのがあるんです。

僕の、この事件に於ける存在理由は一番最後にありました。そして、その答は、〝星野珠代真犯人説〟で一応の解決を見てしまった後では、おばあちゃんが探偵を求めていたのは本当であるというところで明らかです。僕のその事件での存在理由は〈(e)〝探偵〟として〉でした。だからその後すぐ〈(f) その他〉が来て、終ったのです。

みんな、ホーッと息をつきました。「ちょっと窓を開けましょうよ」で、冷たい風が入って来ました。全部終った、そう思ったんです。全部終ったと思った途端、僕はふっと思ったんです。〝星野珠代真犯人説〟が浮び上がって、僕の前に一切が無関係になって浮び上がったのを感じたのと同じような感情が、再び僕を襲いました。

「出来すぎてる――→出来すぎた」なんとなくそんなこと思ったんです。僕がいて、事件の全貌が僕の前にある――そんなことだってあるんだって、僕は思ったんです。

もしも鬼頭家の人間が全員ぐるになっていて、単純に、邪魔者になってしまったおばあちゃんを殺そうと思って、それだけだと足が付くと思って、それで、〝事件〟を作って、もって回った方向に持って行く為に、〝探偵〟という、この現代ではほとんど訳が分らなくて意味がなくなってしまったものを目撃者として登場させたのかもしれない――そんなことだってありうるんだって、僕は思ったんです。

だから僕は、その部屋の窓が開けられた瞬間、ミッキー・マウスのノートに向かったんです。「あ、そうだ」って言って――それはほとんど、ひとり言に近かったんですけど。

僕が「あ、そうだ」と呟いた時、ほとんど同時に下嶋くんが声を上げました。「なんだ。これェ?」って。

僕はちょうど字を書いていたので、そっちの方は見ませんでした。そっちの方を見ないでいたのは、その時、僕だけだったんです。僕以外の3人(おじさんと梅子さんと田拝さん)は全員、「なんだ、これェ?」という下嶋くんの声につられて、窓の外に目をやりました。

快風荘の5号室の窓の外には手すりがあります。その手すりの鉄の枠に、ロープが一本、縛りつけてあったのです。

「なんだ、これェ?」と言った下嶋くんは、そのロープを引っ張りました。

「なんなの?」と梅子さんは言いました。

「こんなの知らないよ」と言って下嶋くんはそのロープを引っ張りました。

僕は、それにつられてフッと顔を上げました。そして僕は見たんです。

全員が窓の方を見ていたんです。「なんだろう?」という顔をして。

いえ、もっと正確に書きます。全員ではありません。「なんだろう?」という顔をしていたのは、田拝刑事と梅子さんだけです。僕はその時、実に奇妙な表情を見たんです。

笑っているのでもない、泣いているのでもない、照れているような、でもそれに近いけどちょっと違う。しいてたとえていえば、仲間はずれにされてしまった子供が、「いいもん、いいもん」と言いながら、平気そうを装って笑って帰って行くというような、そんな表情を、僕は、うっかり、鬼頭のおじさんの顔の上に見てしまったんです。

僕は、なんだろう？　と思いました。思いましたけれど、なんとも思いませんでした。だって、その時にはまだなんにも起ってなんかいなかったからです。

僕は、「なんだろう？」と思って、視線をそらせたんです。その途端、おじさんの目と、僕の目が合ったんです。

おじさんの顔からは、突然に表情がなくなったんです。

僕は、「どうしたんです？」という顔でおじさんの目を見ました。この「どうしたんです？」は、おじさんの表情の変化ではなく、この部屋に一体何が起りつつあるのか？　っていうことです。下嶋くんは、窓から身を乗り出してロープを引っ張っているし。「どうしたんです？」って、僕はおじさんに、目で訊きました。

そしたらおじさんは、目をそらしたんです。そうした目の先に、僕の書いた文字がありました——〈事件全体の目撃者として〉という新しい文字が。

おじさんの顔色が、サーッと変ったようでした。

変ったようですが、それはそこまでです。何故ならば、そっから先、事件は、まったく新しい展開を見せてしまったからです。

下嶋くんの引っ張っていたロープの先には何があったのでしょう？

そう——無残やな……。

そこには、いなくなってしまったけれど、でも誰からもその行方を気にかけられていなかった、20歳の大学生、鬼頭幸代ちゃんの死体が結びつけられていたのです！

僕は一体、何を見てしまったというのでしょうか？

# Chapter 29 そして、展開――

せがれよ。なにかでっかい災難がおまえの身におきたんだな。でなけりゃおまえはこの手紙を読んどるまい。わしがこの手紙を書いたのはひとまず災難から気をおちつけてまわりを見まわせわしらがこれだけ大金持になってからまたすっからかんになったおかげでなにかいいことがでなけりゃ大事なことが起こらんかったかそいつを探してみろとおまえに言いたかったからだ。なにをおまえに探してほしいかというとだな、いったいこの世にはなにか特別なことがつづいているのかそれともわしにそう思えたようになにもかも気ちがいざたなのかを探してほしい。

カート・ヴォネガット『タイタンの妖女』(浅倉久志訳)

結論を先に言いましょうか？　それともやっぱり、物事の順序を追って、この物語を進めましょうか？

どっちでもいいような気がします。だって、もう物事には結論が出てるんですから。皆さんは知ってるんですから。これは、〝ノイローゼによる犯行〟なんです。新聞では、そう報じられたんですから。「そうしてくれ」って言う為に、犯人は、自分でノイローゼだって言ったんですから。

そういうことになってるんですよ。すべては。

〝ノイローゼ〟か、便利な言葉だなァ、なんとなく、それで全部、分れてしまう。

でも、本当は勿論違うんですよ。

僕初めに、「これはノン・フィクションです」って言いましたけど、でも、もう物語《フィクション》でもいいやと思ってるんです。だって、すべては、そういう形でピリオドが打たれてるんだから。僕という〝目撃者〟がいれば、それでいいって、あの人は言ってたんだから。

それを伝えようと伝えまいと僕の勝手。でも、それをそのまま伝えたら、やっぱりあの人が痛ましい――カッコつけるんじゃなくて、なんとなくそんな気がします。だから、これは、フィクションでもいいんです――そうしたら、あの人は責められる必要はないんだから。「なんてひどいことをしたんだろう」なんてことを、誰からも言われる必要はないんだから。いくらひどいことを言ったって、それは全部、僕が言ったっていうことですむんだから。

そうなんです。これは僕の創作《フィクション》で、これは僕の〝感想〟なんです。

幸代ちゃんの死体は、快風荘の裏手で発見されました。

「こんなの知らないよ」と言ってロープを引っ張っていた下嶋くんは、「なんか、ひっかかってる。なんかあるみたい」と言いました。

「どうしたの？」と訊いたのは僕です。

「ウン。いえね、さっきまで、こんなのなかったんですよ」

そう下嶋くんは言ったのです。

おじさんがやって来た時、窓はちょっと開けられました。「すごい煙ですな」とおじさんが言ったから。

でもその時は気がつきませんでした。リストの件が一段落着いて窓がガラガラと開けられた時、それは初めて下嶋くんの目にとまったのです。

昼過ぎに、4時に僕達が来るからと言って下嶋くんが窓を開けていた時、そんなものはなかったのです。なかったけど、でも、7時に窓を開けた時、窓の外にはロープが縛りつけられていて、そのロープの先は斜めに伸びてて快風荘の裏手にまわり、そのまま、横になった鬼頭幸代ちゃんの首に結びつけられていました。

幸代ちゃんの死体が横たわっていた場所、それは勿論、あの謎の足跡をつけた犯人が通った道筋です。

下嶋くんは「なんかあるみたい」とロープの先を引き、そして昼までにはそんなもの（ロープ）がなかったと言いました。その言葉を訊いて不審に思った田拝刑事が下に降りて行って、そしてそれを発見したのです。

ついでに図というのを又描いておきます。

下で死体を発見した田拝刑事は「警察へ電話してくれ」と叫びました。

「なにかあったんですか？」

僕と下嶋くんは2階から聞き返しました。

「殺人事件だ」

田拝さんがそう言って、アパート中の人間は、みんな窓から顔を出しました。

「誰が？」

そう言ったのは僕です。

「すいません」

そう言ったのは田拝さんです。

「鬼頭さん」

田拝さんはおじさんを呼びました。

「こちらへ来て、確認をお願いします」

窓から首を出しているおじさんに向かって田拝さんは言いました。

「お宅のお嬢さんだと思います」

おじさんは、表情を全く変えずに、黙ってうなずきました。

突然の娘の死を聞かされた人間は、ほとんど反射的にうなずくだけでしょう——一体何が起ったのかは分らずに。おじさんの顔もそうでした。もしも僕が何も知らなかったら、それはそういうものだと思ったでしょう。でもおじさんの表情は、僕と顔を見合わせて、そして僕の書いた字をおじさんが見た時から、ズーッと表情が消えたままだったのです。

おじさんは、ゆっくりと下へ降りて行きました。下嶋くんは、部屋にあった受話器に飛びつきました。梅子さんは、どうしたの？　という顔していたのが、やがて気がついたのか、あわ

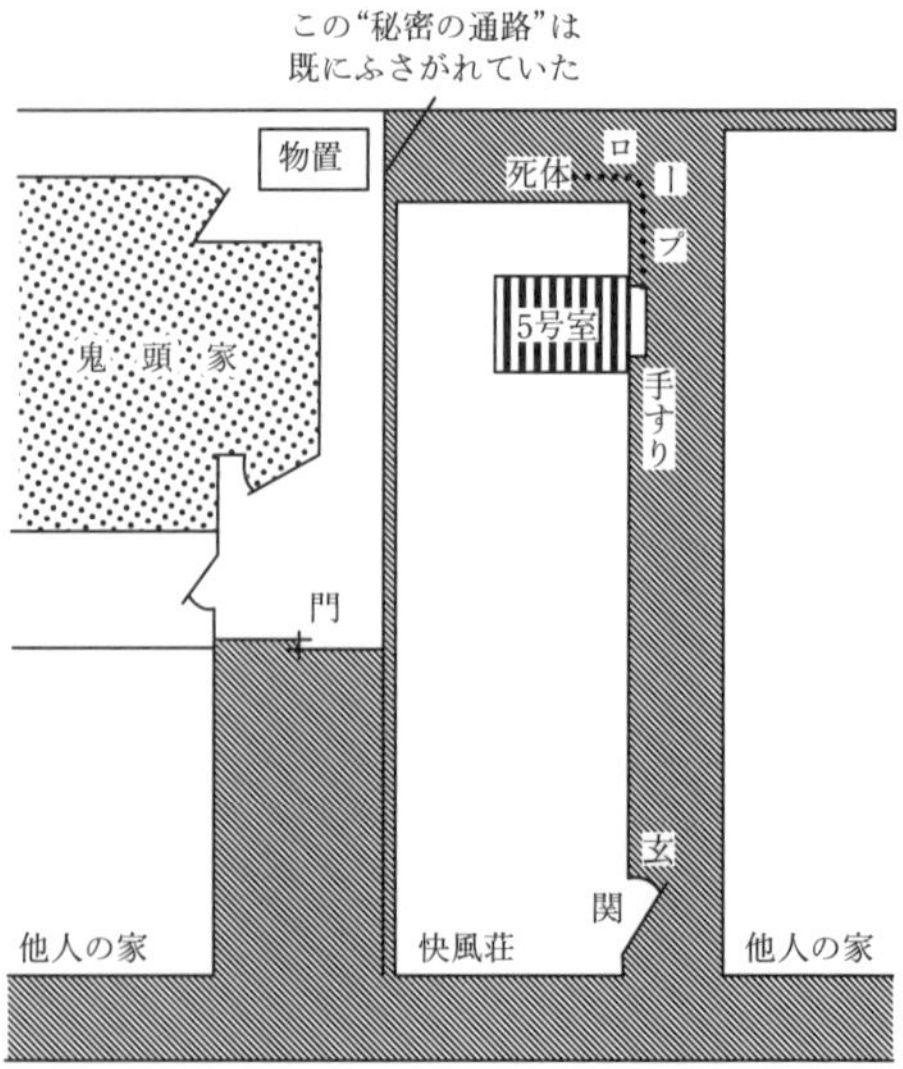

ておじさんの後を追って行きました。窓に残された僕に、田拝さんが呼びかけました。

「田原くん」

「はい？」

「懐中電灯、ないかな？」

「きいてみます」

その後はお定まりです。

パトカーが来て、現場検証が始まって、僕と下嶋くんは快風荘に足止めされて、おじさんと梅子さんは家に帰って行って、別々に事情聴取が開始されました。

「何か気がついたことは？」


やはり犯人は、星野珠代なのでしょうか？

# Chapter 30 虎穴に入らずんば

そこで、私は名探偵復活を提唱いたします。

都筑道夫『黄色い部屋はいかに改装されたか?』

22日は、鬼頭の千満おばあちゃんの初七日でした。だから4時ちょっと前、快風荘の前で会ったおじさんに、僕は「後で伺います」と言ったんです。おじさんは「御丁寧に」と言ってましたけど、本当に御丁寧でした。初七日というのは、お坊さんがやって来て、親族だけが集ってお経を聴くのです。

お経は、お昼の2時前に終っていました。だから僕は、後で伺う必要もなかったんです。お経が終ってお坊さんが帰って行ったのが1時45分頃。それで、初七日に来ていた松子さんと鎮香さんも2時半には帰って行きました。その時はまだ、幸代ちゃんも家にいました。姿が見えなくなったのは3時頃です。

3時頃に幸代ちゃんは見えなくなりましたが、最近の幸代ちゃんは体が弱くなって、すぐ横になって寝てしまうということでした。本当に、鬼頭の一族は災難続きです。おばあちゃんが死んだことでどっと疲れの出てしまったおかあさんと、そして疲れやすくなった幸代ちゃんです。「家の中の歯車が一つこわれただけで、本当に家の中は調子が狂ってしまうのね、私も困ってしまう」と、梅子さんは言っていたそうです。

幸代ちゃんは、ワリと最近、寝てばっかりいるので、その時も又、梅子さんは、幸代ちゃんは自分の部屋で寝ているのだろうと思っていたのだそうです。

近所のタバコ屋の証言では、4時少し前、幸代ちゃんはタバコを買って行ったというのです。幸代ちゃんは、4時少し前まで、生きていました。そして、その後すぐ、殺されたのです。

検屍解剖の結果、幸代ちゃんの死亡時刻は午後4時頃と決定されました。死因は絞殺、凶器は勿論、ロープでした。

問題は、その午後4時頃です。

僕が快風荘にやって来たのも4時頃。快風荘の前でおじさんに会ったのも4時頃。タバコを買って戻って来たおじさんが僕に会ったのも4時頃。下嶋くんが、スーパーに買物に行ったのも4時頃。タバコを買いに行ったおじさんが幸代ちゃんに会って、タバコを貰ったのも4時頃。みんな〝4時頃〟。

4時頃、家には、幸代ちゃんのおかあさん――竹緒さんと梅子さんがいた。快風荘を中心にする一角に、4時頃みんないたはずなのに、でも、誰一人として幸代ちゃんに会ってはいない。会っているのはおじさん一人。

それを気にしていたのは、多分僕一人なんでしょうか？

幸代ちゃんがタバコを買ったっていうけど、一体幸代ちゃんはなんのタバコを買ったんだ？　僕は、幸代ちゃんがタバコを吸うのを見てはいない。幸代ちゃんがタバコを吸うんだっていうのは知らなかった。そりゃ吸ってたっていいだろうサ、女の子が親に隠れてタバコを吸っているなんてよくある話だから。

幸代ちゃんがタバコ屋で買って行ったタバコは、ラークとハイライトだった。それは、幸代ちゃんの死体から、封も切られずに、そのまま出て来た。おじさんの吸っていたタバコは何？　他の時は分らないけど、でも、下嶋くんの部屋でおじさんの吸っていたタバコ、ラークでもない、ハイライトでもない、パーラメントだった。

つまんないことかもしれない。おじさんはタバコを買いに行こうとして、途中で幸代ちゃんに会った。

会った幸代ちゃんが、「おとうさんどこ行くの？」と訊いた。おじさんが「タバコを買いに行くんだ」と言う。幸代ちゃんが、「じゃァ私が買って来てあげる」という。「ああそうかい」とおじさんが言う。行きかけた幸代ちゃんが、「あ、それからね、おとうさん、今日私、お友達のところに行くから、後でおかあさんに言っといて」と言ったかもしれない。ありふれた家族の会話だし、誰もそんなことを怪しまない。怪しまないけど、でも実際に、そんなことがあったのかどうかは、よく分らない。幸代ちゃんが、そういうことを言う、〝快活な娘〟かどうかも、考えてみればよく分らない。

僕は4時ちょっと前、快風荘の玄関のところでおじさんに会った。会ったけれど、そのおじさんが、どこから出て来たのかは、よく分らない。

幸代ちゃんと別れたばっかりだったのかもしれない。あそこら辺は、道がゴチャゴチャしてるから、路地を曲った拍子に、おじさんの姿が現われたって、別におかしくはない。快風荘の玄関だって、あそこは路地の角だから、そこに立っていたって、別におじさんがそこに立っていた——立ち止っているように見えてたって、おかしくはない。

4時少し前に僕はやって来た。僕が来るのは4時少しすぎだろうと、多分、下嶋くんは思って、僕が着く少し前に買物に出かけた。

下嶋くんは、出かける前に窓を開けて部屋の掃除をした。そしてその時には、そんなものの存在には気がつかなかった——何故ならば、窓の手すりには、ロープなんか結びつけられてはいなかったから。

下嶋くんが出る、僕が来る、その間には時間があった。ロープが仕掛けられたとしたらその間。そしてその間、下嶋くんの部屋には、鍵なんか、かかってなかった。その間、誰だって部屋の中には入れた。別にそれがおじさんではなくたって、誰だって——。

僕はなにを考えていたんでしょう?

僕は一人で考えていて、そのことを誰にも言いませんでした。

取り調べがあって、死体が解剖にまわされて、そして僕は、終電ギリギリで帰って来て、鬼頭のおばさんは、又ショックで倒れこんで、そして帰って来て、「大変だよ、又人殺しがあった」って、理梨子に電話して。「やだァーッ、やァよォ。あの家やァよォ、あたしなんか気持悪い。お願いだからその話しないで」って言われて、「気持悪いって何がサ?」って、僕は妙にそのセリフがひっかかって、「なんとなくよ、なんとなく、よく分んないの、なんとなくだけ」って言われると、なんだか又よく分らなくなって、そして次の日、解剖の結果が出て、又田拝さんに話を訊かれて、そして下嶋くんが任意同行を受けた。何故ならば、幸代ちゃんは妊娠3ヶ月で、その父親は下嶋くんであったから。

星野珠代という、幻の真犯人はいる。彼女がそれを殺《や》ったのかもしれない。まだ彼女の行方は分らない。分らないけれど、彼女が犯人である可能性はある。だからこそ、下嶋くんは任意で、同行を求められた——重点的に事情を調査される為だけに。

下嶋くんは、幸代ちゃんのボーイフレンドだった。2人は出来ていた。その交際に強く反対していたのは、鬼頭のおばあちゃんだった。理由は分らない。分らないけど、その理由は挙げられる。それは、Ⅸの、〝その探偵が下嶋くんではダメだった理由〟と、重なるはずだから。理由はなんだか分らないけれど、とりあえず、鬼頭のおばあちゃんが下嶋くんを拒む理由は、ある。

だからこそ、下嶋くんは、おばあちゃんを恨んで殺す。殺した下嶋くんは、その一件を全部、おばあちゃんの頭から生まれた探偵小説に擬装する。なにしろ、下嶋くんは幸代ちゃんと付き合っていたんだから、鬼頭家の内情に詳しくたって不思議はない。だから下嶋くんは、あの時に〝犬神家の系図〟というのを、簡単に引っ張り出して来ることが出来た。

おばあちゃんを殺して、下嶋くんと幸代ちゃんの仲に反対する人はいなくなった。いなくなったけど、反対する人がいなくなったら、今度は幸代ちゃんと下嶋くんの仲がおかしくなって来た。それは勿論、幸代ちゃんが下嶋くんの子供をお腹の中に持っていたから。「私は産みたい！」「よせよそんなの！」2人は揉める。そして破局。

だから、一連の犯人が下嶋くんであることも、十分に、考えられる。

そして、だからこそ、こういうことだって十分に考えられる――下嶋くんと鬼頭家とのギクシャクした関係を知っていた、下嶋くんに恨みを持っていた誰かが、下嶋くんに濡れぎぬを着せる為、一連の犯行をすべて計画した。だから、下嶋くんの靴が使われたし、下嶋くんのガールフレンドが使われたし、下嶋くんの部屋の手すりが使われた。〝探偵小説を使った犯人をおびき出す為に、こちらも探偵小説的な手法を使う〟と、推理競べを提案したのは、下嶋くんではなかったか？　中央大学ミステリー同好会の会長である下嶋くんの周りには、探偵小説に詳しい人間は、何人だっていた筈だから。

あのアパートの2階は、5つある部屋の内、2つしかふさがってはいなかった。だから犯人は、そこに隠れていることは出来る。アパートの住人だって、よく分らない。

犯行が、下嶋くんの友人によるものであるのだとしたら、それはもう僕には分らない。でも、その犯人が下嶋くんだとしたら、一体、下嶋くんは、そんなことをするのだろうか？　人を殺してまで、自分のガールフレンドと一緒になりたいと思うような人間だろうか？　下嶋くんのガールフレンドは、下嶋くんに、そんな情熱をかきたてさせるような、魅力的な人物だったろうか？

僕にはでも、下嶋くんが幸代ちゃんにうんざりしていたのだけは、手に取るようによく分る。ジトーッとした女の子がウジウジとすり寄って来て、そしていつの間にか、そ・う・い・う・関・係・になってしまう。切れるものなら早く切れたいと思うけど、でも、その彼女に手を出してしまったのが自分だという手前、別れるに別れられない――そんな優柔不断は、僕だけじゃないと思う。グズグズしながら、でも別れるチャンスが来るのだけを、じっと待っている。もしもおばあちゃんが反対したら、それは、願ってもないチャンスだろう。おばあちゃんを殺すなんてとんでもない。さっさとそれで、「さよなら」を言うだろう。どうして下嶋くんがおばあちゃんを殺せるだろう？

でも、やっぱりそれは分らない。だって、僕にだって、それとは別の、もう一つの自分があるから。

もう一つの自分――それは、プライドの塊り。

推理会議の席で梅子さんが割り込んで来た時――僕達が、下嶋くんの靴によって作られた足跡を問題にしていて、それで〝下嶋くんが実際に足跡をつけたということだってありうる〟という可能性を出した時、梅子さんが、「あなたは、家には入って来なかったんでしょう？」と下嶋くんにいやみを言った時、下嶋くんは、「だから、してないって、言ってるじゃないですか！」って怒りました。もしも、それと同じような形で、鬼頭のおばあちゃんが下嶋くんを侮辱したら？――「私学なんてダメだ！」と言って。

そうしたら、どうなるでしょう？

そうだったら、僕にはもう、よく分りません。僕だったら、殺すかもしれないから。

つまんない女に一方的に言い寄られて、好きでもないのにつきまとわれて、それでさえ迷惑なのに、その上にいわれもない侮辱を受けたら。そうしたら――。

そうしたら、その両方を殺すかもしれないという、自分がもう一人いることを知って、僕は驚きました。「そうだ、そういうことだってありうるんだ」って。

でも、やっぱり分りませんでした。

よく、分りませんでした。

分らないことにしとこうと思ったのかもしれません。

警察に引っ張られた人間がいる。そしたら全部はそいつのせいで、後、考えるのやめちゃおうって、そう思ったって、別にそれはそれで、不思議なことではないから。人間のやる気なんて、無責任なものです。


次の日は日曜日でした。僕は新聞も見たくなかったし、TVも見たくありませんでした。とにかく仕事をしようと思いました。締め切りは次の日だったんです。

仕事をして、でもダメなんです。手だけが勝手に動いて、頭の方は、なんにもそれを見てないんです。ボヤーンとケント紙の上を見ながら、でも、僕の頭の中には、あの顔が浮んで来るんです。

おじさんは……。そう、多分、笑ってたんです。あれは一種の、笑いだったんです。


次の月曜日、下嶋くんは警察に呼ばれました。そして、僕のところには、産建プレスの如月さんから電話がかかって来ました。僕はもう、彼に対して、どう言っていいのか、よく分らなかったんです。

「どうですか?」と訊かれた時、僕は、「すいません、降ろして下さい」と言ってました。別に、そんなことを言う気はなかったんです。でも、相手が出来てるのは当然だという感じで「どうですか?」と言った時（そんなことぐらいは声の調子で分ります）、僕はもう、ほとんど自分の中で、それを仕上げる気がなくなっているのに気がついたのです。

僕は「降ろして下さい」と言いました。言って、多分また、一もんちゃくあるだろうなァと思ってましたけど、相手はなんにも言いませんでした。一呼吸おいて、如月さんは、「そうですか、分りました」と言いました。よっぽどよくなかったんだなァと、その時僕は思いました。お互い、よくない思いで無理してやって、とか……。アーアー、あんまり好かれてなかったんだなァ、とか、そう思いました。

「ともかく急ぎますんで、別の心当りをあたってみます」と如月さんは言いました。

「あ、そうですか」です。

「ともかくこの件が終ってから、改めてお話を」とか、如月さんは言いました。言いましたけど、その後彼からはなんの連絡もありません。本は多分出たんでしょうねェ……。マァ、いいんですけど。


電話が終って、僕は、「アー、楽になった」と思いました。長い間、何つまんないことやってたんだろうって。あんなこと、全然好きじゃなかったのに、仕事だと思って、勝手に適当なことをやろうとして、それでぶつかって、お互いいやな思いして。無責任だとは思いましたけど、あの本の為には、僕が絵を描かなかった方がよかったに決ってんですからね。あの可哀想な、『ぐーたらサラリーマンの為の手抜き出世術』の為には。

どんなつまんない本でも、それで食べてる人だっているんだし……。

アーア、自分が描くんでもなけりゃ、およそ手にとってみようなんて気さえも起んないのに、そんな仕事をするなんて、とか。合わないことって、やっぱりあるんですねェ。あるけど、そのことに気がつくのって、なかなか時間がかかるんですよねェ……。

僕は、その日の昼間、ほとんどなんにも考えてませんでした。下嶋くんが警察に呼ばれたってことも、夕方のTVで知りました。

なんにも考えてない僕は、ぼんやりとTVを見てたんです。

幸代ちゃんのお葬式は、25日の火曜日にありました。1週間の間に2人死んでしまった家のお葬式は、十分にニュースバリューがあったんでしょう、TVのニュースでそれは見ました。行かなくちゃいけないのかなとかも思ったんですが、僕は、こわくていけなかったんです。日曜日から月曜日、火曜日、そして水曜日と木曜日、僕はなんにも考えまいとして、次から次へと考えてました。

そう、考えてました。一体、どうやったら、実の父親が、自分の娘を殺せるのかって。

お葬式の時、おばさんは、ゲッソリやつれて、泣き続けていました。梅子さんもいて、松子さんもいて、鎮香さんもみんな、沈痛な面持ちでTVに映っていました。連続殺人事件があって、若い娘が殺されれば、みんなあんな風に沈痛な面持ちをするのでしょう。おじさんだって、勿論沈痛でした。でも僕は知っているのです。おじさんが、沈痛な面持ちをする前に、一体あの人はどんな表情をしたのかを。

快風荘の5号室でおじさんは、とっても奇妙な顔をしました。奇妙な顔をした、ということは知っていて、でもそれに一体どういう意味があるのか、その時僕にはまだ分らなかったのです。僕はロープの存在も知りませんでしたし、ましてや、その先に何が結びつけられているのかなんて。

ロープが引っ張られて、死体が発見されて、ドタバタ騒ぎが起って、それでその中に巻きこまれて、そして――そしてその時、僕の頭の中には、あのおじさんの表情が浮び上がりました。

何故だろう？

なんだろう？

どうしてあんな顔をしたんだろう？

あんな顔をするって、一体、どういうことなんだろう？

あの顔の先には、何があったんだろう？

あの顔の先には……。


あの顔の先には、自分の娘がいました。

あの顔をした時、あの場所では、おじさん以外に、あのロープの先に何があるのか、知っている人はいなかったんです。いないからみんな、なんだろう？　と思って、キョトンとしていたんです。おじさんみたいな表情をした人はいません。出来るはずがないんです。だって、その先には何があるのか、あの時誰も知らないんだもの。だから誰も出来なかったんだ、あんな奇妙な表情は。

だから、あの時おじさんは知っていたんだ。

僕はそう思いました。

そう思って、呆然と立ちすくみました。

あれを知っているということは……。

あれを知っていて、平気でいられるということは……。

あれを知っていながら、それを見せられた時、改めて沈痛という表情を浮べられたということは……。

彼が、それを知っているということは……。


木曜日の昼、僕は髪の毛を切りました。短くなってさっぱりした頭を見て、僕は自分に、なんにも考えることがなくなっているのを知りました。

なんにも考えることがなくなって、頭のシンに、そのことだけが、古い虫歯のシンのようになって残っていたのです。

なにを考えていたのかは分りません。でも僕は、その頭の中にぼんやり残っていたシンだけを追って、いつの間にか、電話のダイヤルに指をかけていたのです。

Chapter
# 31
# 廃墟へ

神父はベッドの裾から、もの静かな口調で話しかけた。「やあ、悪魔。気分はどうだね？」

ウィリアム・ピーター・ブラッティ『エクソシスト』（宇野利泰訳）

電話のベルが遠くで鳴っていました。もしもおばさんが出たらなんて言えばいいんだろう？　それより一体、なんだって僕は電話してるんだろう？　頭よりも先に、僕の腕が、その電話をやめさせようとしているみたいでした。「どうしよう……」そう思った途端、向うの受話器ははずされました。

「はい鬼頭です」

男の声でそう言いました。

もう後へは引けない。そう思うと、僕はスラスラと話し出しました。何事もなく、普通に話している、自分自身が不思議でした。

「あの、僕、田原と言いますが、この間お邪魔した」

「ああ、ああ、いやァ、こんにちは」

おじさんの声は全然普通でした。

「あ、ごぶさたしてます」

「いえいえ、こちらこそ」

誰かが死んだとは、とても思えません。

「あの、会社は、お休みになられたのですか？」

僕は言いました。

「会社？」

おじさんは、公務員でした。

「あ――」

「あ、役所の方だったら、しばらく休ませてもらおうと思いましてね」

「いろいろと大変でしたね」

「いえいえ」

おじさんは、全然普通でした。

僕は思いきって言いました。

「あの、よろしかったら、今日これからお邪魔しても、かまいませんか？」

「今日ですか？」

「はい。これから」

「いやァ、お忙しくなかったら、是非ともお願いしたいぐらいですなァ。なにしろ、話相手がいなくなってしまいましたから」

なんとなくおじさんは、いつもより豪快のような気がしました。豪快というよりは、陽気な。

「違うのかな？」――僕はそう思いましたけど、受話器に向かって話す声はそのままでした。

「それじゃァ、これからお邪魔します。そんなに長居はしませんから」

僕は言いました。

「そうですか、そうですか」

おじさんは相変らず普通です。

「それでは、３時頃には伺えると思いますが」

僕は言いました。

「はい、それではお待ちしていますよ」

おじさんはそう言って、僕は電話を切りました。「じゃァ失礼します」と。


電話って不思議です。ああだこうだと考えている時は遠くにいても、その人に電話するとその途端、直接その人の内部につながってしまうんですから。そこで話される声って、なんだかんだ一方的に考えてる時の人間のイメージとは全然別に、まったく普通の人間なんですね。僕は一体、その家に何をしに行くのかも分らなくなっていたのに、でも、そのおじさんの普通の声を聞いた時には、もうそこへ行くんだって、決めていたんですね。多分、酔ってたりなんかしたんでしょう、酒ではなく、自分の中の何かに。

僕は外に出ました。髪を切る時に「風邪を引きますよ」って美容師に言われたことを思い出しました。僕の髪は、それぐらい短くなっていたんです。

一方では酔っ払っているみたいにいろんなことを考えて、一方では自分の髪型を気にしているんです。そういうのが多分、僕は〝現実感覚〟なんだと思いました。

新宿に出て、僕は急に、予定を変更しました。切迫して電話をして、そしたら多分その後で、僕の緊張はプッツリと切れてしまったんでしょう。「そうだ、ブラブラ散歩でもしようかな」と思ったんです。「少し遅れるかもしれないけど、ちょっと寄って行こう」と、僕は思いました。僕は、あるものを見ておきたかったんです。

僕は、池袋へ行く山手線には乗らずに、お茶の水へ行く中央線に乗りました。お茶の水は、中央線の快速で、新宿から2つ目です。そこから乗り換えて、地下鉄の丸ノ内線に乗るんです。前に言いましたけど、新大塚は池袋から1つ目、そして、お茶の水からは、本郷三丁目、後楽園、茗荷谷、新大塚と4つ目です。ホント言うと僕、この線にはあんまり乗ってなかったんです。大学は本郷三丁目にありましたけど、大学へ行く時は、お茶の水からスクールバスに乗ってましたから。本当に僕は、知らないでいたんだなと思いました。

僕は、お茶の水で地下鉄に乗り換え、本郷三丁目を通り越して後楽園の次、茗荷谷で降りました。多分ここら辺だろうと思って、駅を出て、人に訊きました。すぐ分りました。僕は、東京教育大学の跡というのを見たかったんです。

もう、そんな大学はありません。それは、筑波大学という名前に変って、とうの昔に東京を出て行ってしまいました。でもそれは、10年ちょっと前には、まだそこにあったのです。どうして僕は、そんなところへ行こうと思ったんでしょう？

理由はいろいろあります。でも、理由はまったくありません。僕は、なんにも考えてなかった、なんにも考えることがなくなったと言いましたけど、でも、やっぱり僕は考えてたんです。

頭のシンに残ってる、なんかぼんやりしたもの。そこから、いろんな考えが浮び上がって来ました。ホントに、いろんな考えです。いろんな考えだけが浮び上がって来て、そのどれもが全部、とりとめのないことでした。

とりとめのないことが、ある一つの中心に向かって――いえ、ある一つの中心から、なんだかとりとめのないことが次から次へと浮んで来ました。

僕、こんな風に、生まれて初めて文章を書いて、あの時の自分がどうだっただろうと、一生懸命思い返そうとして、分るんだけど、でもそれを表現するのがとっても難しいんだっていうことを知りました。

確かにその時の自分は、何かを分っているんです――思い出して、そのことだけははっきりと分りました。何かを分っているんだけど、でも、それをどう分っているのか、頭の中で文章に出来ないでいるんです。自分で説明出来ないから、メンドくさくなって、なんにも分らないでいることにしていたんです――今の僕の記憶の中に浮び上がって来る、〝その時の自分〟は。

地下鉄に乗っていて、本郷三丁目に近づいて来た時に分りました。どうして僕は、新宿で、山手線に乗らずに中央線に乗ったんだろう?

僕は、京王線を降りて、大塚のおじさんの家へ向かう途中に、急に、大学生に戻っちゃったんです。大学生に戻って、自分の大学の方に寄ってみたくなったんです。

どうしてでしょう?

それは、おじさんの持っているアパート、快風荘が、学生専用のアパートだったからです。どうして、快風荘の2階には空室が3つもあったのか? それは、大学生がいなくなっちゃったからじゃないかって、僕は思いました。鬼頭の千満おばあちゃんが「私学はダメだ」って言ってたんなら、それをおばあちゃんに言わせる根拠がどっかにあったんじゃないか？

おじさんがどこの大学を出たかは知りません。梅子さんがどこの大学を出たかも知りません。知っているのは、幸代ちゃんの行っていた大学が三流の女子大だということだけです。

おじさんやおばさんや、梅子さん達がみんな国立を出ていて、幸代ちゃんだけが私立だから、それでおばあちゃんが私立を嫌悪していたのかもしれません。そんなことは分りませんでしたけど、僕は、別のことから、ひょっとしたら、と思ったんです。

お茶の水は、大学の街です。もっと正確には、私立大学の街でした。そうです。過去形です。お茶の水にあった大学は、この10年ぐらいの間に、どんどん、僕の住んでいる京王線のはずれにある、八王子の山の中に移転してしまいました。ちょうど、東京教育大学という国立大学が筑波という大学に名前を変えて、遠い田舎の山の中に引っ越してしまったように。

お茶の水は私立の街でしたけど、でも、本郷３丁目から大塚にかけては違います。これは、国立大学の街です。

本郷三丁目に東大が、茗荷谷に教育大が、その先にお茶の水女子大がという風に、３つの国立大学が並んでいました。かつて、10年だか20年だか、もっと前に、その快風荘というアパートが建てられたのなら、それは、その３つ（もしくは２つ）の大学の学生を目当てにして建てられたのではないか？　僕はそんな風に思ったんです。

「昔は、このアパートも、東大や教育大の学生さん達でにぎわっていた、でも、今はなんというさびれようだろう？」――昔っからそこにいるおばあちゃんがそう思ったら？

下嶋くんの通っている大学は、後楽園にある、中大の理工学部です。あと、そこら辺にある大学は、女子大を除いては、茗荷谷にある拓殖大学だけです。教育大はなく、東大の学生が大塚を敬遠したら？　快風荘に来る大学生は、一体どうなるんでしょう？　そういう形で、おばあちゃんが〝衰え〟ということを意識したら？　さびれて行く自分の世界に歯ぎしりをしていたとしたら？　そうしたらそこで、おばあちゃんは、消えて行った国立大学への愛着を、私学への憎悪に転化させるのではないか？

ずいぶん文学的な考え方かもしれないけど、でも僕、そんなことを、月曜から木曜までの間に、思ってはいたんです。

思ってて、「まさかァ」と思って、それで忘れたことにしてて、でも新宿に着いた時、ふっと思ったんです。「教育大ってどうなったのかなァ？」って。

僕は、ちょっと見たいなと思って、それで中央線に乗りました。中央線に乗って、お茶の水で乗り換えて、本郷三丁目に近づくにつれ、「暗いなァ……」と思って、それで学生時代のことを思い出したんです。

僕は、京王線の代田橋に住んでます。僕の通ってた大学は、東京大学です。僕の両親は、離婚する前、梅ヶ丘に住んでいました。前の地図（87ページ）を見て下さい。

東京大学の教養学部は駒場にあって、だから、両親が離婚した後も、僕はアパートを借りて、その近辺に住んでいました。

2年までは駒場で、3年からは本郷です。アパートは2年契約で、だから、本郷に通うようになって、僕は引っ越しを考えたのです。本郷まで通うんだったら、大学のそばに引っ越した方が便利だ——でも、僕は、山手線の中に入りませんでした。

本郷は、古い町です。学生用の下宿やアパートだって、探せば結構あります。そんなに高くはないし。でも、僕はいやでした。古くて、息がつまりそうだったからです。

初めて大塚に行った時、「ヘンなとこだなァ」と僕は思いました。「田舎の都会とおんなじよ」と、その時理梨子は、それをうまく表現しました。ちょっとはずれはさびれてる。そう、僕は、他人を拒みながらも、やっぱり人が恋しかったんです。若い人間が一杯いる所の方が、好きだったんです。だから僕は、せせっこましくって、そのくせガランとしてる、老人ばっかりの、さびれた所がいやだったんです。

お茶の水や本郷や、音羽や大塚には、学生相手のマンションが結構あります。そこなら、まァ、環境は快適でしょう。でも僕には、そんな金はありません。僕の行く所は、快風荘のような、アパートです。でも僕は、そこなら、いやです。

大学に通っている頃、学生マンションにいる女の子は何人かいました。でも、大学の近くに下宿している人間は、僕の知っている中では、まず一人もいませんでした。東大はそうです。だから、東大生は、大塚には足を延ばしません。

他の人はどうかは知りませんが、少なくとも僕はそうです。僕は今まで、〝自分はこう考える〟ただそれだけで来ました。他の人はどう考えるか、それは分らずに、ただ、〝他の人はどう考えるかなァ……?〟と漠然と思って、〝自分の考えだから、まァいいや〟と思って、自分の考えは引っこめてばかり来ました。でも僕は、もうその時に、そういう考え方はやめたんです。

自分がそう考えてるんだったら、他人だって同じようにそう考えたって不思議はない。ともかく、僕は考えているんだから、僕の考えでどこまで行けるかやってみよう――そう思いました。だって僕は、誰にも遠慮せずに、1人で歩いているんだから。

誰かに言われた訳でもない、根拠だってなんにもない、用事なんかはましてやない、わざわざそんなところへ来る理由は全然ない、でも僕は、一歩ずつ、そこへ向かって歩いていたんです。

茗荷谷の駅を出て、駅前の通りを渡り、立ち並ぶマンションと主婦達の賑やかな群れを抜けて、僕は、かつての東京教育大学の跡地へと近づきました。駅から、5分とかからない距離です。

かつてそこは、大学の街であったはずなのです。そして今は、そこは、立ち並ぶマンションの街になっていました。

マンションの裏に、まだ大学は立っていました。広大な敷地を持つ、大学の建物は、まだそのまんま残されていました——大学そのものは、とうの昔になくなってしまっているのに。

〝工事関係者以外立入禁止〟の看板がかかっていました。取り壊し作業が始まるんだなと思いました。実際にそれは始められていたようです。でも、建物はそのままでした。

僕は、「なァんだ」と思いました。コンクリートの建物はちゃんと立っていて、廃墟もへったくれもないじゃないか、僕もロマンチックだなァと思いました。思って1歩2歩、大学の柵に沿って、僕は歩き始めました。明るい陽の中に、シンとして、かつて大学だった建物は立っていました。

「その内ここも、なにかに変るんだろうなァ、さびれるとかなんとかっていうんじゃない、結局東京は、変ってくだけなんだ」そう思いました。

そう思った時です。コンクリートの建物に続いて、古い、それこそ古い、大学の校舎が姿を見せました。庭の樹とその建物と、それはかつての大学の姿そのままです。自分の大学でもないのに、僕は勝手に「懐かしいなァ」と思いました。古い建物と、静かな環境と、そして学生達がいて……。

でも、その夢は、見事にブチ破られました。僕の感傷を嘲笑うように、その古い建物は、廃墟の全貌を現わしました。

戦前に建てられたであろう、古い校舎。古いけれども立派な校舎。そこに学生達がいれば、それはまだそのまま大学として通用する立派な校舎。でもその窓は全部――窓ガラスが全部、ブチ破られていたんです。

窓枠が四方から、教室の空間へ向けて突き出される、割れたガラスの破片。それは本当に、廃墟そのものとなった、鬼婆の笑いのようでした。

窓ガラスが壊れてる。窓ガラスが壊れてる。全部、窓ガラスが壊れてる。こんなこわい所に、もう誰も住めない！　そうだとしか思えませんでした。

どうしてこんな廃墟をそのまんまにしてるんだろう。どうして、こんな廃墟のそばで、人は平気にのんびりと暮せるんだろう！

教育大学の廃墟と道一つ隔てて立ち並ぶ、小さな小さなマンションの群れを見ながら、僕はそう思いました。

みんな土地を切り売りして、それで小さな灰色の箱を作って、なんにも知らない人間達に売り渡してるんだ！　自分達の目の前に、こんな恐ろしい廃墟があるのに気がつきもしないで！

僕は、何故だか分らないけど、体中が怒りで熱くなるような気がしたのです。

Chapter 32

# もう、そこには誰も住めない

「どうして俺たちを解放してくれないんだ?」マクフィーフが無益な質問をした。

「そうはいかないのよ、ミスタ・マクフィーフ」ミス・リイスが答えた。「そんなことをすれば、私は存在することもやめなければならないんですもの」


フィリップ・K・ディック『宇宙の眼』(中田耕治訳)

茗荷谷の交番で、僕は道を訊きました。新大塚までは一駅だし、歩いて行けると思ったんです。

「この道をまっすぐ行けば新大塚ですよ」——中年のお巡りさんはそう言いました。だから僕はその道——春日通りを真っ直ぐに歩いて行ったんです。

大塚に近づくに従って、春日通りの両側には、どんどんマンションが増えて行きます。初めて大塚の鬼頭家に来た時、春日通りに面した地下鉄の駅を出て、僕達は坂を降りて行きました。

坂の両側をびっしりと埋めつくした小さな家の間を通りながら、僕は、まるで塀のようになって坂の上に続いていたビルの列を見ていたことを思い出しました。あれは、これだったんです。土地の再開発と呼ばれる、土地の切り売りだったんです。

小さい頃、家の周りに、それでも少しばかりあった空地に家が建ちました。それまでただの庭だったりしたところにアパートが建ったりしました。にぎやかでいいなァと思っていた僕のそばで「誰それさんのところも大変ねェ」という声がしました。どういうことだろうと思って訊ねる僕に、母は、「子供はそんなこと、気にしなくてもいいの」と言っていました。

空地に建物が建つ。古い家が取り壊されて、その敷地に新しい建物が建つ。今までの家よりも大きく、その敷地一杯に。

新しいものは華やかで、工事はにぎやかで、今まで沈みこんでいた辺りの空気はそれで一変する。それが面白かったたし、うれしかったたし、そういうもんだと思ってたし、それでどう変るとかいうことなんて（当り前ですけど）なんにも考えてなかった。考えてなかったけど、その新しい景色は、新しいままで、すぐ流行遅れになってしまう。町のあちこちで新しい建設がいつも続いているんだから。

僕はその内無反応になって、かつて新しいなァと思った場所が、いつの間にか息苦しくなってしまっているのに気づけなくなってしまいました。

人が増えて活気づいて、便利になったけど、でも、確かに息苦しくなっている。外がそうなれば僕だって変る。そういう〝町の生活〟にどんどん入りこんで行くけど、でもそれと同時に、息苦しくなってしまった町の部分は、どんどんどんどん、僕の視界から落っこって行く。落っこって行くことに気がつかないで、どんどんどんどん、そういうもんだという、自分一人の世界の中に入って行く。地面がどんどん硬くなって行って、息をすることが出来なくなって行く。大地が、化学肥料や農薬で硬められて行くんなら、都会だって、コンクリートで硬められて行く。コンクリートで硬められた上に新しい人が入って来て、その人達はそこの〝今まで〟なんていうことは考えない。みんな、そういうものだと思う。

広い家は広い庭を持っていて、子供達を何人も持っている。

子供達は大きくなって家を出て行って、広い庭と広い家だけが残る。初めっからそこが、暗い家だった訳じゃない。

子供達が出て行って、そんな広い家じゃなかったところに、余分な広さが生まれる。それが取りつぶされて、新しいマンションや新しいアパートや小さな建売り住宅が生まれる。土地を持っている人が死ねば、その為の税金が、残された人に届く。だから土地の切り売りをしなければならない。昔聞いた「大変ねェ」という言葉がそういう意味を持っていることに気がついたのはいつの頃でしょう?

僕は別に人間のことなんてよく分らないし、今でも分っているとは思わないけど、だからと言って、自分の知ったり、感じたりしていることが、こんな風に一つになって行っちゃいけないと思う理由はない。そんな風に考えちゃいけないという理由はないし、そんな風に考えることが間違いだという根拠もないし、誰もそんな風に考えてないからといって、僕が考えないでいなければならないという理由もない。

鬼頭家のおばあちゃんの部屋は、ガラス戸の入った縁側が、前の家のブロック塀と、本当にギリギリのところに建っていました。

道から路地を入って、そこに門がある。通りから、その家は、新築の建売り住宅の陰に隠れて、見えない。ブロック塀に囲まれただけの、人1人通り抜けることも出来ないぐらいぴったりとくっつけられて建てられた2軒の建売り住宅。2軒の建売り住宅が、まるで目隠しのように立ちふさがっている鬼頭家の庭。

その建売り住宅がいつ頃建てられたのか、知りません。でも、鬼頭のおじいさんが死んだのは12年前。アパートもまぜて、鬼頭家の土地がどれぐらいあったのか？　相続税だって大変だっただろう。そうじゃなくたって、ほんのわずかの土地でも、売れば大金持ちになれる。みんながお金持ちにならなきゃいけないような錯覚にとらわれてた時代だってあったもの。

父が家に寄りつかないので、屈辱の中で、母がパートに出ていた時代だって、僕の家にはあった。取り残されたくなければジッとしているんじゃないって、そういう時代だってあったもの。

土地を売って、家を建てて、それでどうするんだろう？　僕は、小っちゃな建売り住宅があちこちに並んでいる、大塚の路地を思いました。人が住んでいるとは思えないような静けさ。鬼頭さんの家の左隣りにある、会社の寮。裏の石垣の上にある、会社の事務所。古い住人は、古い土地や古い建物を売り払って、どこかへ逃げてしまったのではないのだろうか？　過疎の田舎の山奥のように。

みんなが金もうけをする時代になって、古いおじいちゃんが死んで、新しい建売りが出来て、お金が入って、周りの人は逃げて行って、そして大学ぐるみ、若い人が逃げて行って、気がついたら、おばあちゃんの住む4畳半は、庭を半分けずりとられて、目の前をブロック塀でふさがれて、せせっこましくなった庭を、洗濯物でふさがれて——かつて〝庭〟であったところに、おじいちゃんの書斎として建てられたその4畳半は、いつの間にか裏の空地の掘っ立て小屋になっていた。死んだ土地に新しい人が来て、そこに住む人は年老いて行く。自由のきかなくなって行く体を抱えて、その人は、ただジリジリする思いだけをつのらせて行く。それは、かつてなに不自由なく暮していた人ほど。

勝手な妄想が、歩くたんびに、ドンドンドンドンドン、僕の中で確信として、結びついて行きました。

どうしてこんなに分って来るんだろう、それが不思議でした。

女達が住んでいる。祖母と娘と、娘と孫と。４人の女に囲まれて、１人の男が住んでいる。僕だったらどうするだろう？

息苦しくなって、逃げ出すだろう。

女達は勝手なことを言う。勝手ないさかいだってするだろう。だから――

そうか、と僕は思いました。そうかァ……、それで僕を、呼んだんだな――。それで僕は、呼ばれたんだな。

バカな女がいる。自分の中で、なんだか訳の分らないことを、ゴチャゴチャゴチャゴチャかきまわしている。出口がなくなると、何故かそんなことを言うんだ。自分の周りにいる人間なんて、どうせ自分のこと分ってくれないとか思って、それで気ィ引こうとか思って、〝誰かに言いつけるよ〟とか、そういうことを考えるんだ。

〝誰か〟って誰？

そう、フィクションの世界の人物。それ、TVでやってるんだもん。TVの登場人物に、ドラマの中の登場人物に、「がんばって下さい」って、バカな投書する人間だって一杯いるんだもん。ましてや、それが自分の家とおんなじような名前を持った人間達の世界で、最後に追いつめられた女主人が、みんなの前で、カッコよく大見得を切るんだもん。高峰三枝子主演の『犬神家の一族』って、そういう映画でしたもんね。おばあちゃん、一挙に現実蹴っ飛ばして、金田一耕助の世界まで行っちゃったんだ。そりゃァなァ、下嶋くんじゃダメだろうよなァ……、だって、彼は、おばあちゃんの現実の中に住んでる人間なんだもん。

自分とこのアパートの住人で、自分とこのアパートの住人たら、それは自分ン家《ち》の斜陽のシンボルみたいだしなァ。

誰かがきっと言ったんだぜ、「それなら、ウチのアパートにいい人がいるじゃないか」って。マァ多分、それはおじさんだと思う。でも、それじゃダメなんだ。下嶋くんじゃなくったって、〝ウチのアパート〟の人じゃ、絶対にダメなんだ。なにが東大だよ、国立なんて関係ねェじゃねェか。

僕がおばあちゃんのところへ行って、おばあちゃんが布団かぶって寝てて、それで僕達が挨拶して、それで僕達の顔をジーッと見てて、それで多分、おばあちゃん、これじゃダメだと思ったんだろうなァ。だって僕、着物も着てないし、袴だって穿いてないし、石坂浩二じゃないし、第一多分、僕、妙に緊張して、オドオドしてたもん。

あの部屋暗かったし、病人てそういうもんかと思ってたけど、でもひょっとしておばあちゃん、照れくさかったのかなァ？　あの顔で照れくさいもないとは思うけど、おばさんが来た時そっぽ向いちゃったの——布団かぶって寝ちゃったの、灯りつけられるのいやだって言ってたの、あれひょっとして、ありそうもない〝探偵〟なんてのが現実にやって来て、それで自分の嘘がバレるのが、恥ずかしかったんじゃないのかなァ？　嘘がバレたら追いつめられるし。

そうだと思う！

僕、そんなこと考えました。あの家にはおばさんがいるし。

そんなことを考えました。


あの家には、おばさんがいる。おばさんがバカな女じゃないっていう理由は、全然ない。よく考えれば、あのおばさんだって、かなりなもんなんだからな——。

僕、ほとんど、人間洞察の王者でした。


ヘンなおばさんです。親の言う通りに、16も年上の男と結婚して、仲代達矢が好きだったたって、どういう趣味だろ？　いるんだけどね、そういう女って。フリオ・イグレシアスぐらいで手ェ打っときゃいいのに、重厚なのが好きなんだよね。いい迷惑だけどサ、こっちとしてはね。「あなたって軽薄ね」って顔、いつもされてサ。アーア、バンバン分って来ちゃうなァ。

鬼頭竹緒は、仲代達矢が好きだった。だがしかし、結婚した相手は、16も年上の、昔っから、〝若いんだか老けてんだか分んない〟みたいな男だった。

まァ、大体、このテの女は、夢を育てるんだか内向してウックツするんだか、多分そっちの方に行くんだ。ウチの母親がおんなじだったもん。

夢を育てるのもウックツするのも同じなんだ。だって、どっちも内向してることに違いはないんだもの。内向してウックツして、夢は悪夢に変ってくんだ。

ウチの父親って、丸顔なんです。愛嬌があるっていうような顔なんです。よくあの顔で女作るよな、ってとこあるんですけど、女作ったんです。ウチの母親は、宇野重吉が趣味だなんてこと言ってましたけど、なかなかどうして、絶対そんなもんじゃないと思う。重厚な二枚目っていうより、多分あの人の場合、くらーい、影のある二枚目が好きなんだと思うよ。それで、ウチのおとうちゃんと結婚して、ウチのおとうちゃんが暗くなかったのが、ズーッと不満だったんだと思うよ。ひどい子供だなァ、ああ、僕も。マァいいや。

要するに、あの鬼頭のおばさん、ウックツしてたんだ。結婚して、外出りゃいいのに、でもズーッと家にいたし。いい子ぶりっ子してて親の言う通り結婚しちゃったから、ズーッとそれがぬけなかったんだ。ぬけないでウックツして、ウックツした同士、2人で狭い家ン中で、グジグジ、なんかやってたんだ、あのおばさんと、おばあさん。女同士って分んない。嫁と姑だったら、派手に喧嘩したかもしれないけど、実の親子だから。実の親子って、一遍ウックツすると、救いようがないからなァ。

バァさんぐじぐじする、おばさんジクジクする。

「探偵呼べ」「なにバカなこと言ってるのよ」「探偵呼べ」「ああ、うるさいわね」――そんなことやってたんだ、多分。

おじさん、メンドくさいから、「そんなに言うんなら、呼んでやればいいじゃないか」なんてこと言ったんだ。「幸代の友達で、誰かそんな人はいないのかい?」って言ってね。それであの幸代ちゃんが、又、ウジーッとして、「いるよォー」とか言って――あーあ、あの子も暗い。あの子が外でルンルンブリブリやってて、家帰って来ると、妙におどおどしてたのって、あれだな、おばさんのせいだな。おばさんとバァサンと。結局あの子が暗いっていうことは、おばさんとバァサンと、2人揃って陰惨だっていうことでしかない！

そうだよ。そうじゃなかったら、どうしてあれが、おとなしく、ボロアパートの掃除なんてしてるんだよ？　花の女子大生がサ。

そう、そして、あの子は殺されたんだ。

殺さ・れ・た。

それが僕には分らない。

そこまで来ると、それが僕には分らない。

あの子は殺された、父親に。思い当らない理由がないでもないけど、でも、まさか――。

ホントにそれは、まさか――。

でも、そうじゃなかったとすると、僕の推理の全体の構図は、全部いい加減で怪しくなる。

怪しくなるけど、でも、まさかとは思う。

そうだ――僕はその時思いました。僕がこの家へ探偵として呼ばれたのは、それは、おじさんの、責任回避だろうと。「そんなに言うんだったら、呼んでやればいいじゃないか、メンドくさいなァ」――多分、あの人のいいおじさんならそう言うだろう。

言いなりになって、はぐらかして、それでそのまんまうやむやにして、「そんなに深く考えることもないじゃないか」って、それで、重厚で深刻な二枚目にはならないで、まァ、テキトーにやってく、なんてことはない、ごくごく普通の、ありふれた気の抜けた男にならあのおじさんはなれるだろう。僕みたいに。

だからおじさんは呼ぶ、「誰かテキトーな人はいないか？」って。やって来たのが僕。ホントに〝テキトーな人〟だった。

テキトーな僕がこの家にやって来て、それで問題は、かえって陰惨になってこじれた。

だからおじさんが――。

だとしたら、おじさんは――。

どうしておじさんは、あんなことをしたんだろう？

僕は、そのことを訊きに、この家へ来たんだと、鬼頭家の門をくぐって、はっきりと思いました。

僕の訪問の目的は、その動機を、おじさんに訊く為だったのです。

僕は、玄関のブザーを押しました。

Chapter

33

# 築山御前になれない女

男と女——という関係と、良人と妻という関係とは、全くべつのものらしかった。

男と女の場合にはたやすく征服出来るものが、妻となるとはげしい反撃を加えて来る。

それも整然とした理路を伴う反撃ならば、説き伏せ方もあったし受け方もあった。

が、これは感情だけを先に立てて反省もなければ謙譲さもなく、さながら狂人のように爪を立てて来るだけだった。

山岡荘八『徳川家康』

「やァいらっしゃい」

おじさんは、いつものように顔を出しました。いつものようにというよりも、その日のおじさんは、いつもと違って、もっと——なんていうのか、親しげでした。

「お邪魔します」

僕は言いました。

「どうぞどうぞ」

おじさんは言いました。「なんの御用事ですか?」とも言わずに、おじさんは、僕を応接間の方へ案内しました。今日は、ベージュのカーディガンを着た、普段着です。

おじさんは腰を下ろしながら、「お分りになりましたか?」と言いました。

僕は、「え?」と言いました。

椅子に腰を下ろしたおじさんと、椅子の背に手をかけて、腰を下ろそうとしていた僕の視線と合いました。

「何を、ですか?」

僕は、ゆっくりと訊きました。

「私が、犯人だと、いうことですよ。そうでしょう?」

「ええ」

僕は、おじさんの言葉に、はっきりとそう答えました。

「いつからですか?」

おじさんは、以前とおんなじように、椅子に腰を下ろし、決してふんぞり返ったりしないで、普通に、僕に話しかけました。

「〝いつ〟って?」

僕も普通に言いました。

「いつ私が犯人だと、お分りになったかと、いうことですよ」

おじさんは、ニッコリ笑って言いました。別にそれは、〝殺人鬼の恐ろしい微笑〟という訳ではありませんでした。ごく普通の、愛想のいい笑い方でした。知らない人が見たら、僕達がなんの話をしているのか、さっぱり分らなかったと思います。

「最初からです」

僕は気張って言いました。おかしいとしたら、犯人よりも、探偵である僕の方が、もっとズーッと、トーンはおかしかったでしょう。今迄、この日の為に、くさいTVドラマをしつこくしつこく見続けて来たのではないかと思えるほど、僕の話は、くさくて緊張していました。

「ほう」

おじさんは言いました。明らかに感心しているように、僕には見えたのです。

「僕が初めてここに来た時から、ヘンだなとは、思っていました」

「そうですか？」

「はい」

僕は胸なんか張って、そう言いました。おじさんは、少しメンくらったみたいな顔をしていました。

僕はなんだかすごく興奮していて、茗荷谷から、エンエンと歩いて来る間に、なんだかすごい推理小説を作り上げちゃったみたいで、大興奮大会で、よくある、名探偵の最後の大演説をおっぱじめなくちゃいけないみたいな気分になってたんです。

僕が初めて新大塚の駅を降りた時に感じた、誰かが何かを待っているような不思議な予感。初めてこの部屋に腰を下ろした時に眺めた、小さな庭の、なんだか荒廃したような夕暮の景色。そんなところから話を始めないといけないような、なんかそういう、高揚した感じで一杯だったんです。

だから僕、思いっきりドラマチックに、「最初からです」なんて言っちゃったんです。

僕があんまり高揚してたから、おじさん、なんか様子がおかしいな、とか思ったんでしょう。それで、なんだか少し、メンくらったみたいな顔してました。

僕もそれ見てて、「あっ、あっ、あっ」とか思っちゃって、あんまり興奮しすぎてて、頭の中がどもりになっちゃったんです。

「説明しなくちゃ」って思うんですけど、どこをどうやって説明したらいいのかって、よく分んなくなっちゃって、「確かに分ってんだけど、アレェ、ヘンだなァ……」って感じになっちゃいました。

僕は黙って、「アレェ、ヘンだなァ……」とか思ってましたけど、でも僕、十分に興奮してたんで、なんていうのか、緊張で顔が強張ってるっていうのか、そういう感じで、なんか、思慮深い名探偵が、ズーッと黙って、相手の様子を窺ってるみたいな感じになりました。

要するに、僕は十分に、フィクションの名探偵だったんです。

「あ、そうか」って、僕思いました。自分の中で何がひっかかってるのか忘れてたんです。それがはっきりすれば、多分僕は、正解をキチンと喋れるんだと思いました。

僕は「落着かなきゃ」と思いました。そして、僕は、ゆっくりと口を開きました。

「僕、一つだけ、分らないことがあるんです」

「なんでしょう?」

おじさんは(多分)、僕が話しかけるのを待ってたんでしょう。僕が、それをキチンと説き明かすのを待ってたんでしょう。僕が言うまで、おじさんは何一つ、口にしませんでした。

僕は言いました。

「どうして、幸代ちゃんを殺さなくちゃならなかったんですか？」

なんだか僕は、やっぱり、待ってたんでしょう。多分、そういうことだと思ってたんでしょう。そう言いながら僕は、なんだか、胸の辺がおかしくなって行きました。

おじさんは言いました。普通の表情で、そして、その普通の表情とは――言い方を変えれば――表情がない、ということなのです。

そう、おじさんはやっぱり、表情のない、普通の人だったんです。

おじさんは言いました。

「面倒くさくなったからですよ」

「めんどうくさく？」

僕は、訊き返しました。

おじさんは、黙ってうなずきました。

「めんどうくさくなったから、自分の娘を殺したんですか？」

僕は言いました。

「そうです――そうなんでしょう……。私ももう、よく、分らない……」

おじさんは言いました。

「すいません」と僕は言いました。なんだかおじさんを責めてるみたいな気がして来たからです。

「なにもあなたがあやまることはない」

おじさんが言いました。

「はい」

そう言って、なんだか僕は、何故だか知らないけど、涙がポタポタ、ポタポタ、落ちて来ちゃったんです。だって僕は、僕だったらそうしちゃうって、思っていたからなんです――。


面倒くさいから。メンドくさくなっちゃったから、だから――。


おじさんの奥さんと、おばあさんは、仲が良くなかった。仲が良くなかったけど、でも、実の親子だから、自分達の、仲が悪いとは、思わなかった。だって、それを「そういうものだ」って思いこむのが、親子っていう関係なんだから。

おじさんの奥さんは、自分の母親である、千満おばあちゃんとは、あんまり仲が良くなかった。でも、なかなかこのことには気がつけなかった。何故ならば、おばさんは、ズーッとおとなしい娘だったから。

お姉さんが家を飛び出して――そういうことがあったから、そうはさせてはなるまいと思って、おじいちゃんとおばあちゃんが娘を、おとなしい娘になるように育てる。下の梅子さんは末っ子だから、そこら辺はテキトウに逃げまわれるけれど、でも竹緒さんは（松子さんのいなくなった後では）一番上の娘だから、逃げようがない。

松子さんの時には〝労働運動〟があったし、梅子さんの時には〝60年安保〟があった。でも、竹緒さんの時には、なんにもなかった。梅子さんみたいに、チョロチョロ外へ出て行くきっかけが竹緒さんにはなかったから、竹緒さんは、親のいいなりになるおとなしい娘になった。でも竹緒さんはホントは、フレッド・アステアの『足長おじさん』みたいなホンワカした男じゃなくて、なんだか分らないけど、仲代達矢みたいな、ドギツイ男が好きだった。

梅子さんは、自分もドギツイ男が好きだったって言うけど、それは嘘だと思う。あの人は、末っ子の甘えっ子で、なんとなくウロチョロすることが出来た人で、「自分はそれだけじゃないんだ、自分はもっとなんかあるんだ」なんて、そんなことを一生懸命言いたがっていたけど、そんなことはないんだ。あの人は、「理解出来る」ってすぐ言うけど、それは理解出来るんじゃなくて、人と人とが揉めた時、その揉め事がこわくなって、自分の主張を自分の中におさめちゃうだけなんだ。だから、なんにでもクチバシを突っこんで来て、なんにでも「分った」って言って、結局、なんにも分れないまんまで、取り残されちゃうだけの人なんだ。人の良さそうな人間を見つけて、なんだかんだ理屈言って、それで結局、誰からも相手にされなくて、そして一人で、〝私は理解者だ〟っていう、打ち上げ花火を上げていただけなんだ。だから、フレッド・アステアの『足長おじさん』みたいな、ふんわかした男《ひと》を求めていたのは、実は、竹緒さんではなくて、梅子さんだったんだ。

おじさんは多分、そんなことは知らなかったと思う。一緒に暮してた生活の中で、梅子さんが自分に対して〝親愛の情〟を抱いてるというようなことを感じてたとしても。

多分、梅子さんのおとうさんは、こわい人だったんでしょう。だから、梅子さんは、おじさんみたいな人を求めたんでしょう。

でも、梅子さんは、そんなことを決して、口には出来なかった。何故ならば、梅子さんは、その当時の〝学生運動の闘士〟だったから。

僕には、梅子さんがどこまで〝学生運動の闘士〟だったのかはよく分りません。でも、梅子さんみたいな人で行くと、そんなに学生運動のことを深くよく分ってはいなかったと思う――ママァ、学生運動そのものにどれぐらいの深さがあったのかも僕にはよく分りませんけども、多分、そうだったんだと思う。

ひょっとしたら昔、梅子さんという人は、非常に真面目で一生懸命だったのかもしれないけど（頭の悪い女ほど優等生タイプになりたがるってこともあるから）、でも、絶対に、自分がファーザーコンプレックスだなんてこと、梅子さんには分らなかったと思う。

ただ、なんとなく、梅子さんには、自分がおじさんを好きなんだってことは分ってた。だから、梅子さんは、自分の姉の竹緒さんに、その人を押しつけようとした。

竹緒さんにとって、梅子さんがどう見えていたのか、僕にはよく分らない。頭のいい妹なのか、元気な妹なのか、でしゃばりな妹だったのか、それはよく分らない。分らないけどでも、竹緒さんが、両親にその人との結婚を進められて、（多分、唯一の味方であったはずの）妹からもその結婚を進められて、逃げ場がなくなったというのは、多分、事実だったと思う。だって、梅子さんはそう言ってたもの――「姉はおとなしかった」って。「私が進めた」って、「私は理解者だ」って。

梅子さんは、〝自分は理解者だ〟って言うけど、それを他人がどう考えるか、なんてことは考えない。

おとなしい竹緒さんは、両親に進められ、妹に進められ、その人と結婚する。

確かにその人はやさしい人だったんだろう。でも、そうされてる竹緒さんが望んでたのは、どういう愛され方だったのかはよく分らない。

家には両親がいる。妹もいる。唯一、自分をそこから連れ出してくれるはずだった自分の夫も、今は、ほんわかとした顔をして、自分の家の中にいる。僕は、松子さんの旦那さんがどんな人で、いつ死んだのかとかっていうことは、全然分らないけど、ひょっとして、竹緒さんの望んでいたことは、松子さん達がしたみたいに、家から駆け落ちすることだったんじゃないかと、なんとなく思う。別に、確証があってのことじゃないけど、竹緒さんて、なんとなく、僕の母親に似てるタイプのような気がするから。

竹緒さんはおじさんと結婚する。僕の母は、丸顔の父を仲代達矢みたいにしようとして、結局父に逃げられちゃったけど、でも、フレッド・アステアみたいなおじさんは逃げなかった。家の中でひょうひょうとかわしてた。おじさんは生きてたし、竹緒さんだって、おとなしく奥さんをやってたから、ウチの母親みたいに、ムリヤリ、自分の理想を自分の家の中で押し通そう、なんてことはしなかった。

話は変りますけど、僕、今年の3月頃、TV見てたんですね。たまたまですけど、僕、滝田栄なんか好きじゃないし、NHKなんか好きじゃないから。何かっていうと、『徳川家康』なんですね。池上季実子扮する築山殿――家康の奥さん――が、メチャクチャに嫉妬深くって、プライドが高くって、夫が浮気すると荒れ狂って、息子を溺愛しようとして、息子の嫁に邪魔されて、もうほとんど、ヒステリーの発作だけで生きてて、そんで、家来と出来ちゃうとかっていう話なんですけど、僕、そういうのって、吸いつけられるように、見ちゃうんですね。なんか、池上季実子なんかも、悪い毒薬のように好きだったりするんですね。多分、自分の幼児期だか思春期だかにそういう問題って隠されてると思うんですけど、僕、それ見てて思ったんです。

築山御前は、夫に見放されて、別居されて、家来に囲まれて1人で住んでた。僕の母親は、僕と2人で住んでた。もしも、僕の母親をチヤホヤする人間が他にいたら、彼女は遠慮会釈なく、荒れ狂っていただろう。もしも彼女が、〝立派な妻〟という幻想に侵されていなかったら、見事に、僕の母親も築山殿にはなっていただろう。でも、彼女の理性がそれを押さえてた。僕はそれがいやで、彼女に敵意を剝き出しにして行った。僕の家で、僕と母親と、2人で大喧嘩して、僕が家飛び出しちゃってたなら、あんな陰惨な5年間は過さなかったろうって——そう思ったんです。

そして思ったんです。やっぱり、鬼頭の竹緒さんだって、築山殿になれなかった女じゃなかったのかなって。

あの人の旦那さんは浮気なんかしなかった（でも、病気で一年間入院してたんだそうです——それで、心配したおじいさんが、快風荘というアパートを建てたんだそうです。〝快風荘〟というのは、『懐風藻』なんですって。日本で最古の漢詩集で、鬼頭の雄之助というおじいさんは、そういう〝教養〟のある人だったんですって——どういう教養かはよく知らないけど、あ、今思ったけど、この〝鬼頭雄之助〟って、どっかで聞いた名前だとは思ったけど、ひょっとしてこれ、〝伊藤雄之助〟に似てるんですね。死んじゃった馬面の俳優さん——マァ、どうでもいいか——ホラ見ろ、こんなことやってるから、どこに続くのか分んなくなっちゃった）。

鬼頭のおじさんは、入院はしたけど、浮気で別居なんかはしなかった。竹緒さんには、幸代ちゃんていう、暗いウジッとした娘はいたけど、男の子はいなかった。だから、竹緒さんは、徳川家康の奥さんとは違ったけど、でも、違うからっていって、決して陰惨にならないとは言えない。僕が初めて理梨子と大塚の家に行った時、お茶を持って来たおばさんの、暗くて陰惨な顔って、覚えてるもの。

僕達がおばあちゃんの部屋にいた時やって来て、それでいきなり電気点けて、でもそれをおばあちゃんに断わられて、〝どうしたらいいのか分らない、でもとりあえず、なんだか分らないモヤモヤが胸の中に充満して、今にも怒鳴り出したい。でも、絶対にそんなこと出来ない〟っていうもどかしさ――多分、僕達が見たのは、そういうおばさんだったと思う。そう思った時僕は、「ああ、あの人も、築山殿にはなれなかった人なんだ」ってそう思った。そんな風になったって何一ついいことなんかないけれど――結局、築山殿っていう人は、一人で勝手にジタバタして、殺されちゃう訳でしょ？　しかも、最愛の息子もろとも、そういう風に、織田信長は徳川家康に命令する訳だから――でも、築山殿になれなければなれないで、又、ひとりで陰惨にジタバタするっていう苦しみもある訳ですよね。みんな、善人でいたいから。

善人でいたいから、築山殿にはならないけど、でも、築山殿になれちゃったら、いっそサバサバしちゃうのになァというのは、これは、僕の勝手な思い込みでしょうか？

でも僕、TV見ながら、そんなことを考えてたんです。

話は元の鬼頭家に戻ります。

僕がポロポロ涙流しちゃって、「なにもあなたがあやまることはない」っておじさんに言われて、僕が「はい」って黙りこんだ後、おじさんは、ポツリポツリと話し出しました。

「妻と義母《はは》とは、折合いが悪くてねェ」

おじさんは言いました。

「昔はそうでもなかったんだけれども、なんだか、この一、二年、だんだんおかしくなって来ていて、義妹《いもうと》なんかは〝昔っから2人とも気性が激しいから〟なんて言うんだけれども、私には、なんだかよく分らなくなってねェ。まァ、人間、年取って来ると気難しくなって来るということもあるから、それだろうとか思ってはいたんだけれども、2人とも、実の親子だから、なんていうのか、発散のしようというのがなくってねェ」

おじさんの話は、ほとんどひとりごとです。僕は、「はい、はい」って、ただうなずくだけです。一体、どうして僕に、「分ります、それは、こうこう、こういう理由です」なんてことが言えます？

僕は思いました。僕がその日の昼おじさんの家に電話した時——「これから伺ってもいいですか」って言った時、おじさんは「どうぞ、どうぞ」って言いました。「話し相手がいなくなってしまったから」と言いました。初めっからおじさん、ひょっとして、話相手を求めてたんじゃないんでしょうか？

この事件が新聞に出た時、おじさんのことを心理学者が〝初老期ウツ病〟って言ってましたけど——〝退職勧告を前にした、窓際族の犯行〟だって言うんです——その時僕、おじさんが〝61歳〟だっていう意味を知りました。それと、おじさんが〝人事院の文書課長〟だっていう意味も。

おじさんは公務員です。公務員には定年がありません。ありませんけど、60歳になったら〝肩叩き〟が始まるんです。人事院の文書課長だっていうおじさんも、肩叩きが当然始まってました。おじさん、あんな風にひょうひょうとしてるから、別に仕事を離れたからってどうってことなんかないじゃないかって、僕思ってたんです。でも、その新聞の人は言うんです――人事院ていうのは、公務員の待遇改善を政府にうながすように、GHQによって戦後作られた役所だって。戦後作られた役所だけど、土光さんの行政改革が始まるってことは、公務員の首が切られることで、そもそも、人事院というものの役割が終ってしまったということじゃないかって。公務員の待遇改善を政府にうながして来たけど、その結果、地方自治体の退職金が4千万円なんてとこまで行っちゃった。人事院の役割が終って、自分の労働期間が終って、それで、仕事人間だった男のおじさんは、自分の生きてる理由がなくなっちゃったんじゃないかって。

僕、それ言われてハッとしました。僕、そんなことを考えたこともなかったから。

勿論僕は、それだけがおじさんの理由ではないと思うけど、でも、おじさんにはそういう面もあったんだって。

僕が「伺っていいですか?」って言った時、おじさんは、「どうぞ、どうぞ」って言いました。あれは、来るべきものが来たっていう感じではなかったと思うんです。どうして僕なんかという、関係のない人間の来ることを断わらなかったんでしょう?

茶目っ気のあるおじさんが、「若僧やっと気がついたか」という感じで、僕を呼び入れたのかとも思いました。だから僕、おじさんに、「いつ気がつかれました?」って言われた時に「最初からです」なんて、気張って答えたんです。でも、それだったらどうしておじさん、僕に推理というのを述べさせないで自分で喋るんでしょう? 「妻と義母とは、折合いが悪くてねェ」

なんてことをひとりごとのように、僕が見ている前で一方的に。

僕はおじさんが、「はい」って言ってくれるのを待ってるんだ、と思いました。だから、「はい」って言いました。

「はい、それは分ってます」――僕が「はい」と言うことは、そういうことだったと思います。僕はだから、「はい」って言うだけで、「自分の推理もそうなんです」ってことを、おじさんに言ってたんです。

時々おじさんは、自分の話に間を置きました。僕が「はい」って言うのを待ってるんです。「はい、そうなんだと思いました」っていうのを待ってたんです。

僕、おじさんに「どうして幸代ちゃんを殺さなくちゃならなかったんですか?」って訊いた時、おじさんに「面倒くさくなったからですよ」って言われた時に、うっかり、涙なんかこぼしちゃいました。なんでだか分んないし、そんなこと失礼だって思いましたけど、でも、止まりませんでした。

どうしてだと思います?

僕、そんな孤独がヤだったからです。


僕みたいな、なんの関係もない人間を呼び寄せて話をする。「面倒くさくなったからですよ」なんてことを言う。僕はそれが、気持悪いって言ってるんじゃない。僕がいやだっていうのは、そんなに可哀想な孤独なんていやだっていうことだ。

僕はおじさんの家に電話をしました。それは、根本の動機がよく分らないからでした。でも、根本の動機がよく分らない僕が、なんで平気で真犯人のところに電話が出来たのかといえば、それは僕が、根本のところでその動機が分っていたからでしょう。

22日に、幸代ちゃんの殺された日に、僕達は下嶋くんの部屋で推理競べをしました。ホントに、いろんな可能性というものを、僕達は僕達なりに出し合ったと思います。でも、その時僕達のやらなかった方法が一つだけあります。それがどんな方法かというと、〃もしもあの人が犯人だったら〃という、関係者全員の犯行の可能性をシラミつぶしに挙げて行く方法です。

あの日、それはやりませんでした。そういう考え方もあるんだと、22日には気がつけませんでした。でも、あの日に見たおじさんの不思議な表情が、知らず知らずに、僕をそういう推理方法に導いていました。

もしもあのおじさんが犯人であるのなら――。

どういうことがあればあのおじさんは、あの一連の事件の犯人となりうるのだろうか？　僕は知らない内にそういう方向に足を踏みこんで、そして、その可能性を立証する為のディテールを、自分の頭の中から拾い出し始めたのです。

真っ先に飛び出して来たのは、〃僕だったらヤだな〃という考えです。

あんなところに住んで、あんなになっちゃった女を女房にしてて、あんなになっちゃった娘が自分の子供で、あんな訳の分らないバァサンがいて、あんな関係のない女に〃理解者〃ヅラしてウロウロされる生活なんて、僕ヤだな――知らないでそうなっちゃったとしても、僕、絶対にヤだなと思って、飛び出しちゃうだろうな。でもあのおじさんは飛び出さない。偉いな。やっぱり人間が違うのかな。やっぱり僕なんて根が暗いしな、いつかどっかで、メンドくさいなと思って、破局が来ちゃう――そう思ったんです。

だから、もしも〃あのおじさんがメンドくさいと思ったら？〃――そういう可能性が、僕の前に立ちふさがったのです。

それが立ちふさがった時、すべてのディテールが、そこに向かって集って来ました。「まさか」と思いながら、でも、それでも集って来るディテールを、僕は知らない内に組み立てたりしてました。

組み立てて、でもその根本は〝まさか〟でした。

すべてのディテールは、ディテールごと靄の中にかすんでて、僕は、その靄に包まれた事件の全体像を、1人でぼんやり見てたのです。

〝まさか〟と思う気持と、でもそうだったら、僕だったらやり切れないなという気持が、ゴッチャになってました。

なにがなんだか分らない、でも、何かがそこへ向かって僕を引っ張ってる——そう思って、僕は受話器を持ち上げてしまったのです。

「いらっしゃい」とおじさんは言いました。その時、僕のどこかでは、もうこの人が犯人だと決めつけていました。この人は犯人だ、そして、そのことが分ったのだから、勿論僕だって〝犯人〟だ。犯人は〝犯人〟に何を求めるだろう？

僕達は同じだ。同じことを分りあってる。それはそれでつじつまがあってる——そのことの確認を求めるのではないでしょうか？　話し合えるっていうのは、そういうことじゃないんでしょうか？

おじさんの家に着くまで、僕の中では、いろんな可能性が渦を巻いてました。

〝あの人は犯人だ！〟というのと、〝やっぱり、そんなことってないよなァ〟っていうのと、〝あの人は悪人なんだ〟っていうのと、〝そういう追いつめられ方しちゃったら……〟っていうのとが全部ゴッチャになって、僕はただ、前へ進むことが出来ませんでした。

だから僕は歩きました。歩いて、おじさんの家へ着いて、まさかと思っていた所にブチ当って、それで僕は、訳もなく泣き出してしまったのです。

なんていう孤独なんだ、なんでそんなことになるんだって。

僕の目の前にあったのは、生徒に逃げられた、壊れたガラス窓で覆われた、古い大学の建物と同じだったのです。

それがいやだと言ったのです。自分は建物だ、自分は廃墟ではない、壊れたガラス窓を、少なくとも、この建物に寿命のある間、元の通りに戻してくれと、その建物は言っていたのです。

僕には、そうだとしか思えなかったのです。

Chapter

34

# 夕方には地震が起こる

僕は川に沿って河口まで歩き、最後に残された五十メートルの砂浜に腰を下ろし、二時間泣いた。そんなに泣いたのは生まれてはじめてだった。二時間泣いてからやっと立ち上ることができた。どこに行けばいいのかはわからなかったけれど、とにかく僕は立ち上り、ズボンについた細かい砂を払った。

村上春樹『羊をめぐる冒険』

おじさんの話は続きます。

「2人とも、実の親子だから、なんていうのか、発散のしようというのがなくってねェ」

僕はただ、「はい」と言うだけです。

「それであんなことになっちゃって――」

おじさんが言いました。

「おばさんが、おばあさんを殺したんですね？」

僕は言いました。

「そう。あなたはなかなか、頭がいい」

おじさんは言いました。

それで僕は、説明を始めました。初めて新大塚の駅に降り立った時に受けた印象から、〝今日〟茗荷谷の東京教育大学の廃墟を見た時の印象まで。それから歩き始めて、町がさびれておばあちゃんがウックツして行くまでの――大体今まで、ここに書いて来たようなことです。今ならおじさんに分ってもらえると僕は思ったからです。

そうしたらおじさんは言いました。「なるほど」って。「なるほど。マァ、そういう考え方もあるんですねェ」って。

はっきり言って、まるっきり他人事なんです。僕としては、「なるほど、よく分る。あなたは頭がいい」とか「その通り」とか、「そこのところは違う」とか、言ってほしかったんですよね、はっきり言って。

でもおじさん違うんです、「なるほど」って――「なるほど。マァ、そういう考え方もあるんですねェ」って、それだけなんです。

僕としては、待ってた訳です。「その通りだ」とかっておじさんが言い出してくれるのを。でも違いました。おじさんは、「なるほど」って言って、その後、「あのアパートは、実は私が結核で入院しましてねェ――」って、こうなんです。

おじさんは言いました。

「あのアパートは、実は私が結核で入院しましてねェ」

僕、なんだか様子がおかしいなァと思って、「はァ……」って、間の抜けた声出したんです。

「まァ、それで、万ヶ一ってことも考えたんでしょうねェ。女房の為に義父《おやじ》が建てたんですよ」

「はい」

僕としては「はい」と言いましたけど、実情は「だからどうなんだ?」です。

「だからどうなんだ?」なんですけど、でもおじさん、なんにも言ってくんないんです。話は、おばさんがおばあさんを殺した話に戻っちゃったんです。

僕の話なんか、まるで聞いてなかったみたいに、おじさん、〈「おばさんが、おばあさんを殺したんですね?」僕は言いました。「そう。あなたはなかなか、頭がいい」おじさんは言いました〉ってとこに戻っちゃったんです。

僕、分んないから、最初「はあ」って聞いてたんです。そしたらおじさん、こうなんです

---

「私はそれに気がつきませんでねェ」

「はあ?」

「いやァ、夜中に女房がうなされるもんだから、なんだと思いましてね」

「はい」

「いやァ、そんなことはあんまりないもんだから、私、目を覚しましてね、まさかとは思ったんですが、夜、〝おばあちゃんどうしてるんだ?〟って言った時に、〝寝てるわよ〟なんて言うもんだから、そうだろうとは思ってたんですがね、それにしちゃァ、ちょっと様子がおかしいなと思いましてね、ちょっと、見に行ったんですよ。ところが、こはいかにですな。まさか、

夕方から一日中眠りっ放しはあるまいと思ってたんですが、まァ、あれじゃ、起きようはない。死んでるんですよ。灯りつけて見たら、首に筋つけて、冷たくなってる。ヤローやりやがったな、と、こう思いましてね」

僕、ホント言って、おじさんが何話してるのか分らなかったんです。だっておじさん、こういう話し方する人じゃなかったし、仮にも、自分の家で殺人事件が起ったってことを話してる話し方でもなかったんですから。

「あのゥ」って、僕は言いました。そしたらおじさん、ニッコリ笑って、「そうなんですよ」って言いました。

「これはひとつ、殺人事件にしなくちゃならない。なにしろ今日は探偵さんが来たんだと、こう思いましてね。まず、外から誰かがやって来た、と」

「じゃァやっぱり、あの足跡、おじさんがつけたんですね？」

「そうですよ。決ってるじゃないか」

僕、酔ってるんじゃないかと思ったんです、おじさんのこと。

「あんた達が帰った後でね、女達はグズグズやってるわ、バァサンは寝てるけども、あれで起きたら、又なんの騒ぎが始まるか分らない。あんたはマァ、なんだかんだ言うけども、はたで年がら年中、つまんないことで言い合いばっかりしてるの聞かされててごらんなさい、いい加減やんなっちゃうから。これはあんたの口グセだな、〝やんなっちゃう〟ってのは。やんなっちゃうか。マァ、やんなっちゃうなァ、ハッハッハッ」

僕、ホント言って、こわくなりました。だって、今まで、そんな口のきき方しなかった人が、突然そんな口のきき方するんですよ。僕、この人が今いきなり襲いかかって来たって、全然なんの不思議もないんだって、そう思いました。だって、この目の前にいる人、人殺しなんですよ！

僕、思いました――おじさん、「話相手がいなくなった」って言いました。〝話相手〟がいなくなったって言ったんです。

おじさんの〝話相手〟って、誰なんでしょう？　幸代ちゃんだけなんでしょうか？　幸代ちゃんとおじさん、２人だけで話してて、でも、幸代ちゃん、おじさんの話相手になれるような娘だったんでしょうか？　２人はお互い、そんなに親密な関係だったんでしょうか？

夕方の５時でした。家の中、シーンとしてました。ホントにシーンとです。夕方の５時ですよ。ホントだったら、誰かが晩飯の仕度してたっておかしくないんですよ。興奮してて、僕気がつかなかったけど、僕が来てから30分以上、いやもっと経ってるのに、誰もお茶持って来なかったんですよ。

僕、おじさんの動機考えた時、〝僕だったらメンドくさくなっちゃうな〟と思いました。でも、それは〝まさか〟でした。どうして〝まさか〟だと思ったんでしょう？　決ってます。その〝メンドくさい〟を実行したら、〝なにもかもがメンドくさい〟になっちゃうからです。なにもかもですよ！

この家には、本当だったら、生きている人間があと２人はいるんです。

あと２人。でも――

おじさんは話を続けました。

「あんたなんか羨ましいなァ。なんにもしなくたって、自由な思いが出来るんだろうしなァ」

僕は、逃げる機会をうかがってました。

「あんた、独身だろう」

おじさんは言いました。僕はもう答えませんでした。答えたって意味がないと思ってました。

「あんた達が帰ってからなァ、〝ああ、俺もあんな風に、チャラチャラしてられたらなァ〟そう思ってなァ。〝ようし、探偵も来たこったし、一丁、足跡でもつけといたろうか、そうしたらバァサン達も驚きよるやろうしなァ〟とか思ったんや」

おじさんの言葉は急に関西訛になって行きました。ベロベロに酔った人間が急におかしくなって行くのと同じです。

僕の目の前で、おじさんの人格が崩壊してったんです。

おじさんは言いました。

「したらなァ、テキはバァサン殺すやろう。しょむないやっちゃなァ、思うてなァ、バァサン蹴っ飛ばして、なんか、それらしゅうしたれや思うて、まァ、なんにもないから、そこら辺に生えてる松の木ィつかんで、葉っぱ、バーッとまいたんや」

「知ってます」

僕言いました。酔っ払いに対抗するのは理性しかないと思ったからです。そうしたらおじさん、こう言いました。

「知ってます、言うたかて、あんた、あの日、なんもそんなこと言わんかったやないか」

僕、こわかったです。おとなしいだけの人間なんていないんだってこと、分ったからです。

「な、言わんかったやろ。わしの勝や」

「あの時は、僕、分んなかったんです」

「分んない？　そんなンメチャクチャや、あんた、さっきなんて言うた？　〝最初っから分っとった〟言うたやないか？　僕、初めっから分ってました――そないに気取って言うたやないか。あれ、嘘か？」

「いえ――」

「嘘か？　言うたやろ」

「そういうことじゃなくって――」

僕はもう、椅子から体を半分浮かしかかっていました。逃げるんなら今だ、「失礼します」って言って逃げちゃえば、それでいいんだ――そう思ってました。

玄関のブザーが鳴りました。

「はい！」――僕は答えました。おじさんは、そんなこと、一向に無反応で、僕の方を見てました。多分、あの顔を忘れることは出来ないでしょう。どんな人にだってあんな顔があるんだって。決して後もどり出来ないのに、でも後もどりしてしまった結果の顔って、あんな風なんです。

僕は腰を浮かしました。もうこんな人と付き合ってたってしょうがないと思ったからです。僕が腰を上げると、おじさんも腰を上げました。もう一度玄関のブザーが鳴りました。僕とおじさんの視線は、からみあったままです。

僕は立ち上がりました。玄関の方へ走り出そうとしました。その時です。グラグラグラッ！　という、衝撃が来たんです。マグニチュード5.5の地震でした。次の日の新聞には、そう書いてあったと思います。

僕は走りました。なにがなんだか分らないまんま、そのグラグラ揺れる地震の中を、応接間の扉を開けて、玄関の所まで。

玄関のドアが開きました。誰だか分らない、でも、知っている人がそこに立ってました。

「すごい地震だったねェ」

床に這いつくばってる僕を見て、大塚警察の田拝《たおがみ》刑事がそう言いました。

「田拝さァん……」

僕もう、ホントに、情ない声を出してました。

「どうしたんだ？」

田拝さんが言いました。

「どうしたって……」

僕、なにから説明していいか、分んなかったんです。

僕の後で、誰かが立つ、気配がしました。「ウワッ！」って言って、僕、田拝さんのところに、しがみつきました。勿論はだしです（恥ずかしいけど）。

「やァいらっしゃい」

応接間のドアのところに、おじさんが立ってました。僕がやって来た時に、僕を迎え入れたのと、まったくおんなじ調子でした。

「お話があるということだったんで」

田拝さんは言いました。「5時に来てくれ」という電話が、おじさんからあったんだそうです。

僕が電話して、「これから伺います」って言った後、おじさんは、田拝さんに電話をしたらしいんです。

おじさんは、「あなたに見てほしいものがあるんです」と、田拝さんに言いました。もう、おじさんの中に、関西訛はありませんでした。

田拝さんは、なんとなく分っていたようです。おじさんの言葉に黙ってうなずくと、靴を脱いで上に上がりました。「又、大人の会話が始まっちゃったなァ」、僕は玄関で、はだしのまま、そう思ったんです。

おじさんは、田拝さんをつれて、廊下の方に歩いて行きました。応接間にではなく、台所の前を通って茶の間の角を曲って、一番初めの日、法事をやっていた、そして、おじさんとおばさんの寝室である、6畳の和室に入って行きました。

別に僕はついてった訳じゃないです。実際そうでしたけど、なんとなく〝そこに行ったな〟って、分ったんです。

僕は靴を履いて、玄関に立ってました。小さな余震がグラグラとあって、いやな気持もありましたけど、でも立ってました。もう、家の中に上がりたいとは思いませんでした。

おじさんが、田拝さんを連れて、歩いて来ました。僕は「あのォ……」と声をかけましたが、2人は黙って、階段を2階の方に上がって行きました。「ああ、まだあったんだァ……」僕は、ホントに、やんなってしまいました。

階段の途中で、僕を振り返って田拝さんが言いました。「すまないけど、警察に電話してくれないか」って。

「はい」って僕は言いました。もう、言うべきことは分ってましたから。

おじさんと田拝さんは、2階の梅子さんの部屋へ上がって行きました。僕は、靴を履いたまま四つんばいになって、階段の上がり口にある、電話機に手を伸しました。

「もしもし、こちら、大塚の鬼頭ですけど、あと2つ、死体が見つかったんです。だから、取りに来て下さい」

なんだか僕の電話って、出前のドンブリを置き忘れたまま取りに来ないラーメン屋に向かって、「ドンブリ取りに来い」って、催促してる電話みたいでした。

# Chapter 35

# エピローグ――ふしぎとぼくらはなにをしたのか、そして、ふしぎとぼくらはなにをするのか

もう、こうなって来ちゃうと、どういう引用していいのか、よく分りませんね。分んないからとりあえず――

「いまの時代では、とにかく、ぼくたちは何かに変りつつあるのかもしれないね。人間じゃない何ものかに。一部分ずつ犯罪者の要素を持った生物というか……」

中井英夫『虚無への供物』

「――誰もがたしかに人殺しの記事をおもしろがる。――」

「おもしろがる？　こわがるんじゃありませんか？」

「不快な恐怖じゃないですよ。その記事について語り合うとき、人々は快感にちかい生き

生きした眼をしていますよ。なぜだろう？」

山田風太郎『誰にも出来る殺人』

そう、こういうのもあったな――

「誰かにとって、ひそかな楽しい悪女でいるほうが、人の自慢の種になるよりずっとすてきですもの。わたしって、いつもあなたを居心地悪くして神経を逆撫でしているけど、それでもあなたはわたしを気が狂うほど愛しているのよ。」

アガサ・クリスティー『ミス・マープル最初の事件』（厚木淳訳）

わりと女って、こういうセリフ好きだけど、分って言ってんのかな？　こういうのって、ゾッとするユーモアでしょ？
このセリフ読んだ時、ゾッとしたもの。これを言う人の気持悪さにじゃなくて、現実って、ホントにゾッとすることと紙一重なんだなってことに気がついて。

まだなんかあるような気がするな。そうだ、新聞とかＴＶとかを見た時の感想——

その事件が起きたとき、だれも本心から驚きはしなかった。うわべはともかく、野蛮な本能が成長する意識下のレヴェルでは、だれも驚かなかった。表面的には、全女子生徒がショックを受け、興奮し、恥じ、あるいはホワイトの牝犬がまたヘマをやったと単純に喜んだ。なかにはほんとに驚いたといいはるものもいるかもしれないが、むろんそれは嘘だった。

スティーヴン・キング『キャリー』（永井淳訳）

僕自身に関していえば、こんな感じもするんですよね——

加恵は、この話が繰り返されることをまったく好まなかった。しかしひとびとの目にはそれは謙譲の美徳としかうつらなかったようである。もともと寡黙であった加恵は、一層無口になって人前に出たがらず、離れ家の中でひっそりと暮したが、しかし加恵の意志に反して、盲目はこの美談のために完璧な演技を果していた。

これ、竹緒おばさんのことのような気もする。でも、この最後の〝盲目〟って言葉を〝ノイローゼ〟――もっとカッコよく〝初老期ウツ病〟ってことにすれば、それはおじさんのことになってしまう。

しかし彼の意志に反して、ノイローゼはこの犯罪のために完璧な演技を果していた。

ね？

別に、おじさんが演技してたっていうんじゃない。おじさんはなんにも語らなかったんだ。なんにも語らないから、だからその理由を探さなくちゃならない。だからノイローゼっていう理由を持って来る。ノイローゼっていう言葉を持って来られたら、それでおじさんは沈黙せざるをえない――もともとなんにも語らなかったんだけど、でもそれがそうじゃなくて、〝いよいよノイローゼだな〟ってことで、話はますます信憑性を強めてくる（メンドくさがらずに辞書引こう）。僕が〝美談のために完璧な演技を果していた〟っていうのは、こういうことなんですけどね。

そろそろ、まとめにかかることにします――

「お父さんがなにかしてくれたことはあるのか？」

「ない」


ロバート・B・パーカー『初秋』（菊池光訳）

なにかできる人間がなんにもしなかったら、そのことでその人間は責められなくちゃいけないと思う（多分）。でも、なにかをするってことが頭にない人間がなんにもしなかったら、それはそれでしょうがないことだと思う。はっきり言って、それはあんまり面白くないことだけど。


おじさんは、供述というのをスラスラとしました。

自分の妻とその母親が不仲で、母親の方が〝探偵を呼べ〟なんていう訳の分らないことを言い出した——だから自分はそれで〝探偵〟を呼んだ。そうすれば、波風が立たないだろうと思ったから——そうおじさんは言ったそうです。それだけをおじさんは言ったそうです。具体的なことだけ言って、〝どうしてそうなったか〟という説明は一切しなかった。

僕は田拝さんに会って、自分の推理を話しました。どうして、おばあちゃんとおばさんはあんな風になっちゃったのかということに関して。

田拝さんは、「多分そういうことなんだろう」って言いました。僕は、「そうなんだ」って思います。僕は「そうなんだ」って思いますけど、当事者のおじさんがなんにも言ってくれなければ、それがホントかどうかは分らない。

おじさんの言うことは、その件に関してはよく分らない。そして、どうしてそうなってしまったのかということに関しては、正解を握っているはずの2人——おばさんとおばあちゃんは、もうこの世の人ではない。肝腎の当事者2人はもう口をきけないけれども、でも、口がきけたからっていって、「そうだ」と言ってくれる訳もない。僕、あのおじさんと話してて、そのことだけは分ったんです。

人間、そんなことがよく分ってたら、誰もあんなことしないって。よく分っててあんなことするヤツはバカだ。よく分らないから、人間はあんなことが出来ちゃうんだって。

僕がおじさんに説明をした時——「おばさんが、おばあさんを殺したんですね?」「そう。あなたはなかなか、頭がいい」っていう後です——その時おじさんは、「なるほど」としか言いませんでした。合ってるんだか合ってないんだか、おじさんはその件に関してはなんにも触れずに、「あのアパートは、実は私が結核で入院しましてねェ」それから、「いやァ、夜中に女房がうなされるもんだから」ってとこまで飛んじゃったんですよね。

おじさんはなんにも言わなかったけど、でも、その件に関しておじさんがなんにも言わなかったから、だからこそ僕、それで合ってたんじゃないかと思ったんです。

おじさんがなんにも言わなかったのは、多分、自分でもその訳がよく分らなかったからでしょう。訳が分らないから、おじさんはアレをしてしまったんでしょう。でもしてしまって、それで、おじさんだって、考えたんだと思います。考えたんだけど、よく説明出来なくて(それは勿論、自分自身に)、だから、それこそめんどうくさくなっちゃって、どうして自分が人を殺さなくちゃいけないのか、なんてことを、考えるのやめたんだと思います。やめていて、そこへ僕がやって来て、そのことを説明してしまったから、おじさん、苦しくなったんだと思います。酔ッ払ったみたいになっちゃったおじさんのこと考えると、そう思うんです。

そんなこと、認めたくなかったんだと思います。ともかくもう、自分はやっちゃったんだし、その件に関してはもうとりかえしがつかないんだし。それが分ってて、一々、〝あなたのやったことはこうです――こういう理由があります〟って人に言われるの、苦しいことでしょう? 自分のバカさを認めなくちゃならない――そして認めたって、なにかいいことがある訳じゃない。だからおじさん、すねちゃったんです。〝すねた〟っていう言い方はおかしいかもしれないけど、でも僕は、そうだと思う。前に僕、〝決して後もどり出来ないのに、でも後もどりしてしまった結果の顔〟って、訳の分らないこと書きましたけど、それ、そうだと思うんです。僕、ズーッと思ってました。自分自身のことですけど、両親の間がおかしくなって、それで僕までおかしくなりかけた時、僕、「これは、僕の両親がおかしくなったからだ」って、思ってたんです。

僕の両親がおかしくなって、それで僕もおかしくなって行く、僕、耐えられないから、ちょっとおかしくなっちゃうけど、でも、僕がおかしくなるのはここからなんだ、僕がおかしくなるのは、両親の不仲のせいなんだって、中学生になったぐらいの頃、思ってたんです。しっかりそう思ってて、それで僕、そこから暗くなり出したんです。暗くなったり、でもそんなのバカらしいと思って元の自分に戻ろうとして、でも結局暗くなってっちゃったんですけど、だからこそ僕、3年ぐらい前に〝暗い〟って言葉がはやりかけた時、「やばいな」って思ったんです。

いけない、もうそんなことって、僕の両親が別れることで決着ついてんのに、いつまでそんな暗いことやってるんだろうって——だから僕、元に戻ったんです。両親がおかしくなる前の僕に。

　これでいいのかなァっていう気もありましたけど——なにしろ、中学生程度のメンタリティーですから——なんか自信はないし、ウジウジしてるし、とか思ったんですけど、でも僕、自分はそうなんだからしょうがないやと思って、それでいいんだと思ったんです。

　僕、自分でもお喋りだと思ってます。なんか、「書けるかなァ？」とか思って書き始めたことが、こんなに長くなっちゃうなんて信じられないけど、でも僕の話って、やっぱり長いんです。だって、それはどこから始まったのかってこと分んないと、僕の考えって、分んないんですもん。〈それはそこから始まって、だから〉——っていう風にしないと、僕にはなんにも分らないし、分れないんです。それが始まったところを探して、その初めから説明を始めないと、僕には分れないんです。僕にとって、〃分る〃っていうことは、そういうことだと思ってました。でも、僕がそうだからって、みんながそうだという訳ではありませんよね。みんなは、いつのまにかそうなっちゃうんだから、いつのまにかだったら、いつからなんてこと分る訳ない。

　だからおじさん、いやだったんでしょうね。だからおじさん、すねたんだと思いますよ。そういうことだと思います。

　おじさん、ぼけちゃって——供述が終って、拘置所に入って、おじさん、僕に会いたいって言って来たんです。鎮香さんがそういう風に言って来たんです。

　あの家、おじさんとおばさんがみんな殺しちゃったから、誰もいなくなって、結局そうなると大塚の家は松子さん親子が預かるしかなくなっちゃった訳なんですけど、松子さんは「縁起でもない」って、「あんなとこに住むのヤだ」って言ったんですね。おじさんにだって、「あんなキチガイ、どうしてだろうねェ」って言って会おうとしない。鎮香さん、早い内におとうさん亡くしちゃったから、おじさんのこと〝おとうさん〟みたいに思ってて、それで差し入れとか面会に行ってて、それで、そのこと――おじさんが僕に会いたいって言ってること、教えてくれたんです。

おじさん、ぼけてました。ぼけてるって言ったって、1月27日の日に酔っ払っちゃったみたいになっちゃったっていうのとは違ってましたけど、でも、何を言うんでもひとりごとみたいだっていうところは、あの時の感じに似てました。

おじさんぼけてて、自分の学生時代の話とかって、するんです。親父が再婚して、一人で東京出て来て、高校行ってて、そして戦争が始まって、勉強らしい勉強、したいと思ったって周りの気分はそんなもんじゃなかったとか。

そういう話するんですけど、でも、僕が質問したって、なんにも答えてはくれません。自分一人で喋ってるだけです。よく、戦争体験とか全共闘体験とか、そういうこと聞かされて、聞かされるけど、でも話してる方が勝手に自己完結してるから、こっちとしては、「ハァ」って言ってるだけで、ちっとも面白くないっていうの、あるでしょう？　あれとおんなじなんです。

面白くないですよォ。気ィ使うし、おまけに、こっちはそんなこと（戦争中の体験）に関する知識なんてないし、分ろうと思って、「それはどういうことなんですか？」って訊いたって答えてはくれないし。でも、僕は聞いてるんです。だって鎮香さん、「叔父がこんな話するの、あなただけですよ」って言うから。

僕、おじさんの戻るところ、ここだったんだなァって思ったんです。だからその話してるんだなァって。僕、だから、おじさんの学生時代の頃の本でも読んでみようかと思って。だって、少しでも知ってれば、おじさんだって、僕と話をすることが出来るでしょう？　だから。

鎮香さん、「やさしいんですねェ」って僕に言いました。そうかなァっていう気もしますけど――なんとなく、そういうのって当り前のような気もします。

鎮香さん言いました。「叔父は、あなたが羨ましかったのかもしれないわねェ」って。

僕は、「そうですか」って言いました。おじさん、「あんたなんか羨ましいなァ」って確かに言ったけど、でも僕、あれに関しては聞かなかったことにしてるんです。だって、あれは、本当のおじさんじゃないもの。あれが本当のおじさんだったら、今拘置所にいる人だって、本当のおじさんになっちゃうもの。

僕は、あのぼけてるおじさんを、本当のおじさんの姿だとは思わないんです。だから――

なんか、話がしんみりして来て、このまんま終っちゃうのも悪くはないなァとかは思ってたんです。思いましたけど、でもよく考えたら、これ、推理小説なんですね。推理小説のくせに、よく考えたら僕、事件全体の種明しっての、まだ完全にしてなかったんですね。すいません。今からその全貌を明らかにします。明らかにしますけど、よく考えたら、皆さん、新聞やなんかで、もうご存じかもしれませんけどね。僕ッとこにも、週刊誌の記者が来たし。来たけどあんまりよく分ってくれないから、ほとんどなんにも話さなかったんだけど。とにかく、これが事件の全貌です――

おばさんとおばあさんは折合いが悪かった。だから、おばさんはおばあさんを殺した。これが事件の第1段階。

ところがおじさんは、まさか、おばさんとおばあさんがそんなことになってるとは思わなかった。だから、そんなに〝探偵、探偵〟って騒ぐんなら、ついでに〝犯人〟もつれて来てやろうとか思って、僕達が帰った後、すぐに、快風荘の玄関に脱ぎっぱなしになってた下嶋くんの靴を見つけて、謎の足跡を作り上げた。これが事件の第2段階。

おじさんは裏庭づたいに足跡をつけて、そしてそのまんま、おばあちゃんの部屋に上がって、外の廊下を通って、又庭に降りた——今度は自分のサンダルに履きかえて。

履きかえたおじさん、下嶋くんに靴を返そうと思ったら、ちょうどその玄関のところに下嶋くんがいて、「アレェ？　俺の靴どこ行ったんだろう？」とかやってた。だから「しまった」と思ったおじさん、「ここならすぐ見つかるだろう」と思って、下嶋くんの靴を、裏の石垣の上に放り投げた。足跡をめぐる謎はこれです。

夜になっておじさんは、おばさんがヘンだということに気がついた。そして見たら、おばあさんは死んでいた。だから、それらしく擬装しようと思って、おばあさんを布団ごとひっくり返して、冬で、見回したら木が枯れていてなんにもなかった——だから、唯一の緑である松の葉っぱをバラまいた。もしもこれが2月で、おじさんの家の庭に梅の木があったら、おじさんは梅の花をバラまいてたろう——ただそれだけの話です。どうも、おじさんの頭の中には、梅の木からぶら下げられる死体という『獄門島』の印象が強かったみたいです。これが事件の第3段階で、翌朝目を覚したおじさんが大騒ぎをする。そして、それがどういう結果になるかは、誰も考えない。考えなかった——いや、でもひょっとしてと、僕は思います。この頃からおじさんの中では、「すべてが面倒くさい」という考え方が芽生え始めていたのではないか？　と。そうじゃなかったらおじさん、こんな〝探偵ごっこ〟なんていうのは始めなかったと思うから。おじさんは、探偵ごっこを始めました。そして僕らは、知らない間に探偵ごっこをやっていました。

僕と理梨子が探偵ごっこを始めて、そして、それにつられておじさんが探偵ごっこを始めて、そして、それによって事件は〝探偵小説〟がどこかでひっかかっているような様相を呈して来て、それで僕達は再び、探偵ごっこを始めた。そして、僕達が探偵ごっこを始めちゃったもんだから、おじさんは、〝おみやげ〟を持って、探偵ごっこに入れてくれと、やって来た。

僕があの日見たおじさんの不思議な表情──窓の外に縛りつけられたロープを見つけたみんなを、「ふふふ」と笑って見ていたおじさんの表情、それが〝仲間はずれにされた子供がもらす笑い顔〟に見えたということは、そういうことだったんです（だと思います）。

僕、それで仲間に入っちゃうよ、でも、僕ってなんてやり方が下手なんだろう──そう思ってたのが、あのおじさんの表情なんです。

なんていうキチガイ沙汰だって思います。でも、おじさんはそれをやっちゃったんです。

自分は探偵じゃない、自分は、殺人事件という不幸に見舞われた家の当事者なんだ──そう思ってたのが、おじさんの社会性なんだと思います。

「どうも、今日はわざわざ御丁寧に」っていう、お葬式の挨拶は出来る──でも、自分のしたいのはそんなことじゃない。でも、それじゃァ何が出来るのかと言われたら、お葬式の挨拶がきちんと出来るおじさんは、そのことで、他のことに関してはとっても不器用になってるおじさんだった。だからまるで、熊が新巻き鮭ぶら下げてやって来るみたいに、自分の娘を2階からぶら下げなければならなかった——幸代ちゃんの死体は地面に寝てたけれど、でもおじさんは、その死体を2階の手すりと、ロープで結びつけなければならなかった。

〃犯人〃として参加したおじさんは、あの推理競べの席で、「うまくやった」と思ったんでしょう。でも、「うまくやった」と思いながら、そう思った途端、おじさんは、自分のぶざまさに目を伏せたいぐらいだったんでしょう。だから、僕の見たおじさんの笑いは、あんなにも歪んでたんでしょう。

僕がそうだと言っても、でも、おじさんは決してそうだとは言わないでしょう。だって、幸代ちゃんを殺すなんていうヘンなところに踏み込んじゃったおじさんは、自分が今どんなことをしているのかっていうのかってなんてもってなかったはずだもの。

東京という街の、日本という国の、戦後だかなんだか知らないけど、そういう時間が、ある方向に傾き出した時——それは少しずつ、少しずつだけど、それは、もう、そんなちっぽけな家庭の、たった一人のおじさんという人間が、そんな風になるまでは、誰も〃ヘンだ〃とは思えなかったんでしょう。

ある人がいる——それを、昭和という時間と、東京という場所が、二重に取り巻いてる。ズーッと取り巻かれてると思ってた人は、自分が取り巻かれることに気がつくことは出来ても、それから飛び出すことは出来なかった。

あの家では誰も、おじさんに「暗いなァ」と言える人はいなかっただろう。いたとしたって、おじさんには、その〃暗い〃ということがどういうことを指すのか、正確には分れなかっただろう。もしもう少し時間があれば、とも思うけど、でも、結局はそうなっちゃった。

閉ざされた家がある。近所はその町から逃げ出して行く、新しく来た人間は、誰もその町と関係を持とうとはしない——ただ歩いてるだけ。その家は閉ざされる。閉ざされたその家の中で、一つの関係は煮つまって行く。煮つまって行って、破局を迎える。破局を迎えたって、その家そのものがなくなってしまった訳ではない。その閉ざされた家の中は、破局を迎えることによって、ますます煮つまって行く——。

僕はいつ、こんなまともな文章が書けるようになったのかなって思います。思いますけど、それはそれで、我ながらカッコいいなとは思いますけど、でも、これだけだったら、僕は、息を抜くことが出来ない。自分の子供時代を書こうとして、どんどんどん落ちこんで行ったことを覚えています。あの家の中の人も、真面目になるだけで、それが実は落ちこんで行くだけの道だってこと、知らなかったんですね。だから僕、それで、このことを書こうと思った時、思いっきりふざけて書こうと思ったんです。そうじゃなくっちゃ、やりきれないもの。書いてる僕だって、おかしくなっちゃうもの。だから僕、なんとなくそんな気がして、一番初めをあんな風に書き出したんです。僕、真面目になろうと思えば、いくらだって真面目になることが出来るけど、でも、そうなった時、僕がもどって来れなくなったらおしまいだもの。もどって来れるか来れないか分らないけど、でも、とにかく、そこに行く時——そこに行くんだと決めた時、僕は、自分がもどって来れるようにしといたんです。

戻って来れないんだったら破局だけ——僕、そのことは分ってましたから。

おじさんは幸代ちゃんを殺しました。もう後戻りは出来ません。逆上するおばさんに、おじさんはそのことを打ち明けました。打ち明けて、半狂乱になってしまったおばさんに、自分だって自分の母親を殺したんだろうと言いました。

そう言われて、おばさんは、殴りかかって来たそうです――おじさんは警察でそう言いました。

そしておじさんは、おばさんを殺しました。そして、何事か？ と思って2階から降りて来た梅子さんを、おじさんは、ついでに絞め殺したそうです。おばさんを殺した、寝巻の紐で。おばさんがおばあさんを殺したのも、寝巻の紐です。

幸代ちゃんを殺したものがロープで、おばあちゃんを殺したものが、ロープではない、〝紐のようなもの〟であることを知った時、僕は、「ひょっとしたら」と思ったのです。

同じ人間でも、男と女は違う。同じ絞殺の凶器でも、ロープと紐とでは、男と女ほど違う。おばさんは、おばあさんを殺した寝巻の紐を、ズーッと平気で、それからもしていたんだそうです。もう、そうなると僕には分りません。「そういうもんなのかなァ」と思うしかありません。そういうものが殺人犯の心理なのか、それとも、そういうものが、〝おばさん〟という名の、女一般の心理なのか、僕にはよく分りません。


おじさんは、おばさんと梅子さんを殺しました。殺したおじさんは、梅子さんの死体を2階に運び、そして、2階にある幸代ちゃんの部屋の中で、泣いたそうです。「どうして、誰もお前が死んだのを悲しまないんだろうなァ」って。

僕、そのことを聞いた時、ぞっとしました。おじさんが気が狂っているからじゃありません、おじさんがそういうのが、僕にはよく分ったからです。

おじさんは幸代ちゃんを殺しました。幸代ちゃん殺しの犯人は、おじさんです。どうしてそのおじさんがそんなことを言うんでしょう？

僕には、すごくよく分る気がしました。はっきり言って僕、幸代ちゃんが殺されたと聞いた時、なんとも思わなかったんです。「可哀想だなァ」とは思いませんでした。心のどこかで、「よかった」と思っている部分がありました。「もうこれで、あの気持悪い子にまとわりつかれる可能性はない」って。

僕が殺した訳じゃないんだから、そう思ったっていいでしょう？　そして僕は、別に、幸代ちゃんが殺されることを願った訳じゃないんだから。

どうしてあの子が、あんな子になっちゃったのか分りません。卑屈で、オドオドしてて、でも図々しくって、肝腎なことで何か言いたいことがあるような顔してて、そしてでも決して自分からは言い出さなくて、もっとはっきり言って、男なら誰とでもＯＫで——。

僕、彼女のこと、理梨子の妹に訊いたんです。理梨子の妹と、他の2人の、うるさい3人組です。理梨子の妹の由美香は言いました——「警察には言わなかったんだけどサァ、あたし達、別にあの子の友達じゃないのよォ、あの子がサァ、妙にベタベタして来るから、しょうがないから、ちょっと付き合ってやろうかってとこも、初めはあったけどサ、スッゴク頭悪いし、気味悪いしサァ、ニタニタするし。ホント、ダサイのにね。だからやだったの。ホント、あの子がそば来ると、殺したくなったのよ」って。

だからこそ、〝警察には言わなかった〟んでしょうけど、とにかく、幸代ちゃんという子は、そういう子でした。どこか、人のサディスティックな部分を刺激するのです。だからこそ、誰もが、あの子と関わり合いになるのを避けたのです。誰だって、〝病人〟になんかなりたくないから。

でも、おじさんは違います。おじさんは、避けようがないんです。だって、彼女は、永遠に自分の娘なんですもん。それをなんとかしようたって、なんとかなんて、なりゃしない。それに気がつくのは、あの家ではおじさんだけで、他の人達は——みんな自分のことに忙しがってた他の人達は、誰も幸代ちゃんのおかしさになんて気づきやしない。他の人にとって、幸代ちゃんは、まだ〝ただの子供〟なんですからね。

幸代ちゃんは、まだただの子供だと思われてたから、家の中では、オドオドした娘だった。だってあの子は、外に出れば、もう立派な〝女〟なんだから。

自分のことに熱中してる大人が、子供のことにまで注意を払わない、なんてこと、僕はよく知ってます。だから、僕は、おじさんの言ったこと、おじさんの思うことより、一ケだけ余分に分るんです。

「どうして、誰もお前が死んだのを悲しまないんだろうなァ」っておじさんは言いましたけど、でも僕、その答って、知ってるんです。

大人って、そういうもんなんですよ。どうしてそういうもんなのかはよく知らないけど、多分、大人って、自分の戻って来るところを忘れちゃったからじゃないのかなって、僕、なんだかそんな気もするんです——。

僕の話は多分、これでおしまいです。なんかこれ以上、このことに深入りしてもしようがないような気もするから。どうも、長い間付き合って来てくれてありがとう——っていうのが礼儀でしょ？

最後に、この小説の〝犯人〟というのをお教えします。

僕前に、読者の皆さんに挑戦したんです。〝一体この小説のテーマはなんなのか？〟って。

ホント言うと、僕もよく分んないんですけどね。なんか、一杯ありすぎるようで、でも、なんとなく、これじゃないかなっていう気もするんです。だから最後に、それを掲げときます。

この小説これで始まったんだから、これで終るのがいいと思うんですよね。

それでは御紹介いたします。この、『ふしぎとぼくらはなにをしたらよいかの殺人事件』の真の犯人《テーマ》！　それは、これです!!


ところが、そこに事件が起ったのである！——横溝正史『獄門島』

# 本当だったらChapter 36になるはずのあとがき

こんばんは、田原高太郎です。〝エピローグ〟っていうのを書いちゃった後で〝あとがき〟っていうのを書くのもヘンなんですけど、一応あれ書いちゃった後で、もうちょっと、なんか、書くことってのが見つかっちゃったみたいなもんで、それで書きます。

この話が来た時――〝この話〟っていうのは、この本を書いてみないかっていう話が来た時ってことですけど――僕、「いいのかなァ?」と思って、鎮香さんに相談したんです。なにしろ、他人の家の話だし、だから、いいのかなァ? と思って。そしたら鎮香さん、「あなたを信用することにします」って言ったんです。「母には私の方から話しますから、とにかく、それが出来上がったら見せて下さい」って。だから僕2ヶ月かかって――ホントにもう、2ヶ月だよ、よくやるなァ、俺も――書いた時、一番初めに鎮香さんに見せたんです。そしたら鎮香さん「よかったですよ、とっても」って言ってくれたんです。ただ、「私って、そんなに抑圧がつよい女のように見えるのかしら」って言いましたけど。理梨子がそう言ったのを、僕、そのまんま書いてたんですよ。「ウチの母も、そういう市民運動みたいのには興味がないらしいし、ただの〝おばさん〟ですよ」って、松子さんのことも言うんです。だから僕、「でも、一番こわいのって、〝普通のおばさん〟じゃありませんかァ?」って言ったんですけどね。マァ、それはいいですけれども、とにかく、僕、見せたんですよ。それが今までの分でね、こっから先はまだ、誰にも見せてないんです。

今まで書いた分見せて、それ小島さんも見て、「いい」って言ったから、印刷所に送ったんですよ。そしてそれが、ゲラっていう形になって出て来て(〝ゲラ〟っていうのは、本になる前の試し刷りのことなんですけど)、僕、それ見て、照れるなァっていう部分もあったし、ホントに、自分の書いたものが本になっちゃっていいんだろうか、とか思ってたんですけど、そしたらまた鎮香さんから電話がかかって来て、「叔父がそれを読みたいって言っている」って言うんです。だから僕、「それは今手許にないから、本になったら必ず送ります」って言ったんですけどね、それで言われたんです。「叔父はあなたのこと、好きなんですよね」って。そう鎮香さんに。

それ言われて、僕、ドキッとしたんですけど、鎮香さんはこう言ったんです――

「この間、叔父のところに面会に行って、それで、あなたの話をしたんです。あなたがあのことを本に書いて、それで私も読ませてもらったけど、とっても良かったわよって。叔父にそのことが分るかしら、とかも思ったんですけど、でも私、あなたの原稿を読んで、叔父のことをこんなにも愛してくれている人もいたんだと思ったんですね。だから、叔父にそれを見せたら、どう反応するだろうって、ひょっとして元に戻るかもしれないとか思って。そうしたら叔父は、それを読みたいって言ったんです。あれはいい奴だって、そう言って。だからお願いします。叔父は多分、あなたのことが好きなんですわ」って。

「決してヘンな意味で言ってる訳じゃありませんのよ」って。


僕、ズッとひっかかってたことって、あるんです。それが何かというと、おじさんが、どうしてあんなことをしたのかっていうことなんです。マァ、一応説明のついたことを蒸し返すのもいやなんですけど、でも、なんだか僕の中に、やっぱりひっかかってることがあるんで、それを書きます。「こんなに長くなっちゃってしょうがないけど、もうあきらめてる」って小島さんも言うんで、それで書かせてもらいます。


僕思うんですけど、どうしておじさん、あんなことしたんでしょう？

どうしてわざわざ、松の葉っぱなんてまいて、擬装なんてことをしたんでしょう？

そんなことしたって、いずれバレるに決ってます。バレないにしろ、ロクなことにならないのは、（多分）決ってます。

それから、どうしておじさん、足跡なんてつけたんでしょう？　別に、あんなことやらなくたっていいじゃないですか？　そりゃ、誰にだって、いたずら心はあると思いますけど、でもおじさんがそれをしたのは、僕達が帰ったすぐ後なんですよ。

それから——それからです。そもそもの問題は、どうしておじさんが、僕達を呼んだかということです。

それは僕達じゃなくてもよかったんですけど——でも結果的には僕達がやったんですけども

——どうしておじさんは、身内のゴタゴタに、外部から〝探偵〟なんてのを呼んだんでしょう？

そりゃ、そうすればおばあちゃんの気がすむからということもあったでしょう。あったし、それが最大の理由でもあるけれど、でも、結果的に見れば、そのことによって竹緒さんは、殺人というところに踏みこまされてしまったんですよ。

僕は、ここのところをつかまえて、おじさんが実は、そこまでおばさんを憎んでいたんだ、なんてことを言うつもりはありません。僕が言いたいのは、そんなことじゃないんです。僕が言いたいのは、おじさん、外側に助けを求めたかったんじゃないのかなってことなんです。

おばあちゃんの気を紛らわせる為というのも、勿論あった、それと同時に、そんな内部のバカげたこと、外の人に見られたら笑われるよっていう気持だって、おじさんの中にはあったと思うんです——僕達を呼んだってことは。

そこまでは分るんですけどね。そこまでは分るんですけど、問題は、その次なんです。

おじさんは〝探偵〟を呼んだ。そして、呼ばれて、そこに〝探偵〟はやって来た。そして——少し言いづらいんですけど、でもやっぱり重要なことですから、はっきり言います——もし、そこにやって来た探偵が、極めて魅力的な青年だったら——。

僕のことです。勿論、僕とおじさんの間にヘンなことがあったっていう訳でもありません。僕、別に自分が魅力的な人間だとは思ってません。思ってませんけど、僕が思う自分と、他人が思う自分とは、やっぱりどこかで違うと思うんです。

よく考えたら僕、自分から女にはたらきかけたことって、ないんです。最終的には、僕の方から手ェ出してるんですけど、でも、いつも近づいて来るのは、僕じゃなくて、向うの方なんです。最初の女の子から、理梨子に至るまで、いつでも、向うの方から接近して来るんです。

接近して来て、気がついたらそばにいたので、「いいのかな?」とか思って手ェ出すと――っていうのが、僕の今までの、女の子との決ったパターンだったんです。

理梨子の時もそうでした。理梨子と初めて会ったのは、〝変った東大出の人間達〟という、よくある、すごく陳腐で下らない、週刊誌の取材ででした。それで彼女はやって来たんです。

初めて会った時、よく喋る女だなァって思ったんです。よく喋って、「一体マァ、こいつはなんなんだろう」と思ったんです。思ったけど、僕だって話すのは好きだから、そして、そのよく喋る長月理梨子っていう女は、お喋りだけど陽性で、自分のことさらけ出してて、すっごく魅力的だったから。だから僕、楽しいから、それで一緒に喋ってたんです。後で聞いたら向うも僕のこと、「よく喋る男だなァ」とか思ってたらしいんです。

そして、会って、別れて、それから又しばらくしたら、あいつから又、電話がかかって来たんです――「こないだ、写真撮るの忘れたから」って。あいつって、そういうぬけてるとこって、あるんです。マァ、それが魅力でもあるんですけど。それで会って、それで又、エンエンと話してたんですね、別に写真なんか撮るのほんの僅かの間ですけど。そんで、「今度写真出来たら見せてよ」とかって言って、それで、ある種の関係にはなっちゃった訳なんですけども(なァに、もったいぶってやがんでェ)。

こっちから先、かなり個人的な話になっちゃいます――。

僕ね、この小説(っていうか一種の記録ですけど)書いてて、それで、何回か心境の変化っていうの、あったんですね。

書くってことは――これ書いてて分ったんですけど、結局、自分の中に入ってくってことなんですね（僕はそういう風に思ったんです）。この話、人の心理探る、みたいなところだってあるから、それで、なおさらだったんですね。だって、人の心理分るってことは、その分だけ、自分の心理を掘り下げてくってことでもある訳でしょう？

僕、自分のこと書いててね、自分てずいぶん自信がなかったんだなァって、そう思ったんです。

自信がなくて、グジグジしてて、そういうこと乗り越えてったのが、今回の事件の体験だったっていうところも、僕自身としてはあるんです。「あの時グジグジしてたなァ」とか、自分のこと書いてて分るんです。で、それで、思うのが、理梨子とのことなんです。

僕達もう、付き合ってから、2年近く経つんですね。僕25ですけど、今年26です。理梨子だっておんなじだし。そういうところで僕、〝結論〟て出さなくちゃいけないんじゃないかなァって、ワリとズーッと、思ってたりはしたんです。去年の暮ぐらいから正月ぐらいまで——というか、もっとかな？　もっと前ぐらいからかな？

そろそろ年だし、でも彼女、そのこと言い出さないし、そういう気はないのかなァ？　とか、そういう気はあっても、言い出さないのかなァ（彼女だってかなり気は強いから）？　とか、一遍、そういう話もしたんですけど、「あたしは今その気はない」って言われて、なんかそう言われると、今の（その時の〝今〟）僕が頼りないからかなァ？　とか、僕が自分に自信がないから、そういうのが見えちゃって、彼女、遠慮して（彼女わりと、謙虚というか、礼儀正しいというか、そういう部分だってあるんです）、わざと「あたしは今その気はない」なんてこと言うのかなァ？　とか、色々思っちゃったんですね。マァ、早い話が、僕に「結婚したい！」っていう強い意志でもあれば話は別だったんだけど、ホント言って、「なろうことならば、あんまり結婚なんてのはしたくない、でも彼女はやっぱり女だから……」とかっていうのがあって、それで、グズグズしてたんですね。

僕、この本書いてて、「やっぱりあの子と結婚しよう」と思ったのは、事実なんです。なんだか、自分は書けるし、分るし、とか思って、それで自信が出来たから、わりと「待たせてごめん」とかっていう感じで、結婚しようとかって思ってたんです。結局、彼女がブーブー言ってたのって、僕に自信がないからで、僕が「そんなことないよ」って、簡単に彼女の不満みたいの、切って捨てちゃえればそれでいいんだ、とか思ってたんです。

なんかねェ、僕、自信ないように見えるのがヤだから、ワリと僕、自分では自信ないなんて風には見せないようにしてたってとこはあるんです。あるけれども、そういうのって、女との関係だと、出ちゃうでしょう？　出ちゃうというか、見えちゃうというか、それで〝僕達2人〟なんてことにはなっちゃうんだろうけど。でも僕、自分がそうなってるかもしれないとは思っても、やっぱり、自分がそうなるのって、いやなんです。

理梨子との関係で、僕、ワリと自分の自信のなさ、出しちゃったような気もするんですけど、でも、それでもやっぱり、根本のとこまで丸出しにするのは、いやだったんです。だから、煮えきらないわりには〝しぶとい〟ってこと理梨子に言われてた訳ですけどね。

だからなんか、自分としては、理梨子との間に距離置いてるみたいな気がして、いやだったんですね。だから、そろそろ〝結論〟出さなきゃいけないのかもしれないけど、あんまり出したくないなァ……出したくないのは、それは僕の自信のなさなんだろうなァ……でもそれ自体は、理梨子だってどう考えてんだろうとか考えて、結局それもなかなか口に出さないでいたんですよね。僕のウジウジって、そうだったんです。そして、それでこの本書いてて、それが分っちゃったんです。分っちゃったから、それで「ようし、結婚しちゃおう」とか思ってたんです。これ終ったら、そのこと言おうとか。

それで、そうやって書いて来て、又、僕の心境って、少し変って来ちゃったんです。

僕、なんとなく自信は出来て来たけど、でも、僕って、ワリとズーッと孤独だったんだなって、思っちゃったんです。

何を考えたかっていうと、僕、おじさんのことを考えたんです。余計なことかもしれないけど、おじさん、友達っていたのかなって、思っちゃったんです。そりゃ、付き合いっていうのはあっただろうけど、会社とか社会とか、それから家庭とか、そういう立場離れて、本当に、テキトーなことなんでも言えて、それで分り合えるみたいな友達っていたのかなって、僕思ったんです。

おじさん、ひょうひょうとしてたけどって、僕、思ったんです。おじさんひょうひょうとしてるから、そういう人だって、やっぱりいるんだなって、僕、おかしくなる前のおじさん見てて思ってたんです。でも違っちゃったし、やっぱり、そういうことってなかったんだなって思ったんです。〝そういうこと〟っていうのは、なんの仕掛けもなしにひょうひょうとしてるってことです。

それで僕、自分のオヤジのこと思い出したんです。

僕、おとうさんのこと、昔は好きだったんです。愛嬌あったし、おもしろかったし。ウチの母親は、子供と遊ぶのあんまり好きじゃなかったけど、でも、おとうさんて、違ったんです。おかあさんにしてみれば、それがだらしなくて嫌いだったのかもしれないけど。

それがね、女作って家出てってから、たまに家帰って来ても、ギクシャクしてるんですね。

ギクシャクしたまんま、僕のご機嫌とろうとするんですね。その卑屈さが、見てて分るんです。それがとってもいやだったんです。昔はそんなじゃなかった、とか思ってて。でもそれは、夫婦の仲がゴタゴタしてるからしょうがないんだ、みたいに思ってました。

おとうさん、おかあさんと離婚して、新しい奥さんと結婚して、新しい子供だって出来て（僕の〝弟〟、良一くんて言うんです。今年小学校の5年なんだけど、可愛いんですよ。もうそろそろ憎たらしくなるってとこもあるけど）、新しい家庭だって、持ったんです。新しいスタート切ったんだから、それで幸福そうな顔すればいいのにって、僕なんか、そう思うんですよね。確かにオヤジは、「お前には悪いかもしれないけど、俺はおかあさんと別れてよかったと思ってる」なんてことは言うんですけど。「別れて、俺は楽になった」って。

それだったら、そうしてればいいと思う。でも、なんかやっぱり、卑屈なんです。僕と会ってる時だって、なんかヘンに気ィ使ってるみたいだし。「俺、別におとうさんのこと、恨んでなんかいないよ」って、僕は言うんだけど、なんか、違うんですね。おかあさんと別れて一緒になったのに、なんか又、ウチのおとうさん、おんなじようなこと、やってるような気ィするんです。小学校5年生の男の子と、気の強い2度目の奥さんとに囲まれて——どうしてかなァ、とか思うけど、僕の新しいおかあさまは、やっぱり前のおかあさまと、どこかしらタイプが似てらっしゃるような気もするんですよねェ（あんまり人のことは言えないですけれども。その点はやっぱり父子だという部分もあるから）。

違うところと言えばね、2度目の奥さんが、前の奥さんと違って、あんまり〝理性〟ってことを振りまわさないことと、それと、おとうさん、年取っちゃったから、3度目の奥さんのメは、多分ないだろうなァってことなんです。家ン中で、「ちょっとあんたァ、しっかりしてよォ」

なんてこと相変らず（2度目の）奥さんにも言われてて。そりゃね、ますます愛嬌ってのは出て来たと思いますよ、僕のおとうさん。でもそういうのって、（相変らず）自信なくしてオタオタしてるってことじゃないですか？　自分の親の悪口なんてあんまり言いたくないけど（でももう、十分言っちゃったような気もするけど）、でもやっぱり、そういうのって、僕いやなんですよねェ。もうちょっと、それを自分で選びとったんなら、自分でシャンとしていてほしいって、僕なんか思うんです。

結局、あの人も〝家庭〟ってものにからめとられちゃったんじゃないか、って。

僕、〝家庭〟ってものが、どういうものか、よく分りません。でも、家庭っていうところに入りこんじゃって、出られなくなっちゃった人間ていうのは、見てるんです。

ウチのおとうさんだって、自由求めて出てったんだろうけど、結局、なんだかモトノモクアミだし、おじさんなんか、4人の女に取り囲まれて宙ぶらりんになってたし。愛嬌があるとか、ひょうひょうとしてるとかって、そういうことでしかなかったんです――僕の現実に見た範囲では。

〝結婚しよう！〟とか〝自信が持てた！〟とかって、自分に対する表彰状みたいな形で、〝結婚〟なんてことを考えてたんだなって、僕、それが自分で分ったんです。

〝結婚しよう！〟っていうのは、ただそれを言いたいだけだ。なんとなく、理梨子を置きざりにしてきたみたいな後ろめたさで、そんなことを考え出したけど、でも、そんなことで喜ぶような女だったら、僕、やっぱりヤだなって、そう思ったんです。

理梨子は、あれもヤだ、これもヤだって言ってる。「あんたは男だから女のことが分らない」「あんたは女には甘くて、男には妙にきびしい」って、そう言ってたの理梨子じゃないかって、思ったんです。

理梨子は、「ヤな女ばっかりだ」って言ってる。「あなたは男だからそれが分らない」って言ってる。「世の中にいる女はヤな女ばっかりで、私は女だから、そういう女にはなりたくないって思ってるのに、男は平気でそういう女をのさばらせてる。ヤな女は平気で〝いい女ヅラ〟して生きてるのに、私は、それがヤな女だと思ったりしてしまったばっかりに、なんだか一人で暗くなって、いい女になんかなれないで、ドンドンドンドンヤな女になって行きそうになっちゃってる」って、黒の洋服で刈上げ頭で、「あたし今、気分がビョーキなの」って言ってる理梨子の〝ビョーキ〟って、そういうことじゃないかと思ったんです。「誰もそんなことは分ってくれない、だから私は、ビョーキやってやる」って。

そうだと思ったんです。だからやめたんです。

結婚するんだったら、僕、理梨子としたいな、とは思ってます。話分るし、頭いいし。でも、それだったら、なにも今じゃなくたっていいじゃないかって思ったんです。ともかく僕は、今、分り始めたばっかりなんだし、って。

それで僕、理梨子に会って、それ言ったんです。ホントは言わないでおこうと思ったんだけど、でも、なんとなく言っちゃった方がいいみたいな気がして、そう言ったんです。


僕、この事件があって、おじさんとの一件があって、それで、原稿書き出してから、ほとんど理梨子と会ってなかったんです。なんか、会いたくなかったんです。なんか、自分の中で言葉みたいのが一杯湧き出して来て、言おうと思うんですけど、なんか、うまく説明出来ないんです。だからなんか、理梨子と会ってると、その、うまく言えないことを、なんか無理して言わなくちゃいけないみたいな気がして、なんか、それが面倒くさくて、嘘ついちゃうみたいな気がして、それでいやだったんです。

だから会わなかったんです。原稿も終ったし、それに自分の中でもなんとなく結論出たみたいな気がして。そしたら彼女、なんか、ゲッソリしてるみたいな気がしたんですよね。やつれたというか、なんか、落ち着かないみたいなね。

「どうしたの?」って、僕訊いたんです。

そしたら、「なんでもない」って。だから、「フーン」とか思って、「俺サァ、分ったんだ」って、この本に書いてあるみたいなこと、話してったんですよ。一遍自分でも書いちゃったことだし、自分の中で大体話の骨組みたいのは分ってるから。

僕、勝手に喋ってたんですよね。そしたら、理梨子の様子がヘンなんです。なんとなく、おもしろくなさそうな顔して聞いてるっての、明らかだったんです。だから僕、「あ、そうかァ……」っていうか、なんとなく「やばいなァ……」とか思って──大体付き合ってれば分るでしょう? どうしてつまんなそうな顔してるかって、「どうせ私なんて関係ないわよ」って、そう思ってるに決ってる訳なんだから──それで僕、言っちゃったんです。「俺、お前がいやじゃなかったら、お前と結婚しようと思ってる」って。

そしたら、「なんのことよ」って、理梨子は言うんです。

だから僕、そこまで考えるようになったことの話して、「でも──」って言ったんです。

「でも──〝だから〟なのかな? 俺、今、お前と結婚する気はないんだ」

「あたしだってないよ」

「あ、そう。じゃ、俺のこと嫌いな訳？」

「そんなことないよ。あたしにはあたしの気持があるって言ってるだけだよ」

「あ、そう。ヤな女だな」

「どうしてよ？」

「なんとなくそう思っただけ。俺、別に、今お前と結婚する気ってないんだ。なんとなく、俺にはまだ一杯やることがあるような気がするし、今そんなことしたって、俺、家庭の中に閉じこめられちゃうし（だって僕、フリーでしょ？　フリーって、家ン中でやる仕事だし、孤独だし。ね？）それにお前だってヤだと思うんだ。別に、俺はお前がサ、あそこの家の女みたいになっちゃうとは思わないけど、でも、はっきり言って、俺はサ、お前が何考えてるか、分らないんだ。そりゃ分るとこだってあるけどサ、でも、分んないとこのが多いと思う。僕だってそうだったから思うんだけどサ、なんか、人間て、分ってもらえない時って、他人の足引っ張るだろ？　一緒にいる人間のサ？　だからサ、俺、一緒になって、足引っ張られるのって、ヤなんだよ。俺だって引っ張りたくないし。だから――。俺、お前が、〝自分の中で分んないでいる部分一杯あるなァ〟って思ってるの――なんとなく、それだけは分んの。俺、お前と結婚しようと思ったけど、でもそれは、別に今じゃなくたっていいや、と思ったの。このまんま付き合ってって、それでもまだ好きだと思えて、一緒にやってけるな、やってきたいなァって思ったら、それでその時結婚しようと思ったの。だから、そういう意味で、〝結婚しよう〟って、さっき言ったの」

「そう……」

「でも、俺、やめたよ」

「どうして?」

「うん?」

「あたしのことがヤになったの?」

「どうして?」

「だって、あたしのこと、〝ヤな女だな〟って言ったじゃない」

「ああ? でも、あれ違うよ」

「じゃァなによ?」

「俺サァ、お前と、結婚しようと思ったの。でも、俺サァ、それが先のことでもね、そういう風に思ってると、絶対すぐ、お前と結婚しなくちゃいけないって思うだろうって、そんな気がしたの。〝いつまでも放っといちゃいけないなァ〟とか、そんなこと考えるだろうって——俺ってバカだからサァ、そういうこと考えるんだよ、多分」

「自分のことは自分でしろって?」

「なにそれ?」

「ウン?……あたしねェ、ズーッと思ってたんだ。なんとなく、このまんまじゃよくないなァって。なんとなくこのまんまじゃ、病気の向う側行って、腐っちゃうなァって、そんな気がしてたの」

「なんで?」

「なんとなく。〝このまんまでいいのかなァ〟とか、〝このまんまじゃいやだなァ〟とか、〝このまんまって、どれぐらい続くのかなァ〟って。〝このまんま〟って、あなたとの関係じゃないよ」

「うん」

「あなたとの関係も含めて、〝あたし〟がよ。このまんまでいいのかなァって、思ってたの」

「うん」

「なんか、自分がぐずぐずしてるなァっての分ってたし、自分がだだこねてるなァとか、そんな気がしてたの。自分でがんばんなきゃいけないとか、分ってたけど、でも、がんばったってどうなるのかとか、がんばったって、どうせ誰も分ってくんないとか、そう思ってたの。だからサァ……」

「なに？」

「あなたがさっき、〝結婚しよう〟って言いだした時も、〝勝手なこと言って〟とか思ってたの」

「ふーん」

「そうよ。なんかサァ、一人で分った気になっちゃってサ。そりゃあなたは偉いわよ。ええ、ええ、あなたは偉いわよ、とか。私、ヤだったのよね」

「なにが？」

「あなたもさっきも言ったけどサ、あなたが〝結婚しよう〟って言って、それが〝先のことだよ〟って言って、でも、それが先のことだとして、どうしてそういうおいしい話があって、あたしががんばれると思う？　あたし自分で分ってんのよね、自分のずるさみたいの。この人、〝結婚しよう〟なんて、いい人みたいな顔して言って、でも、この人あたしのずるさって分ってんのかなァって。結婚するのはいいけど、それで結婚して、あたしがおかしくなっちゃった時、その責任取ってくれるの？　とか、そんなこと思っちゃったの」

「僕にはそんな気ないよ、全然」

「分ってる」

「きみがおかしくなったって、それはきみのせいだからね」

「分ってるわよォ、うるさいわねェ」

「そんなの——おかしくなるのなんて、お互い様でしょ？」

「そうよ、勿論」

「俺サァ、思ってたんだ。〝好き〟って、どういうことかって。別に、結婚しようって決めといて、それで付き合うのが、別に〝好き〟だってことじゃないよねェ？」

「うん。そう思う」

「だからサァ、思ったんだ、結婚するのなんてやめようって。いずれ結婚するなんてこと決めといて、それで付き合ってるなんて、嘘っぽいじゃない？」

「うん」

「だからサァ、そんなこと考えるのやめようって。いずれ結婚するんだって、決めといて、そう言えばお前がうれしい顔するかとか思って、そう言ったんだけど、なんか、お前がヘンな顔してるし、いやそうな顔してるから、違うんだなァと思ったんだ。違うんだなァと思って、それで、自分の考えてたこと変えるのっておもしろくないとか思ったんだけどサ、でも、やっぱり、そんなのヤだからやめちゃった」

「…………」

「結婚するとかしないとか、そんなこと考えないで付き合ってて、それで、うまく付き合ってけるんだったら、それが〝好きだ〟っていうことなんだよね。僕ってそう思うんだ。違う？」

理梨子は、ちょっと黙ってました。なんだかちょっと、目の辺が充血してるみたいでした。

「あたしが今、何考えてるか分る？」

理梨子は言いました。

「分んない」

「あたし、ここが喫茶店じゃなかったら、あたしあなたに、抱きついてるわよ」

僕は言いました。

「じゃァ、出ようか？」って。

それで僕達は、僕達としては初めて、ホテルとかいう所へ行ったのです。

多分そっから、恋人同士が始まったんでしょうね。僕達の場合――。

でも、女の直感て、鋭いですね。ホテル出てから、彼女が言ったんです。まだ夕方で、「飯喰いに行こうか」って、外出たんですけど、彼女がいきなり、言うんです――「コーちゃん、あなた、鎮香さんと会ったんでしょ？」って。

そりゃァね、僕はねェ、原稿見せるとかって、それで鎮香さんと会ってるとかは、言いましたよ、理梨子に。

目が、不気味なんですね、「コーちゃん、あなた、鎮香さんと会ったんでしょ？」って言ってる理梨子の目が。

「会ったんでしょ？」って言うから、僕は、「会ったよ」って言ったんです。それで、「どうして？」って。

「どうして？」

「別に」

目が笑ってるというか、にらんでるというか、やっぱり、そういうとこって、鋭いんですねェ、女って。

でも、はっきり言って僕、〝どこが悪い〟って思ってます。別に鎮香さんと結婚するつもりもないしって。

でもやっぱり、こういう考え方っていけないんですよねェ。〝結婚するつもりはないし〟とか〝あるし〟とかっていうの、全然関係ないでしょ？ ないのに言うんだからねェ——言うというか、思うというか、マァいいんですけど、やっぱり、なんか知らないけど、後ろめたいことって、どっかで感じてる部分て、あるのかもねェ……。マァいいけど。だって僕、まだ、25なんだもん。

やっぱり僕って、魅力があるんです。自分じゃどこに魅力があるのかはよく分んないけど、でも、他人が自分のどこを見てるかは、よく分んないから、魅力ってあるんだってことに、決めたんです。

魅力があるってことは、他人がいいところを見てくれるってことでしょう？

他人にはそう見えてて、そして自分だって、他人がそう見てくれてるんだってところ知ってて、それでわりと、人間て無意識の内にそういうところに寄っかかって生きてったりはする訳でしょう？ だったら、自分の魅力を認めなきゃ、ずるいんじゃないかって、僕、そう思うんです。

おじさんがあんなことをしたのは何故かっていうの、僕にはよく分らないですけど、でも、鎮香さんが「叔父はあなたのことが好きなんですよね」っていうんだったら、僕に魅力があるんだってことになると思うんです。

僕がそこに行ったから、おじさんの何かを触発して、それでああいうことになったたっていうことは、少しは、あるんだと思います。でも僕、やっぱりそういうことは考えたくない。おじさんはおじさんで、おじさんの中でそのことの決着はつけたんだから。その決定的な動機となった最終犯人は僕だっていうようなこと、考えたってしょうがないから。

おじさんはおじさんで、僕のことを、魅力ある(だかなんだか知らないけど)、そういう風に見てた。僕だってやっぱり、おじさんを、そういう風に見てた。

おじさんがどういう風に僕を見てたのかは、具体的には分らないけど、多分、僕が一番見てもらいたいなァと思ってた通りには見てくれてたんだと思う。だとしたら、自分に魅力があるってことを認めないってことは、そういう風に自分を見てくれる、他人の存在を拒むってことにもなるでしょう?

僕、もう、他人との関係を拒むとかっていうの、いやなんです。大学へ入ってから、ズーッとそんな風に生きてたって気もするから。

浪人してね、最初の女の子と別れてね、それで両親とも別れちゃってね、結局自分一人で、なんだか訳の分んないところにいて、もう、他のこと見たくないから、僕、とりあえず、受験勉強だけはしてたんですねェ。なんか、予備校に張り出される、成績表だけが唯一の、他人としての関係みたいな気がして、それで「負けるもんか」とか思って——それと、やっぱり、親には負担かけたくないとか思って。

親父は離婚しておふくろに慰謝料だって払わなきゃならないし(金で片付けるのって、僕はヤなんですけどね。そんなの貰わなきゃいいとか思ったけど、おふくろだって、当座生活は大変だったみたいだし)、それで国立だったらまァ、なんとかなるか、とか(親が払うにしろ、僕が払うにしろ——結局は、親父とおふくろが半分ずつ出してくれましたけど)。

それでね、なんか、絵ェ描いてたでしょ？　どこまで自閉的かっていうのもあんですけどね——だから僕、ホントに他人、拒んでて、ああ、そういうのいけないなって思ってて、それで、今度のことで、決定的に分ったんですね。だから僕、自分のこと「魅力ある！」って、決めたんです。そのことが、他人を受け入れることだから。

だから僕、「俺だって魅力的になったんだから、お前だって魅力的になれよな」って言ったんです、理梨子に。そしたら理梨子は、「なるよ」って言ったんです。「あたしもう、いい加減こういう病気ファッションにあきてたから」って。

「あたし、ワンピース着るからね」って、理梨子が言ったんです。「肩なんか出しちゃうからね。あなた、私が魅力的な女だってこと、知らないんでしょう?」って。

「知らないねェ」って僕は言いました。だって、僕の知ってる理梨子って、いつも刈り上げでカラスでしたから。

みんな、自分でそうなればいいんだなって、僕思いました。

だから、おじさんだって——

あなただって、こんなに魅力的じゃないですかって、おじさん、これ読んで分ってくれたらいいなって。それで、元に戻れるものなら、戻ってくれたらいいな、って。

理梨子が言うんです——「あたし幸代ちゃん、可哀想だ」って。「自分がそうなりそうだから分る」って。「自分でなんとかしなくちゃいけなかったのよ、たとえ、誰も自分のこと分ってなんかくれなくったって。だって、周りの誰もが〝分りたくない〟っていう風になってるの、そういう風にしてるの、自分なんだもん。自分の気持悪さに、自分で気がつかなくちゃいけなかったのよ。もう、そんなこと、あの子に言えやしないけど」って。

僕、幸代ちゃんのこと、考えたくないんです。だって、幸代ちゃんのこと考えると、なんか、突き刺さって来るものがあるからなんです。だって、僕だって、おんなじようなところがあるからなんです。可哀想だなって、思いたいです。でも、そう思う前に、僕ン中に、なんか、つらいものがこみ上げて来て、そういうことを、考えたくなるんです。幸代ちゃんのお墓参りには行きたいとは思うけど、でも、まだまだ僕、あの子の墓に、花なんか飾ることって、出来ないんです。

だからもう、やめます。お互いがお互いを分れないなんて、やっぱし一番不幸なことですもんね。

ホントは僕、田拝さんや下嶋くんのことも書きたかったんだけど、もう枚数がないんで、やめます。

下嶋くん、サングラスかけんのやめたんですよ。目が垂れてて可愛いの。バカじゃないかと思っちゃった。それであいつ、サングラスなんかかけてたんですよ。

あいつねェ、警察にとっつかまっちゃったでしょう？　そんでねェ、ブーブーブーブー言ってたんですよ、「バカヤロ、警察なんかメチャクチャだ」とか。まァ、それはいいんですけどね（あんましよくないけど）。

あいつ、いい加減ひどい目に会ったんだから、もう推理小説なんてやめればいいと思うのに、それでもまだ読んでんですよ。読んでねェ、「こんなのメチャクチャだ、現実はもっと悪どいぞ」とかね、僕ンとこ電話かけてくんですよね。

考えてみれば僕、〝後輩〟なんていう感じの人間と付き合ったことなかったから、それでとっても面白いです。

で、その下嶋くんを引っ張ってった田拝さんなんですけどね、あの人は、「別に、僕が引っ張ってった訳じゃない」って言うんです。いつか、僕ンところに田拝さんが最初に来た日、理梨子ンとこには警視庁の刑事が来たって言ったでしょう？　あの刑事、理梨子が「ヤな男、ヤな男！」って言ってたけど――鰍沢《かじかざわ》っていうんですけど――それが、下嶋くんを「しょっぴけ」って言ったんだそうです。

大きな事件になると、所轄の警察の他に、〝本庁〟から刑事が派遣されて来て、それでチームを作るんですって――そういえばTVの刑事物でそんなのやってたような気もするけど――「マァ、警察ってのも、一つの〝組織〟だからねェ」って田拝さん言ってましたけど、組織と個人は、やっぱりなんか、色々あるらしいですよ。田拝さんていうのもまた変った人だから、なんか、僕らの持ってる〝自由な雰囲気〟にあこがれてたんですってサァ。だから、推理競べなんていうの、やろうっていうのに乗ったんですって。それが警察の捜査方針と違っちゃったりするのいやだから、それでわざわざ、あの日を非番にして、〝私用〟で来たんですって。警察ってのもなかなか大変みたいです。

田拝さんとは、警察の捜査方法と僕達の推理方法の違いとかみたいなことで色々話し合ったりもしたんですけど、それはまたってことにします。（うっかり〝それはまた〟なんて言ったりすると、僕がまた殺人事件の起こるのを待望してるみたいでヤバイですけどね）

最後です。

ホントに最後に一つ。僕達があの推理競べで上げた、幻の真犯人、鬼頭雄之助氏の愛人の忘れ形見、あの〝星野珠代〟のことなんです。

〝星野珠代〟なんて呼び捨てにしちゃいけない。あの人はこの件とは全く関係ないんだから。あの人は、結婚して普通の主婦をやってるそうです。やってるそうなんですけど、どこに住んでたと思います？　僕の住んでる、京王線の沿線で、仙川《せんかわ》ってとこに住んでたんです。

ところでですねェ、ところであれなんですけど、こう並べて見ると、なんか、分りません？

鬼頭幸《ゆき》代。長月《つき》理梨子。花《はな》田鎮香。星《ほし》野珠代。

雪・月・花・星です。これ、宝塚じゃないですかァ！　雪組・月組・花組・星組って。おまけに、星野珠代さんセンカワに住んでるんですよ。〝専科《せんか》〟です。宝塚にあるでしょう？

雪・月・花・星に専科で、宝塚となる、というところで、なんだかお後がよろしくなって来ちゃったようです。

それでは！

〈了〉

# あとがき――『ふしぎとぼくらはなにをしたらよいかの殺人事件』の著者による

ほんとは私、なんにも書きたくなかったの。だって、これは推理小説でしょう？　ちょっとでも、種明しめいたことしたくなかったの。だったら書かなきゃいいじゃねェかっていう話もあるんだけどサ。ところがねェ、書かなきゃならない理由ってのもあるんだわァ。

何故かっつうと、世の中には本買う時、俺も含めて、〃あとがき〃ってところをまず読むやつがいるの。いるのはいいけど、これは推理小説で、この前の章にはうっかり〃あとがき〃なんてことが書いてある。〃あとがき〃だからって、あんなとこ読んじゃいけませんよ。あれも芸の内なんだから。読むんだったらここだけ読みなさい――という訳でこの〃あとがき〃がある。そんだけよ。ヒッヒッヒ。

それでは皆さんさようなら。（うっかり〃またね〃と言ってみたい）

本書は一九八三年八月に徳間書店より刊行された『ふしぎとぼくらはなにをしたらよいかの殺人事件』の単行本を底本としている。明らかな誤植および誤記については、著者生前の最終版である八九年六月刊行の文庫版を適宜参照し、新たな修正、ルビを施した。なお挿入される図版は単行本版を元に川名潤氏が新たに作成している。

また橋本氏の著作権継承者の同意のもと、作中で引用されている『不思議の国のアリス』と『Yの悲劇』の訳文及びそれに基づく一部の表現については、それぞれ「訳　岩崎民平」(角川書店　一九五二年刊)から「訳　河合祥一郎」(角川書店　二〇一〇年刊)へ、「訳　大久保康雄」(新潮社　一九五八年刊)から「訳　越前敏弥」(角川書店　二〇一〇年刊)へ変更した。

なお、本文中に登場する「キチガイ沙汰」等の表現は、「常識では考えられない振る舞い」という意味に解されるが、言葉自体に強い差別性が残るため、現代では使用が控えられているものであり、「どもり」「自閉症的」についても、現代の人権意識に照らせば不適切とされる用語である。しかしながら著者が既に故人であるという事情ならびに作品発表時の時代性に鑑み、原文通りとした。これらの表現に見られるような差別や偏見が過去にあったことを真摯に受け止め、今日そして未来における人権問題を考える一助としたい。

編集部

解説

# 十年の時を隔てた二つの「政治小説」

## ──『人工島戦記』と『ふしぎとぼくらはなにをしたらよいかの殺人事件』

仲俣暁生

『人工島戦記』の刊行は晴天の霹靂だった。もちろんその小説の存在自体は知っていたし、地方都市を舞台とした若者たちの話であることも、どうやらとんでもなく長大な作品だということも知っていた。でも橋本治がこの作品に生涯にわたり手を入れ続けたこと、そして「あるいは、ふしぎとぼくらはなにをしたらよいかのこども百科」という副題を添えていたことは、私にとって「感動的」というしかない衝撃的な出来事だった。私はこの文章を、その「感動」をなんとか言葉にできないかと思って書いている。

早い時期からの橋本治の読者であれば、この副題から本作、つまり『ふしぎとぼくらはなにをしたらよいかの殺人事件』（1983年）をただちに思い出したことだろう。不思議な語感をもつこのタイトルは、（エピグラフにも引かれている）カート・ヴォネガット・

ジュニアの小説『タイタンの妖女』に登場する「ふしぎと、ぼくらはなにをすればよいかの子ども百科」という本に由来する。

1980年代初頭の東京の街を舞台とする本作(以下『ふしぎと』と略す)と、1990年代半ばの(架空の)地方都市を舞台とする『人工島戦記』。この二つの小説にはいくつか共通するモチーフがみてとれる。そしてその共通項は、たんにこの二作だけでなく、橋本治の一連の小説作品を読み解く際に、大いに意味をもつ。

それは①「青春小説」であること、②「家族小説」であること、③「政治小説」であることの三点である。この共通点ゆえに、いまから約三十年前の時代を舞台とする『人工島戦記』は(そして約四十年前を舞台とする『ふしぎと』も)、きわめて「現在的な意味」をもつ作品なのだ。

## アンチミステリーにしてアンチ青春小説

『ふしぎと』はひとまず「青春ミステリー」というジャンルに収めることができる小説だ。1973年刊行の小峰元『アルキメデスは手を汚さない』の江戸川乱歩賞受賞が一つのきっかけとなり、1970年代後半には学園を舞台に高校生や大学生が「探偵」役として活躍する推理小説が若年世代の熱狂的な支持を集めていく。そうしたなかで栗本薫『ぼくらの時代』(1978年)、竹本健治『匣の中の失楽』(1978年)といった傑作が相次いで書かれ、「青春ミステリー」はジャンルとして確立していった。同じ頃、角川文庫が横溝正史のリバイバルブームを仕掛けて大成功する。『ふしぎと』という物語を覆う前提にはそのような時代背景がある。やがて1980年代後半に起きる「新本格」ブームはこの時期に「青春ミステリー」の読者だった世代が書き手の側にまわることで起きた現象である。

そして『ふしぎと』は、こうした来歴をもつ「青春ミステリー」というジャンル自体に対していち早く批評的な眼差しをなげかける、当時としては数少ない小説だった。だからまだ大学生だった当時の私は、『ふしぎと』から静かな衝撃を受けたのである。

物語は1983年（昭和58年）1月、東京・大塚にある鬼頭家の旧当主・雄之助の十三回忌に、一族の人間が集まるところから始まる。雄之助の妻・千満は、その年の正月にテレビ放映された横溝正史の金田一耕助シリーズを見て、「探偵さんはいないのかねェ……」と家族に訴える。そこで千満の孫娘・幸代は、友人の姉である長月理梨子を介して東大卒のイラストレーター、田原高太郎に探偵役を依頼する。千満はなぜか、かねがね「私学なんかだめだ」と家族に告げていたのである。

雄之助の十三回忌の夜、千満が殺されていることが判明する。しかもその犯行現場は「見立て殺人」を思わせる様相を呈していた。あくまでも「演技者としての探偵」だったはずの高太郎は、この段階から現実に起きた事件を推理する者、つまり実質的な「探偵」へと役割を転じる。この作品はそんな高太郎が、事件の全容が判明した後に書いた実録手記という体裁をとっている。

小説作品が、「ある出来事がすべて終わった後に、その当事者により手記として書かれた」という設定で書かれることは多い。とりわけそれは、多くの青春小説——村上龍の『限りなく透明に近いブルー』や村上春樹の『風の歌を聴け』から、近年では又吉直樹の『火花』

まで――が繰り返し採用してきたテンプレートである。橋本治は『ふしぎと』でこのテンプレートをあえて採用し、「青春小説」というジャンル自体を解体することを目論んだのだった。

事件の真相に言及するのはここでは避けるが、橋本は決して純粋なミステリーとしてこの小説を書いたわけではない。『ふしぎと』は横溝正史のパロディである以上に、中井英夫『虚無への供物』へのオマージュである。つまり読者と作品との関係そのものがテーマであるような小説、すなわち「アンチミステリー」なのである。だからこの物語は、そのテーマ自体を読者に問いかけるかたちで終わるのだ。

## 「ポスト全共闘小説」でもある家族小説

殺された鬼頭千満には、三人の娘――松子・竹緒・梅子――がいた。このうち次女の竹緒が婿を迎えて家を継いでおり、幸代がその娘である。そして長女の松子にも鎮香という娘がいる。アンチミステリー（あるいはアンチ青春小説）である『ふしぎと』は、横溝正史の『犬神家の一族』や『獄門島』の設定を借りて描かれているがゆえに「家族小説」としての構えを必然的にもつが、このことは本作が「政治小説」であることと切り離せない。

政治小説としての『ふしぎと』は、二つの要素によって象徴されている。一つはこの物語の舞台となる大塚の隣町、茗荷谷にある東京教育大学の廃墟だ。すでに筑波にキャンパスが移転した後の東京教育大学は、さらにその先の本郷にある東京大学の身代わりのように、学生運動が終わった後の時代の精神的な荒廃を象徴している。

政治小説としての『ふしぎと』を象徴するもう一つの存在は、家族小説としてみたときには脇役にすぎない、花田鎮香という女性だ。
鬼頭家の女たちについて、「探偵」である高太郎はこのように語っている。

梅子さんが生まれるのは、なんと、太平洋戦争が勃発した昭和16年のことです。こういう人が大学に行くと、〃連帯の渦が国会を取りまいた〃60年安保が待っています。そして、駆け落ちした松子さんがその年に鎮香さんを生み落すと、この人は、朝鮮戦争の年に生まれて、大学で70年安保にブチ当たるという構図になるのです。なんという、呪われた構図でしょう。僕は、このことを発見した時、〃横溝の一族〃なんかより、よっぽどこっちの方がおぞましくって、呪われてると思いました。

ここでは「この人」とさりげなく書き流されているが、橋本は『ふしぎと』の純文学版リメイクともいえる『リア家の人々』で、主人公・文三の娘・静を主要な登場人物として描いている。この静が『ふしぎと』の「鎮香」に相当する人物であることはいうまでもない。

学園紛争の時代の若者である静は、石原という男に惹かれているが、その石原は〈自分を生かしてくれる「物語」を求める青年〉であり、静を自分の物語に巻き込もうとする。静の父、文三は戦前の東京帝国大学を出て文部省に勤め、レッドパージによって職を失った後に、再び文部省に戻った人物だ。そんな父・文三の世代と、東京大学というシンボルそのものが無効になりつつある時代を生きる娘の世代との対立、そして同世代である静と石原の間にもすでに存在していた空隙を描いた『リア家の人々』は、『ふしぎと』と『人工島戦記』とをつなぐミッシングリンクともいうべき重要な小説である。

## 親子二世代にわたる「オヤジ」との戦い

このような性質をもつ『ふしぎと』と『人工島戦記』の相同性は、もはや明らかだろう。『人工島戦記』という物語は『ふしぎと』の時代からさらに十年後、1992年（平成4年）5月からはじまる。東京ではすでにバブル経済が破綻していたが、物語の舞台となる架空の地方都市・比良野市では、泡はまだ膨らみつづけている。市の沿岸部を埋め立てて「人工島」を建設するという市長の計画が進んでいるのだ。

国立千州大学に通うテツオ（駒止鉄生）とキイチ（磐井生一）はこの計画に反対するため、大学内に「人工島同好会」というサークルを立ち上げる。この小説は、二人の呼びかけに応じて集まった仲間たち（シラン、モクレン、カンノ、カイチョー、ヤシマ、ナカウチ、カシワギ・ユキコ、シイナ、タム）が織りなす群像劇であり、その意味では橋本のデビュー作『桃尻娘』とその後のシリーズの拡大版あるいは延長戦ともいえるものだ。未完の段階で３９００枚に達するとんでもない長さになってしまったのは、橋本が登場人物一人ひとりの性格を、それぞれの家族や出身地まで遡り、丹念に描いていったからだ。

橋本治は生前この作品を「全体小説」と呼んでいたそうだが、まさにそのとおりで、この小説には舞台となる比良野市とその周辺の地誌と歴史、伝統文化と風俗、行政と産業、さらには細々とした地場の商売や進学の事情までが——その端々に、橋本ならではの言葉遊びをちりばめつつ――描きこまれている。

『人工島戦記』の主人公たちは90年代初めに20代に差しかかった世代であり、日本のジャーナリズムが好む世代論では「団塊ジュニア」と呼ばれる。したがって彼らの親は1960年代末の学園紛争の当事者でもあった世代の人たち、いわゆる「全共闘世代」ということになる。『人工島戦記』の「第よん部」のほとんどは、キイチやテツオの親世代がどのような青春時代を過ごしたかの素描に充てられている。

ある意味で親たちは、キイチやテツオが直面する問題にいち早く行き当たっていた。学生時代から「運動」をしてきたテツオの母親ヨシミは、息子たちに先立ち、人工島計画への反対運動を展開している。だが自然保護をお題目とする母親の運動に対して、テツオは感覚的にノレずにいる。

比良野市の沿岸部に人工島を建設しようとする市長・辰巻竜一郎はこの物語の始まる時点で56歳、いわゆる「昭和ヒトケタ」と呼ばれた世代である。この地域では1957年（昭和32年）に、早くも埋め立て計画の原型がつくられていた。当時19歳で「東京の帝国大学に行っていた」学生である辰巻は、日本社会を覆う保守的な構造の象徴であり、それゆえにこの物語全般における敵役（いわば忠臣蔵における吉良上野介）となる。

市長・辰巻竜一郎の本質をキイチは「オヤジ」という言葉で言い表わす。それは別の言葉でいえば1968年以前の感覚――ジーパンではなくステテコを穿くような――で（当時における）現代を生きる人たちということだ。親世代がしそこねた「打倒オヤジ」の反乱を、キイチやテツオは自分たちなりの感覚を土台に、あらためて立ち上げ直す。橋本治はそのように親子二代の「青春」を重ねて描くことで、若い世代が担うべき未来への希望を描こうとした。そう考えてよい証拠が、未完のこの作品のあちこちに残されている。

橋本の急逝により「第ろく部よーいドン！篇」第二百四十章までしか書かれずに終わったが、出版時の目次には「第きゅう部討入篇」第二百八十四章までの章題と、「第じゅー部不死鳥篇」第五千八百七十二章――さすがにこれは「冗談」だろうが――および「エピローグ」の「萩原郭醒水は新体詩集『我ハ泣カズヤ』でこう歌った」という章題が載せられている。物語全体が忠臣蔵のパロディのように仕立てられており、最後は大団円で終える――橋本治はそのように決めていたはずだ。

## 彼らが文書を「起草」する理由

ところで『人工島戦記』と『ふしぎと』の両方を読んだ人は、ここまでに述べたこととは別に、二つの小説にそっくりな要素があることに気づいたはずだ。

『ふしぎと』で高太郎が唯一、探偵らしい推理をするのは、鬼頭家が所有するアパートの下宿人である私大生・下嶋の部屋に事件の「関係者」が集まり、一種の「捜査会議」が開かれるときだ。この会議に参加したのは、幸代のボーイフレンドである下嶋と、高太郎、この日は非番だった田拝という刑事の三人、そして途中から幸代の父・鬼頭一と叔母の梅子が加わる。事件の真相を検討するため、この会議の際に（当初の）三人が作成した長大な検討項目リストは、ミステリーとしての『ふしぎと』のなかでひときわ強い印象を残すドキュメントである。

僕達はまず、この事件の中に隠れているものを洗い出す為に、すべての可能性を発見するということに全力をそそぎました。

高太郎がそう語るとおり、事件の真相に迫るために彼らが作成した「シラミつぶし方式」による場合分けリストは徹底的なものだ。それゆえここには、

X 田原くんの存在理由
(g) 事件全体の目撃者として。

という、アンチミステリーとしてのこの小説の本質を穿つ「正解」さえも含まれていた。

『人工島戦記』にも、これとそっくりな構造をもつ文書が登場する。それはテツオとキイチが人工島同好会のメンバーと知恵を集めて作成する、反対運動を盛り上げるための「アンケート」の文書である。『人工島戦記』の「第に部」に、「人工島建設計画に反対する人工島同好会の基本見解」と名付けられたワープロ文書が早くも登場している。これをもとに市民へ呼びかけるための「パンフレット」が生まれ、さらにテツオとキイチは、具体的な行動として人工島反対の意思を表明する路上デモを行うことを決める。

具体的にどうすればデモは行えるのか。そこに多くの人を集めるにはどうしたらよいのか。『人工島戦記』という小説はこのあたりからきわめて具体的で実践的な話になってゆき、「第ご部」には、キイチが起草した人工島反対デモへの参加をよびかけるアンケートの文書が登場する。

このアンケートの文面は、自身にとって未知の事態に対処するため、ありうべき事象について網羅的に可能性を列挙し、その一々を具体的に検討していくという構造をもつ点で『ふしぎと』の「捜査会議」で作成されるリストと瓜二つである。しかも『人工島戦記』のアンケートは同好会メンバーたちの手を経てどんどんアップデートされ、「第ろく部」の1000ページ目を超えてもまだ固まらない。彼らにとってそれは、ほとんど手探りによる、等身大の「憲法制定」にも等しい作業だったのではないか、と思えるほどだ。

**では私たちは「なにをしたらよい」のか？**

なぜ、キイチたちはそこまで「文書の作成」にこだわるのか。補助線として、この小説の雑誌初出時（『小説すばる』1993年10月号〜94年3月号）に並行して『中央公論』に連載されていた長編評論『浮上せよと活字は言う』を置いてみると、理解しやすいかもしれない。橋本は同書で、当時から二十数年前、つまり「学園紛争の時代」に起きた一つの変化についてこう書いている。

その時代、既に権威は権力となりかかっていた。権威は、新しい知性を迎え入れることに失敗して、空しい権力となった。空しい権力は空しいブランドとなって、大学というものを新手の風俗産業に変えてしまった。自分を生かすための知性を求めて大学にやって来る人間は今でもいるだろうに、まさかその元凶が二十年以上も前にあるなどとは思うまい。

その時代、知性はマンガに代表されるような新しい意味の登場を理解しなかった。そして、権威とは少し離れたところにあった別種の知性は、驚きながらこれを新しい意味として迎え入れた。

本作で橋本がオマージュを捧げたミステリー小説も、そうした「知性」の発露の場のひとつだった。

ところで橋本が『中央公論』誌上でこのように書いた1993年は、非自民の細川連立政権が誕生した年でもあり、『人工島戦記』がもつ「政治性」はそこにも由来する。だが、それ以前から橋本は一貫して「政治」について語り続けた人だった。「昭和」という時代の終わりがもつ意味を論じた大著『'89』の最後で、彼はすでにこう書いていた。

この本がどういう本かということをひとことで言うと、「これから先、政治家になろうとする人間がいるんだったら、ここに書いてあることを全部分かって、その上で〝自分が何をするべきか〟がはっきりと分かっている人間じゃなきゃいやだ！　ということを要求する本」です。

『人工島戦記』の副題に橋本治があらためて掲げた「ふしぎとぼくらはなにをしたらよいか」という言葉は、この引用の「〝自分が何をするべきか〟がはっきりと分かっている人間」にかかっている。『人工島戦記』という小説は、そのための百科事典、つまり膨大な手がかりを集めた本だった。

橋本にとっての「政治」とは、先の『浮上せよと活字は言う』からの引用文にある「新しい知性」「新しい意味」をも包含するものでなければならなかった。だから橋本治は『桃尻娘』シリーズの主人公・榊原玲奈を最終的に川越市の「政治家」（市議会議員）にしたのだし、古代日本国家の成立から崩壊までを描いた『双調平家物語』の最後で中大兄皇子（のちの天智天皇）に「国はあって、国はないのか」と叫ばせたのだ。

私は『人工島戦記』という小説のタイトルから、大岡昇平の『レイテ戦記』を連想する。重厚な一巻本に仕立てられた『人工島戦記』のブックデザインが『レイテ戦記』の初版（1971年、中央公論社）とそっくりなのは装丁家の川名潤による見事なオマージュだが、橋本自身もこの小説を書きながら、近代日本国家の崩壊過程をつぶさに描いた『レイテ戦記』を意識したのではないか。キイチやテツオたちが手探りで始める「戦い」には、たんに彼らの親世代がやりそこねた「闘争」のやり直しではなく、もっと大きなものが賭けられていたはずだ。

生前の橋本治は、全共闘を題材とする小説——題名は『少年軍記』と予定されていた——を書くと繰り返し宣言していた。だが、これに該当する小説は、現時点では発表されていない。でも私は、もしかしたら『人工島戦記』がその生まれ変わりなんじゃないかと考えている。『少年軍記』という題名には、「または子供十字軍　死との義務的ダンス」（傍点は筆者による）との副題をもつヴォネガットの自伝的戦争小説『スローターハウス5』の残響がある。少なくとも、橋本のなかには長いこと「子供／ぼくら」の「戦争／闘争」という観念連合があったはずだ。ヴォネガットと大岡昇平は、いずれも自身が参加した第二次世界大戦の「戦記」を、それぞれのかたちで書いた。『少年軍記』は、橋本治にとってそのような小説になるはずだった。

だが橋本治は、この小説を書くことよりも『人工島戦記』を優先した。自分たちの同世代の「青春」をストレートに描くことを放棄し、その息子や娘たちの世代に賭けた。彼らが自分自身の力で、国をあらしめるためには「なにをしたらよいか」を手探りしていく小説を書くことをライフワークとした。私にはそう思えてならない。

そしてその闘いは、本作『ふしぎと』のなかですでに端緒が開かれていた。だからこそ私は『人工島戦記』の副題を知ったとき、深く感動したのである。

では、これから私たちは「なにをしたらよい」のか。その答えは、十年の時を隔てたこの二つの「政治小説」のなかにすでに書き込まれている。

本文組版　一企画
校正校閲　鷗来堂

装画挿図　田原高太郎
装丁　川名潤

橋《はし》本《もと》治《おさむ》

1948年東京都生まれ。東京大学文学部国文学科卒業。77年「桃尻娘」が小説現代新人賞佳作入選。96年『宗教なんかこわくない！』で新潮学芸賞、2002年『「三島由紀夫」とはなにものだったのか』で小林秀雄賞、05年『蝶のゆくえ』で柴田錬三郎賞、08年『双調 平家物語』で毎日出版文化賞、18年『草薙の剣』で野間文芸賞受賞。2019年1月29日逝去。享年70。

ふしぎとぼくらはなにをしたらよいかの殺人事件《さつじんじけん》

２０２２年12月20日　第１刷発行

著者　橋本治《はしもとおさむ》
発行人　遅塚久美子
発行所　株式会社ホーム社
〒１０１－００５１　東京都千代田区神田神保町３－29　共同ビル
電話　編集部　０３－５２１１－２９６６
発売元　株式会社集英社
〒１０１－８０５０　東京都千代田区一ツ橋２－５－10
電話　販売部　０３－３２３０－６３９３（書店専用）
読者係　０３－３２３０－６０８０
印刷　大日本印刷株式会社
製本　加藤製本株式会社


Printed in Japan　ISBN978-4-8342-5358-0 C0093